云昧少年

郭明雄 著

暨南大學出版社
JINAN UNIVERSITY PRESS
中国·广州

图书在版编目（CIP）数据

云畔少年 / 郭明雄著. —广州：暨南大学出版社，2010.12
ISBN 978-7-81135-669-4

Ⅰ. ①云… Ⅱ. ①郭… Ⅲ. ①长篇小说—中国—当代 Ⅳ. ①I247.5

中国版本图书馆 CIP 数据核字（2010）第 208462 号

出版发行　暨南大学出版社

地　　址：中国广州暨南大学
电　　话：总编室（8620）85221601
营销部（8620）85225284　85228291　85228292（邮购）
传　　真：（8620）85221583（办公室）　85223774（营销部）
邮　　编：510630
网　　址：http://www.jnupress.com　http://press.jun.edu.cn

责任编辑：崔军亚
责任校对：苏倩欣　黄雪芬
排　　版：暨南大学出版社照排中心
印　　刷：佛山市浩文彩色印刷有限公司

开　　本：850 mm × 1168 mm　1/16
印　　张：18.25
字　　数：326 千
版　　次：2010 年 12 月第 1 版
印　　次：2010 年 12 月第 1 次

定　　价：33.00 元

谨以此书献给我的少年朋友

目　录

小　引

1

云中酥心雨，风里稀疏滴。
湖畔二三鸥，草上唱梦曲。

各位，作这首小诗的是一个十四五岁的少年，也就是我们书中的主人公，他叫梦雨。

这本书，讲的是他和他少年时代的朋友，他的经历，他早年的故事，他的梦。

梦，每个人都曾经做过。

每个人都有梦。

梦是假的，是一些虚无缥缈的东西，跟真实的世界相距甚远。

梦又不全是子虚乌有，它又跟现实的世界好像有一点儿关联。

2

有一天，一个偶然结识的朋友来我家，见面后偶尔谈起了梦。

他告诉我："好奇怪！有段时间我天天做梦。"

我说："这有什么奇怪的，谁不做梦？"

他说："可是，我的梦却有些不同。"

我说："当然每个人的梦都不尽相同。"

他说："你知道我是一个平庸的人。"

我说："我们都是。"

他说："但在梦中，我却觉得自己很了不起。"

我笑道："这叫心理安慰，很多平凡的人都这样。"

他说："我的每个梦，就像电影一样，都有一个完整的故事。"

我说："比如说……"

他笑道："比如我做的第一个梦。"

我说："哦?"

他说："在梦里，我回到了少年。在梦中，我成了诗人。在梦里，我见到了好多人，发生了好多事。这些事，时空颠倒，似有似无；这些人，似真似假，似曾相识。"

我问他："是什么梦?"

于是，他开始给我讲他梦中的故事。他说："好奇怪！在梦中，我把自己称为梦雨，而别人却依然把我唤作鸭子。老郭你知道，梦雨不是我的名字，而鸭子则是我的小名。"

我点点头道："名字并不重要，只不过是一个称谓而已。"

于是，他给我讲了他梦中发生的种种事情。讲完他的第一个梦之后，我觉得十分有趣，就要他接着讲第二个梦。

但他说："等有时间再聊。"

3

我一直盼望着和他再次见面，以便听他讲他的第二个梦。但那之后，我再打电话约他见面时，他却说有事情要出远门一段时间。

过了几天，他忽然来我家，并且带来一包东西，说："我要到国外去看我的妻子和孩子，可能要逗留一段时间，所以我把租的房子给退掉了。这些东西寄放在你这里。"我们闲聊了一会儿，因为我正好有些事情，所以他就匆匆告辞了。

这已是几年前的事情。

后来，他打来一个电话，说那个寄放在我家的东西对他已不重要，"如果对你有用就给你，不要就扔掉算了"。

什么破烂玩意儿！我会稀罕吗? 当时我立马就想扔掉他那包破东西。

后来转念一想，他这个人有点儿奇怪，都四十多岁了还做这样一些奇奇怪怪的梦。说不定以后某一天，他会突然回来，向我索要他的东西，跟我扯皮。

我可不想惹是非，所以就把这包东西塞进一个鞋柜的角落里。

过了几个月，忽然收到他从南非寄来的一封信，大概意思是说他已移民，而今要跟家人一道去非洲的一个原始部落云云。我看了信也就随手把它扔进垃圾袋，因为这种事我已见得很多。某个跟你有些交往的人，突然移民出国或者就在本城，开始还给你写个明信片，打个电话，后来便在你的生活中消失得无影无踪，就像一只鸟儿在林中销声匿迹了一般。

果然，他和那些人一样，从此以后，就再也没有与我联系。

我无所谓。

春节时，我们为了迎接新年，在家里搞了一场大扫除，把一些破破烂烂的东西清理出门。在鞋柜中，就把他的那包几乎被我遗忘的东西给清理出来。本来我想直接把这包破烂扔掉算了，但后来想起他说的“如果你要就留给你”的那些话，就想先打开看看再说。结果打开之后，却发现一大堆本子。不但有他给我讲的第一个梦，还有我一直想知道的第二个、第三个梦的故事。除此之外，还有好些文章、诗词、歌赋以及论文等。

我想这些东西应该是一个人一生的心血。他这个人虽然怪异，但既然这些东西伴随他这么久，就算出国，也应该不至于把它们扔掉。所以我就想联系他，但无论我怎么打听，却再也找不到他的行踪。我询问了他和我共同的朋友和熟人，但他们都不知道。后来我还专门到他的家乡去了一趟，可惜他的父母都已过世。他的兄弟姐妹在他之前也早已移居国外，他是最后一个出国的。虽然他还有几个远房亲戚，但他们早就没有来往了。我走访了他儿时的朋友，他们告诉我，鸭子那家伙（就是梦雨）好像不是我们这个时代的人，他少年时好像一直活在梦中，活在古代，又好像活在未来。

我对他越来越感兴趣。我开始阅读他的诗、他的笔记、他写的书、他的梦。渐渐地，我的眼前出现了一个模糊的轮廓。

我尽量沿着他的轨迹寻找他，访问当事人、他工作过的地方、与他相处过的同事，这当然花去了我大量的时间和钱财。终于，我对他的生活轨迹有了一个比较完整的认识。

我打算以他在梦中的叙述为蓝本，写几本书，尽量还原他的故事。虽然他无论在哪里，都显得比较平凡，但我读了他的诗文和他梦中的故事后，觉得他的内心世界是相当丰富的。

与他相比，我觉得自己比较庸俗，比较世俗化，比较物质化。我想通过写他的故事，来净化我自己已经比较丑陋的灵魂。

当然，我所讲述的他，可能并不完整或者真实，有的地方可能还有我的主观臆断。如果他某天回来，看到这些有关他的不实之词，我也要事先请他原谅。

他毕竟也有责任，谁叫他把那包个人资料交给我全权处理呢！

我在叙述他梦中的故事时，把他的笔记和其他文字中的第一人称全部改成了第三人称。除此之外，还另外引用了一些他的诗、日记或文章，这也是讲故事的需要，不得已而为之，并非我要剽窃。

总的说来，他在梦中的那些经历，就算经过了我的艺术加工，也还是比较单调乏味的，没有什么轰轰烈烈的事件，都是些琐碎小事，只是一个普通人做的平凡梦。

只不过又稍稍不合常理一点。

另外，因为记录的是好几个梦，所以后面的书和这一本书中的人物、情节等有些矛盾，许多地方前言不搭后语。

我想应该可以理解。就像我自己，前天做的梦就跟昨天做的梦完全不一样，很难把两个不同的梦串起来——因主人公已经变了。所以我没有强求把这些梦串起来写，而是把它们分开来讲。虽然记录的是同一个人，书中却是不同的主人公。

下面是第一个梦。

这个梦给我的印象最深，因为它是那位朋友亲口对我讲的故事。

还要多说一句，如果我们有缘分，让您——尊敬的读者，偶尔翻开这本书，并且不厌其烦地听我来讲一个荒诞不经而又乏味的故事，真的觉得占用了您宝贵的时间，内心感到诚惶诚恐。同时，为了使您不至于对书中故事的真实性、合理性、逻辑性和时代性等提出异议，我在讲故事之前就要事先申明，本故事纯属虚构，您只能当作消遣来阅读，不必当真。

因为它记录的只是一连串的梦而已。

一个普通人的梦。

而梦本身就是不真实的，甚至可能是荒诞的。

这个梦讲起来有点儿苦涩，回味之后却有点儿甜蜜。

第一回

1

好啦，进入正题，开始讲他的故事。

“梦雨”不是他的本名，而是他自己给自己取的名字。他父母给他取名叫“鸭子”，他读了几年书后，觉得这个名字太俗气，所以自己改了个名字叫“梦雨”。不过“梦雨”这个名字至今还没有得到大家的认可，只得到他自己和故事作者的承认。到目前为止，知道他改名的人，大概只有他三五个儿时的朋友。

记得那天，当他在他们面前宣布了这个新名字之后，一帮无知少年都只是哄笑，完了以后还依然叫他“鸭子”。梦雨对此很气恼，但也无可奈何。听他们依然是“鸭子，鸭子”地叫，也只好随他们的便。此外，他的父母也还不知道儿子改名的事情，如果知道的话，说不定他还会挨一顿臭骂，所以他压根儿不敢在他们的面前提起此事。

那些天他感觉有些郁闷，只好自己写一点儿诗歌来排遣。比如他写了一首名为《小井》的诗歌来显示他的清高，而我从这首诗歌中读到的是他内心的孤独与无奈。他这样写道：

春水滤后才收情，泥沙拒过方使讲。
小井不愿聚浊流，碧潭只想共清馨。

故事作者可不比他那帮无知的少年朋友，我自认为已经相当理解鸭子那高雅的内心，所以一开始叙述这个故事，便本着悲天悯人的精神，要尊重鸭子的本人意愿，把他称为梦雨，才不枉相识一场。不过，他的父母、他的同学、他儿时的伙伴当时那样称呼他，作者实在没有办法改他们的口。

2

言归正传。此时，梦雨正站在湖边，向湖心远处张望。

提起这座湖，不得不把它介绍一番。根据梦雨对它的描述，它位于长江中游的荆楚地段，属于古云梦泽的一部分。

云梦泽经过千万年演变和人类的不断开发，那时早已是支离破碎，只剩下镶嵌在江汉平原上的无数个大小湖泊。梦雨此刻正在张望的那座湖，正是云梦泽里面的一个小湖，它有一个名字：云畔湖。

梦雨此时上完初一，正值暑假。他无所事事，闲得无聊，所以当他的好友之一狗儿约他去钓鱼时，他马上就跟他出门了。于是，我们就见到两个少年，各自扛着一根鱼竿，来到了位于小镇后面的这座名叫云畔湖的湖泊钓鱼。

狗儿比他大半岁，也是刚上完初一，两人同年级但不同班。那时正是“文革”时期，学校那些年上课时断时续，没有什么考试的压力，所以狗儿很开心。

狗儿很擅长钓鱼。两人到了湖边，找了一块干地，狗儿将鱼钩上了蚯蚓，把线抛到湖里，撒了一把酒米，开始垂钓。他见梦雨正在向湖心张望，就问他：“鸭子！你怎么还不放线？”

梦雨收回目光，说道：“马上。”说着，他也将鱼钩上好钓饵，投入水中。不过他的目光，还是向着湖心。

狗儿见状觉得奇怪，眼睛也向湖心望去。不过，除了远处正在盘旋的几只鸟儿，他什么也没看见。这时，他瞥见自己鱼竿线上的浮漂正在一点儿一点儿移动，就不再说话，双手握住鱼竿，眼睛紧盯住浮漂。只一会儿，浮漂就沉下去，他提起竿子：一条小鱼挂在钩子上。他说：“是一条捞母子。”一边说，一边把那条鱼卸下来，装在一个小罐子里边。

梦雨“嗯”了一声，收回目光，看了看自己的浮漂，说：“我这里还没有动静。”

狗儿问他：“你撒了酒米没有？”

梦雨说：“哦！忘了。”于是他赶紧从一个袋子里拿出一个小瓶子，旋开来，倒出一把酒米，撒在浮漂四周。

可能有的读者是垂钓爱好者，所以顺便介绍一下当地制作酒米的方法。有兴趣的话，你也可以试一试，说不定比目前市面上卖的饵料更有效。这个方法说来其实很简单，原来它是用一个小瓶子，装点儿米或是糠，再放点儿酒进去，盖上盖子，发酵一两天，等米产生一种特别的香味的时候，就算完成了。钓鱼的时候，将酒米撒在挂着红蚯蚓的鱼钩周围，鱼就会游来，吃着吃着就会上钩。这个地方的少年，都会用这种办法来钓鱼，称之为“撒引窝子”。

正在说话之间，狗儿的浮漂又开始晃动。狗儿眼睛又亮起来，他握住鱼竿，当浮漂忽然沉入水下时，他老道地将鱼竿拉起，一条野鲫鱼露出水面。这条鱼较大，有二两多重。狗儿很高兴，说道：“我的窝子发了！”

他说的意思是来咬鱼钩的鱼很多。情况果真如此，只一会儿工夫，狗儿已经钓到十几条鱼，最大的一条起码有四两重。

再看梦雨，他面前水面上的浮漂却依然没有动静。他说：“鱼都跑你那儿去了！”一边说，一边把竿儿调整了一下。

这时大约是上午十点多钟，太阳已经升得很高。蓝天白云，阳光照在湖面上，波光粼粼。梦雨的目光再次投向湖心远处。

狗儿终于忍不住问道：“鸭子！你在看什么？”

梦雨侧头望望狗儿，笑一笑，说道：“没什么。”过了一会儿，他忽然问狗儿：“狗儿！你说梦是真的还是假的？”

狗儿没想到他会问这样的问题。他想了想，答道：“应该是假的。”但他也不那么有把握，马上又补充说：“按照科学，应该是假的。但按照我的体会，梦好像也是真的。我有一次做梦，梦见有只老狗叼了块肥肉给我吃，结果你猜怎样？”

梦雨道：“怎样？”

狗儿答道：“还真是的！那天下午放学回家，我爹也正好拖着车子回来。他看见我就大声喊道：‘狗儿，你看我带什么回来了？’”

“带了什么？”梦雨替他问道。

“他带了一包卤猪头肉回家！我当时高兴得差点要跳起来。我们有好久没吃荤了。现在想起来，梦还真灵！”

“该不是巧合吧？”梦雨道。

“哪有这么巧！”狗儿道。

梦雨打趣道：“那你应该多做几回这样的梦，好让你爹多给你买几个猪头吃。”

前面交代过，那时正值“文革”岁月，肉类供应不丰富，城镇居民要凭票领取米和油。不过在这个地方，生活好不好也因人而异。镇上居民一般都会养鸡养鸭，许多家庭还喂猪。当时这里的土政策是，你养一头猪，杀的时候就得卖给食品公司半头。居民们一般是喂两头猪，一头卖给国营食品公司，一头留给自己过年的时候宰杀年猪。养多养少也没限制，所以有些有条件多养的家庭还过得挺殷实。像梦雨家，他们家当年就养了四头猪，还有一大群鸡、鸭、鹅什么的。所以，梦雨常年有禽蛋肉吃。但狗儿家就不同，因为他妈在他很小的时候就已过世，他爹拖着他们兄弟俩，家里没养猪，所以吃肉就得凭供应了。

狗儿这时又说道："但有时候梦是反的。我有一次做梦，梦见捡到好多鸡蛋，结果那天不但没捡到鸡蛋，还把我爹给我买本子的一角二分钱给丢了。"

梦雨笑道："你没听这样一句俗话吗？叫做：'梦见捡鸡蛋，小心打烂碗。'"

狗儿正要接话，忽然看见浮漂乱抖，赶紧抓住鱼竿，并且对梦雨努了努嘴。当浮漂沉入水下时，他猛提鱼竿，却提了个空。鱼没上钩，但钩上面的蚯蚓已被吃光。狗儿笑道："光顾说话了。"

这光景，梦雨也钓了一条鱼上来。

此时已是正午，热辣辣的太阳照在湖上。两人的头上都在冒汗，狗儿说："口渴了。"说完趴在湖边，把头扎下去咕咚咕咚地喝水。

他喝完水，站起来望着梦雨说道："饿不饿？"

"有点儿。"梦雨答道："搞吃的吧！"于是两人就在湖边坡上，找了些芦苇枯草，把钓起的鱼弄了几条，将肚子破开，洗干净鱼鳃，点燃随身带来的火柴，把鱼架在上面烧烤。顺便告诉大家，那时的火柴，两分钱一盒。作者是从梦雨的一篇日记里知道的，因为他写道："我今天花两分钱买了一包火柴……"

吃完鱼，两人爬上一个小土坡，找了一棵大柳树，倒在下面准备睡觉。

两个少年躺在树下说话，天南地北地神吹，十分快乐。看来，他们经常这样玩耍。不知不觉，两个少年就在树下睡着了。

3

狗儿一觉醒来，看见梦雨坐在树下，正在拿一支铅笔写什么。便问道："又在写诗啊？"

梦雨道："醒了？看你睡得像猪一样！口水都流出来了。"

狗儿坐起来，用手擦擦嘴巴，说道："写的什么？拿来看看！"

梦雨把一个旧写字本递过去，解释说："想起放假后这几天，我们日夜玩耍，看星看月。我也学习古人，借景抒情，胡编了几句，你看看。"

狗儿接过本子，看见本子上写了一些诗。除了前面见到的那首小诗之外，还有十几首小诗。狗儿随便翻翻，看见其中一首是《鸟儿疯》：

湖上太阳红，水边云扫风。

不管春秋雨，鸟儿只顾疯。

他说：“你这是说我们呐。”接着又看第二首是《心随风》：

细泉流水叮咚，河杨轻风摇动；白云绽放蓝天，满岭郁郁葱葱。
欲邀桃花共语，又怕惊醒春梦；柳蝉唱响晨曲，心儿随风舞动。

狗儿评价道：“无非是些花花草草之类的东西，没有一点儿时代精神。”一边摇头，一边往下面翻看。看到一首《萤火虫》，狗儿念道：

草上萤火虫，夏夜望星空。
漫天情不尽，不知多少梦！

狗儿念完这首诗，把本子扔回梦雨脚边道：“嘿！鸭子，你又发什么梦？是不是暗恋上谁啦？”

梦雨脸红道：“乱说！”

“那你这一句‘漫天情不尽，不知多少梦’是什么意思？”

“什么意思？”梦雨反问道。

“这还不明白！这是说你看见了你的梦中人，夜夜都在想她，你说是不是？”

“也算对！不过——”

“不过什么？”狗儿急忙问道。

“其实我想表达的是另一种感觉。”

“什么感觉？”狗儿追问道。

梦雨想了想，回答说：“我也说不清楚，只是我心中有一种感觉罢了。”

“你还不承认！那天我明明看见你跟你们班上那个叫什么红儿的女生偷偷约会，你还骗我！”狗儿逼问道：“你是不是在发这个梦？”

梦雨哑然。

“看来你是承认了。”狗儿道。

“不说这个了，我们还是说点儿别的吧。”

“那你得先把这个给我讲清楚。”狗儿不依不饶。

梦雨说：“对诗的理解是读诗的人自己的事，不同的人有不同的解读，因人而异，因时而异，因情而异，因心而异。比如说，刚才那首诗，我也可以这样来解释：有一只小萤火虫，看见天上的星星，情不自禁地想飞到天上，化为它们中的一颗，说不定这就是它的梦呢！你说对不？”

狗儿听后不言。过了一会儿，他忽然道：“鸭子，你写这些东西做什么？”

梦雨道：“我也不知道。只是有时候我觉得有什么话要说，憋在心里很难受，写出来就舒服了。”

“但我觉得你这些东西跟我们这个时代不合趟。”

“怎么不合趟？”梦雨问道。

狗儿想一想，道：“你看人家写的是：‘革命战士一块砖，哪里需要哪里搬。’或者是：‘喝令三山五岳齐开道，我来了！’你看你写的是些什么，软绵绵的，没有一点儿革命气概。”

“我写这些东西只是好玩，又不是为了发表，哪里有这样的豪言壮语？”

狗儿说：“别说这个了，我们去看看鱼竿。”

4

两人再次到湖边时，发现梦雨的那根鱼竿不在岸边了。

狗儿用手遮起眼睛，朝湖远处望去，指着水面道：“被鱼拖走了，在那里！”说完，他脱下汗衫和裤衩，光着屁股跳到湖里，向前面鱼竿处游去。过了一会儿，他在远处叫道：“鸭子！鸭子！快来！竿子上好像还缠着鱼。”

梦雨也脱下衣服，朝那边游过去。不一会儿，他就赶到那个地方。只听狗儿高兴地说，应该是条大鱼。

“好重！”他说：“你来握住鱼竿，不要使大力，免得线断了。我到下面去抓它。”

梦雨接过鱼竿，感觉比较沉重。狗儿手拉着鱼线，一个猛子扎下去。梦雨感觉竿子在往下拽，他握紧鱼竿，生怕鱼线断掉。

过了一阵子，狗儿钻出水面，抹了一下鼻孔的水，喊道：“鱼已经跑啦，但里面有个东西，鱼线缠在那个东西上了。”

这次，梦雨跟狗儿一起下去，两人一起把一个东西拉了上来。原来那条鱼线缠在一个陶罐样的物件上。

两人好不容易才将陶罐弄到岸边，上岸之后梦雨边穿衣服边说道：“梦到底还是很灵！”

狗儿这时很兴奋，没听清楚他在嘀咕什么，所以问他：“你刚才说什么？”

梦雨说：“没什么。”

这时，大约已是下午三点多钟。忽然，天色阴沉下来，梦雨抬头望望天空，看见从西边滚来一堆乌云。狗儿说道：“好像要跑暴。”他的意思是说要下大雨。

“怎么办？”梦雨的意思是怎么躲雨。

“不要紧，先打开看看。”狗儿这时已穿好衣服。他一边说话，一边蹲下身去，端详那件物品。

到底他们看见了什么？

5

这是一件烧制的器皿，造型像个装饰品。狗儿说：“这上面有几个字。”梦雨凑过去看，果然看见写着两个弯弯曲曲的字：訾枝。

狗儿问：“写的什么字？”

梦雨也不认识上面的字，但他知道这是一种古代字体，就说：“好像是一种篆体字。”

狗儿看见旁边有两个耳坠，鱼线就缠在耳坠上面，他使劲地把鱼线提了一下，不想把那耳坠双双拉脱下来。他捏着两个耳坠道：“是个朽货。”边说，边把耳坠样的陶片递给梦雨看。

梦雨拿过来看看，见这两块陶片上面隐约也刻有些篆体字，其中一个他觉得应该是篆体的“梦”字，因为他在给自己取名时，特别研究了这个字，但他还不敢完全肯定。

此时天上已经有隆隆雷声，眼看一场大雨就要来临。狗儿提议道：“我们先把这两块陶片带着，避避雨再说。”

“这个器皿呢？”梦雨问道。

“带回去也没地方放它，先把它藏起来再说。”狗儿说道。

“藏在哪里？”梦雨问。

狗儿向四面看一看，说：“不如我们还是把它放入水里，做一个标记，以后再来找它。”

梦雨点点头：“就这样。”

于是两个少年又拿着那个陶罐，在湖边找了个隐蔽的地方，把它沉入水中，做好标记，然后急急忙忙地向小镇跑去。没有多久，雨就刷刷地下了下来。两个少年回到各自家中，当然全身都已淋得透湿。

第二回

1

第二天早上，狗儿来找梦雨。狗儿见梦雨的爹正在院子里打扫，就问道：“鸭子呢?”看来狗儿很随便。

“还在睡觉。”鸭子爹指了指屋内。

狗儿径直走进堂屋，进入右边一间房内，喊道：“鸭子，还不起来!”

梦雨这时已经醒来，他正在穿衣服，见狗儿进来，就说：“你起这么早。”

狗儿从衣袋里拿出那两块陶片，说：“这上面到底写的什么?”

梦雨接过来端详半天，指着一个字道：“我觉得这个字应该是‘梦’字，其他的字我不认得。”说着，他跳下床。

他们拿着那两块陶片，琢磨了半天，还是没有把其他几个字认出来。他们决定再去湖边，把那个罐子捞上来看看。

胡乱吃了点东西，两个少年便走出屋子。梦雨提了个篮子，对他爹说：“我们去捡柴火。”

他爹正在剁猪草，点头道：“别乱爬树。”那时小镇的父母对小孩管束很松，一般不把小孩栓在家中，小孩都很自由，不像如今的家长，总是不让孩子出门。再说那时的治安情况也好，没听说哪家的孩子在外出什么事情。

两人出了院子，穿过一个巷子，横过小街，顺着一条林荫路走了大约五分钟，就到了一座寺庙正门。这是金盆山，是一座明代建筑。不过现在里边已经没有和尚，新中国成立后这里已经改成区政府驻地。听老人们说，过去这里四季香火不断，方圆几百里的香客都来这里祭拜。

关于金盆山，镇里有许多传说。梦雨知道一个故事，说是民国年间，长江发大洪水，整个小镇都淹在水中，这方圆一片都成泽国，唯独这金盆山始终不淹水。水涨一尺，金盆山长高一尺。老人们说：“金盆山底下有一个乌龟精，它的背上托着一个金盆，所以这个庙从来没有被洪水淹过。”梦雨还听说：当时日本人正占领这个小镇，他们看到这座庙如此神奇，感到不可思议。于是他们四下打听，终于知道了这个秘密。等洪水退去之后，他们偷偷在金盆山地底下挖了好多洞。至于到底挖到金盆没有，有好些传言，有人说日本人偷走了金盆，有人说没有挖到金盆。但有一点可以肯定：那只乌龟精受了伤。所以，后来 1954 年发大水时，金盆山的第一层进了洪水。这是金盆山有史以来第一次进洪水，人们都说是由于乌龟精走了。

云畔湖就在金盆山后面不远处。那时，从金盆山高处望去，除了一大片湛蓝湛蓝的湖泊，就是一望无际的芦苇荡和杨柳树林。这里的人把这片芦苇林称为“柴湖林”，大概是因为镇上的人们都到这里拣柴火的缘故。

话说两个少年来到湖边，找到昨天钓鱼的地方，按照标记，下水去捞那只罐子。但奇怪的是，那只罐子却不见了。

“是不是记错地方了？”梦雨道。

狗儿看看四周，说：“应该不会，明明在这里的呀！”

但无论怎样寻找，罐子都没法找到。狗儿说：“会不会昨天的风雨太大，给浪卷走了。”

两人决定扩大搜寻范围，折腾了老半天，却依然没找到那只陶罐。梦雨说：“奇怪！”

后来，两个人觉得累了，爬上岸来，坐在草地上，又开始琢磨那两块陶片。

2

正说话时，就听见不远处有叽叽喳喳的说笑声。狗儿笑道：“鸭子，你的梦中情人来了！”

梦雨抬头望去，看见那边说说笑笑过来几个女孩，她们手上提着篮子，看来是来湖边草地寻猪草的。

原来这个镇上喂猪的饲料也都是靠湖边的野菜，小孩都帮大人寻猪草。孩子们出来时，都是三五成群，一边找野菜，一边玩耍。

红儿就在这几个孩子里面，但她没有带篮子，她是跟着朋友们出来玩的。她爸爸在镇里做干部，妈妈在镇里唯一一家银行工作，他们住在机关里，所以不养猪。但红儿要跟朋友玩，朋友们出来打猪草，她也常常跟她们到湖边来。

红儿是个活泼的女孩，喜欢唱歌跳舞。她跟梦雨从小学一年级起就在一个班，两人一直很要好。他们本来两小无猜，孩子们经常在一起玩耍打闹，从来也没什么隔阂。但到了高年级之后，同学们常常搞恶作剧，比如把梦雨的本子偷偷塞进红儿的书包，然后骗梦雨说她把他的本子借去抄作业了等；骗他们两人在一起说话，然后就说两个人在搞那个什么什么的。这样几次之后，红儿在众人面前再也不敢与梦雨说话，梦雨的性格本来就有点儿腼腆，也不怎么敢主动跟她说话。所以，到了小学高年级，两个人反而生疏起来。直到初中，恶作剧风潮过去之后，两人才敢亲近一些。

这时，坡上的女孩们也看见了他们，就在上边向他们吆喝。狗儿也向她们喊道："过来玩儿！"

女孩们燕子般地从坡上冲下来，她们是萍萍、芳芳、红儿等几个初中同学，还有几个其他班的同学，梦雨还叫不上名字。"你们在干吗？"芳芳问道。

梦雨正要把昨天的事情告诉她们，但狗儿却早已开口答道："我们在捡柴火。"

"篮子里怎么还没见柴火呀？"芳芳追问道。

狗儿说："还没开始捡呢。"过一会儿他又补充说："我们刚来一会儿。"

旁边的萍萍说："骗人！我看见你们一大早就出来啦。"

"我们在这里聊天。"狗儿有点儿尴尬，"反正放假没事。"他望着梦雨补充道。

梦雨点点头道："是的。"又问她们："你们来干什么？"

他这是明知故问，因为一时也不知说什么好。

"寻猪草啊！你没看见。"芳芳笑道。

梦雨语塞。

红儿这时开言道："你们在聊什么？"她这句话是望着狗儿说的。

狗儿一下子眉飞色舞起来，他说："我们在聊梦。"

"聊梦？"女孩们几乎是一起问道："聊什么梦？"

狗儿说："昨天我做了个奇怪的梦，正在说给梦雨听，你们就来了。"

女孩们一下子来了兴趣，纷纷道："快说说！"

狗儿说："我们不如坐下来讲。"于是，这群小镇少年就在湖边坐下来，听狗儿讲他的梦。

"我昨天做了个奇怪的梦，梦是这样的。"

"什么样的？"萍萍急忙问道，她性格比较急。

“别着急！”狗儿吞了口涎水，继续道：“是这样的，我梦见我去了一个地方，好像是一个山洞。那里面有好多金银财宝，我进入山洞，把这些宝藏扛着，却怎么也找不到出来的路。不知过了多久，我忽然听见有人喊我往那边走，寻声望去，原来是几个仙女在那边跳舞。我就朝那个方向走去，没走几步，忽然一脚踏虚，掉进了万丈深渊。我大声喊救命。”

大家听狗儿绘声绘色地讲他的梦，以为还有很长，就催促他：“后来呢？”

狗儿道：“没啦。”

“怎么没啦？那些宝贝怎么样啦？”大家七嘴八舌地问道。

“可惜我爹这时候把我打醒了，要不然我怎么会不告诉你们！”狗儿扮着鬼脸道。

大家都很失望。萍萍问道：“要是你把那一箱子财宝真的弄出来，你会怎么样？”

狗儿偏头想了想，笑道：“嘿嘿，我当然是学雷锋，把它交给国家。”

大家哄笑一阵。芳芳忽然说道：“说真的，我昨天也做了个梦。”

狗儿问：“你做什么梦？”

其他人说：“别打搅，听她说说。”

芳芳说：“我梦见我过世的婆婆了，她说她睡觉的地方很不舒服。”

立刻有人打断她的话头：“算了，别讲这个梦。”

狗儿提议说：“反正天还早，我们不如就在这里讲讲梦。你们还有谁最近做过什么梦没有？要好听的才许讲。”

红儿说：“我最近也做了个梦，说来也怪。”

其他人催促道：“还不快说！”红儿说道：“我梦见自己到北京了，我还在天安门广场跳了个舞，记得当时好多人看我表演。好像毛主席也在城楼上看我跳舞，但我不敢肯定，因为离得太远。再说我当时只是一心一意地在跳舞。”

还有几个女孩也分别讲了自己做的梦，大家七嘴八舌，时间不知不觉地过去了。只有萍萍说：“我是没有梦的，我倒头就睡，醒来就起，不记得做过什么梦。”

这时，芳芳看见梦雨望着湖面，若有所思，便说：“鸭子，你怎么不做声？”

大家都把头偏过来望着他，梦雨还没有完全回过神来。狗儿说：“鸭子最近开始写诗了，他在发情呢。”

萍萍瞪他一眼：“说话这么粗鲁。”

狗儿说："什么粗鲁！我说他在发思古之幽情，有什么粗鲁！"说完他瞟了红儿一眼，红儿赶紧低下头去。

于是，大家就把话题转到梦雨身上。女孩们说："一天到晚看你晃晃荡荡的，原来你在吟诗啊！都写些什么？"

梦雨说："一些感想而已。"

狗儿说："是啊，情无处寄，有感而发。"他想到那天看到梦雨的一首诗："蓝天云皱如波，夕红片片剥落。淡月茫然浮飘，心思无处寄托。"所以他这样说道。

说完他又望了红儿一眼。红儿把头扭向一边，装作没看见。

大家叽叽喳喳，逼着梦雨说诗。

梦雨想了想，道："各位学友，我想我们这个地方，地处江汉平原，自古就是鱼米之乡。我们从小在这里长大，小时候大家玩采莲船，玩蚌壳精，虽然现在是'文革'时期，这些东西渐渐消失，但留给我的印象还是记忆犹新的，所以我就将前几日写的一首诗念给大家听听，大家不要笑话。"

大家纷纷道："什么笑话不笑话的，别这么之文调吾的，快说出来！""之文调吾"是当地一句俗话，意思是说话吞吞吐吐、文绉绉的，有点儿矫揉造作的意思。

梦雨道："这首诗是《云梦泽》。"他轻轻咳嗽了一下，红着脸念了下面这首诗，故事作者见他说话结结巴巴的，唯恐读者听不清楚，所以帮他把这首诗抄录在此：

云梦泽国湖如蓝，白鸥点点浪空帆。
江汉千里芙蓉画，尽是水上采莲船。

大家听后道："嗯，有一点儿意思。"芳芳道："听上去还是挺美的，只是我有个问题。"

梦雨问她："什么问题？"

芳芳道："你写的云梦泽是不是我们这个湖？它不是叫云畔湖吗？"

梦雨解释道："我们湖北这个地方，原来是古云梦泽地，云畔湖只是这古云梦泽的一个部分。"

红儿也忘了拘谨，她点头道："是啊，你们还记得我们小时候跳采莲船的舞蹈吗？"红儿特别喜欢跳舞，她也不等人家回答，又继续道："我是扮演鲫鱼精的，狗儿，你不是还演那个船夫吗？"

狗儿道："怎么不记得！好像是昨天的事。可那应该已是我们小学二年级的事了。"

萍萍也记得，她说："我是演蚌壳精的。"

有个女孩儿问道："那个甲鱼精是谁演的?"

狗儿说："好像是马九九。"

"对，就是他。"红儿肯定道："甲鱼精把鲫鱼精抢回家了，可是她不爱他。"

大家已经忘了梦雨的诗，关心的话题已是鲫鱼精的命运。关于鲫鱼精与甲鱼精以及那个蚌壳精救鲫鱼精的故事，他们热烈讨论和回忆了很久。

这帮小镇少年，就在这寂寞的地方、闭塞的年代，天南地北地讲这些无聊的故事。他们的日子通常就是这样打发的。

不知聊了多久，直到有一个放牛的老人，牵着几头水牛来湖边喝水，这才打断他们愉快的闲扯。

第三回

1

那天之后，大概是过了三天之后的一个下午。红儿、萍萍和芳芳一起来到堤外河边找狗儿，因为狗儿住在那里。

说到此处，顺便介绍一下这个小镇。人们把小镇称为云畔镇，大约是它后面那片湖叫云畔湖的缘故。小镇位于长江之滨，江水一年四季从它面前流淌而过。千百年来，长江哺育了这块荆楚宝地、鱼米之乡。小镇已有两千多年的历史，据说早在战国时代，这里就是一个商贾云集之地。在农耕时代，这块地方富庶安逸。老人们说，那时候，河边码头热闹非凡，南来北往的帆船林立。从四川运来的川货，如川盐、川柚、川橘都要从这里转运到四乡八地。而荆楚的棉花、西瓜和稻米，也从这里绵延不断地运到川东各地。梦雨他们还记得，小时候他们还见过这种景象。不过，而今长江上的船越来越大，而且都是大铁船、大轮船、机动船，加之河床改道，冬天是枯水季节，这里的老码头已经不容易停靠大船，尤其是铁壳大轮船。所以，人们已经把码头迁移到下游几公里处的一个河口段，并在那里修建起一座新城。这座新城不断扩展，后来就成为县政府所在地。故而小镇的古码头延续了千年的繁华景象，而今正在逐渐消逝。

在梦雨的记忆中，小时候的帆船比现在要多很多。那时，白帆点点，橹声阵阵，雨鸥空飞，他觉得十分有诗意。

不过，三个女孩并不在乎这种变化。她们更喜欢河上的轮船，每当堤外轮船汽笛长鸣，她们也会像许多小镇的居民一样，去看那些上上下下的旅客，不过那已是她们小时候的事啦。现在看旅客上下就得到下游的那座新城去了，再说大轮船也不再是什么新鲜东西，大家已经习以为常，所以她们现在也很少到江边来看轮船，只是偶尔闲得无聊时，才会想起到江边林地里坐坐，看看南来北往的船。

她们今天到河边，当然不是来看江船的，她们是来找狗儿商量重要事情的。原来，那时候全国各地都在推广革命样板戏。不知什么时候，这股风潮也刮到了这个古老的小镇。

红儿、萍萍和芳芳一帮女生，本来就喜欢唱歌跳舞。而今放假，大家闲得发慌，都觉得闷得不行。不知从哪里听说了样板戏，所以个个心情激荡、跃跃欲试。她们此来，就是要找狗儿商量这件事情的。

狗儿却不在家，她们扑了个空。狗儿的哥哥说，他可能到鸭子家去了。

于是，三人又翻过江堤，一起来到鸭子家，果然，狗儿在这里。但在这里的不止狗儿，还有江小勇和刘华子。

还没有等她们开口，刘华子就说："来得正好！正要找你们呢！"

萍萍问："什么事?"

刘华子道："现在全国上下都在唱样板戏，你们知不知道?"

"当然知道！"三个女生差不多是同时回答："我们早就知道了。"其实她们基本上都是刚刚知道的。红儿是从妈妈那里知道的；萍萍是从她表姐那里知道的，她表姐在县城读书；而芳芳则是从她们俩那里知道的。

"我表姐说，她们那儿放假前就演过样板戏，我们已经落后了。"萍萍说话的语气流露出一点儿遗憾。前面已经讲过，县城城关也就是那个新建设的有新码头的城市，离云畔镇只有五公里。

这时江小勇开口道："还不算晚，只是我们该商量一下怎么开始。"

怎么开始？谁也不知道。大家面面相觑，一时都不说话。过了一会儿，还是狗儿开口道："如果大家没有意见，我们这就算开始了。我看我们得先找个地方，来作为排练的场所。"

听了这个话，大家又热情高涨起来。红儿说："地方好办，我看就在鸭子家，他家院子大，正好适合我们排练。"

狗儿说："你就喜欢到鸭子家来。"一句话把红儿的脸说得绯红。

鸭子摇头说："临时在我家还可以，但天天来就不行，我们天天在这儿唱歌跳舞，我妈会烦的。"

芳芳道："为什么不在学校?"

其他人一听，都纷纷表示同意。萍萍说："是啊，怎么没想到呢！找个教室不就行啦。现在是暑假，教室又不上课。"

刘华子说："说干就干，我们现在就去。"

大家都同意。于是，这帮少年离开院子，说说笑笑地来到学校。

这里的人依据长江水流的方向，把上水入镇头的地方称之为上街头，把江水离开小镇的地方叫做下街尾。学校位于下街尾，这个学校原来是一个庙，新中国成立后才改建为学校。

他们一行人兴高采烈地走进校门。学校现在冷冷清清，只有几个打篮球的学生。此时正值午后，太阳斜照在校园的大槐树上，知了的叫声倒是很响亮。他们在二楼初一年级的三个教室看了看，门口都上了锁。后来他们决定去找老师，但老师放假基本都不在学校，只找到一位值班的王老师。听他们说明来意，王老师说："我可以给你们找一间教室，但你们练完以后要把桌椅放好。"大家满口答应。

王老师领他们到一层，给他们开了一间教室，并且交给他们一把钥匙。他走的时候再三叮嘱："不要把桌椅弄坏。"大家一口应承。

排演的地方总算有了，大家十分高兴。他们一起动手，把桌椅板凳挪到一个角落，一边干活儿，还一边唱歌。收拾一番之后，几个女孩索性就跳起舞蹈来。她们跳的大概是《在北京的金山上》或是这一类当时流行的歌舞。

疯了一阵子之后，芳芳忽然问道："样板戏怎么演?"

这倒真是个问题，因为他们当时还没看到剧本。但这个困难没有难倒他们。红儿说："听说最近在县城电影院里正在放《沙家浜》，我们要不去看看?"大家都同意，约好明天一块去看样板戏。

那天晚上回家之后，梦雨十分高兴，他在日记里写了一首名为《爱跳舞的女孩》的诗歌。虽然他没有拿给狗儿看，但后来还是被狗儿知道了。

2

第二天一大早，这帮少年就迎着朝阳出发了。他们一路上说说笑笑、打打闹闹，不过几公里的路程，个把小时就到了。顺着一条大街，他们很快就到了电影院门口。

但他们来得太早，电影院还没开门。此时大约上午九点，电影要晚上才开始放映。他们在电影院门口徘徊了一会儿，看看海报，知道今晚会有两场电影，一场在七点，一场在九点。

无事可干，于是他们决定先去逛街。

此时，街上行人渐渐多起来了。商店都已开门，那时虽然许多东西要凭票供应，但货架上的东西还是比较丰富。比如布店，各种花色棉布都有，还有绸缎，但如果购买，就得凭布票。当时已经有一种叫"的确凉"的新布料在流行，好像不要布票。在食品公司买肉凭肉票，当地一般居民按月供应两斤猪肉。买粮食要凭粮票，城镇居民一般每月 20 来斤，中学生可以有 32 斤大米。如果你要外出，一般可在当地粮食局凭供应本换粮票。在餐馆买东西吃，交钱的同时也要交粮票。当时，买一个肉包子要五分钱，收一两粮票。但如果没有粮票的话，你就得多花两分钱。农村人如果要在城里餐馆买吃的，一般可以用米换。所以，当地许多农民常常带一些米来逛县城。供应比较紧张的主要是油和糖，尤其是糖。其他东西其实并不太匮乏。当时，这里的集市叫做“自由市场”，主要是卖一些蔬菜瓜果，属于自然形成的，好像没人管，也没有人收费。集市上卖鱼、卖鸡鸭的都有，听人说，要不是国家统购统销，把绝大多数粮食棉花都从这里运走，这个地方的物资根本就吃不完用不完。那些不用统购统销的物品，如蔬菜瓜果、鸡鸭鱼鹅在自由市场上都很便宜。

但孩子们对自由市场并不感兴趣，他们沿街逛了几家商店，买了些包子油条大家分着吃，然后就走进一家新华书店。那时候的书店不是开架卖书，书放在搁架上或是玻璃柜里，只能看到书皮，如果你想买一本书，就得呼唤营业员，请他帮你拿出来。所以书店里喊“营业员”的呼声此起彼伏。营业员一般不会让你拿着一本书老看，最多让你翻一翻就问：“买不买？”

书店里的书也不多，主要是领袖著作、革命故事、科普常识类，梦雨印象很深的一本书是恩格斯的《自然辩证法》。因为他当时心血来潮，花几毛钱买了一本拿回去读，结果他一直没有读懂。

但他们要买的书却断货，据说《沙家浜》的剧本刚一到货就被抢购一空，很多单位和个人都买这本书，大家都在学唱样板戏。

营业员要他们过几天再来看看，因为他们已经在进货了。梦雨他们觉得很失望，但也没有办法。在书店橱窗里看了一会儿书的封面，拿着刚买的《自然辩证法》，一群少年走出了书店。

走到一个路口，狗儿说他有点事要办，萍萍说要去找表姐，其他人也都说各自有事。于是，大家约好晚上在电影院门口见面，各自散去。

剩下梦雨和红儿两个。两个人开始有点局促，默默地沿着大街走了一会儿。还是红儿先开口，她问道：“这是写什么的书？”

梦雨说：“我还不知道。大概是写人和自然关系的。”他按照他对书的主观臆断来解释。此前，在小学时，学校曾掀起学习毛主席语录的高潮，人们都背过什么“毛主席语录一百条”，还有“毛主席语录八万八”等，马列主义、毛泽东思想这些概念已经深入人心。所以，恩格斯这个外国人的名字红儿当然也知道。

但红儿对封面上的恩格斯的头像很感兴趣，她问：“为什么马克思和恩格斯都留那么长的胡子？”

梦雨笑着回答说：“他们可能都比较忙吧。”

红儿说："才不信呢！"

梦雨反问道："那你说是为什么？"

红儿说："我看他们都很有艺术细胞。"

梦雨奇怪道："你怎么看出来的？"

红儿说："我猜的。"

梦雨沉思了会儿道："他们都留大胡子，我觉得是他们对当时社会现实不满的一种表现。"

红儿说："他们为什么对现实不满？"

梦雨说："他们都是革命家。"

红儿说："革命家都对现实不满吗？"

梦雨说："是的，比如中国许多革命者，他们都是因为对现实不满，才参加革命的。"

红儿奇怪道："现在搞文化大革命，不是中央发动的吗？"

梦雨不假思索道："那当然。"

红儿更加奇怪："难道中央也对现实不满？"

梦雨一下子愣住了，他从来没有想过这个问题。他"嗯"了一下，没有吱声。

红儿看了他一眼，说："别说这个啦。我问你，你还记得那一年我们到乡里巡回演出的事吗？"

梦雨道："怎么会不记得。"原来他们在小学时，曾经跟着一个活学活用毛泽东思想讲用团到乡下演出。那些学习"毛著"的先进分子在各地搞讲演，讲完之后就由他们这些娃娃表演。他接着说："我们好像在乡下各地演出了一个多月。"

红儿说："真好玩！"过了一会儿她又道："你还记得吗，你还背过我呢。"那时候，他们在各地演出，都是徒步行军。有一次红儿扭伤脚，只好让队员搀扶着走。梦雨和几名男队员看红儿实在走不动，就分别轮流背着红儿走。

梦雨当然还记得："你的脚都肿了，但一上舞台，你好像没事一样，我真佩服你。"

红儿爱跳舞，几近疯狂。她从小时候开始就坚持练一些舞蹈基本功，如劈叉、扳腿、练腰，还学一些芭蕾动作，她经常练，也不知是否得到要领。她的梦想，就是做一名演员。当然，这是她内心的想法，对谁也没有讲过。她也不知道这个梦想是否能够实现，但她一直坚持不懈。

后来，两个人又回忆起那次带队的尹老师。那个能歌善舞的女老师，那个带他们排练节目的大姐姐。

“可惜她不在我们学校了！”红儿不无遗憾地说，“她要还在的话，我们可以请她做指导。”

梦雨说：“听说她嫁到外地去了，也不知道是去了哪里？”

红儿摇头道：“只知道她爱人是个解放军军官，在很远很远的地方。”

尹老师是小学的语文兼中年级的音乐老师，红儿很喜欢她。那次下乡巡回演出，整个节目的舞蹈，就是由她组织指导的。当时在全区各个小学挑选了二十多名小演员，而红儿和梦雨就在其中。红儿是宣传队的主要演员，每到一地，她的表演都引起轰动。那是红儿崭露头角的时刻，只可惜后来再也没有机会参加什么大型的演出活动，红儿觉得很寂寞。

梦雨喜欢尹老师，除了因为尹老师漂亮和能歌善舞之外，更有一段个人经历。那是前些年，还在他上小学四年级的时候，他们上作文课。那时写作文，都是写一些有关革命志向方面的题材，比如说读了刘胡兰故事之后的感想之类。那一次写的是少年英雄刘文学斗地主婆偷辣椒的故事感想。梦雨叙述了故事，谈了感想之外，写了这样的文字：“地主阶级妄图变天，我们一定要提高革命警惕，擦亮眼睛，认清阶级敌人。毛主席说：‘千万不要忘记阶级斗争……’”当时是“文革”初期，小镇的小学生们写作文都是随便找一张纸，并且还使用铅笔，老师那时也没什么要求。

梦雨班上有个姓王的同学，他的爸爸是个资本家。不久之前，他们家门口被贴了许多大字报，梦雨本来跟他很要好，天天要到他家喊他一起上学校。那些天见他家门口墙壁上贴了不少大字报，很好奇，也挤进人群看看热闹。看归看，看完了之后还是跟王姓同学下象棋、寻猪草。因为那时流行一句话：“出身不能选择，道路可以选择。”梦雨很相信这句话。

但偏偏就是这位王姓同学，差点让他倒了大霉，事情的起因就在那篇作文。老师要求大家以小组为单位，要大家互相传看对方的作文，谈感想。刚开始也没什么，但过了不久，那位王姓同学忽然走到尹老师那里，并且一路走，一路喊：“鸭子写反动话！鸭子写反动话！”

全班同学都惊呆了，因为那个年代要是有人写反动话的话，一般都是要受批判的。老师也很惊讶，她接过王姓同学递过来的作文本，表情十分严肃。原来梦雨的作文中这段话是这样的：

地主阶级妄图变天，我们一定要提高革命警惕，擦亮眼睛，认清阶级敌人毛主席说：“千万不要忘记阶级斗争……”

“毛”字前面那个句号没有了，并且正好在“说”字之前又换了行。

好些同学凑了上去，并且跟着王姓同学一起喊叫：“鸭子写反动话!”尹老师仔细看了他的作文后说：“看文章应该看整体，这里明明是这样写的：‘地主阶级妄图变天，我们一定要提高革命警惕，擦亮眼睛，认清阶级敌人。’”她故意顿了顿，接着念道：“毛主席说：‘千万不要忘记阶级斗争……’”鸭子本来一头雾水，更被同学们的叫喊声喊懵了头。他走到尹老师面前，仔细看了这段话，然后辩解说：“这个地方原来是有句号的。”

尹老师仔细看了后点点头说：“虽然不是很清楚，但隐隐约约还是看得出句号来的。”然后她对全班同学说：“这种事情不能乱说，要仔细看清楚。”那位王姓同学低下了头。

尹老师还表扬了王姓同学，说他看同学的作文很认真。虽然这件事情就这样过去了，但梦雨对尹老师一直心存感激。

梦雨忽然在此时又想起了这件事，他说：“尹老师是个好人。”

除了谈尹老师，两个少年在一起还谈了许多闲话，东扯西拉的，这里就不一一赘述。到了黄昏，大家聚集在电影院门口，一起进去看了电影《沙家浜》。那一天，他们回到家时，夜已经很深了。

第四回

1

按照约定，第二天上午，大家三三两两地来到学校。梦雨到时，看见除了红儿、萍萍和芳芳之外，还有几个初二年级的男女生。大家彼此打过招呼，梦雨问江小勇："狗儿怎么没有来?"

江小勇正要回答，刘华子却开口道："怎么问我们? 他不是跟你形影不离的吗?"

梦雨正要说话时，却看狗儿出现在校门口。只听狗儿笑嘻嘻地说道："我给你们把马九九叫来了。"

马九九比他们高两届，初中毕业后，没有继续上高中，目前在家闲荡。梦雨不喜欢这个人，因为马九九喜欢打架，而且他还听说这个人手脚不干净。

马九九望着大家哈哈笑着打招呼："今天我本不想来，是狗儿硬拽着我来的。不过我事先声明，我是来看看的。"

狗儿说："人都到齐了，红儿！萍萍！现在看你们的啦。"

红儿开口道："昨天我们看了电影，在回家的路上，我们几个女生商量了一下，觉得我们要演一整场样板戏是不容易的。所以我们初步设想，在目前阶段，我们还是排练一些小节目，然后配上一些样板戏的片段，这样可能比较好一些。"

江小勇说："排演什么小节目?"

萍萍说："我这里有几个现成的节目。"她把当时流行的几个舞蹈说了一遍。然后道："我们初步打算排演《沙家浜》的第四场，就是智斗那一场。不知你们有没有意见。"

狗儿说："我们有什么意见? 听你们的呗!"其他人也表示没有意见。

接着就开始分配角色，刘华子演郭建光，狗儿扮刁德一，萍萍演阿庆嫂，还有高年级的一个名叫胖儿的男生扮演胡传奎。马九九本来说不参加，但禁不住大家反复劝说，扮演了一个小角色刁小三。还有其他角色也都一一派定。红儿准备跳一段白毛女逃到深山的独舞。后来她又准备自编一段喜儿翻身解放的舞曲，所以他选梦雨做她的舞伴，让他演大春。

角色定好，大家就投入排练。从那天开始，学校就变得十分有生气。每天，附近居民就听到学校里吹吹打打，歌声不断。一些没事的居民、闲杂人等都跑到学校来观看他们排练。

狗儿还将镇上一位赫赫有名的姓胡的老艺人请来做指导。这位老艺人旧时曾经演过《白娘子和许仙》。1964 年，他还把当时著名的杂技演员夏菊花请来古镇并与她同台演出，这件事情成为小镇一件盛事，多年以后镇上还有人对此津津乐道。不过“文革”爆发之后，他们这一批旧时乡土艺人就再也没有登台演出过了。

过了一段时间，他们做了一次彩排，效果他们自己还满意。于是他们决定进行一次演出，地点就选择在学校的大操场。他们用白纸写了几张海报，说某月某日在学校表演节目，张贴出去。

表演节目的那天，学校人来人往，热闹非凡。那个年代文化生活不丰富，听说有学生娃表演节目，不少古镇居民都来捧场。

那场演出之后，他们听人家反映说：“舞蹈还跳得不错，就是样板戏还差点儿。”有些看过电影的人说，京剧唱腔不纯，另外，乐器也太单调，就一套锣鼓、几把二胡和一只笛子。

2

正在红儿、萍萍为此发愁时，镇上的李秘书却主动找上门来。原来，镇上为了丰富群众文化生活，早有心组织一只宣传队，只是一时还没有提到议事日程上来。这帮少年在学校折腾的事情，被镇上知道了。李秘书这次是专门来找他们商量此事的。

有了镇里支持，果然大不一样。镇里不乏各类人才，因为古镇本来就是文化古乡，有千年的文化传统。“文革”之前就有业余汉剧团、楚剧团，只是“文革”这些年受到全国大环境的影响，所以那些旧戏才停止演出。而今普及样板戏，正好请出这些人马。于是，在沉寂了好几年之后，古镇又活跃起来。在许多人看来，古镇要是没有这样的群众文化生活，就显得非常苍老，没有生气。有人甚至抱怨说：“太死气沉沉。”

镇里把唯一一个老戏场也让给他们作为排练的地方。这是一幢老建筑，“文革”前是电影院，后来年久失修，已有好些年不使用。直到最近才重新油漆翻修，舞台换了新木板，但还没有正式投入使用。梦雨小时候曾注意到，电影院那个横梁上，写着“万历某某年”字样。这次他再次进入里面，发现那上面的字迹已被油漆刷掉。

狗儿很卖力，在剧场跑来跑去，负责张罗。李秘书把剧务工作全盘委托给他，并且告诉他，镇上将大力支持他们的活动，有需要、有困难尽管找镇上。刘华子、江小勇和梦雨成了他的左膀右臂，他剧里剧外忙得屁颠屁颠的。红儿、萍萍等自不消说，各自扮演重要角色。这一次，他们要排一整场《红灯记》，萍萍扮演李奶奶，红儿扮演李铁梅，刘华子扮演李玉和，其余人等都有各自的角色。

乐队也组织起来了，主要是召集原来楚剧和汉剧一帮旧部人马，加上镇上一些新秀人物。镇上给各个下属单位都打过招呼，所以，各个单位都很支持。散落在各个单位的文艺人才也被一一发掘出来，比如，担任乐队指挥的老严就是从木器社抽调出来的。

长话短说。经过一段时间的紧张排练，《红灯记》终于排练成功。狗儿经过和镇上协调，定于8月26号作首场演出。海报已经贴出去，票也都送给各个单位了。

到了8月26号这一天，下午四点钟不到，古镇的大会场门前，就已聚集了大批观众，当然主要是些孩子。吃过晚饭，那些有票的观众陆陆续续到达。此前，在李秘书的协调下，已经从各单位抽调人马负责守门及安全保卫，这也无须赘言。

演员们也格外兴奋，萍萍、红儿等早早就来到剧场后台化妆。她们不知听谁说演戏要“饿唱饱吹”，所以连晚饭也没有吃。

演出过程笔者实在难以描述，反正每一场落幕时都是掌声不断。据笔者后来调查，观众那时关注的主要是演员唱得好不好、表演得怎样等这方面的情况，至于内容则在其次。

总而言之，演出轰动了小镇。因为反响热烈，所以，又连续加演了几场。古镇的人们，那时茶余饭后，谈论的都是这个话题。萍萍、红儿成了小镇青少年的偶像，当然“偶像”这个词当时并不流行，但笔者如今找不到更合适的词来形容。笔者从梦雨的日记里知道：那时红儿和萍萍走到小镇的每个角落，都会有人喊她们“铁梅”或“李奶奶”。

演出热潮结束之后，新学期早已开始。但那时学校上课依然还是比较松散，课好似在上，又好似没在上。很多情况下，下午一般都没有什么课。

而演样板戏的热潮，却是一浪高过一浪。那时，全县搞了一次文艺调演。全县以区镇为单位，调集各路文艺尖兵，到县城大礼堂进行演出，通过这次文艺调演，涌现出好些个文艺尖子。

当时，全国也正好在开展“农业学大寨，工业学大庆”活动。县里召开学先进表彰大会，晚上就请代表们看文艺表演。古镇的《红灯记》成为最受代表们欢迎的节目。而红儿和萍萍的名气也越来越大，县城及各区镇都知道古镇里演《红灯记》的那两个女孩。

3

梦雨虽然非常乐意参加表演，但因为他在《红灯记》中没有角色，所以，就没能参加县里的这些活动。

待在家里，显得有些无聊和寂寞。这天下午不用上课，他到街上逛了逛，觉得闷得慌，就信步走到后街，不觉来到区委会后面的树林中，见一池荷花生机盎然，又见几只鸟儿落在荷边，蜻蜓点水，不觉诗兴大发，哼哼唧唧地吟了一首名为《荷花》的诗。

晚上回家誊录时，他还觉得余兴未尽，又写了一首小诗《荆江湾》：

娥皇星夜游楚汉，此处美景最江南。
琵琶天籁云河船，一梦撑入荆江湾。

写完之后，他又独自在月光下徘徊良久。梦雨爹妈见他一个人在外面院子里走来走去，嘴巴念念叨叨，感觉有点儿不对劲，问他怎么啦，他说没事。

夜很深了，他才回房间睡觉。

4

有话则长，无话则短。转眼一学期又过了大半，此时正是 11 月底，天已有些寒意。学校忽然接到参加修建铁路建设的任务。

原来，此时正是焦柳铁路大会战时期。那时中国搞建设，尤其是兴修水利和道路，采用的方式多是群众运动。修建焦柳铁路也是如此，沿线动员了成千上百万民工。小镇中学的学生也被组织起来，去参加为期一个月的铁路建设。

出发前一个多星期，学校老师召集狗儿等一帮文艺积极分子，下达了排练宣传表演任务。宣传主旨是“抓革命，促生产”。所以，萍萍、红儿、狗儿、刘华子、梦雨他们又忙活了一阵子，排练了一套小歌舞，主要是反映工农兵战天斗地的革命干劲和生活。

那天下午，狗儿来到梦雨家，因为他们要一起参加学校排练。到梦雨家后，见梦雨又趴在窗前写什么，他笑道：“写诗啊，鸭子？”

梦雨见狗儿进来，就说："好久没动笔了。刚才等着你来，没事干，就拿支笔写写，凑了一首诗，你看看。"

狗儿接过来看看，念道："小镇新蕾多，四乡嚷八哥。暖风春发动，谁能不唱歌！"

狗儿一边念，一边摇头："你怎么连时令都不分了，现在秋末冬初。明明是冬天，你怎么说是春天呢！"

梦雨说："我只是打个比方，你以为是写春景吧！"

狗儿说："总是写贴切点儿好。"顿了一下接着道："真的，我倒忘了，我今天正好把那次我们钓鱼捡到的那两个陶片带过来了，我想，还是交给你保管比较好，我拿着没用。"他边说，边从口袋里将那两块陶片掏了出来，递给梦雨。

梦雨已差不多把这件事给忘了。他接过陶片，将它们随手扔进一个抽屉。他说："什么时候把上面的那些字好好地研究一下。"两个人说说笑笑一同出了院子。

在门口，他们碰见梦雨妈从外边回来，她问："鸭子，下午不是不用上课吗？"梦雨说："老师要我们排练节目。"

"只会疯！你也不学做点儿正经事。"

梦雨说："我明天得闲去打猪草。"话没说完，人已溜得没影。

他妈望着他的背影摇了摇头。

第五回

1

早晨，学校的操场一片沸腾。学生和老师们聚集在一起，听候校长作出发动员报告。张校长讲了修建铁路的重大意义和注意事项，队伍于是开拔。铁路工地大约离小镇几十公里，听说小镇老玛瑙河就是从那个地方流过来的。

浩浩荡荡的队伍离开小镇，初时颇为整齐，同学们背着背包，唱着歌，一路前行。那是一个晴朗的早晨，太阳冷冷地照在天空，路边的枯草和田野上有一层薄霜。

狗儿担任年级指挥，负责给大家起头唱歌。

梦雨跟着队伍，显得十分兴奋。跟着长长的队伍，在走在队伍侧面的狗儿指挥下，一遍又一遍地唱歌，他觉得很来劲。那时候主要唱的是一些毛主席语录歌曲，比如："我们都是来自五湖四海，为了一个共同的革命目标，走到一起来了。我们的干部要关心每一个战士，大家都要互相关心，互相爱护，互相帮助。"还有："下定决心，不怕牺牲，排除万难，去争取胜利。"

那时的乡间公路十分简陋，也就是在泥地上铺一些碎石子而已。平时都是人车共行，所以路上经常有一些拖拉机"突突突"地经过。汽车不多，偶尔有一辆解放牌汽车迎面驶来或从后面呼啸而过。每当此时，就会在行进的队伍中引起一阵骚动。此外，沿途不时可以见到一些牛三五成群慢悠悠地在路上行走。有的牛偶尔会毫不知羞耻地撅起屁股，肆无忌惮地拉一泡大屎在路上。

队伍在行军过程中，搞了几次演习活动——在号令的指挥下，模拟遭到敌人空袭。每当此时，无论走在什么地方，都要就地卧倒。在急促的军号声中，有些同学猝不及防，一不小心就会卧倒在牛粪上。但他们这种行为，一般会得到学校表扬。

梦雨之所以情绪亢奋，应该还有一个原因，就是他想起前几年的全国大串联活动。那时，他还在上小学，老师们传达上级指示说，小学生不参加串联。他当时十分懊恼，因为他非常渴望跟着中学生们出去长征，特别想到韶山去看看。那段时间，他天天看见中学生们一队一队地出发，心里急得直痒痒。他和狗儿商量，一块去找校长，想让他开个证明，结果被校长婉言拒绝。校长说："学校没有权力开证明。"那时，红卫兵大串联，只要在本校开个证明，就可以凭此证明走遍全国各地，无论你走到何处，都可免费搭乘交通工具，吃饭不要钱，住店不要钱。在梦雨看来，那简直是个全国性的大联欢。如果用现在的话来说，就是一次中国大派对，古往今来，亘古未有，今后也不可能再有。

梦雨后来跟包括笔者在内的三五朋友聚会时曾就此事大发议论："人类历史上，世界范围内，举行如此规模的大联欢，应该是空前绝后的事情。当然，从国民经济角度来看，红卫兵大串联的行为是一次大灾难。但无论怎样，事情既然已经发生，后悔也来不及了。就像有一天，你忽然心血来潮，将积攒了多年乃至一生的积蓄拿出来，去周游全世界，回家之后虽然已身无分文、穷得揭不开锅，你也不必为此难过，毕竟你曾经经历过。既然做了，就不要后悔。"

笔者当时就反驳他说："反正花的不是你的钱。"

笔者曾经问过不少亲历者，他们中许多人对那段经历都津津乐道。虽然一路风尘，苦是苦一点儿，但他们乐意。可不是！想一想，你外出旅游，虽然路上很辛苦，但食宿交通全部有人买单，有哪个不愿意！是我也要去。

有个曾经参加过串联的下岗工人对笔者说："你看，如今有些官，利用自己的权力和地位，把国家的钱、人民的财富千方百计地往自己的腰包里装。有些当官的，神气得不得了，他大把大把地花国家的钱，天天花天酒地，花人民的钱一点儿都不心疼。有的人今天欧洲，明天夏威夷，不仅游山玩水，还要拿国家的钱补贴，听说甚至有嫖娼之后还要开发票报销这种事。但而今，你听说过有谁发钱给农民工坐火车回家过年这种好事没有？起码，当年红卫兵串联的旅游费用还是用在了咱们普通老百姓的头上，惠及了许多人。不瞒你说，要不是当年毛主席让我们红卫兵去见他老人家一面，我这一生恐怕也难得去北京一趟。"

狗儿后来也在酒宴上道："我真是不服气！国有企业的投资当初都是由国家出钱，怎么到了它们赚大钱的时候，享受巨额好处的却总只有他们行业内部的那些人呢？更不明白的是，看他们一个个肥得流油，却还不断地报亏损。"当然这段对话发生在很久以后，那时梦雨已经当了大学教授，他返乡探亲，狗儿和谷道儿等请他吃饭。

这是后话。

言归正传，梦雨当时很兴奋。他觉得自己就走在大串联的途中，他终于参加了。但背着的背包渐渐沉重起来，看看他的行头，还真的有不少：有一床棉被、一个挂包、一个水壶，加在一起也有二十来斤。虽然二十来斤不算重，但他毕竟还是一个少年，他个头虽然还可以，但看上去始终比较单薄。

他觉得有点累，很想坐一会儿。但看看四周，同学们还在大声唱歌，他也不好意思讲自己累了。他咬咬牙，继续跟着队伍行进，但他的歌声已经没那么响亮了。

他回头望望，看见了那些女生，也看见了红儿。红儿此时像一朵艳丽的鲜花，她的皮肤本来就很白皙，经过一番行军，她的脸上泛出了两朵红晕。红儿也正好把目光投向了他，两人对视一笑。梦雨回过头来，望着前方，他觉得浑身又有了力量。于是，他又大声地唱歌。

红儿同样兴奋，她觉得好玩。她今天穿着一套绿色军服，那是在县里演出时由县武装部发给他们演员的，说是对他们的一种鼓励。她把皮带扎在腰间，把绿色军帽戴得很正，头发露在军帽外边，她觉得自己像一个红军女战士。

记得是1964年，她曾看过大型舞蹈史诗《东方红》的电影，非常羡慕那些爬雪山过草地的红军战士。她心里常想，我要是生活在那个英雄辈出的年代该有多好，也可以参加二万五千里长征。那段时间，她在家里特别喜欢扮演红军女战士，跳红军的舞蹈给她爸爸妈妈看。

红儿此时的衣服已经湿透，虽然是初冬，汗珠却不断从额头涌出，但她还是没有把帽子摘掉，只是不断地用袖子揩去脸上的汗水。

这时，模拟演习又开始了。此次是模拟一次冲锋，要求大家跑步去占领敌人的山头。在军号的指挥下，同学们呐喊着，呼叫着，冲向左前方约一公里处一块野地的山头。

但这一次冲锋，却把整个队伍都打乱了。因为一些男生力气大，腿脚快，早已冲到了前头。而大多数女生就不行了，她们背着行李，被远远地甩到后面。

梦雨基本还可以，他能够勉强跟上男生后面的队伍，但有几个女生却已跑在他的前头。他跑了一截，回头看看，发现女生的队伍中没有红儿。他觉得不对劲，红儿应该不会掉队，因为她是一个好强的女孩。于是，他缓下脚步。后来，许多女生也超越了他。萍萍从他旁边跑过时，还冲他扮了个鬼脸。梦雨一边往前慢跑，一边回头张望，但还是没有等到红儿。

看看女生都跑到前面去了，自己基本上是在队伍的最后面，却还没有见到红儿的影子。梦雨于是决定回去找红儿。此时，他已经离山头不太远。他一直往回跑，差不多回到起跑点那里，才见到红儿蹲在地上。

原来她的背包散了，她正在那里打背包。红儿不会打背包，今天早上出门时，她的背包是妈妈帮助打的，但不知怎么搞的，现在却完全散了架。红儿急得不行，正把绳子拿来乱系，脸上的汗水流个不停，几乎要哭起来。

梦雨远远地就吆喝："红儿，我来了！"

红儿抬头望去，见是梦雨，就停住手上的动作，她站起来说："这个妈妈！连一个背包也打不好！"红儿把责任归咎于她妈妈。

梦雨拿起绳子，看看都是死结，怪不得红儿解不开。梦雨用牙齿咬，用手使劲抠，弄了半天才总算把绳结解开。打背包倒是没有用多久时间，一会儿就完成了。

打完背包，梦雨和红儿重新各自背起背包，疾步朝前走去，梦雨帮红儿拿了一个挂包。行进了不一会儿，红儿说："鸭子，反正已经掉队了，不如慢点儿走，也好说话。"

梦雨本来急得不行，望望前面，看见已经没有人影，心想也是。于是放慢脚步，两人索性慢慢行走。梦雨侧头望着红儿，笑道："怪不得呢！"

红儿奇怪道："怪不得什么？"

梦雨道："怪不得那年那些红卫兵串联，一个个像溃兵似的。"原来他想起当年情景，那些从小镇经过的红卫兵们，好像都没有什么精神样。有一次，他看见几个从四川过来的红卫兵，坐在小学用水泥修建的乒乓球台上，一个个灰头土脸，好像生了痨病似的。他还帮助学校接待了他们，帮他们到学校教工厨房打开水喝。那些红卫兵一个个耷拉着头，好像连话都没力气说。梦雨当时觉得，这些哥哥姐姐们太没有革命朝气了。他认为，他们应该举着红旗，迎着太阳，精神抖擞地走在路上，那样才像一个红卫兵！

红儿说："原来路不是那么好走的耶！"

梦雨道："不过他们好幸运，可以到北京去见毛主席。"

红儿说："他们都一直走路到北京吗？"她指的是那帮四川娃儿，她当时也在学校玩儿，也见过那十几个四川的红卫兵。

梦雨说："不知道啊。他们好像是从万县一路走过来的。但我听猪头说，红卫兵串联时，大部分还是乘车乘船，不过车上人太挤，有时候根本就挤不上去。"猪头是他邻居，曾经参加过大串联，去过韶山。

红儿说："我哥哥去过北京，受过毛主席在天安门的检阅。"红儿顿了一下，继续道："不过他说人太多，队伍走得像潮水，他都没看清毛主席的样子，只看到天安门上一排人影。”

梦雨说：“毕竟他们还是幸运的，我们都没有赶上。”

红儿又说：“我哥哥他们还去了长城。”

梦雨说：“到北京当然要去长城！不到长城非好汉嘛！”他想起了毛主席的一首诗：“天高云淡，望断南飞雁。不到长城非好汉，屈指行程二万。”就随口把它念了出来。

红儿说：“看来红军长征是件很不容易的事情，今天算是有了切身体会。”

梦雨也有同感，他说：“过去，爬雪山过草地在我看来是一件很浪漫的事情，不过我现在还是这样认为。”那时候老师给他们讲过革命的浪漫主义和革命的现实主义，他把“浪漫”这个词用到了这里，但他没有使用“革命”一词，他觉得此处不需要。

红儿点头道：“那么多人在一起走路还是挺好玩的。”

梦雨又想起了毛主席的另一首诗《七律·长征》，他问道：“红儿，你会唱毛主席的《七律·长征》的歌吗？”

红儿说：“怎么不会！”于是她轻轻地哼出毛主席的《七律·长征》的歌来：“红军不怕远征难，万水千山只等闲……”梦雨也会唱，两个人一起哼唱。哼着哼着，红儿忽然停下来。她停住步伐，指指天，说：“鸭子！你看空中的大雁。”

梦雨也停住脚步，望望天空，只见一队大雁正在空中行走。他说：“越冬的大雁在往南飞。”

红儿笑道：“你那么喜欢作诗，此情此景，你能不能也作诗一首，给我解解闷。”

梦雨低头想了想，道：“我是慢慢想才行的，没有那种急才。”

红儿说：“你试试看嘛！”

梦雨闷头想了想，开口道：“只能胡诌几句。”

红儿说：“别啰嗦了！”

梦雨结结巴巴地吟了一首《雁队》：“秋风走急云，号角远山听。战马天穹过，高空雁行军。”

红儿说：“也还对景。”她顿了顿又道：“‘战马天穹过’这一句还比较有想象力，别的也就是对景而已。”

梦雨笑了笑，没吭声。过了一会儿，他说：“光说话，忘了赶路，走吧！”

红儿一只手拉住梦雨的胳膊，说：“走不动了，你拉拉我。”

梦雨除了那年乡下巡回演出背过红儿之外，再也没有碰过红儿。他红着脸，拉着红儿的手，觉得心在扑通扑通地跳。小时候他可没这种感觉，就算那一次背着红儿走路，也没有这种感觉，他不知道为什么。红儿看见梦雨脸上直冒汗珠，就把手抽回来，说："看把你累的！算了，不要你拉了。"

梦雨说："你把包也给我背吧。"

红儿说："那怎么行！两个包你怎么背，算了，我能行。"过了一会儿，她说："我想起一个笑话，说给你听听。"

梦雨傻笑道："什么笑话？"

红儿道："你听我说！"她抹抹汗，接着道："从前有个结巴，他娶了一个漂亮的妻子。有一次夫妻二人到后面菜地去夹园子壁，也就是给菜地修补篱笆。妻子说她不会做篱笆活，结巴就对他爱人说：'很简单，我把篾片从外边穿进来，你在里边拉紧就得了，记住：我要你拉你就拉，拉紧一点，园子壁才结实。'两人于是补篱笆，补着补着，那结巴忽然大叫起来。"

梦雨问道："他喊什么？"

红儿笑道："你别急，结巴大声叫：'拉——拉——拉！'他的声音一声比一声高。他的爱人不知什么缘故，只好使劲儿拉紧篾片，但结巴的喊声已经变成了哭声。"

梦雨奇怪道："怎么会呢？"

红儿接着道："结巴这时终于喊道：'拉——拉——拉不得了！'你知道为什么吗？"

"为什么？"梦雨问道。

红儿看看他，道："你怎么这么笨，这都猜不出来。"

梦雨觉得不好意思，他真的不知道。

红儿摇摇头："有时候看你脑子那么好使，我还以为你很聪明。告诉你吧，鸭子！那个结巴的手被篾片夹着了，他本来喊'拉不得了'，结果因为结巴，又很急，所以他就喊成'拉——拉——拉'了。"

"后来呢？"梦雨很关心结巴的手。

"后来啊，"红儿笑道，"那还用说，他的手指被篾片划伤了，流了好多血！"

梦雨笑道："这也怨不得谁。"

红儿歪着头，笑着对梦雨说："你说我怎么会想到这个故事？"

"怎么想到的？"梦雨不知道。

红儿笑道："我刚才看见你吟诗的样子，说话结结巴巴的，我就想起这个故事来。"

梦雨哈哈大笑。

2

忽然听见有人高声道：“好啊！我们都急死了，你们俩倒在这里很悠闲。”说话的是刘华子。原来，带队老师清点人数，发现少了他们两人，就派刘华子和萍萍来找他们。萍萍也说：“还以为你们出事了呢!”

红儿解释说：“我的背包散架了，所以耽误了一点时间。”

刘华子说：“只耽误了一点时间？我们都等了快一个小时了。你们是不是想做逃兵?”刘华子觉得不该发生这种事，尤其是看见他们那么悠闲自得的样子。

萍萍也说：“我们在山头上都吃过干粮了。”

梦雨和红儿赶紧加快脚步，朝山头跑去。等他们到达山头时，队伍正在集合出发。他们各自归队，全体同学都把目光投向他们。梦雨觉得不好意思，他低着头走进队伍。红儿却没什么，她冲着几个女生笑了笑。老师倒是没有批评他们，只是问了问情况。正在说话光景，号令响起，队伍又出发了。梦雨肚子咕咕叫，他有点儿饿了。于是，他从挂包里掏出一块饼，边走边吃。吃完之后，又打开军用水壶，咕咚咕咚喝了几口水。

队伍现在已经行进了二十来里路。此时，不少同学的步伐已显疲态。狗儿依然在队伍侧面带领唱歌，但队伍的歌声已经没有早上那么响亮。继续前行了十来里路，狗儿也不再起歌，因为这时已经没有队伍了。抬头望去，队伍的先锋已不知踪影；回头看去，后面的队伍稀稀拉拉，连绵不绝，也不知道还有多少人落在后面。学生们现在是三五结伴，八九成群，一波一波地往前走。大多数同学也不知道具体目的地在何处，只是跟着前面的人一个劲地朝前走。

这时候从前面传来纸条，传来了张校长的指令。那时通信手段很落后，不像现在有手机，可以及时联系。张校长的指令内容大概是几点几点在哪里会合等。狗儿看了纸条，又把它传给后面一群人。

狗儿本来在队伍的侧面指挥，后来又跟领队于老师和一群学生走在一起。但他把纸条传给后面一波人群后，于老师的队伍已在前面很远。于是，他加入了后面江小勇、萍萍、芳芳等一帮队伍。

此时，虽然大家已经不再唱歌，但谈话闲扯的兴趣反而变浓。狗儿凑上去，听他们在谈什么。原来大家叽叽喳喳在谈《封神榜》上面的故事。最近一段时间，有个名叫谷道儿的学生，不知从哪里弄了一本《封神榜》，书皱皱巴巴的，大家都在传阅。狗儿那一次到谷道儿家打牌，看见好几个学生凑在一堆，围着谷道儿看这本书。

“文革”破“四旧”立“四新”，烧了不少书。小镇虽然不能幸免，但在民间私屋，其实还有不少旧书。一般来讲，这些书大多分散在不容易受到冲击的家庭中。那些容易受批判的对象，例如地主资本家、当权派等，就要格外小心。

狗儿上小学时，曾看见几个蔬菜场的青年，带着一帮小青年，冲进饶家巷一名陈姓资本家的家中，搜查出了许多绫罗绸缎、旗袍花鞋和珍珠玉器。

为首的是蔬菜场的李叫花，是个斜眼。那个李叫花，家里一贫如洗，勉强读完小学就不再读书。他自幼丧母，父亲是个酒徒，喝完酒就发酒疯。据说，李叫花的母亲就是忍受不住他父亲的长期打骂而上吊自杀死的。

李叫花从小到大，可没少挨打。他父亲打人可是不顾后果的，拿到什么就用什么打。居委会曾经多次调解教育，但李叫花父亲打人的脾气却总是不改。后来，李叫花渐渐长大，他父亲慢慢打他不过，末了反而是经常挨儿子的打骂。狗儿小时候有一次从李叫花门前经过，曾看见他们父子对打。当时闹得鸡飞狗跳，他家门前围了一大堆人。狗儿凑上去看时，见到居委会陈主任正在那儿给他们爷儿俩劝架。

李叫花后来进了蔬菜场工作，接了他父亲的班。狗儿的爹也在蔬菜场工作，小镇的蔬菜场是一个集体企业，有二百多号人。他们在后街湖，也就是小镇后面的云畔湖旁拥有几百亩菜地，全镇的蔬菜主要由他们供给。

在“文革”初期，蔬菜场的造反气氛最为浓烈。他们里面出了几位在镇上响当当的人物，其中最厉害的叫孙哈虎。另一位急先锋就是李叫花。狗儿还记得，镇上后街有个叫狮子口的地方，“文革”之前曾经立有两尊大石头狮子。就是这个孙哈虎和李叫花，领着一帮社会青年，带着铁锹、挖锄、榔头、锤子，先是把石狮子推倒在地，后来又将狮子头打去半边，丢弃在路边。

这对狮子，后来不知去向。

就在那次揪斗陈姓资本家的时候，狗儿看见李叫花不断从陈家把东西扔出来，剪掉旗袍，撕裂绫罗绸缎，嘴里骂骂咧咧，还扔了一些古书出来。最后，他们一伙人把这些东西堆在天井里，放了一把火，就扬长而去。

狗儿那天也在场，不过他是小孩子看热闹。李叫花一伙离开时，狗儿看见他们口袋里装得鼓鼓囊囊的。他们走后，一群小孩子，其中包括狗儿，还在火堆里找东西，狗儿当时捡了一把象牙梳子。

据狗儿所知，那几天，李叫花等人共抄了七八户人家，弄得古镇人心惶惶。据他父亲讲，小镇中许多殷实人家家中一般都藏有细软，不少胆小怕事的都在此事之后，将家中细软趁夜晚月黑风高之时，悄悄投入长江或后街湖之中。

那些天孙哈虎和李叫花可谓威风凛凛。他们不仅在外面斗，而且还在蔬菜场内部搞窝里斗。有一次，他们把蔬菜场厂长抓出来批斗，并且宣布夺权，让那位厂长靠边站。但这也不足为怪，因为那些天好些单位的领导都靠边站了。

奇怪的是，有一次开批斗走资派大会时，他们突然把坐在下面听会的一名胡姓女子用驾飞机的方式抓上台去。

那天，狗儿、梦雨和谷道儿等好多小学生都在会场无事看热闹，因为学校已经停了课。

会议其实已经进行了一半，蔬菜场的走资派们大多已经做完检讨交代。

忽然，只听李叫花大吼一声："把那母夜叉胡泼妇揪上台来!"随着叫声，以他为首的一帮人一拥而上，冲到那胡姓女子身边，将她抓到台上批斗。

孙哈虎那时是大会主持，他让她站到一把椅子上。李叫花等人大声让她交代罪行。但那胡姓女子显然没有心理准备，她大声争辩："我是一名群众，有什么可交代的?"

那李叫花斜着眼睛，吼叫道："不给点厉害你是不会说的。"一边说，一边就给了她一个耳光。

胡姓女子还不服气，说："毛主席说，要文斗不要武斗，你为什么打人?"

那李叫花脱下鞋子，一鞋底子抽过去，打在胡姓女子的脸上。胡姓女子站立不稳，倒在地上。但她还是不服气，哭喊道："你个狗日的叫花子！老娘跟你无冤无仇，你凭什么打老娘!"

李叫花提着鞋子，一连抽了十几下，边打边骂："老子看你嘴硬，还是老子的鞋底硬!"打得胡姓女子满脸是血，脸上一下子肿起来，躺在地上，再也喊叫不出声。

李叫花这时说："拿把剪子来!"早有几个男男女女，递了把剪刀过来。他们把胡姓女子架起，随着几声剪刀的"咔嚓"声，胡姓女子的头发被剪了下来。她变成了阴阳头。

李叫花还不罢休，说："把她架到椅子上去!"狗儿的爹也在场，他此时再也忍不住，就大声说："人都整成这个样子了，还能站那么高吗?"他显然很愤怒，又大声骂道："老子也是贫下中农！老子跟你的爹也算开裆裤朋友，看你个龟儿子能把老子怎样!"这时，一帮蔬菜场的职工都纷纷站起来，不管三七二十一，把那胡姓女子扶了下来，有人还给她倒了杯水喝，帮她把脸上的血擦掉。

这场批斗会就这样草草收场。

后来狗儿告诉梦雨："胡姓女子的丈夫张老师，曾经是李叫花的班主任。张老师是旧社会过来的知识分子，在'文革'之前，张老师偶尔对调皮捣蛋的学生有过体罚行为。李叫花因为在班上最折腾，所以，他挨手板、揪眼皮的次数最多。'文革'刚爆发时，那张老师已经得病去世。这李叫花怀恨在心，竟然迁怒于张老师的老婆。另外，这胡姓女子平时咋咋呼呼的，什么事情都要跟人家争个赢头，所以得罪了不少人，许多人都很讨厌她。这李叫花被人在后面唆使，正好借此机会，公报私仇。"

梦雨说："他出手也太毒辣了！"

那胡姓女子当天晚上就不见了，人们只在河边看见一双鞋子。

3

谷道儿的父母是打豆腐的，他们家有兄弟姊妹六人，谷道儿是老幺。刘家家境殷实，几个兄弟都在什么搬运公司、木器社等工作，交际甚广，小镇上地痞流氓也不怎么敢惹他们。李叫花等也知道刘家是不好惹的，所以也没敢起什么念头。他们吃柿子只敢找软的捏，狗儿知道。

谷道儿家藏有许多书，这在一般同学中已经是公开的秘密。"文革"那时破"四旧"风潮早已过去，但书店已没有什么书卖。所以，很多同学，包括梦雨、狗儿都常到谷道儿家去玩儿、打牌、看书。谷道儿偶尔也会从内房里拿出几本旧书给大家看，当然是在他父母亲上豆腐社打豆腐去之后。

言归正传，此时，狗儿加入江小勇、萍萍、芳芳一班队伍，听江小勇正在给大家讲《封神榜》中红孩儿踩风火轮打斗的故事，大家听得津津有味。这本书狗儿还没看过，也不知现在传到了谁的手中。听着江小勇讲得天花乱坠，他忍不住插嘴问道："这本书现在在谁手里？"

江小勇瞟了他一眼，指指自己的鼻子，道："在我手中。"

狗儿说："你看完了给我看！"

其他人纷纷道："你排队吧！我们都还没看呢。"

狗儿对江小勇说："反正我找你要，否则不做朋友。"

江小勇望望大家，颇为为难。

其他人开始攻击狗儿："你怎么这么霸道！""谁稀罕跟你做朋友？"

江小勇笑嘻嘻地说："我不管了！我把书还给谷道儿去，你们找他借，跟我没关系。”

狗儿转弯道：“跟你们说着玩的，我早就看过了。”其实，他还没看过。

萍萍说：“你看过了还在这儿胡搅蛮缠干什么！”

芳芳这时插嘴道：“狗儿！路还有多远？”其他人也纷纷问道：“对啊，走了这么半天怎么还不到？”

狗儿看看天，答道：“到了玛瑙河，就没有多少里路了。”

“怎么还没到玛瑙河？”有人问道。

此时已是下午四点多钟，初冬的太阳已经坠得很低，几乎跟远处的矮山平齐。狗儿正要搭腔，忽听前方远处似有人欢叫，大家的目光一起朝那边望去。

原来已到玛瑙河了。翻过一道堤坎，玛瑙河完全展现在他们面前。两边望去，玛瑙河水晶莹碧透。此时正是冬季枯水季节，所以水不深。顺着玛瑙河朝上游望去，只见远处近处都是人影，他们是先到的学生。江小勇见状，大喊一声，带头俯冲下去。男生、女生也都呐喊着，一路蹦跳着冲向河边，他们早已忘记了途中的疲劳。

到了河边，大家扔掉背包行李，脱掉鞋子，卷起裤脚，踏向水中。有的洗手，有的洗脸，忙得不亦乐乎。有的人模仿电影《南征北战》的情景，捧一口水喝，然后说一句：“啊！又喝到家乡的水啦！”但马上就有人接口说：“这哪里是你的家乡呀？”另有人接口说：“反正也不远，可以算家乡。”

芳芳忽然惊呼道：“这里真有玛瑙石耶！”说着，她弯下腰，从水里捡起一颗花纹石头。

狗儿说：“玛瑙河之所以称为玛瑙河，就是因为河里有玛瑙石。”

于是，大家开始在河边找玛瑙石。萍萍一会儿就找了两颗，江小勇捡了一颗小的，其他同学都有所收获，唯独狗儿没有发现一颗。他解嘲说：“今天手气不好。”

他正要洗脚上岸，听到红儿在堤坡上喊叫。原来她和梦雨俩人在一道，正在向河边飞跑过来。狗儿没等他们到河边，远远地就喊道：“好啊！你们俩搞得形影不离了！”

梦雨正要回答，只听萍萍冲红儿喊道：“红儿！快来！这里好多玛瑙石。”

红儿解下背包，脱下鞋子，边走边问道：“水凉不凉？”

芳芳说：“不凉不凉！一点儿都不凉！”

红儿下水，走了两步道：“真的，水是暖的！”

梦雨也脱鞋下水，他走到狗儿旁边。狗儿对他挤挤眉毛，道：“想不到给你们机会了！”

梦雨装傻，反而问道：“真有玛瑙石？”

狗儿说：“有倒是有，但不多，可能都被前面队伍的人捡走了。我们应该再往前面走一走，前面可能多一些。”说完，他朝大家喊道：“玩够没有？还要赶路呢！”

红儿说：“刚到呢，一颗都还没有捡到。”

梦雨说：“干脆我们把鞋子夹进背包，就在河边上往前走，一边走一边找。”大家表示同意，于是沿着玛瑙河，往上游前行。在路上，不时有人捡到玛瑙石，红儿也捡到几颗。

越往上走，河水越浅。大约走了两公里路，见路边竖立了一个牌子，上面写道：“从此处过河，上山路，顺路而行。”

一行人按照指令，趟水过河。此处河中央水深处，有一块一块的大石头横排河中，从石头上踩过去，水只浸到脚板底。

到了河对岸，红儿和芳芳非要沿上游河边，再去捡会儿玛瑙石，所以大家决定原地休息一会儿。想去的就去，不去的就看东西。狗儿不想去，他坐在河边等。

果然，上游地方到底是没人捡过，不一会儿，大家满载而归。红儿捡了一大把，梦雨也有十几颗。梦雨分了一半给狗儿，狗儿却不要。他说：“我以后专门来捡。”

那一天，他们到达目的地时，已是晚上八点多钟。梦雨在日记里写道：“我走进一户老乡的门内，回头望时，只见半轮明月高悬在松林上边。”后来，作者在他的诗里找到了这样一段，但不知道是不是写于当时，姑且把它引录于此：

静　夜

静夜空无声，松月野眠深。
狂情羁心底，梦中却乱奔！

顺便说一句，梦雨这人写东西常常没有记录时间，就算写日记，时间也是偶尔有，偶尔没有，但大多数是没标出时间。他写诗歌基本没有写出是何年何月何日所写，这给笔者对他的研究带来了极大的不便。

第六回

1

夜虽然很静，但梦雨看到的白天却十分喧嚣。他还没有见过如此热火朝天的场面。昨天，当他们学校的学生走在途中之时，他只觉得队伍好壮观。但今天早晨，当他来到工地之后，才发觉他们的队伍是那么渺小。中学几百号人，在这个工地上，只不过是占据了一个不大不小的山头而已。而像这样的山头，从眼前望去，一个接一个，连绵不绝，一直到他看不清的地方，每座山头都有着像他们那么多的人在干活儿。

梦雨当时十分震撼，因为他知道，从河南焦作到广西柳州的路程该有多远！就这么一个山头就有几百号人，那从焦作到柳州要多少人？

站在松林坡上，他忽然想起万里长城。昨天在路上，他还和红儿说起过毛主席的“不到长城非好汉”的诗句，当时想到的是英雄登高的豪迈情怀。但此时他的眼前却出现了一幅古代人民在万里崎岖不平的、充满荆棘的高山峻岭中修建如此宏大的古代工程的场面。

那得要多少人？

梦雨一直对数字不敏感，万里长城在他的脑海中只是北京的八达岭那一段墙。他一直认为爬到那个墙上面是一件很神气的事情。他曾经想象，自己就是古代一名将士，头戴盔甲，腿跨战马，在长城上下来回奔驰，那场面该是多么威风！但他从未想过长城要多少人来修建；更没有设想过，自己若是古代的一名民夫，跟在千百万挖石挖山的人中间劳作，那又是一种什么感受。那一定很不容易！他想。

因为他刚才试着用锄头挖了几下山坡上的土，很硬，是那种干硬。锄头挖下去，手震得生痛，却只在山地上掘了一块小土片。

“天啊，这怎么挖！”他听到有人惊呼。

这时，张校长开始讲话，大致是鼓励大家的一些言辞。接着就有一位公社干部模样的人来给大家谈任务，他说：“刚才大家都领了工具，这些工具每个人保管好，下工时依次放进工棚。我们的任务是按要求清理土方，要把这座山的一边挖出一条路基，今后好铺铁轨，大家就按照那些标桩来挖土方。”边说边指指山坡上的桩子。梦雨跟着大家的目光看去，才注意到山上原来打有很多标桩。那个公社干部这时又说道：“长话短说，挖土方的工作是很累的，大家要学会苦干加巧干。好吧，现在开始。”末了他又补充一句：“请同学们注意安全！”

其实他还没说开始时，很多同学就已经在动手干了。山上需要做路基部分的树木早已被前面不知什么人砍去，只剩一些树桩。张校长一马当先，攀爬上一片高处，手上拿着一把镐头。他给每个排（那时改班叫排）划分了一块地段，大家就在那个地段上挖土。

梦雨跟着一支人马，首先是向一棵树桩开刀。几个男女同学，围着一棵碗口粗的松树桩，你一锄头我一锄头地挖下去，他们差不多干了一个上午，才把这棵树桩给挖出来。

狗儿也在此人马之中，他望着那个树坑，忽然笑着说：“愚公移山！”

那时的学生们之所以知道“愚公移山”的故事，都来自于毛主席的著作“老三篇”。今天说来，可能不少后生哥已不知道何谓“老三篇”。“老三篇”指的是《为人民服务》、《纪念白求恩》和《愚公移山》这三篇文章。但为何称为“老三篇”，连笔者也没搞清楚。大概是因为那些年，大家年复一年地读这几篇文章，它们已经成为经典的缘故。如今，人们说到“老三篇”，已经含有一种贬义。说你又在讲“老三篇”，那意思是说你在讲一些过时的理论，并且对说话人隐含有一种食古不化的鄙视。

梦雨在上世纪九十年代又把“老三篇”找出来读了读，觉得这不仅是毛泽东的经典著作，更是他内心世界的真实追求。梦雨写道：“对比古代圣贤文章，我觉得毛泽东思想的核心就是为人民服务，它其实与孔孟先贤或后来阳明先生所提倡的克己功夫是一脉相承的，它是在提倡一种规则，一种官场文化规则。这种规则首先要求的是官，而现在的许多官，你跟他讲为人民服务，他内心早对你嗤之以鼻，说你在犯傻呢！”据梦雨看来，“老三篇”可以与《论语》、《孟子》、《传习录》共列为中华文化之经典，官场之永读。

但那时人们大谈为人民服务，虽然一点儿贬义都没有，却都是冲着人家说的。比如你上街买东西，服务员对你不理不睬。你若指着墙壁上“为人民服务”几个大字跟他（她）理论，他（她）马上呛你一鼻子灰，道：“为人民服务？又不是为你一个人服务！你能代表人民？”几句话能够把人噎死！

对不起，岔开了话题。

但此时梦雨的确因为狗儿的一句“愚公移山”而产生了联想，不过他当时想的是另外一个问题。只听他开口说道：“不知我们挖山会不会也感动上帝？”

“肯定不会！”萍萍马上接下话头。

“为什么不会？”梦雨问。

“因为你的心不够诚恳。”萍萍说。

梦雨反问道：“何以见得？”

萍萍说：“还没有开始挖山，你就指望神仙来帮你忙，你说你诚恳吗？”

狗儿在一旁笑道：“就算我们诚恳，也没有神仙来帮忙。”

梦雨道：“为什么？”

狗儿道：“因为《国际歌》里说：‘从来就没有什么救世主，也不靠神仙皇帝，要创造人类的幸福，全靠我们自己。’”

梦雨问道：“什么是救世主？”

狗儿说：“这还不知道！就是救星呗。”

梦雨说：“那世界上究竟有没有救星啊？”

狗儿肯定地说：“当然是没有啦，《国际歌》不是这么唱的吗？”

梦雨说：“不见得吧。”

狗儿说：“怎么不见得？就是没有。”

梦雨立即提出有力证据反驳说：“那《东方红》歌曲中最后一句不是这样唱的吗：‘毛主席，爱人民，他是人民大救星。’”

狗儿一时语塞。

萍萍望着狗儿笑道：“怎么样？无话可说了吧。”

梦雨笑道：“所以，我们挖这座山，还是有机会请神仙帮忙的。”

红儿却提出了另外一个问题：“不知道哪个神仙会受到我们的感动？”因为最近大家在传看《封神榜》，所以都将书中的人物列了出来。有的说是二郎神，有的说是托塔李天王，有的说是王母娘娘，莫衷一是。当然大家只是寻开心，逗乐子而已。听他们这一堆人叽叽喳喳，许多在远处干活的学生也围拢过来，参加了这群队伍的边挖山边聊天的活动。班主任于老师走过来笑着问道：“你们这一堆怎么这么热闹？”

芳芳说：“鸭子想偷懒呢，他想请神仙来搬山。”

于老师说：“是吗？”又点点头道：“好，好！青少年是要有些想象力，不过，别光说话，忘记了干活儿。”

狗儿道：“老师，你看我们挖了这么大一棵树桩。”于老师看了看，没说什么就走到一边去了。

2

这时，江小勇忽然指着远处山下，喊道："送饭的来了！"

大家朝江小勇手指的方向望去，果然见到山下远处田野中，几个黑点在移动。于是，大家跟着吆喝起来。

原来，那时民工修铁路，都编入了各个公社大队里边，比如说"上湾公社福星大队三连"。伙食一般是以大队为单位，按一定标准安排的。民工们一般按片分住在农民家中，做饭也是在较宽大的农户家里。在梦雨他们干活的这些大大小小山头上，大多是庙山区几个公社的民工。因为学生是来义务劳动的，所以吃饭是免费的。

江小勇这一声喊，引起了连锁反应。因为梦雨听到，首先是本山头的雀跃，引起了邻边两座山头的呼喊，继而像水波一样扩展开去。只听无数山头都在欢呼、喊叫，那场面，好似久旱的禾苗在欢呼雨的到来。

在其后的一个月中，梦雨他们每天中午，都会经历这样一次欢声雀跃的场面。每当远处出现挑饭人的身影，各个山头就会轮番欢呼起来。后来，人们仅凭远处黑影走的不同田间路，就已经知道送饭的挑夫们要到哪个山头。而且之后，人们好像已经把这当成了一种比赛，谁的送饭队伍越早出现，谁的山头就会更加骄傲地欢呼，好像他们取得了什么胜利。

但这种欢乐场面的"始作俑者"是江小勇。在此之前，那些山头的真正民工，从来没有过这种行为，他们绝不会因为送饭来而欢声跃动。

"是你们这些学生娃带来了如此的欢乐，使它成为我们这片工地的一道快乐景观。"这是在其后的一次联欢大演出之前，那个区负责人在大会上的讲话。在那个异常艰苦的年代，在那个如此单调乏味的工地上，人们会想出各种办法来娱乐自己。多年之后，作者走访那些亲历者，他们印象最深的、最难忘的，居然是这样一个场面。

但那天，江小勇他们这群学生却高兴得太早了点，因为那几个挑饭的人走向了别的山头。他们感到有点儿失望，因为直到附近所有的山头吃完了午饭，他们的饭菜才终于送上山来。狗儿还记得，当时有个鲍姓同学，在等待时，当场还冷言冷语地作了首打油诗："天上刮来东北风，我在山上做民工。送饭大哥愣不来，肚子饿得咕咚咚。"狗儿不无讥讽地瞟着梦雨说："看来我们这里的诗人还不少呢！"

大家那时吃的是钵子蒸饭，俗称黄钵子饭。这是当时当地一种很普遍的蒸饭方法，有点儿像现在广州街头巷尾现蒸现卖的钵仔饭，不过形状和大小有差异。菜装在大木桶里面，由师傅用勺子分给大家。一般有两个品种，稍稍带荤。所谓稍稍带荤，意思是假如你运气好，能够碰到一两片肉腥。

大家吃完饭，会有半个小时左右的时间休息，称为“打方”。这时大家或睡觉，或聊天，或做其他事。

梦雨想利用这段时间写点儿东西，他爬上山坡，走到一棵松树旁，靠着树干，思索着什么。他那时刚满15岁，虽然依然懵懵懂懂，但有点儿喜欢诗文的他却正在搜索枯肠，想要描述一下这种热火朝天的工地气氛。他看到那些民工，看到他们的眼神，很想用那种激情的语言来描述，但心底却十分抗拒。因为他凭直觉感到，热火朝天的工地上，一个个却是那么疲惫！

但，他们是愉快的！因为他们天生就是。无论什么环境，他们都能忍受，并且欢乐。尽管在他们的额头上，黝黑的脸上，也隐隐约约写着无奈。他们来参加修铁路，基本没有报酬，只有一些补助。铁路是国家的，为国家建设作贡献“是应该的”。这是梦雨后来询问他们中许多人时得到的回答。

“愚公移山”，这是初创国家那一代人的座右铭。开国不易，一穷二白，百废待兴。新中国成立初期，整个国家基本上什么都没有，是一片废墟，或者说是一张白纸。

梦雨想起了在哪儿看到的一段话：“穷则思变。一张白纸，好写最好最好的文章，好画最好最好的图画。”梦雨觉得这段话讲得很有道理。但又觉得还缺少点儿什么，到底缺什么？他想不出个所以然来，于是又陷入了沉思。

3

上工号吹响，下午的工作又开始了。现在却定了具体任务：要严格以排为单位，或挑，或挖，或掘，要完成多少多少土方，男女搭配，自由组合。所以狗儿必须回到二排那边去干活儿，否则就完不成本排的任务。梦雨拿起锄头，走进队伍中，正好站在萍萍旁边。

萍萍也跟梦雨自小是朋友，从小学到初中一直跟梦雨在一个班。小学时，梦雨跟她的关系比红儿还要亲近。因为她住在上街，所以她经常来邀梦雨一起上学。奇怪的是，班上少年虽经常搞恶作剧，却从来没有耍弄过她和梦雨。萍萍长着像小苹果样的圆脸蛋，皮肤比红儿稍稍显黑，两块红红的红晕一年四季都不消逝，她的嘴角还有两个浅酒窝，一笑就显。萍萍的嗓子像山谷流淌的清泉，又脆又甜。

此时，她见梦雨闷声不语，只是一锄头一锄头地挖土，就说：“鸭子！怎么不说话了？”

梦雨说：“怕完不成任务。”

萍萍道：“说话会影响干活儿吗？不会的！”

梦雨道：“这个地真是硬！”

萍萍点头：“是好难挖！都是干黄泥地。”

梦雨望望山峦远处，说：“萍萍！你说山上这些松树为什么还能活？”

萍萍想了想，说：“坚强呗。”

梦雨点点头道：“的确。”

萍萍说：“它们虽然很坚强，但在建筑师的眼中，却都基本上没有用处，不能成材，更不可能做栋梁，只能当柴火烧。”

梦雨停住锄头，看一看萍萍。他刚才靠在树旁，觉得有个他说不清的问题。此刻，他觉得萍萍似乎已经回答了他的问题。他点点头道：“你说得对。但我觉得，这座硬邦邦的山，要是没有能适合它的松树，就一点儿生机都没有。”

萍萍想了想，点头道：“确实，正是这些看似没什么用处的松树，装扮了山，使大地更加美丽。”

梦雨说：“所以，大地上的一草一木，不能以它是否成材来判定它的价值，因为那只是我们人的标准。”

萍萍一边清理刚刚挖开的松土，一边点点头道：“话是这么说，但我还是希望自己是一棵能够成材的树。”

梦雨说：“谁不希望？但是，你若处在这个像松树的环境中，可以成材吗？”

萍萍想了想说：“也许可以。”

梦雨一锄头使劲挖下去，觉得手震得很痛。这时，红儿正好挑一担撮箕回来盛土，看见梦雨和萍萍两人说得投机，就笑道：“你们还在讨论愚公移山吗？”

萍萍说：“基本还属于此类问题。”

红儿说：“这个问题老说没意思，我问一个实际问题。”

“什么问题？”萍萍问。

红儿说：“我们的文艺节目什么时候可以表演？”

萍萍说：“那得问老师。”

梦雨插话说：“不如先和狗儿说说，看看他怎么说。”

红儿说：“也好。一会儿收工时，咱们一起走，顺便说说此事。”

晚上收工时，大家都很累。梦雨找到狗儿，与萍萍、红儿一块下山回驻地。狗儿说他晚上去找校长问问，事情就这样定下来。驻地在山冲对面，中间要穿一片几里宽的田畴。学生们一路打打闹闹，返回驻地。

梦雨他们班上二十几个男生，挤在一间民房内打地铺。这是一间当地农村常见的土瓦屋，主人腾出了一半给他们用。

吃过晚饭，天已经黑了。当时，电还没有普及到每家每户，这一片农村还没有用上电灯。梦雨他们房间配有一只煤油灯，房间很昏暗。

地上铺的是稻草，昨天来后，大家将自己带来的棉絮铺到稻草上，睡了一夜，还算暖和。今天干了一天活儿，大家觉得很累，吃饭洗澡之后，也没别的地方好去，就都回到自己铺位上，有的躺着，有的坐着，各自忙着各自的事情，你一句我一句在那儿说闲话。

小镇十四五岁大的孩子，聚在一起无非是谈一些摸鱼钓虾之类的小事，梦雨记得那时他们还谈了一部电影上的鬼怪故事，好像是谈到以前他们看的一部名叫《画中人》的电影。

4

来铁路工地参加劳动已经一个星期了。同学们的新鲜感已经过去，有的女生开始想家。劳动是紧张的，工地上开展了劳动竞赛活动，梦雨的手起了血泡，其他好多同学也是如此，但他和所有同学一样，坚持了下来。

这是他第一次参加国家大型建设，也是第一次体验什么叫艰苦。每天天刚蒙蒙亮就听见号声吹响，还在睡梦中的他们就赶紧起床。六点半开饭，七点钟集合出发。经过约四十分钟步行，穿过一片田野，爬上半山坡，就来到这片工地。挖土、挑土、填坑，不到十点钟就感到肚子饿了。于是，眼睛会不自觉地朝山下远处眺望，搜寻那送饭人挑担的影子。

梦雨觉得自己好可笑，怎么会老惦记着吃饭这件事情。山坡被削除的半壁上，不知什么时候用石灰刷起了一句口号："一不怕苦，二不怕死！"梦雨开始感受到这句口号的分量。

鲍姓同学有许多奇谈怪论，此时，他的一段怪论又引起了热烈讨论。梦雨听去，原来他的怪论是关于坡壁上那句口号的。他说自己："虽不怕死，却很怕苦。"

大家都不信，讥讽他："既怕苦，也怕死。"鲍姓同学为此跟刘华子和江小勇争得面红耳赤，因为就是他们俩一唱一和，这样来攻击他的。江小勇说："一个不怕死的人，应该也不怕苦。"其他多数同学纷纷附和。梦雨觉得他们争论的问题比较严肃，所以没有插嘴，只是在一旁默默地听。

狗儿兴冲冲地过来说："已经联系好了，要为附近工地上的民工做一场文艺表演，时间初步定在下周。"

红儿和萍萍都很兴奋，合计如何做好准备，最后确定每天晚上收工后再排练一个小时。

接下来几天，每天收工之后，都可以听到驻地松林传来学生们的歌声，当地的农家小孩，都好奇地在一旁观看。

那几晚，夜色清冷，但月光明亮。

演出十分成功，来看演出的人山人海。舞台上点了许多大汽灯，非常明亮。来看演出的不仅有附近工地的民工，还有当地的村民。舞台搭建在一个山脚下，舞台前面是一片开阔农地，眼下庄稼已经收割，可以容纳许多人来观看。公社干部和学校校长分别讲话，然后开始演出。萍萍和狗儿担任男女报幕，表演的节目有歌舞、样板戏清唱、对唱、折子戏等。每当一个节目演完，就赢得全场热烈的掌声，演出直到深夜才结束。

5

天越来越冷，北风阵阵刮来，山上的黄土更加坚硬。几乎每个同学的手都出了血泡，工程进度却比较缓慢。梦雨正在学习抡钢钎。

抡钢钎这活儿看似简单，其实不易，因为它要两人配合：一个人扶着钢钎，另一个人抡锤子。扶钢钎的人负责掌控，必须平衡，并且要随时调整开凿位置。抡锤子的人除了需要臂力，还要打得准，一锤子砸下去，必须对准直径不过一寸左右的钢钎头。打歪不得，打歪了锤子就砸在扶钢钎人的手上，其手必定皮开肉绽。所以，这既是力气活儿，也是技术活儿。由于用锄头很难挖开硬邦邦的黄土，所以钢钎已经成为主力军。男生现在基本上负责抡钢钎，女生负责清理松土。

这几天，他们工地上增加了部分劳动力，梦雨问其中一个干部模样的人，得知他们是从大城市下放来的一些干部，是从某个五七干校来的。他们大多郁郁寡欢，干活儿默不吭声。

后来“文革”结束，梦雨看了许多回忆录，都是讲自己“文革”中如何受委屈，在五七干校劳动多么辛苦，个人受了多少磨难等。回想起来，梦雨觉得他们讲的都是实情。不过，梦雨对他们也有一点儿不敢苟同：那就是他们觉得自己天生不该干那些苦活儿的暗含话语——因为他们是劳心者，他们只该治理别人。

梦雨每当这时就想起了修铁路的民工：难道这种基本属于义务劳动的活儿就只该由农民们承担吗？在一穷二白的国情下，一代人都作出了牺牲，而牺牲最大、最多的则是农民。梦雨后来回忆这一段修路的经历，觉得很自豪：在这个艰难的岁月，我也同比我们更苦的农民兄弟一道，体验了建设共和国的艰辛，我也滴过汗水。

不过，梦雨那时还很单纯，他还不知道世界上的很多事情。那几天，他只关心如何抡好钢钎。他看见有些力气较大的同学，一口气可以抡一百多下锤子，而他顶多只能抡五十几下。十几斤重的锤子，抡下几十锤之后，他就必须停下来歇一口气，然后才能继续，他属于较差的抡锤手。

所以红儿有时候会讥笑他“有气无力”。

梦雨觉得红儿一语中的，自己确实技不如人，力更不如人。他最佩服的是一位姓圣的同学，他一口气可以抡两百下，锤锤铿锵有力，准确无误。圣姓同学的祖宗三代都是镇上开铁匠铺的，说起来，镇上七八家铁匠铺中，圣家打的刀具最好。方圆百里农村，乡民们最称赞圣家铁匠铺的锄头镰刀。过去，梦雨常常从圣家铁匠铺经过，看见圣姓同学帮他爹爹抡锤敲铁，也没觉得有什么了不起。如今，在工地上抡钢钎，看见他技法如此娴熟，力气如此取之不尽用之不竭，才对他肃然起敬。

他虚心向圣姓同学请教，圣姓同学全然不隐瞒他的技术诀窍：“关键是眼睛。”他说。

梦雨开始还不理解：“怎么会是眼睛？”

圣姓同学解释道：“看哪里，打哪里。”边说还边做示范。

的确，他每一锤都打得很轻松。“还有意念，”他继续说，“眼睛看在锤头上，心更要落在那里。”“你只要瞟一眼，心落在锤头上，手臂自然就挥向那里，自然就会准确无误。”他补充道。经过好些天的实践，梦雨才终于慢慢体会了圣姓同学的指导。“他是对的。”他想。

梦雨的饭量越来越大，开始他还吃不完一钵饭，如今吃完后心里还觉得怏怏然，吃到最后还意犹未尽。最苦的是那位圣姓同学，他老嚷嚷吃不饱饭。所以，就有一些女生匀饭给他吃，但后来给他匀饭的人越来越少，弄得他到处找人讨吃的。后来，老师跟师傅商量，决定给他特殊待遇，分配给他两钵子饭。但梦雨经常见他吃完两钵子饭后还找人要。

看见圣姓同学吃饭的馋样，梦雨忽然想起自己小时候哭饭的情景。那是共和国大饥荒的年代。他依稀记得，每当自己上桌子吃饭时，他就要哭，这已经成为习惯。

后来长大后，爹妈和哥哥姐姐总要拿此事寒碜他：“鸭子，你那时一端碗，就要先嚎一顿。问你为什么，你说，要吃干饭，不吃稀饭。其实全家人中，只有你一个人吃白米饭，其他人都是吃野菜，里面加一点儿粮食。”

梦雨还有点儿印象，他们家那时住了一位来镇上收肥料的农村老头，那人每天只吃一顿野菜饭。因为他们村是种棉花的，所以那几年很艰难，比城镇人更苦。梦雨爹做完野菜饭，常常要梦雨给正在蒙头大睡的老头端一碗过去："鸭子！你让康老爹喝了它。"那康老头有时候还不愿接受馈赠，这时，就要梦雨爹亲自出马。梦雨听爹说的最多的一句话就是："同船共渡。"

梦雨的哥哥常常叨叨："要是天天能吃上白米饭就心满意足了。"

后来艰难的日子熬过去了，情况一年好过一年，不但天天有白米饭吃，而且还有鸡鸭鹅鱼。梦雨好似"不懂珍惜"，吃饭挑挑拣拣，那不吃这不吃的，常常浪费粮食，让爹妈很是看不顺眼，说他"好了疮疤忘了痛"。这次来参加修铁路，让他再次感受到饭的重要性。

工地放一天假，终于要休息一天。大家三三两两去几公里外的一个小镇赶集。狗儿、梦雨、萍萍、芳芳、红儿等结伴而行。

小镇因修铁路而繁极一时，那里有本县民工指挥部。街上行人很多，车也不少。狗儿等人来到镇上第一件事就是找一个餐馆吃饭。大家凑了份子，叫了几个肉菜，美美地吃了一顿。梦雨吃得很痛快，他很爱吃那盘辣椒炒肉，吃得他浑身热气直冒。红儿笑他额头上流出的是"抢食汗"。

吃完饭后，梦雨评价说"这家餐馆是全世界最好的餐馆，有生以来从没吃过这么好吃的菜"。

狗儿却说："还是我爹买的猪头肉好吃。"

梦雨说："真的，以前怎么就没有留意咱们镇上的那几家酒馆！"

狗儿说："鸭子，那是你！我和我老子虽然家境没你们家好，可我爹没少带我去酒馆吃饭。"接着，他就把镇上的茶馆、酒馆统统评价一番，说哪家哪家的回锅肉做得好，哪家哪家的卤花生最有味道，哪家哪家的猪头肉肥而不腻。梦雨知道，狗儿爹酒量很好。每天工作结束，他都要光顾镇上某家餐馆，或吃，或带，或者又吃又带。梦雨后来回家后，还特地到狗儿推荐的镇上名楼，一一品尝了那些名菜，当然这是后话。

接下来几个人又去逛商店，买了些炸豌豆、麻酥糖之类的当地小吃，一边津津有味地吃着，一边海阔天空地乱说胡吹。

街上到处可以碰到学校同学，个个兴高采烈。在另一家小吃店里，梦雨瞧见圣姓同学与谷道儿等几个男女同学在一起。他正在大口大口地吃肉包子，看来也吃得很开心。

芳芳提议到玛瑙河边去捡玛瑙石，于是，大家慢悠悠地走到河边，边说边笑。那天他们在河边，捡了不少玛瑙石，唱了很多歌，玩得很开心。

少年，无论何时，惦记的基本还是玩乐。

第七回

1

从铁路工地回到小镇家里，已是黄昏时分。梦雨累得不行，胡乱吃了点东西，洗了澡，倒头便睡。

他足足睡了一天一夜，第二天差不多天黑才醒来。那天正好是星期六。梦雨他小哥贵人几次拍他屁股，大概是喊他起床吃早饭、午饭、晚饭。他隐隐约约听他爹说："让他睡!"

他做了一个断断续续的长梦，梦见他到了一个山清水秀的地方。那是一个温暖的初夏，天高气爽。他信步走在一个清清的池塘旁边，正在怡然自得之际，忽然听见对岸有说笑之声。定睛望去，原来是几个天上的仙女，正在对面桃花林中袅娜而舞。再看去，那些仙女似曾相识，只是不记得在何处见过。他本想过去打招呼，却又怕惊动她们，只好站在那里发呆。只见仙女们舞了几曲，便走到池塘旁边，解衣戏水。他正要转身回避，不料对面仙女对他遥遥招手，并且呼喊他的名字："梦雨，梦雨!"

梦雨觉得十分奇怪，她们怎么会知道自己的这个名字？但此时他也顾不得多想，就顺着池塘小路向她们那边疾步走去。然而，看似很近的路，却怎么也绕不过去。走到拐角处时，那几个仙女却倏忽不见。他找了半天，在那儿转悠多时，始终不见那些仙女的踪影。他垂头丧气，一步一叹地回到家里。心中觉得怏怏不已，就拿起一支笔，记下林中情景：

梦　乡

沉醉梦乡，
初夏青青山塘。
忽闻那边笑声，
偷偷望。

三四霓裳，
不似人间姑娘。
池边解衣戏水，
幽幽香。

遥遥招手，
共赏荷花绽放。
分明近在咫尺，
追不上。

刚刚搁笔，准备提篮去打猪草，忽然听见有人叫他。原来正是刚才那几位女子，只是她们已不似刚才打扮，已然换了素装。梦雨出门，跟她们一路走去，来到一片树林中，在一棵大树下席地而坐。她们对梦雨好似很熟悉，彼此也不报姓名，就在那里说笑。梦雨坐在其间，插不进什么话，只好呆呆地听着。她们说说笑笑、嘻嘻哈哈，你知道她们说的是什么？梦雨仔细聆听，原来她们正在谈古论今。说到那些古今人物，梦雨大约也略闻其名。谈到天上地下，梦雨听得却是迷迷糊糊。谈到前因后果，男女姻缘，梦雨更觉得是玄玄乎乎，不着边际。稍后又有人提议，难得与梦雨相会，不如大家作诗留念。其中就有一个女子站起身来道："既然到了梦雨家乡，且云梦泽也曾是神仙宝地，我就先以景为诗。"梦雨听去，只听她吟唱的是一曲《云梦水乡》，唱完之后，大家不免品评一番，接着就有另外一个女子站起来道："我想世间凡人，天天大事小事，纠缠不休。我到人间不过几日，就有此种感受，所以我把我的感受凑为诗。"梦雨听来，原来她说的是《烦闷袭来》：

不知烦恼何从生？如影随形日日跟。
劝她夜半不扰梦，到底纠缠不放人。

有一个仙女叹息道：今早出门，我看见一株草的脸上挂满泪珠，像是有什么心事呢。于是我问她为什么这样，她低头不回答。后来我才知道，她要出嫁了，但是，她却对自己的郎君不太满意。所以我用一首《草的泪珠》来感叹此事：

连日嘀嗒雨，满园春事催。蛙塘歌不绝，山燕翩翩飞。
草珠晶莹泪，不知何事悲？花季梦多少，昨夜错嫁谁？

大家听后叹息一阵。过了一会儿，有一个女子站起来，道："我今日在荷花池塘游泳，看见一条鱼十分勇敢，做出了一件让我非常惊诧的事情。关于生命之事，我有点儿感慨，所以也把我的所见所闻和大家分享。”梦雨仔细聆听，原来她念出来的是《一条鱼》：

听说天上银河好，碧水清流神逍遥。
热血沸腾一条鱼，奋不顾身坡上跳。

大家听了之后，虽然十分佩服那条鱼的勇敢，却也对那条鱼的鲁莽行为不免怅然。又有一个仙女站起来，道：“我看世间有的人，像条流浪狗，东寻寻，西找找，不知在找什么？所以我也编了几句，凑个热闹。”梦雨听她说出来的诗是《流浪狗》：

江湖天天走，城市几日留。
一心寻天堂，行到天尽头。

听完之后，大家不免感叹。过了一会儿，梦雨听见另一个仙女要求发言。这位神仙坐在地上欠了欠身，开口说道：“我在游泳时，听见一条鱼和一株水草在说悄悄话，你知道他们说的是什么？且让我把当时情景，讲给大家。”梦雨侧耳倾听，只听她讲的故事是《鱼和水草》。她慢慢道：

一株水草，正在塘里睡觉。一条鱼游来，推推水草。水草醒过来，笑一笑。鱼儿说：你好！水草伸伸腰，回答说：你早！鱼儿指指天，说道：你瞧，太阳多好！我带你去那边，看流水小桥。今天鱼儿跳龙门，可热闹！水草头直摇：去不了。你瞧我的脚，被拴牢！

大家听罢这个故事，也是无可奈何。有人叹息道：“世上人间不如意事，真是数不胜数。有的人，一辈子被环境所困，想拔脚谈何容易！”大家叹息间，只见又一个仙女起身道：“那日我到湖边，看见一只孤独的鸭子，好像不那么快乐。问他为什么不快乐，他说想飞到天上。我想世间很多事情病症，都是因有欲望而生。对于欲求虽然无可厚非，但这东西如果不切实际也会平故多添许多烦恼，自己折磨自己。看他无病呻吟，觉得十分可笑。所以我也作诗一首，起名为《一只鸭》，将那鸭子的情况，说来大家听听。”说完便念道：

一只鸭闷闷不乐，不游水不唱不歌。
望着天想着心事，昨夜梦飞上银河。
想出征江海湖泽，欲飞跃不作宿客。
万里路身披彩霞，明月夜手执嫦娥。

大家拍手大笑，说那鸭子痴心妄想，正如人间一句话，叫做“癞蛤蟆想吃天鹅肉”。接着，有一个仙女笑着道：“人在世间，豪言壮语不知许多。但我今日看见一条山溪，水也不大，却把一片树叶冲得七晕八旋。所以心中也有点儿感慨，只把此种情况说给大家听听，看大家能否从中悟出点儿什么。”梦雨听去，原来她说的是《漩涡》：

树叶随风落，翻滚到小河。
忽然遇漩涡，使劲挣不脱。

有个仙女说：“说到漩涡，我想起那日我们从海上过来，看见那入海口的江潮，浪花飞溅，争先恐后，蔚为壮观。所以我这里有一首《江潮》，抒发一点感慨。”

滩外江潮乱奔，风流争，斗狠。
喝问：能否互让一分？
谁肯！但听见，漫天厮杀声，浪花怒喷。
只有岸上观潮人，水溅时，惊两声。

听罢她发表江潮感慨，就有另一个仙女也点头道：“说得正是，不过我还看到另一种洪流景观，不知你们注意到了没有？”

大家问：“什么洪流景观？”

那仙女道：“你们听我道来。”

一江春水装满，激情声声，响两岸。
千百万，一路唤，掀起高高波澜。
摧枯拉朽，蔚为壮观。
不可阻挡，谁不惊叹！
忽然，不知何处溃烂？潮散！

仙女们说，潮涨潮落，日月穿梭，都很自然，不值得大惊小怪。

这时，有一个年纪稍长的仙女开口道：“我发现，人这种动物实在很奇怪，他们总要有新的目标来激励自己，否则就会觉得生活乏味，人生没有意义，活着没有价值。所以我也作一首《险峰》，勉励一下梦雨。”只听她道：

一番跋涉再放眼，滚滚不尽更绵延。
虽是山高峰途远，却见险峰春无限。

梦雨听她们作诗，好像懂，也好像不懂，只听得如痴如醉。正当他听得十分入神之时，只见大家都望着他道：“梦雨，轮到你啦。”梦雨却一时没有反应过来，他问：“到我什么？”

大家哈哈大笑，其中一个道："越来越傻了！该你作诗！"

梦雨拍拍脑袋，道："想不出来。"

大家不饶他，纷纷道："见你常常在湖边池旁，哼哼唧唧，哪儿能没有诗？快点儿！"

梦雨低头想，何不把那夜月下作的一首诗拿来应付应付，免得大家耻笑。于是他开口道："今日有缘，看见各位神仙姐妹，似曾相识。今日林中以诗会友，我也凑一首《银河船》，跟着凑个热闹，大家不要见笑。"

大家纷纷道："你这小子，婆婆妈妈的，快说吧！"

梦雨清清嗓门，开口道：

银河无数船，往来点点帆。漂泊何处去？哪里是你站？
是否有蓬莱？何处有仙山？可否带上我？天上看一看？

大家听后，纷纷笑道："呆子。"其中一个年长的仙女道："梦雨，蓬莱仙山是你想看就看得到的吗？那是需要缘分的。"

梦雨问："什么是缘分？"

那仙女道："缘分是一个很奇怪的东西，它似真似假，似有似无。有时候你以为是真，它却偏偏是假，有时候你以为是假，它却偏偏是真。我用一首《梦里花》来开导你一下。"她道：

梦里花，风吹小池细细发。心中牵挂，三番五次寻她，看见彩霞。
梦里花，雨过枝头红红芽。放心不下，追她海角天涯，碰到冤家。

2

梦雨问："听说姻缘都是上天注定的，不知是否有这种事情？"

有位仙女道："可以这么说，但也不能完全这么说。"

梦雨问："那是为什么？"

那仙女道："因为偶然性太多。"

另一个仙女插话说："还因为人类世界诱惑太多。"

那年长的仙女点头道："所谓上天注定是对那些真正的有缘人来说的。"

梦雨问："什么叫真正的有缘人？"

那仙女笑道："真正的有缘人是经过好多世代的考验才成功的。而一般的姻缘都是老天爷随便匹配的。"

梦雨问："老天爷怎么会随便匹配呢？"

那仙女道："你想想，世界上有多少男男女女！姻缘老人该多么忙碌。一般情况下，姻缘老人看见那天下的男女偶尔走在一起，看着还行，就会将红线在他们头上牵一下。于是，就会成就一段姻缘。其实这就是偶然性。姻缘老人其实并没有仔细考察这些男男女女是否真的合适，只不过随便牵了他们一下，因为他实在太忙，没有时间去认真考察。所以，这个世界上的婚姻，有相当一部分是凑合的，有的甚至是不合适的。只有那些特别的人，姻缘老人才会特别留心关照。"

梦雨问："哪些人是特别的人？"

那仙女道："比如，在这一世中，一对本来非常合适的姻缘，却因为某些原因，例如因为姻缘老人的忙碌或者疏忽等，使得姻缘并没有成功。到下一世时，姻缘老人就会特别注意，将他们俩人的红线牢牢拴在一起。无论发生什么，无论怎样不可能，最后都会让他们在一起。这才是前世注定。"

梦雨问："姻缘老人怎么才会注意到他们？"

那仙女道："我也不清楚。不过我想，他们一定是真心相爱。"

梦雨道："既然真心相爱，为什么不让他们这一世就在一起？"

那仙女笑道："你没听我刚才说姻缘老人很忙吗？姻缘线早就把他们跟其他人牵好了，无论他们怎么合适也只能等到下一世了。再说，姻缘老人这一世所成就的姻缘，有相当一部分也是他特别关照的。他们在上一世就有特别的情缘，只是阴差阳错当时没能实现罢了，要等到这一世。所以，这一世看起来特别有缘分的，还可能因为有上一世命中注定的缘分而无法成功，只好等到来世了。碰到这种事情，连姻缘老人都不免遗憾。"

有一个仙女插话道："其实，这也是他们缘分未真正到来的缘故。"

梦雨问："是不是老天爷要考验考验他们？"

那仙女道："也可以这么理解。"

梦雨又问："刚才有位仙女说人类的诱惑太多，那怎么也会影响姻缘呢？"

那位仙女答道："这也一言难尽。许多人并不特别看重爱情，他们更喜欢别的东西，所以会影响姻缘。姻缘老人看他们如此，也就马马虎虎随便匹配他们。还有些人对男女之事特别随便，把男女之事视作儿戏，这些人下辈子就要小心了。"

梦雨说："小心什么？"

那仙女哈哈笑道："小孩子不懂。我跟你打个比方吧。比如现在你们人类养有种马，那些人下辈子就有可能干这种苦差事。"

梦雨奇怪道："那是苦差事吗？"

那仙女笑道："那你得去问它们了。"其他仙女听那个仙女打这种比方，一起哈哈大笑。梦雨见大家笑个不停，也跟着讪讪傻笑。正笑个不止，忽然觉得屁股生痛。只听耳边有人道："鸭子，鸭子！吃饭了，吃饭了！"梦雨不情愿地睁眼一看，原来是他小哥贵人在叫唤他。

"你在嚷嚷什么？发什么春梦！"他小哥说。

梦雨揉揉双眼，暗想："原来是个梦！"

他小哥说："昨天睡到今天，不吃早饭，不吃午饭，连晚饭也不吃？你饿不饿？成神仙啦？"

梦雨也不理他，跳下床来，道："身上都睡软了！你怎么不叫我？"

他小哥道："怎么没叫你，拉都拉不起来！你发什么颠梦？"

梦雨笑道："肚子饿了。"

他爹从厨房端来饭菜，摆到饭桌上说："出去一个月，有什么收获吗？"

梦雨回答说："学会了抡钢钎。"

他妈从房间出来，说："你也要学会做点正经事。"

梦雨说："哦。"

他妈又道："过两天要杀年猪，你要给爹帮忙。"

梦雨点头："好的。"

他爹端来一个脸盆，说："先洗个脸，吃了饭再说。"

吃完饭，他倒头又睡，心中大约还想着梦中情景，琢磨着再续前梦故事，却连梦影都没有。他睡得像猪一样。

第二天一大早，梦雨忽然被一阵猪叫声惊醒。他一骨碌爬起来，走到后院侧面的猪栏屋，只见他爹和小哥正在猪圈里拖猪。猪圈里几头猪，如今已长得体肥膘圆。因为一直是圈养，所以也没有给它们穿耳绳。如今要送它们出门远行，所以需要先把它们捆起来。那些猪平常日夜十分贪睡，非到肚子饿不起床。今日睡得正酣畅，没想到主人这么早就来打搅，很是不痛快。

梦雨赶到时，只见这几头猪正在跳来跳去，嗷嗷乱叫。梦雨把袖子一挽，翻过木栏，跳进猪圈，揪住一只猪尾巴。但那猪很大力气，吼叫了一声就逃脱了。

他小哥此时一个快手擒拿，抓住一个猪耳朵，他爹也随即赶上，赶紧给那倒霉的猪套上一根绳子，梦雨赶过去抓住那头猪的尾巴，好歹将那肥猪的肚子捆住。他爹说："就是它！把它交给食品公司。"

三人像押解犯人般，将那肥猪连拖带拽押向食品公司。梦雨走到门口时，特地在桃树上摘断一根枝条，一路抽打着肥猪屁股，帮着他爹递解"囚犯"。

路上，他想起了旧社会抓的壮丁，听书上说壮丁也是被五花大绑出门的。于是他问他爹，情况是否属实。他爹笑道：“哪儿有这么客气！那时要捆你上路，会拿枪托敲你！”

他忽然又暗暗思忖：“可能古时候充军，就是这样一幅情景。”马上，他又联想起一部电影——《野猪林》。

想那八十万禁军教头林冲，也被像猪一样地捆起来，戴上枷锁，发配充军，一步一打，吃尽苦头。要不是鲁智深在野猪林救了他，下场也不比此猪强多少。

他暗想：“不知此猪是否也有人来劫法场？”想到这里，他不由向四周望了望。

劫法场的倒是没有，只是他迎面看见了狗儿他爹。狗儿爹正拖着一个板车出门，他要去田里拖蔬菜回镇上。只听他打招呼道：“鸭子爹，去交猪吗？”

梦雨爹答道：“是的。”

狗儿爹又问：“该杀年猪了吧？”

梦雨爹点头道：“今天把这猪交了，拿到宰杀证明，明天就杀年猪。”顿了顿又说：“明天中午来吃猪血。”

狗儿爹连连点头：“那一定，那一定。”

原来，小镇风俗，谁家杀年猪，都要请亲朋好友、隔壁邻居一块吃一顿猪头、猪尾、猪下水什么的，称为吃猪血。梦雨家年年宰猪，都请狗儿一家吃猪血。

可第二天宰杀年猪，梦雨却没有帮忙。不是因为他偷懒，而是因为他要去上学。其实学校也没上什么课，老师来到教室，总结了一下这次修铁路的工作成绩，表扬了几个模范。最后布置了一个任务，让大家写一篇作文，谈谈参加劳动的感想，过几天交，算是期末考试。

但梦雨下课后，并没有马上赶回家帮忙，而是跟一帮同学打了一场篮球。直到临近吃午饭时，才约了狗儿一道回去吃猪血。

第八回

1

下雪啦！

是第一场冬雪。飞絮万千，纷纷扬扬，漫天飞舞。

梦雨很兴奋，他喜欢雪，从小就喜欢。记得童年时，一到下雪天，他就要飞跑出门。在堤外林间，与大大小小的孩子一道滚雪球、堆雪人、打雪仗。印象最深的是那一年，一场大雪过后，地上白皑皑一片。他跑上河堤一看，一条长堤上，满是孩子们的快乐身影，欢声笑语一直蔓延开来。在南方，一年中这样的雪景并不多见。而且有时候，一年中还盼不来一场像样的大雪。所以，孩子们特别兴奋。

所以，那一次，小镇的孩子们充分发挥了他们的想象力。在江堤外边，有的小孩搭起了雪屋，大大小小的房子，散落在林间树下，很有一种北方村落的冬日景象。还有的孩子，把雪球滚起来，聚在一起，堆出了许多雪猪、雪马、雪牛、雪羊、雪狗什么的。

梦雨置身其中，喊叫着，欢笑着，忙得不亦乐乎。后来，他突然跑回家里，搬了一条长板凳，回到堤上。原来，他要自制雪橇。在小镇上，从来还没有人玩过雪橇，人们一般只是堆堆雪人而已。他把板凳倒立，两手架在板凳脚上，顺着堤坡滑下去，引起了大家一阵欢呼。虽然他头几次技术不佳，还没有掌握好平衡技巧，跌了几个跟头，但很快梦雨就学会了驾驭。于是乎，仿效者络绎不绝，长长一条堤，顿时间成了滑雪场。孩子们花样翻新，创意不断，将家里能利用之物都搬了出来。不到半天，他们的滑雪技巧就突飞猛进，有的人竟然能够玩金鸡独立的花样滑冰。老天也特别关照，连续几日雪花不断，后来还让一座座池塘结了厚冰，就连后街的云畔湖也不例外。那些天，孩子们颠来跑去，玩得痛快极了。

那时，还没有雪灾一说。中国那时还处在农耕社会，冬天之前，粮食、棉花早已归仓，人们也很少远游。雪带给人们的，大多数是吉祥。所以中国古代就有“瑞雪兆丰年”这样的说法。几千年来，中国人真的是喜欢雪的。不像现在，大雪大灾，小雪小灾，无雪虫灾，搞得人心惶惶，并且弄得老天爷也无所适从：下雪不好，不下雪也不好。

而今，人，特别是大都市的人，已经不会欣赏雪了，因为他们已经丧失了欣赏雪的能力。在人的眼中，雪会妨碍出行，妨碍上班，影响交通。人总以自己的需求来解释自然，要求自然，他们离自然越来越远，离自然属性越来越远。

一年四季，春夏秋冬，本来各有自己的运行规律。春播，夏种，秋收，冬藏，古人按照四时规律制定了节令。比如春节的习俗，也就是古人过年是由于天气的原因，此时不适于劳作，故而要待在家中。一年的辛苦，终于换来丰收，粮食归仓，此时当然要宰猪宰羊，安逸几日。且农耕社会，多数人不远行，所以基本不存在社会性的交通问题。一家一户，一村一镇，安详平和。此时下一场大雪，在人们眼中，不是瑞雪是什么？

反观现代社会，全球化浪潮，一切随资本运作。资本的力量越来越强，越来越不可抗拒。在资本的推动下，所有的人，无论是穷人还是富人，无论是没有资本还是掌握着资本的人，都要不停地奔跑，谁都不能停步。虽然我们把此当作社会的进步，却始终不能解决我们心中的困惑。我们太追求所谓的进步，却不懂得进步的代价是什么，更不懂我们进步的目的是什么。我们那么快速地奔跑，是要赶到什么地方去？我们在快速进步的时候，是否顾及了我们的世界？是否了解了自然的承受能力？我们是否想出了与我们的环境、我们的山川河流、我们的天上地下如何相处的解决办法？还有一直跟我们共生的一切生灵，我们是否要把它们统统驱赶出地球？我们是否只愿意留下那些在我们目前看来对人类有用的东西？比如猪羊、谷物、宠物。

既然春节是古代的节令，是农业社会的产物，是我们的祖宗顺从自然规律而作出的智慧选择，那我们为什么就没有智慧去适应我们今天的发展？反而要选择在那种只该待在家中的所谓“恶劣天气”时去作大规模的迁徙？既然我们那么留恋农耕社会的节日，那我们为什么要选择我们现在的生活方式？既然我们不愿意放弃我们的现代生活方式，为什么就不能想出变通的方法？如果我们不够智慧，想不出一个既符合现代社会也不失去传统的办法，起码我们也应该持有一种平和的心态去看待自然。

要知道，雪从来不是灾。它之所以成为灾，是因为人们要出行。

当然这是梦雨后来的感慨，当时人们基本还没有对大雪满怀深仇大恨。

当年，梦雨听说的一场雪灾，是从《草原英雄小姐妹》的事迹中了解的。虽然那时的人，都非常佩服两位小女孩的勇敢，却基本上还没有把雪当作痛恨的对象。不像现在，街上有一点积雪就要马上把它铲掉，好像雪是魔鬼似的。梦雨后来作了一首《白雪落街》的诗，以表达他对此事的不满：

娥皇巡游探春月，误将雪绒留花街。
谁知满城闹市人，竟把乱鞋踏冰洁！

言归正传。话说梦雨看见第一场冬雪，心中自然像小时候一样，十分惬意。他信步出门，既不戴帽子，也不穿蓑衣，只穿了一件半长的棉衣。

他跟爹说，要去看一位乡下同学，中午不回家吃饭。原来，学校已经放寒假了。有一位乡下同学，早就约他到自己家中一聚。他这几天只顾跟一帮同学打球，就把乡友的话忘得一干二净。直到早上起床，看见院子里厚厚一层白雪，就想出门去赏雪景。这时，他忽然记得了那位乡下同学相邀之事。所以一时心血来潮，打算去探望乡友。那时候还没有今天这样快捷的通信工具，没有手机，最快的就是鸡毛信了。所以，梦雨这次造访，可谓突然。

他一路走，一路哼哼唧唧，大约是在吟诗。走了几里大路，又穿过一段小路，跌跌撞撞，摔了好几个跟头，一路上竟然没发现什么人影。走过一个小山坡，看见一户人家，叩门半天，才出来一个老头。梦雨问他同学的地址，那老人家摇头连说不知道。后来，又走了一段路，再叩一个农家之门，那人才告诉他那位同学家的大致方位。等他找到同学时，已是午后时分。

他同学开门后十分惊讶，喊道：“鸭子，你怎么来啦?”

梦雨抖抖身上的雪说：“不是你邀请的吗?”又开玩笑道：“牛儿！难道你不欢迎?”

牛儿连忙道：“哪里哪里！快进屋坐。”

牛儿爹妈和兄弟姐妹都出来，把梦雨迎了进去。

梦雨接过牛儿姐姐递来的热茶，连声称谢。牛儿爹妈像招待贵宾一样，生火做饭，搞了一桌农家菜给他吃，弄得梦雨反倒不安起来。

梦雨见屋里还坐着一位年长的妇女，牛儿笑道：“是王姨妈。”又悄悄附在他耳边说：“是媒婆，来给我姐姐提亲的。”

梦雨这才仔细端详牛儿姐姐。看她模样，大约 20 岁，长得还算俊俏，只是皮肤比较粗糙，就对她道：“恭喜大姐！”

牛儿姐笑一笑，问他爹妈姓甚名谁，家住哪街哪巷等，梦雨一一回答。过了一会儿，牛儿说带他去逮野兔。梦雨一下来了兴趣，两人即刻出门。

出得门来，两人就往一片被皑皑白雪覆盖的农地搜索过去。

“这种雪天，”牛儿告诉梦雨，“野兔饿得不行，就会出洞寻食。”他跨前一步，回头提醒梦雨说：“这里是一道沟，小心。”接着他又道：“野兔在雪中跳不动，很容易抓到。”

梦雨说：“它们洞里就没有存过冬的粮食吗？”

牛儿回答：“存是存的，但有的兔子平时贪玩，吃光喝光，到这种天气就倒霉了，熬不住就得出来找吃的。”

看来“未雨绸缪”这句古训不但适用于人，也适用于动物。听说蚂蚁十分信奉这种哲学，春、夏、秋三季忙忙碌碌，到了寒冷的冬天就躲在洞里不出门，安享冬日。梦雨又想起爹妈给他讲过的 1957 年吃大食堂的情景：那时搞大跃进，中国好似提前进入共产主义，吃饭不要钱，大家喜洋洋。梦雨他家所属小镇二街的街道居民委员会，当时也办了一个大食堂。全体居民，高高兴兴，从 1957 年一直白吃到 1958 年，吃得心花怒放。那日子，无忧无虑，“好像到了天堂一般”，他爹妈如是说。

谁知接下来三年自然灾害，生活又从天上掉到地狱，没有饭吃，全国人民饿肚子，听说还饿死过人。真是“乐极生悲”，他哥哥如此道。

正在他思索间，牛儿突然嘘道：“瞧！”

梦雨瞧去，果然看见远处一个动物的影子在移动。他问道：“是野兔吗？”

牛儿点点头，挥手叫他跟着。梦雨屏住气息，跟着牛儿一路奔去。那野兔好似发现了他们，也在雪地上奔跑起来。牛儿开始猛冲，就像草原上一头野豹，疾步扑向猎物。梦雨也抄向另一边，不一会儿，就把那动物逼在一个角落。

两人跑过去，到跟前一看，只见一只小灰兔子，蹲在前面，已经没有逃跑的念头。梦雨见那只兔子，哆哆嗦嗦，身体不停颤抖，蹲在雪地里，好似被魔法定住了一般，动弹不得。牛儿走上前去，一把把它提起来，就要摔掼他的战利品。

梦雨突然心生怜悯，拦住他道：“不如放了它。”

牛儿望望梦雨，疑惑道：“什么？”

梦雨坚定地说：“还是放了它吧。”

牛儿将梦雨凝视片刻，道：“好吧。”

梦雨接过兔子，摸了摸它抖抖索索的身体，感觉到它的心脏在突突跳动。他慢慢放下兔子，又抚摸了它一会儿，说：“我们走开点儿。”

牛儿不作声，两人离开兔子。直到他们走了百来步，那只野兔才开始慢慢移动。过了一会儿，它才飞跑起来。两人站定，看着它消失在白茫茫的远处。

梦雨望着牛儿道：“对不起！”

牛儿点点头，道：“我明白。”

梦雨对牛儿说：“我要回家了，你有空到街上找我玩。”

牛儿说：“我送你一程。”他一直把梦雨送到大路边才挥手道别。

梦雨一边走，一边搜索枯肠。脑子中把今日情景，吟了一首《雪天访友》诗：

雪絮飘飞绒万千，天鹅纷舞落莽原。
瑶台银池摆白兰，水晶冰宫吊玉莲。
大树鸦鸣东风冷，小路影稀农家闲。
少年叩窗探山路，老叟开门打哈欠。

2

那天上午，红儿一直待在家里。外面下着雪，妈妈让她先做她给她布置的作业。这些年，学校没有好好教课，“孩子们都给耽误了，”红儿爸爸私下跟红儿妈妈说，“这样怎么行！”

红儿爸爸是“文革”前的大学生，有文化、有见识，他知道孩子们不能长此下去。所以，夫妻俩对孩子的教育从来没有放松过，他们一直在家里指导孩子的学习。所以，红儿放假之后，一般上午是不可以出去玩的。今天，她要先练写字，写毛笔字。

平常，她也按照父母要求，上午先做父母布置的作业。下午，就和梦雨、萍萍、芳芳、狗儿等出去玩。这几天，他们一帮朋友天天都去打篮球、乒乓球等。

但今天上午，她却有点儿心不在焉。这是因为下雪了。看着窗外不断飘扬的雪花，她的心早就飞到外面。一个上午，她做了数理化功课，写了几页大字，老是心神不宁，不断向外面张望。她家住在机关，妈妈就在前面大厅上班。她要出去，一定逃不脱妈妈的视线。

好不容易吃过午饭，她让妈妈检查了功课，才急急忙忙去找梦雨。

但梦雨不在家。她问梦雨爹梦雨到哪里去了。梦雨爹说他到乡下同学家去了，具体到哪个同学家去了他也不知道。红儿好失望。

她从梦雨家出来，决定去问狗儿。不巧的是，狗儿也早出门了。

她觉得很懊恼，慢慢地上了堤坡，踩着积雪，顺着堤道信步走去。

不知不觉之间，已经出了小镇。路上行人不多，田野白茫茫一片。

她停住脚步，抬眼四下望去，看见一只江鹭，正在冷飕飕的山坡林上空盘旋，偶尔“啾啾”呼唤一声，似乎在寻找着什么。红儿心中不免有点儿同情怜悯的感觉，加之今日上午闷在家中，出来半日又找不到朋友，一个人孤零零地在大雪之中走了这么半天，所以脑海中突然涌出一些诗句。你道她的诗句是什么？原来她吟诵的是那只江鹭：

独自雪坡头，寒鹭唳空丘。
冷从天上来，愁在心底流。

吟完了之后自己也甚觉奇怪，因为她平日从来不作诗。不是因为她不喜欢，而是觉得那东西太费脑筋。平时在家里就有许多作业要做，自己更喜欢唱歌跳舞，所以从来就没有尝试着作诗。但今日稍稍不顺心，忽然就有如此感念。

“可能是近日背的唐诗多了。”她想。她爸爸有一本《唐诗三百首》，被她发现了。这些天放假没事，她偶尔也拿出来背一背。

再走一段路，她看见田野远处，有一只野兔艰难跋涉；又看见万木萧条，耳边北风呼啸，想那孤单单的野兔，被这寒风驱赶，实在可怜。就着景致，红儿又吟了一首《雪地兔》：

一夜雪北风呼呼，荒野兔茫然四顾。
白茫茫萧瑟满目，寻太阳天涯无路。

红儿最近老做同样的梦：她一个人，走在异乡一条街上，去寻找一个人。那个人，不知什么时候，寄了一封信给她。约她到那里找他，说他们那里有一群人，正在从事一项工作，里面有个职位也许适合她。她于是去找他，找到了那个城市，那条街，那幢大楼，爬上去后却怎么也找不到那个房间。问了许多人，都摇头说不知道那个人。每次，正当她差不多觉得要找到那个房间时，她就醒了。风雪之中，她忽然想起这个梦来。

正在她一路唉声叹气之际，猛然听见有人叫道：“红儿！你怎么来了！”正是梦雨的声音。

原来梦雨正从乡下返回小镇，刚刚到达此处。方才在远处，他就留意到一个身影，走走停停，行走在这鹅毛飘雪的路上。他心中纳闷儿，小镇上除了他，难道还有如此的闲人，并有如此的雅兴，在此空旷无人之处独自赏雪？后来稍稍走近一点儿，他就一眼认出了那是红儿的身影，所以赶紧奔跑过来。

红儿今天穿一件薄薄棉袄，白皙的脸上冻得通红。看见梦雨，她喜出望外，连蹦带跳地迎上去喊道：“鸭子！终于找到你啦！”

梦雨觉得奇怪，问道：“你怎么知道我在这里？你在等我吗？”

红儿嘟着嘴巴说：“出去怎么不告诉人一声！”

梦雨解释说：“出门时才临时决定。因为知道你上午要完成作业，不能出门，所以没过去跟你讲。”

红儿说：“你到哪里去了？”

梦雨回答说：“到牛儿家去了。”

牛儿是他们班上的同学，红儿当然也认识。但平时很少与他讲话，只知道他是乡下孩子。过去他们这些乡下孩子来上学，总看见他们的裤子上沾着露水，鞋子上都带着泥土。“他家远吗？”红儿问道。

梦雨告诉她：“有十几里路。”

红儿啧啧道：“天天上学要跑那么远！不容易。”

梦雨把他今日所见所闻给红儿讲述了一番。说到那只兔子，红儿追问道：“它找到食物了没有？”

梦雨说：“我想它应该找到了。”

红儿笑着对梦雨说：“鸭子！天天跟你在一起，不想我今天也魔鬼上身了呢！”

梦雨奇怪道：“怎么了？”

红儿咯咯笑道：“不知哪根筋错了，刚才我在这儿忽然诗兴大发，连续作了几首诗。”

梦雨哈哈笑道：“还不念出来我听听！”

红儿就将刚才脑中闪念的诗句念了出来。梦雨边听边拍手，末了道：“我早就知道你有这才气，今天终于被这大风雪给催促出来啦！”

红儿笑着说：“原来作诗可以抒发心中的感受。”

梦雨看看红儿，道：“你说得不错。”又道：“红儿，平常见你性格开朗，怎么一作诗，就满口‘愁’字了呢？”

红儿低眉道：“我也不知道。可能是刚才一个人孤单，偶尔就有这样的感觉。要我现在来作，可能又有所不同。”

梦雨说：“好啊！那你再作一首吧！”

红儿道：“我一个人在冰天雪地行走，连作出来的诗也那么萧瑟。现在跟你在一起，我的心境就大不相同，有一种温暖的感觉。让我来想象一下冰消雪融后初春的情景吧。”

梦雨笑道：“好啊，看你描绘出一番什么景象。”

红儿遥望远处，沉吟片刻，慢慢描述了一副《初春江南》景象：

冰雪初散，红日映江南；风还寒，春欲染；小溪喃喃，柔情悄然。万千山，心已暖；上下奋展，莫道路漫漫；枯木且看，好春突然。

梦雨听后，拍手称赞，笑道：“这样才有希望，我更喜欢这一首。”

红儿说：“现在轮到你啦，对着这般雪景，你也作一首诗好吗？”

梦雨抱拳道：“遵命！”他略作思考，拉着红儿的手道：“红儿，我们在这冰天雪地，就像两只孤单的鸟儿，但彼此携手，永远不失去彼此和对未来的希望。来！我们一起走吧，我有《水晶宫》一首，专门送给你。”红儿跟着他，听他朗声道：

一只寒雀指冰空，那有彩霞那有虹！
明年八月十五夜，带你去看水晶宫。

红儿停住脚步，抬头望望天空，低声说：“鸭子！你知道吗？我多么想当一名演员，一辈子跳舞、唱歌、演戏。”

梦雨道：“我知道！”

红儿双手紧紧握住梦雨的手，轻轻问：“鸭子，我的梦你知道？”

梦雨点点头，说：“我一直就知道。”

红儿一把抱住梦雨，噙着泪水轻声问：“我可以吗？”

梦雨搂住红儿，说：“你可以。只要有梦想，就一定可以实现。”

红儿松开梦雨，牵着他的手，往前走了一段路，才又说道：“可是在这个小镇，我怎么也看不到我的梦想。”

梦雨不语。

沉默了一会儿，还是红儿笑道：“怎么搞的！干吗这样垂头丧气。不说这个啦！还是说诗吧。”

梦雨以为红儿还要他作诗，连连道：“不说了！不说了！我今天已是江郎才尽。”

红儿撇撇嘴说：“哪个要你作诗，我是想起了一件事。”

梦雨说：“什么事？”

红儿说：“目前我们放假无事，大家不是打牌玩球，就是到处闲逛。不如我们搞一个诗歌兴趣小组，约上萍萍、狗儿他们。”

梦雨点点头：“好啊！我早就有此想法，就是找不到志同道合的人。成立一个诗社，可以读诗，也可以作诗。我那里有一本毛主席的诗歌油印本，我们可以由此开始。”

红儿说：“太好啦，我家还有一本唐诗。”

梦雨说：“我也有一本，是破“四旧”那会儿在书堆里捡到的。毛主席不是说过吗，对古代的东西应该去其糟粕，留其精华。我认为，唐诗就是精华。”

红儿说：“对！”

3

第二天下午，梦雨和红儿找到狗儿、萍萍等几位朋友，聚在谷道儿家，商量成立诗歌兴趣小组的事。

狗儿说："我没有这种天分。"

红儿说："你可以学的呀。"

萍萍、芳芳和美娜都表示赞成，芳芳说："反正闲得无聊。"

江小勇和刘华子无所谓，江小勇道："大家在一起玩玩就行。"

狗儿提议道："其实我们也不专门取名叫什么诗歌兴趣组，就叫学习互助组得啦，免得人家说闲话。"

梦雨说："过去古人都有什么兰心社呀，山居竹友什么的。我们不必拘泥于名称，没有名称也行。大家只是聚在一起，定时有个活动的话题，一块玩玩而已，就像咱们小时候在一起过家家、做游戏一样。"

萍萍说："是啊！这些年学校也不怎么上课，放了假更是无所事事，心里好像缺了什么似的。"

接着大家就商量第一次活动。红儿说："现有的题目，就是这一场雪。"

芳芳说："天啊！脑子里一片空白。我只想得出'雪花飘飘'这一个词。"

梦雨道："这样吧，我今天带来了一本毛主席诗词，中间就有这个题材，我给大家念念，看毛主席是怎么写雪的。"边说边从口袋里拿出一本毛主席诗歌油印本来，他翻开书本，念了那首《沁园春·雪》。

听完这首气势磅礴的诗词，狗儿咂舌道："哇！毛主席的诗好有气势呀。"

江小勇问："什么叫'沁园春'？是不是毛主席住的房子？"

红儿说："毛主席住在中南海，'沁园春'是词牌名。"

狗儿也问："为什么取这个名字？"

梦雨解释说："沁园春、卜算子、满江红这些都是都是古人诗词的标题。虽然，它们各自都有自己的来源，过去都有一些固定套式，但发展至今已无定式。我们只把它们当作一个名字看就得了。"

萍萍对什么是七律、七绝、平平仄仄不是十分明白，要梦雨解释。梦雨说："所谓七律，就是每句七个字，分为两段，每段四句。七绝就只有一段。至于平平仄仄，咱们就不管它啦，听起来顺耳就好。"

红儿说："我们现代诗，可以随便写，只要稍稍押韵，有那么一点儿意境就行。"

芳芳说："如此说来，应该不是那么难。我还以为有好多规矩呢！"

梦雨说："其实人人都可以写诗。"

狗儿道："那我倒要试试！说不定我以后会成为一个诗人呢！"

萍萍道："还没有开头，名利心就来了。"

狗儿道："我是鼓励一下自己。"

红儿说："说了半天闲话，怎么开始？"

梦雨对众人道："虽然雪对于我们是平常事，但若你带着诗意的眼光去欣赏它，你的感觉又会有所不同。不如我们乘着今天雪景，到外面去感受一番，再写不迟。我给大家提个要求，看完雪景之后，每个人今晚都要在家里准备准备，无论如何也要凑几句。明天咱们见面时，各自把自己的诗拿出来念念，互相学习学习，你们觉得怎么样？"

大家都表示同意，说："这样更好，也可以玩玩。"

美娜问："有什么要求吗？"

梦雨想想道："这样吧！既然是写雪，那诗中间都要带个'雪'字吧。可是'雪'字不能多用，只能用一次，免得啰嗦。其他没有要求，写五言七言也行，自由诗也可。"

商量妥当，这帮无所事事的少年们嘻嘻哈哈地走出门来。大家先到江岸边林间走了一遭，见到杨柳败落，枯枝萧瑟。江小勇笑道："平常不作诗还好，待到要作诗，看到这些景象，心里忽然有一些荒凉之感。"

芳芳道："怪不得鸭子有时候看来那么忧郁！原来吟诗时会触景生情。"

狗儿说："其实是无病呻吟。"

红儿反驳说："是悲天悯人。"

萍萍说："还没有开始写文章，就开始了学术争论。怪不得前几年要搞大批判呢！"她想起了小学时批判"三家村"的情景，那时候学校发动了批判反动学术权威的批判会。她虽然不懂什么是"三家村"，但还是记住了邓拓、吴晗、廖沫沙这三个人的名字。

刘华子说："既然写诗，咱们也来点儿有雅趣的东西。我昨天到金盆山后面的荷花池冰水里去叉鱼，发现那儿有几树梅花正在雪地里开放。不如我们去赏赏梅花，增加点儿雅趣。"

梦雨点头道："古往今来，爱梅花、写梅花的诗人不计其数，连毛主席都有咏梅诗。"

红儿说："是不是那首《卜算子·咏梅》？我会背呢！"

大家纷纷道："快背来听听！"

红儿背诵道："风雨送春归，飞雪迎春到。已是悬崖百丈冰，犹有花枝俏。俏也不争春，只把春来报。待到山花烂漫时，她在丛中笑。"

大家七嘴八舌道：“写得太好啦！”

狗儿道：“不过，据说毛主席写这首诗是用来反帝反修的。”

芳芳奇怪道：“一首诗还可以用来反帝反修？”

梦雨道：“我想，中国目前不但遭到美帝国主义的围剿，还遭到苏修的侵略。我们周边都是敌人，他们都不想让中国强大。中国处在如此的环境之中，依然像梅花那样，不畏严寒，傲然挺立。毛主席应该是从这样一个角度来抒发豪情的。”

芳芳说：“这就是你所说的意境吗？”

梦雨点点头道：“其实，我倒是觉得不必那么理解这首诗，其实我们还可以简单点儿，大可把意境个性化一点。诗人常常有一种孤傲的性格。”

谷道儿说：“你说得玄啦。”

梦雨道：“也许是，但我还会背诵一首咏梅诗，也许能印证我的说法。听说这首诗也是毛主席写的，但我没有考证过。”

美娜说：“不管谁写的，先念出来我们听听，算是上课。”

梦雨背诵道：“月下夜风寒，雪里梅花笑。春意依先得，花开伊独早。频传天地心，岂论高格调。幽香寄深情，洁身非自好。”

芳芳说：“鸭子，怪不得你会写诗！原来你会背那么多诗。”

梦雨说：“古人说得好：‘熟读唐诗三百首，不会吟诗也会吟。’”

红儿说：“小时候，我爸妈天天让我背唐诗宋词，‘文革’一来这些东西都不见了。”

萍萍说：“我也是，小时候爸妈让我背唐诗宋词，我那时还以为是儿歌呢，为什么书店里都没有唐诗卖了？”

狗儿说：“那些都是‘四旧’的东西。”

谷道儿说：“其实也没有禁止，只是不提倡罢了。”

梦雨点头说：“提倡也好，禁止也罢，反正是他们大人的事。再说，我看毛主席也非常喜欢中国的古典诗词，要不然他怎么还会写出这么多好诗出来？”

狗儿笑道：“看来我们的兴趣小组还是有凭有据的。”

大家说说笑笑，一伙人穿过小街，朝金盆山一路走去。到了狮子路口，碰见了狗儿他爹。他拖着一车蔬菜，正从对面过来。今天积雪封路，他拖车颇为吃力。大家见状，连忙过去帮助推车。狗儿爹歇车吩咐道：“狗儿！等会儿回家时帮我打半斤酒。”边说边掏出几毛钱递给狗儿。狗儿连连答应。

狗儿爹走远后，大家才继续前行。

江小勇打趣说：“狗儿，你爹在踩冰拖菜，你却在踏雪赏花，真是相得益彰啊!”

狗儿说:“说实在话,我还真觉得过意不去。但我爹希望我出人头地,最支持我交朋结友,做正经事。”

谷道儿说:“你以为自己在做正经事?”

狗儿道:“至少我爹这样想。不过今天去赏梅作诗,我还真的不以为然。可是朋友相约,不去不好。只不过是舍命陪君子而已,你们要给我补偿哦!”

萍萍说:“你这个人就是刁滑,给你补偿什么?”

狗儿笑道:“待会儿你帮我作首诗吧!”

萍萍道:“呸!你想得美!”

说话间,不觉已来到金盆山大殿门口。

大家望去,只见金盆山的琉璃瓦被白雪掩盖,屋檐下结了许多冰凌。一伙人绕过大殿,穿过几重门廊,来到后院一个角落,果然看见几棵梅树。大伙围着梅树,指指点点,只听萍萍道:“天这么冷,下这么大的雪,梅花居然开放。”

红儿说:“这就是她的可贵之处,不畏霜雪,不怕严寒。”

芳芳接口道:“可是我觉得在这冰天雪地,孤零零地开花,有些凄凉。如果我是梅花,我宁愿等到来年春暖花开时再开不迟。”

萍萍说:“哪儿能由你!花开花谢,自有时辰。”

红儿说:“听说天上专门有司花的花神。”

狗儿说:“那是迷信。”

萍萍说:“我倒是宁愿真有其事,那样的话,想象的世界更加丰富,更加绚丽。”

梦雨点头道:“如果没有想象,生活会非常沉闷。”

江小勇和刘华子这时踱到小院侧面的一扇圆门洞口,惊叹道:“里面还有更多梅树!”大家赶紧围拢过去,果然见到一片梅林。江小勇用手指道:“那上面还落了几只鸟儿。”

狗儿道:“难不成它们跟我们一样有闲情逸致?”

梦雨笑道:“可见世界上不但人会喜欢梅花,还有鸟儿呢!”

谷道儿说道:“你们的想象力也太丰富了。这些鸟儿哪里是来看花的,它们是来觅食的。”

江小勇说:“可不!它们在啄食花苞。”

芳芳说:“你看它们把那些花儿都踩落一地,哪懂得什么爱惜?”

梦雨叹息道:“太可惜了!”

狗儿笑道:“看来它们跟我一样,比较实际。”

大家看了一会儿,在梅林里转悠了一番,顺着另外一扇门从后园转到池塘边的一棵老树底下。萍萍说：“花儿也赏了，感想也发了，你们有什么灵感没有？”

梦雨道：“不管有没有灵感，今晚大家都得完成功课。”

狗儿笑道：“鸭子！不就是几句诗吗？我看也没必要等到明天。”

谷道儿道：“听你这口气，好像已经胸有成竹了。”

狗儿道：“那还用说！”

梦雨说：“想不到你最快！既然你已经有了，还不说来大家听听！”

狗儿骄傲地道：“其实我这个人还是有点儿急才的，你们听着！”只听他振振有词道：

天上下雪了，屋檐家雀叫。
想要赏梅花，可惜没吃饱。

萍萍说：“这算什么诗！像顺口溜。”

“不管！不管！反正带个雪字就行啦。我算交作业了！”狗儿连声道。

梦雨说：“还算凑合。”

萍萍不甘落后，就说：“既然狗儿已经开了头，不如大家趁热打铁一块作了吧。”

江小勇说：“再给点儿时间想想吧。”于是大家分散，或站在树下，或流连于池塘边上，各自构思一阵。过了一会儿，梦雨见大家已经准备得差不多，就开口道：“昨日我到牛儿家，看见一个媒婆正在给他姐姐提亲。今天看见梅花，想起此事。所以我就此话题，凑了几句。”他给大伙念道：

媒人来

女儿十八嫁，耕郎早恋她。
不知春愿否？梅来问雪花。

美娜道：“到底是云梦诗人，用了一个谐音，有点儿韵味。”

红儿道：“我也有了。我想起那天去修铁路的路上，看见一群大雁，落在湖边草地。现在漫天大雪，也不知道它们冷不冷。我想，它们一定盼望春暖花开。所以我刚才想了几句诗，题目是《下雪》。”她吟道：

岁残柳折枝，空寂雁无嘶。
霜寒北风紧，雪来谈花事。

梦雨评论道：“头几句听上去太肃杀，后一句才豁然开朗。”

美娜说：“我也凑了几句，大家别笑我！”

梦雨鼓励道："大家都是说着玩，没关系！"美娜腼腆地说道："我也吟一首梅花，题目是《小梅》。"她念道：

野空冬云飞，是谁？醉。墙凹内，悄悄睡。
飘雪柔情美，与谁？醉。共绒被，娇梅寐。

红儿一把搂住美娜说："哇，美娜，我的娇妹妹！这么美丽的意境！"

萍萍望着她说："没有切身体验，哪儿能如此落笔！美娜，你跟谁私奔啦？天寒地冻，要流浪街头，睡在人家墙角？"

美娜说："看你们还是笑话我，我是看见这些梅花，悄悄长在此处，白雪就像温暖的绒被，看她们睡得多么甜美，要不是被我们惊扰，她们一定觉得很自在。我是就景而述，哪儿像你们想那么多！"

梦雨道："大家不是笑话你，是闹着玩玩。"

刘华子开言道："我们今天莽莽撞撞地闯进此处梅园，就像那些飞进院内的不速之客，所以我的诗题是《梅花偶遇》。"他朗声道：

墙内梅苞生，雪映嫩诱人。
几只懵懂雀，赏花不叩门。

梦雨说："不错！好一个'赏花不叩门'，有味道！"

芳芳道："那我也来凑合一首《害羞的梅》。"她接着道：

梅花娇色嫩，寒放因思春。
雪君何事来？羞涩不敢问。

梦雨拍手道："还说不会！出口就不同凡响。"

谷道儿笑道："而今什么时代，干吗那么害羞！"芳芳说："去你的！"

萍萍说："我也有几句。"她念道：

雪　君

洁花非要为侬开，不爱温晴爱雪白。
只是君子不睬梅，却让野雀乱飞来。

谷道儿笑道："桃花有意，流水无情，不知道是哪位君子让妹妹如此失落？"说完看了看梦雨。梦雨没有吱声。

萍萍道："我只是触景生情而已。"

谷道儿讥讽道："你生什么情？"

刘华子说："道儿，你在这里评头品足，自己还没交作业呢！"

谷道儿道："不着急，道人早已成竹在胸。各位，我也是借题发挥，大家听了请不要胡思乱想。"边说边神秘兮兮地望着江小勇道："我的标题是《鸟踩花儿我心疼》。"他继续道：

冬梅刚出芽，鸟骑雪枝花。
新苞容易破，不要那么压！

江小勇听了红了脸，不吭声。

狗儿说："好好！只有这首诗最对景致。"

几个女生一起说："呸！去！"

梦雨望望江小勇道："小勇！怎么样，现在轮到你啦。有了没有？"

江小勇说："梅花都被你们说完了。我开个新意。"只听他道：

洞里蚂蚁

一只工蚁刚回家，胡子眉毛带冰碴。
两个内侍奇怪道：外面还在下雪吗？

狗儿笑道："你这诗跟我写的诗差不多，一个字：臭！但也算你勉强及格。不过此时不早，我爹让我打酒，我得先告辞了。"

梦雨看看天道："今天玩了半日，大家也累了，不如一块回家吧。"

于是，大伙一起返回，到了街上，各自散去。

第九回

1

过年了。

古镇洋溢着喜庆。

这些年提倡过革命化春节，就是要简朴，反对大吃大喝、铺张浪费。街上贴着标语口号：“欢度春节，厉行节约。”

腊月二十九，梦雨吃过早餐，奉他爹之命，到街上去买烟花鞭炮。他穿过小巷，来到街上，看见街上早已热闹非凡。来往行人，走在小街的石板路上，踢踢踏踏。四乡八村的农民，提着鸡鸭，挑着菜担，早早地赶到街边巷头，把整个小镇变成了一个大集市。

街上杂货铺、商店、酱油铺、布店等，人进人出，喧闹嘈杂。许多单位门口都用松树枝或杉树枝扎了彩门，上面还安放了不断闪烁的小灯泡。

居民门口，不时见到三五成群的儿童，手上拿着点燃的煤纸或是一根香烟，玩着花样放鞭炮。鞭炮声此起彼伏，响声不绝。

梦雨进入一家杂货铺，挤在人群中，买了一吊一千响和一吊五千响的鞭炮，又买了一些炮仗，放在竹篮里。所谓 百响就是一百颗鞭，一千响就是一千颗鞭，当时，最大的鞭是一万响。

出来之后，他又在一个卖字画的摊子前，买了一幅毛主席像和一副对联。梦雨记得小时候，这些字摊上都摆卖门神，而今已经很少见。据说是要“破除迷信，移风易俗”。

但梦雨看到，沿街居民人家，还是有一些门上贴着财神灶神，似乎也没有人干涉。当然大多数人家贴的都是毛主席画像。

对联的内容大同小异，多是“翻身不忘共产党，幸福不忘毛主席”这样的语句。梦雨走在路上，对其中一户居民门口的对联产生了兴趣。他停下脚步，驻足观赏了一会儿。你猜对联写的什么？原来写的是“四海翻腾云水怒，五洲震荡风雷急”，横批是“胸怀世界”。开始时他觉得有些纳闷儿，怎么会在过年的时候贴这样的对联？后来他才恍然大悟：原来人们是在烘托一种节日气氛，对联的内容其实并不重要，人们只是图个热闹。有时候形式比内容更重要，因为它可以传承和适应。内容却不然，它随时都可能消失。

小镇的人们，实际上是在努力捍卫千百年来的传统，他们顽强地捍卫着自己的风俗习惯、传统文化和生活方式，虽然他们是在不自觉地、下意识地坚守着这一切。但可以看出，普罗大众始终不愿割断自己的过去。无论什么革命，都不能把传统完全斩断。

买完东西，梦雨便直接回家。出了大街，穿过小巷，刚刚走到拐角处，便看见堤坡那里围拢着一大堆人。他不知怎么回事，赶紧跑过去一看，原来大家在看热闹。再走近一些，才弄清楚是怎么回事。

原来是江小勇的妈妈在撵一个女孩子。只见江小勇在前面挡来挡去，他老娘拿着一根吹火筒，一面骂儿子，一面要追打那个女孩子。那女生梦雨也认识，她就是同年级二班的易翠花。

梦雨早就知道，易翠花最近一年来跟江小勇很要好。两个人常常成双结对，在湖边、林间、街上游玩。易翠花比江小勇大几岁，本来是高两届的学生，小学上了两次一年级和两次二年级，所以滞留在梦雨他们这一届，简单地说，就是一个留级宝贝。她的同龄人，不是已经上了高中，就是已经上山下乡了。

江小勇本来一直跟另外一位女生很要好，她叫娇娇，是小勇妈妈同事的女儿。娇娇聪明伶俐，从小到大就跟江小勇厮磨，小学低年级时都是手牵手上学、放学，那时他们都住机关宿舍。

江小勇父亲是一位南下干部，解放战争时受过枪伤，新中国成立后曾经当过本地区委书记，但在江小勇四岁时就过世了。那一年，江小勇的妹妹才一岁多，小勇妈妈那时才 30 岁，年轻守寡，誓不再嫁。

后来江小勇兄妹俩长大，单位宿舍一间房不够用，小勇妈就委托梦雨妈，在他们隔壁租了套房子。他们搬来这里已经两年，由小勇奶奶给他们兄妹俩做饭。

梦雨爹妈常说，小勇妈太不容易，一个人拉扯两个孩子，还要照顾一个老人。所以，梦雨家常常会送一些后园子种的瓜果蔬菜过去给老奶奶，过年杀猪，也会送一块肉什么的给他们家。

江小勇那年刚满 15 岁，易翠花已经 18 岁出头，都是情窦初开的年龄。易翠花那时正值芳龄，人长得像朵开放的桃花，已经有成年女子的丰美。江小勇有他爸爸山东大汉的体魄，15 岁就已经是高高大大的个头，尽管还一脸稚气。

易翠花跟江小勇好上之后，娇娇自然是很不开心。但她依然像小时候那样，有空就到小勇妈那里玩，跟她说话。江小勇自幼丧父，对母亲的辛劳历历在目，从小就很听妈妈的话，很少有违拗他妈妈的举动。

小勇妈跟娇娇妈是北方老乡，两家关系不错。看见两个孩子玩得很好，他们在孩子小时就开玩笑说要搭儿女亲家。娇娇嘴巴甜，一直把江小勇叫勇哥哥。她学习成绩优异，在学校不管什么荣誉，她似乎都能拿到。比如，她曾经创下过全校背诵毛主席语录最多的纪录。虽在同一个年级，但她却不怎么跟梦雨来往，她有另一帮朋友圈子。

易翠花则不然，她在年级里成绩最差，而且还常常欺负同学。听说她还会喝酒。也不知道易翠花是怎样跟江小勇好上的。也许江小勇是被她像成熟的桃子般的女性气质所迷，或者是其他什么原因。梦雨不知道。

但梦雨知道，易翠花前不久曾经打过娇娇。娇娇当然打不过易翠花，但她事后告了状。她告诉了小勇妈。所以，小勇妈命令儿子从此以后不许与易翠花往来。江小勇表面应从，实际却没有贯彻执行。

但今日小勇妈怒不可遏，动手驱赶易翠花，却不是因为她来找江小勇玩。她对易翠花，刚开始只是态度冷淡而已。事情起因是这样的：单位腊月二十八就放了假。她昨天从单位回来，就开始忙年。昨天下午易翠花约江小勇出去玩，她并没有明言阻止。但江小勇并没有出去，他一直在帮他妈妈干活儿。

易翠花今天穿一件粉红色上衣和一条当时很新潮的喇叭裤，一大早就来到江小勇家，小勇妈也不搭理她。但易翠花却主动提起了她和江小勇的事情，原来她是来摊牌的。她说："妈妈，我和你儿子有了。"

小勇妈不听犹可，听到此话再也按捺不住。她抄起一根吹火筒，就去打儿子。小勇抱头鼠窜。易翠花说："妈妈，你打也没有用。"

小勇妈气得泪流满面，她拿着吹火筒，就去追打易翠花，易翠花只躲闪，不还手。江小勇怕妈妈伤害易翠花，就返回来阻拦他妈妈。梦雨赶到时，事情就发生到这里。许多人都在看热闹，有些人正在劝阻他们。劝架者中间，就有梦雨爹妈。

大家七扯八拉，好不容易才将小勇妈劝住。他妈妈泪如雨下，连声痛哭说："气死我了，气死我了！儿子啊！你还只是一个初中生啊！你怎么对得起你死去的老子！"

江小勇怔怔地站在旁边，一言不发。

这时，易翠花的爹妈也闻讯赶了过来。他们也要来打江小勇和易翠花。

于是，堤边一下子又热闹起来。

翠花妈又开口骂小勇妈，骂得很难听。小勇妈是机关干部，从来就没有开口骂过人，听到翠花妈一口脏话，气得差点儿晕厥过去。

还是梦雨妈厉害，她走过去，拽住翠花妈质问道："你丑不丑？在这里泼妇骂街！谁是谁非？你搞清楚没有？"

易翠花这时也过来，说："妈！你不要这样闹！是你女儿的错。我跟你回去。"

这场风波，至此才算暂时平息。

2

梦雨回到家中，想到刚才的情景，觉得很好笑。回到房间，写了一段打油诗，准备日后诗会上用来奚落江小勇。你道他写的什么？原来他写的是一首《耳边风》：

打也无用，吼也无用，倔强牯牛拉不动。拉不动，犟在田中。
说也无用，骂也无用，顽皮浪子劝不动。劝不动，恁在花中。

写完之后，又略作修改，想起江小勇那熊样，哑然而笑。忽然想起红儿，不知她知不知道今日之事，就收起笔记本，打算去找红儿告诉她。

走出房门，刚刚来到院子，就见到爹妈从外面走进院门来。原来，他们刚刚从江小勇家回来，刚才堤边劝架完毕，他们又去江小勇家，陪他妈妈说了半天话。梦雨爹问："鸭子！哪里去？"

梦雨回答："去找同学。"说完之后就打算开溜。

谁知他妈说道："鸭子！你站住。"

梦雨只好立定，说："干什么？"

他妈说："你先进来！"

梦雨跟他爹妈走进堂屋，问："妈，有事吗？"

他妈说："鸭子，你一天天无所事事，只知道玩。"

梦雨反驳道："妈！你可不要说冤枉话。我今天还帮忙买年货了。"

梦雨爹连连点头说："是啊，是啊！"

梦雨妈瞪了他爹一眼，说："你不要护短。"

梦雨爹摇摇头，进厨房去了。

梦雨妈对儿子道："平日我们对你都很松，也不要你做什么事。儿子，警告你，可不要在外面给我惹是生非。"

梦雨道："妈！哪儿会呢！"

他妈瞪眼道："你不要还嘴，听我说。"

梦雨不做声。

他妈厉声警告道："鸭子，你要是像江小勇那样，做那种苟且之事，看我不打断你的狗腿！"

梦雨低头不语。

他妈吼道："听见没有？"

梦雨嗫嚅，他从来还没有见过妈这么严厉对他说话。

这时，他爹过来说："儿子！你妈说得是。记住没有？"

梦雨连连点头。

他爹又问："买的鞭炮呢？"

梦雨指指后面柴屋，回答说："放在后面了。"他眼瞧瞧外面院子，心里还打算出门去找红儿玩。

他妈似乎瞧透他的心思，说："你今天不要出门，家里的事情很多。整天甩着手玩，你也应该学点儿正经事。"

梦雨爹也说："家家都在忙年，你到人家家里干什么？"

梦雨说："我出去走走。"

他妈说："不准出去！"

梦雨爹说："鸭子，今天你在家，我教你学做米酒。"

梦雨知道现在是出不去了，只好不情愿地点点头，问："怎么做？"

他爹吩咐说："你先帮忙把蒸笼洗好。"

梦雨按照吩咐，洗好蒸笼。他爹拿出糯米，洗好淘净，把米蒸上之后，让梦雨烧火。趁此工夫，他爹又在屋里做些其他事情，忙这儿忙那儿。梦雨在灶门负责添加柴火。

中午时分，梦雨小哥回家，说："渡船社还要加班，家里的事情不能帮忙。"

梦雨妈说："不要紧，家里有鸭子帮忙。"

他爹说："年年如此，这些天过河的人是最多的。"

吃过午饭，他小哥出去上班。

梦雨催促他爹："怎么还不做米酒？"

他爹说："要等米饭凉了。"

直到下午，他爹才告诉他怎样做米酒。

原来并不复杂：等米饭凉了之后，将饭放在一个米坛或是其他能够密封的容器之中。梦雨爹说："最好是陶罐，这样更香。"将酒曲碾碎，撒在饭里，搅拌均匀，压实。梦雨按照他爹的指导，按步骤完成。他爹又说："这种天气较冷，所以要用棉絮将坛子包起来发酵。"

梦雨问："什么时候可以出坛？"

他爹说："如果温度较高，大概一天一夜就行。如果温度低，可能要两天两夜。”

梦雨道：“哎哟！要等这么久？我还以为今晚就可以吃呢！”

他妈正好过来，对他说：“儿子，好酒要慢慢酿！”

后来，趁爹妈不注意，梦雨还是悄悄溜了出去。

3

但梦雨很失望，因为他没有找到红儿。听邻居说，红儿一家回湖南老家去了，是今天上午才急匆匆走的。梦雨觉得索然无味，就从街上折回堤边。

他翻过堤，向江边踱去。走进杨柳树林，只见树林地上，似见一些绿意，若有若无。前些日子下的那场大雪，大多消融，只在某些背阴处还残存一些积雪。走在林间，看那杨柳树枝，已不似那般僵硬萧瑟。丝丝东南风从林间穿过，风声似乎含有轻语。再看杨柳枝上，已然悄悄透出一点儿嫩苞。“哦！”他自语道，“春天要来了。”

他来到江边，看江上，河水缓缓流淌，三两只小渔划子，正在河中央游弋，渔人正在收网。天空中，几只鱼鸥在悠然盘旋。河边，停靠着一排大小木船和机帆船。此时天色向晚，太阳的余晖忽然从云缝里透射出来。

天气尚冷，河边行人不多。梦雨信步向下游方向行去，脑中渐渐浮现一段《春风》诗唱：

春风来时，
寒木在冬夜里，
正冻得颤摇。
她轻迈脚步，
窸窸窣窣，
将温情轻揉小道。
又抖动飘舞的纱袋，
撒一把绿色的珍宝。
她面带微笑，
衔一瓶玉露，
悄悄唤醒春桃。
她一挥宽袖，
将油菜花蕊，
撒遍平原山坳。
她泼洒一坛坛蜜酒，

让森林的树木，
甜得枝摇。
又赐给少年一个香吻，
让馥兰淡香醉得心飘。

他一边吟，一边想，此时要是有红儿在身边该多好。又想，红儿回湖南老家，不知此刻到了何处。湖南在长江以南，她的家不知离此地远不远？想到这里，他停住脚步，向江对岸望去。

此时，天色已晚，太阳不知什么时候已悄然落下。江面上似有一层薄纱，让人望不见江对岸景色。“哦！”他对自己说，“天已经晚了，该回家了。”

他转过身，正要回家去，却突然听到几声轻轻的抽泣声。他觉得奇怪，四下张望，才发现不远处的河堤上，坐着一个姑娘。

他朝那人走去，认出那是易翠花。

易翠花也听到了脚步声，抬起头来。

“你怎么一个人在这里？”梦雨问。

易翠花拭拭脸上，淡然道：“家里憋得慌，出来透透气。”过了一会儿，又道：“你也出来散步？”

梦雨点点头，道：“是。”

梦雨跟易翠花虽是一个年级，却从未与她单独讲过话。他也知道江小勇跟易翠花的关系，却从来不知道他们之间已发展到如此地步。现在想起来，他才忽然明白那天谷道儿冲着江小勇使眼色的缘由，才知道谷道儿那天为什么要作那首怪怪的诗。

想起今日上午的情景，梦雨不觉朝易翠花的肚子瞧了瞧。易翠花此时已站起身来，她似乎发觉梦雨正在打量她，头低了下去。

梦雨反而觉得自己有些不礼貌，就说：“天已经很晚了，我们一块回去吧。”

易翠花点点头，与梦雨并排往回走。两人沉默了一会儿，易翠花开口道：“鸭子，你跟江小勇要好，托你给他带个口信好吗？我现在不方便到他家去。”

梦雨点头说：“你说吧！我一定带到。”

易翠花说：“我爹妈要我把孩子打下来。但我决定不打孩子，你问一下他的意思。”

梦雨看着易翠花，不知如何说好，这是他头一次听一个女子跟他说这样的问题，他觉得有点尴尬。

“可以吗？”易翠花又道。

梦雨局促地点点头，“唔”了一声。

"谢谢你!"

梦雨说:"你放心。"

易翠花停住脚步,说:"鸭子!不管你怎么看我,我告诉你,我真的很喜欢小勇。"

梦雨说:"我相信。"

易翠花说:"那么,我回去了。再见。"说完,她转身上堤,头也不回地离开了。

梦雨呆呆地站在那里,直到易翠花的身影完全消失。

4

腊月三十和正月初一,梦雨基本没有出门,在家过年。全家人欢欢喜喜、忙忙叨叨。三十那晚,梦雨和他小哥在院子里放了鞭炮。初一早上,梦雨第一次吃了自己亲手做的米酒,他觉得米酒做得不错。但他哥哥说:"有点儿苦味。"

初二,有亲朋好友来拜年。

初三,他小哥带着他到乡下姑妈家拜年。顺便,他哥哥带他祭拜了爷爷的祖坟。他还是第一次到爷爷的祖坟来。他对爷爷没有丝毫印象,因为早在他出生前,爷爷就去世了。

初四回到镇上。路上,他碰到了江小勇。他问江小勇:"怎么样了?你找她谈过没有?"他记得那天晚上,曾经给易翠花带过口信。

江小勇愁眉不展。

他说,他刚刚去找过易翠花。

"怎样?"梦雨问,他的意思是肚子里的孩子。

他说:"她不肯打掉。"

"你呢?"梦雨问。

江小勇说:"那还用说!"

梦雨却不明白,他问:"打算生下?"

江小勇说:"哪里!我自己都还是孩子。"

梦雨看一看他,满脸稚气,虽然嘴上有一层嫩嫩的胡须。"可是——她怎么说?"梦雨迟疑道。

江小勇说:"她不同意!她死活都不同意。"顿了一下,江小勇说:"我有点儿后悔。"

梦雨望着江小勇的脸,觉得有点儿吃惊。因为他一直觉得,江小勇是个有责任心的男子。

江小勇又道:"那一次,我真是鬼迷心窍,控制不住自己。"

梦雨不愿听这些事，他说：“你一定要和易翠花商量好。”

江小勇点头道：“我知道。”

说话间，两人已到梦雨家院子门口。梦雨说：“干脆到我家喝碗米酒，我亲手做的。”

江小勇说：“不啦！我奶奶也做米酒了。我先回去。”

5

梦雨和江小勇分手后，走进院子，跟爹妈打了招呼，回到自己房间。他在房间看了会儿书，不觉感到有点儿疲倦，慢慢合上眼睛。

忽然听到萍萍的声音，原来不知何时，她已站在自己的身后。

梦雨转身，高兴地道：“萍萍，是你！”

萍萍见他桌上的本子，问道：“写的什么？”

梦雨说：“这几天过年，走亲串友，吃吃喝喝。我突然发现，无论走到哪里，人家都先打上一碗米酒鸡蛋茶来款待客人。”

萍萍说：“是啊！这是我们本地的风俗。”

梦雨说：“所以，我刚才无事，写了一首绝句《酿米酒》，你来看看。”

萍萍拿起本子，念道：

白米新饭一家家，篾笼熟蒸甜曲撒。
只在坛里酿一宿，满街尽散栀子花。

萍萍看完，笑道：“你要不写，我还习以为常，以为米酒没有什么特别之处。”

梦雨说：“其实很好吃的！”

萍萍说：“鸭子！说也奇怪，人在梦中怎么会作诗呢？”

梦雨说：“日有所思，夜有所梦，一点儿都不奇怪。”顿了顿又问道：“难道你梦有所得？”

萍萍点头说：“我这个人从来不做梦的，但昨夜忽然做了个奇怪的梦。我梦见自己是一个古代少女，后来碰上一位翩翩少年，我和他不断有文字交往。你看，这里就有两首。”

梦雨接过一看，原来是两首对答情诗：

桃花思

满树千枝，朵朵桃花痴。偷偷思，桃花心思，问君知不知？
嫣红姹紫，个个女儿痴。暗暗思，女儿心思，问君知不知？

杨柳思

春发花事，处处杨柳枝。新丝接新丝，漫天丝。欲说尔知，又恐尔笑痴。

春发花事，处处杨柳枝。心思复心思，日夜思。欲赋新诗，还怕尔笑痴。

梦雨笑道："萍萍！看来你开始做桃花梦了，不知你的如意郎君是谁呢？"

萍萍脸红红地说："鸭子！你还别说，我碰到的那古代翩翩少年，还有点儿像你呢。"

梦雨笑道："开玩笑！我怎么会变成古人！"

萍萍说："所以我来问你嘛！"

梦雨正要回答，忽然听见一声啸叫，从旁边窜来一只恶狼，吓得二人大叫。梦雨大喊一声，不觉醒来。

原来是个梦！

梦雨睁开眼睛，惭愧道："白日发痴梦！"

这时，就听到院子有人问："鸭子在家吗？"

正是萍萍的声音。

梦雨爹回答说："是萍萍啊！他在房里。"又大声道："鸭子，同学来了。"

梦雨应声，走出房门。此刻，萍萍已站在堂屋中。

萍萍说："给大妈、大爹拜年！"

梦雨爹妈都在堂屋。梦雨妈说："萍萍，好一阵没见你来啦。"

萍萍说："大妈、大爹过年好！"

梦雨妈赶紧请萍萍坐下，梦雨爹去厨房打鸡蛋茶，梦雨妈陪着萍萍拉家常。顺便解释一下，所谓鸡蛋茶，其实不是茶，而是用米酒煮鸡蛋花，常常在过年时招待客人。

萍萍又问："鸭子的大哥、大姐和二姐没有回家过年？"

梦雨妈说："他们来信说，要在外地过革命化春节，今年都不回家。"梦雨大哥在新疆工作，大姐是医生，大学毕业后去了内蒙古，二姐结婚后随丈夫到湖南株洲去了。

吃过鸡蛋茶，梦雨和萍萍走进房间去看书闲谈，梦雨爹妈各自忙自己的事。他们两个从小就这样随便，梦雨爹妈早已见惯。

两人走进房间，随便翻翻书，自然要说起江小勇之事。萍萍对娇娇印象较好，叹息说："其实我觉得江小勇跟娇娇很般配。"

梦雨也说："我看他们俩原来很要好的。"

萍萍说："那个易翠花太无聊！江小勇被她蒙骗了。"

梦雨摇头说："我看她真的喜欢江小勇。"

萍萍说："娇娇才是真心。"

梦雨不知道该说什么。

萍萍道："不说这个了。鸭子！你说怪不怪？我这些天也做起梦来，你知道，我过去是不做梦的。"

梦雨突然想起刚才自己做梦的情景，不过他没有讲出来，只淡淡地说道："其实每个人都做梦的，只是有的人记得，有的人不记得。"

萍萍说："不过我昨天却在梦中作了首诗。"

梦雨暗暗吃惊，口中含糊道："人有时候老在琢磨一件事时，可能会在梦中反映出来。我也有类似经验。"又问道："你梦见什么啦？"

萍萍笑道："我梦见一个仙女下凡，后来跟一个牛郎成亲。"

梦雨说："你是不是看了《天仙配》，所以做这个梦？"

萍萍点头道："也许吧！但在梦中，我变成了那个仙女，那个牛郎是谁？你知道吗？"

梦雨问："是谁？"

萍萍咯咯笑道："不告诉你！"

梦雨想到刚才的梦。

萍萍又道："不过，我可以告诉你我在梦中写的诗。"也不等梦雨说话，萍萍就将那首诗念了出来：

天上仙女来山里，遇见少年生爱意。
情浓故事恨见晚，愿到人间做凡妻。

梦雨说："奇怪！天上的想到地上，地上的想到天上。"

过了一会儿，萍萍说："鸭子，反正现在闲着，咱们不如来对诗玩吧。"

梦雨连声道："好啊好啊！怎么对？"

萍萍道："我们一人一句，好不好？"

梦雨道："好啊，你出题吧。"

萍萍道："我们还是来对景吧。而今冬春时节，就以此为题。"

梦雨点头："好吧，你开头！"

萍萍想了想，说了一句："一只瞌睡虫。"

梦雨随口道："好久不眠冬。"

萍萍接口道："今日香入梦。"

梦雨笑道："勿告东方红。"

萍萍说："现在你再起一个头。"

梦雨望望窗外，道："春天老不来，满山植物都等得不耐烦了。我就以此为题吧！"他思索片刻，说了一句上联："山神守山门。"

萍萍对道："迟迟不开春。"

梦雨接着说："老鸹哇哇问。"

萍萍笑道："花姬焦急等。"

梦雨也笑道："看来我们还应该质问一下这位山神爷爷，为什么还不开春？"

萍萍道："好，看山神爷爷怎么说吧！"

梦雨开头道："小神守山卡。"

萍萍歪头想了想，道："专督农事发。"

梦雨道："既然这样，我就好对了。"

萍萍催促："快对！"

梦雨道："司农不司令。"

萍萍叹息道："不敢放百花。"

梦雨说："原来神仙也不敢乱来呢。"

萍萍说："我现在连说两句，你也要接我两句。"

梦雨说："请！"

萍萍道："昨夜风雪交加，老树不胜惊吓。"

梦雨思考片刻，对道："今晨小鸟窗告，河岸新蕾嫩芽。"

梦雨说："我也出两句。"

萍萍说："好吧。"

梦雨道："梦上神仙桥，似闻天上谣。"

萍萍低眉对道："涕声何处来？寒夜雪枝鸟。"

对完之后梦雨连连摇头，说："不好不好！再来。"

这时，只听有人问道："再来什么？"原来是梦雨的小哥贵人回家了。

萍萍起身道："贵哥过年还加班？"

梦雨小哥说："没有，我刚才去一个朋友家喝酒回来。"

萍萍告辞道："我走啦。"又对梦雨说："鸭子，明天到我家去玩！"

梦雨把萍萍送到院子外，两人约好明天见面，梦雨返回房里。

第十回

1

萍萍从梦雨家出来，上了长堤，打算回家去。她顺着堤上土路，一边走，一边想着心事。

她忽然觉得自己开始变了，变得心事多起来。过去，她可没有这么多心事！一直以来，她生活得无忧无虑，从来没有什么烦恼。

究竟有什么烦恼？她好像也说不清楚。只隐隐约约觉得有一种什么东西，在不断地搅动自己的心扉。

是什么呢？

这些天，睡觉也不是很老实，跟过去很不同。过去，一上床就睡觉，一醒来就起床，好像从来就不记得有什么梦。但近来就不同，好多梦！天上地下，有时候那么真实，有时候又那么虚幻。

在一个梦里，她是一只蝴蝶，穿着花衣，在花丛中飞。草香，令蝴蝶醉。她翩翩起舞，追赶太阳。渴了，吮吸朝露；饿了，采集花蜜。

在一块油菜花田，她遇见另一只蝴蝶，于是在一起嬉戏，唱歌跳舞。商量后，他们一起去看太阳的家。因为，她一直没弄清楚，太阳为何总是从东边出门，却从来没有见它由原路返回。她很奇怪，太阳是怎么绕回家的？难道还有一条路？路又在哪里？

途中有一条河流，两只蝴蝶过不去。河流太宽，他们尝试几次，都不成功。终于，一阵大风吹来，糊里糊涂之间，借着风，她发现自己终于过河，已飞到河的对岸。

但她发现，途中两只蝴蝶飞散，他不见了。于是她呼喊，但突然醒来。她发现自己睡在床上，是梦！

在另一个梦里，她是一只金丝雀，在林中唱歌，与另一只对唱。那只男金丝雀，过来与她对舞。他们互相爱抚，窃窃私语。她快乐，她幸福，她喜欢这片树林。

但有一次从田野回来，她看见那只男金丝雀，也在林中，和另一只女金丝雀对舞，互相抚摸，窃窃私语。

她很不快乐！她难过，于是她哭了。直到哭累醒来。又是梦！

昨夜的梦里，她是天上的仙女，到人间游玩，看见河边一个牛郎。那牛郎很穷，但他爱读书。相处几日，她发现他能诗善文，于是与他对诗，谈文，定终身。天庭责怪，将她贬为凡女。她无怨无悔，跟牛郎风里浪里，打鱼放牛为生。

有一次，两人船靠江岸，月下对歌。看见天上弯弯月亮，牛郎握着她的手，唱着这样的歌：

> 今夜弯弯月，云中追娥蝶。
> 比肩天涯路，执手两情切。

于是，她唱了这样的歌：

> 河上飞来燕，穿梭屋堂前。
> 问之何事急？只说筑姻缘。

两人就这样唱歌，唱了许多歌，一直唱到夜深，一直唱到她醒。

却是梦！

早上起床，回想起这些梦，她觉得有些怅然若失。她依稀还记得梦中那个牛郎的模样，那是谁？忽然，她脑海中浮现出了一首小时候诵唱的童谣：

> 爱人隔断云河遥，牛郎织女相思谣。
> 七月初七今又是，只等月老搭鹊桥。

小时候背诵这首歌谣，只觉得天上鹊桥，多么美丽！现在，再品味歌词，想起昨日的梦，却多了几分感叹。

梦很虚幻，很遥远。但现实呢？看得见，却很远。

爱人隔断云河，心却相连。天天相处，却要相思。

小时候真好。孩子们在一起玩耍，无忧无虑、天真快乐。而今长大，虽然大家还是在一起玩耍，却好像有些不同。少了什么？或者说多了什么？烦恼。是的，增加了烦恼！为什么会这样！人长大了就会这样吗？

她想起了娇娇。在她心目中，娇娇是个好女孩。她积极参加学校的一切活动，学雷锋做好事，助人为乐。她和江小勇，小时候多好！自己一直认为，她和他会永远好下去。

那是自然而然的事情。但怎么就变了呢？

那天，听说易翠花那件事情之后，她很惊讶。她对易翠花一直没有好印象。有时候还见易翠花与那些已经下乡、偶尔回家的知识青年在一起抽烟。

她从娇娇手中抢走了小勇。

她居然！

江小勇怎么会喜欢上她！并且他们还有了那种事情——苟且之事！她为娇娇难过。一个优秀的女生，却被一个劣等女生打败。

但鸭子说“翠花是真心的”。或许。她觉得眼前迷惑起来。

“萍萍！”有人呼唤。

她以为是梦雨，应道：“鸭子！”

但那不是梦雨，是狗儿。

狗儿说：“连我的声音都听不出来！”

萍萍这时才从思绪中缓过神来，她笑道：“狗儿，到哪里去？”

狗儿说：“我去找你，可你不在家。”又问：“你到哪里去了？”

萍萍说：“找鸭子玩。”

“他不是到乡下走亲戚去了吗？”狗儿问。

“今天已经回来了。”萍萍回答。又问：“找我干什么？”

狗儿说：“镇上李秘书找我，说为了丰富群众文化活动，要我们排练样板戏，准备正月十五演一场。红儿不在，刘华子出门了，江小勇没有心情，你说怎么办？”

萍萍说：“红儿跟我说，初六就回。我们不如先去联络其他人，让乐队准备好。”

狗儿点头说：“这样最好。”

2

经过初五一整天的联络，戏班子重新开锣。

初六，老会场又热闹起来。排练的依然是样板戏的折子戏，但增加了一些诙谐幽默的短剧。这些搞笑的短剧，包括讽刺美帝特别是苏修的内容，因为当时中国在珍宝岛和苏联打过一仗。这些剧目，按如今的命名，应该称之为“小品”。

女主角依然是萍萍，她演《沙家浜》“智斗”中的阿庆嫂。红儿跳《红色娘子军》中的独舞。男主角有刘华子、狗儿、江小勇等。梦雨这次被挑选演杨子荣，排练的是《智取威虎山》中的“打虎上山”和其后的“进入匪巢”两段折子戏。

梦雨表演得很认真，这两段折子戏大受小镇观众欢迎。而那段对白："天王盖地虎，宝塔镇河妖。么哈么哈，正晌午说话，谁也没有家。"也在小镇流行一时，正如其在全国流行一时一般。

其间，梦雨曾经问红儿，为什么回湖南不告诉自己一声。

红儿答说："我爷爷突然去世，我们回去料理丧事。本来要告诉你，那天过来时，正碰见江小勇挨打。鸭子，你爹说你去买东西去了，不在家。"

萍萍虽然担当重要角色，有很多排练，但还是抽空过来，给了梦雨许多指导。梦雨觉得很充实，很快乐。

表演结束后，清闲了几天。待在家中，梦雨反倒觉得不自在起来。

那天早上起床，吃过早饭，他就想去找红儿。后来转念一想，红儿上午一般是不出门的，就一个人在外面转了转。

来到后街，见到两边路旁，杨树柳树，悄然露出翠色，比起前几日，又是大大不同。少年情怀，诗兴盎然，边走边吟道：

昨夜春风，枯枝忽然透红。地下僵虫，纷纷惊动。满山嫩色引诱，不愿留在家中，想去疯！

走到金盆山旁，猛然想到，自上次诗歌会以来，再未活动过一次。何不乘此间尚未开学，再邀伙伴，游山玩水，聚会一番。

想到这里，梦雨便返身折回。他打算先去找狗儿商量。走到一个巷子里时，听到拐角处传来一阵嘈杂声，他偏头一望，原来有几个人在屋角处打架。再看看，原来是马九九带着几个人在殴打江小勇。

江小勇此时已被打翻在地，马九九等人骂骂咧咧，还在抽打江小勇。梦雨怒火顿生，冲过去和马九九理论。两人没说几句话，就开始了肢体冲突。幸亏此时有街坊出来，将他们的斗殴及时制止，梦雨才没有吃大亏。

散去时，马九九指着梦雨道："鸭子！你小心！"

梦雨拉起江小勇，问他这场冲突为何而起。小勇摇摇头道："没什么。"

梦雨见江小勇不肯说明原因，也就不再追问。

两人一起走出巷子，江小勇问梦雨到哪里去。梦雨本来想要说邀朋友游春之事，见江小勇如此模样，就没有对他说。他回答道："去找狗儿。"

他又问江小勇去哪里，江小勇说到他妈单位房子那边去。走了一阵，两人挥手道别。

梦雨找到狗儿，见到芳芳和萍萍也在狗儿家。梦雨笑道："真巧！"

狗儿、芳芳和萍萍也起身齐声道："说曹操，曹操到。正准备找你呢。”

梦雨问：“找我干什么?”

芳芳说：“你一大早到哪儿去啦? 还以为你到狗儿家来了呢。”原来萍萍和芳芳刚才去找过梦雨。

梦雨说：“我到后街去转了转。你们找我干什么?”

狗儿笑道：“这不! 才忙活几天，她们又闲不住了，打算无事生非!”

梦雨问：“打算做什么?”

狗儿道：“她们刚才说，要找个日子出去踏青。”

梦雨拍手说：“好啊好啊! 我也正有此意。”

芳芳说：“可见大家朋友一场，什么事情都想在一起。”

萍萍说：“可狗儿还推三推四呢!”

狗儿说：“我也不是反对，只是说，玩就玩，别搞得那么费脑筋。”

萍萍说：“哪儿就费脑筋了!”

梦雨问：“怎么回事?”

狗儿说：“我的主张是，大家各自准备点儿吃的，到湖边找个地方玩玩算了。她们却说还要对诗对歌。”

梦雨笑道：“很好啊! 这样好玩。”

狗儿说：“我就知道你会高兴。好吧，我这个人很随和，谁叫我是老大呢!”

于是，几个人商量好时间、地点、活动主题及由谁通知某人等，事情就这样定下。

3

过了几天，到了约定之日。大家聚集在后街狮子口路边，一同出发。按照事先计划，他们准备去位于金盆山后边的云畔湖边，在那个地方找一个活动位置。

参加者依然是上次的那些人：狗儿、刘华子、谷道儿、萍萍、芳芳、红儿、美娜和梦雨，只是少了江小勇。

除了红儿家对孩子看管较严格以外，其他人家都比较松。红儿自然要给妈妈请假，她妈妈问明缘由后，也欣然答应。

虽然还是早春时节，但今年气候较暖。那天是个晴天，“日子选得不错”，狗儿说。

顺着路走，一路说笑。在金盆山门口，梦雨看见新拉的一个横幅标语，上面写的是：“抓革命促生产不误农时!”还有刷在院墙上的一些红纸标语口号，如：“要斗私批修!”“工业学大庆! 农业学大寨! 全国人民学解放军！”

但他们对这些标语不感兴趣，大家继续前行。走过金盆山，他们看到一大片菜地。这片菜田属于小镇的蔬菜场。此时，许多人正在田里劳作，其中包括狗儿爹，他正在田里往车上装菜。狗儿向他爹挥了挥手，但他爹没看见。

再往前走了一会儿，翻过几个小坡冈，就见到了大片大片的芦苇林，云畔湖的几片大小湖泊就散落在这里。

到了湖边，梦雨看见湖水比夏天浅了许多。在芦苇林边上，新辟了不少农地。那些新开辟的农地上，有农民正在播种，也不知种的是什么。

湖边草地已经开始发青，梦雨想起上次曾在湖边捡到过一个陶壶，狗儿给的那两块壶耳忘了扔在哪里了。“回去找一找。”他想。

谷道儿正在大谈钓鱼的往事。只听他说：“云畔湖中，钓鱼最好的位置不在那片大湖。”

狗儿问：“那在哪里？”

谷道儿指指远处道：“在那边那个浅湖。”

狗儿说：“你怎么知道？”

谷道儿神秘兮兮地说：“有一个本人亲历故事。”

他问大家：“是否想听？”

大家听说有故事，就一起催促道：“快讲！”

谷道儿咳嗽一声，讲道：“那是去年入夏，”他顿一顿，接下来道，“有一个周六下午，大扫除之后放学回家，我一看时间还早，就约好李蛮子和狐狸儿去钓鱼。我们来到大湖这边，找个位置下好酒米钓鱼。可是，钓了半天，只钓到几条小鱼。后来狐狸儿说，要不到那边浅水湾里试试。当时，天色已晚。我们来到浅水湾，放下鱼钩。嘿！那鱼，就像要排队上天堂样的，不到半个小时，我们每个人就钓到十几条大鱼，有鲫鱼、鲢鱼，还有黄骨鱼。有时候，两只钩上同时挂两条鱼。我还从来没有钓那么多的鱼呢！”

狗儿说：“那算什么！我和鸭子经常钓那么多鱼。”

谷道儿说：“后面还有奇怪的事呢！”

刘华子问：“神秘兮兮的！什么事？”

谷道儿说：“有仙女！她们在湖面上跳舞！”

狗儿说：“迷信！”

谷道儿说：“真的！不骗你。首先是狐狸儿看见的，后来我和李蛮子都亲眼看见。那时，太阳已经落山，我们看见七八个仙女在湖面上，她们穿着霓虹衣服，在湖面上翩翩起舞。我们似乎还听到乐声呢！”

红儿问：“后来呢？”

谷道儿说："她们后来朝我们走来。"

芳芳说："她们跟你们说话了吗?"

谷道儿说："哪里！她们朝我们过来时，把我们吓得要死。那狐狸儿乱喊有鬼。我们吓得连滚带爬，赶快逃跑。"

梦雨说："她们不会伤害人的!"

谷道儿说："那也难说。万一她们是什么精来着，不是要我们的命!"

"后来呢?"红儿还要追问。

谷道儿说："我们跑到公路上，回头看时，她们已不知去向。四处空空如也，只有天上的月亮。"

狗儿说："那肯定是幻觉，世界上是没有鬼神的。"

谷道儿说："信不信由你，不过那天是我钓鱼最多的一次。"

梦雨说："无论幻觉也好，真的也好，有故事总是好的，不会那么沉闷。"

刘华子说："改天我也去那儿钓鱼。"

谷道儿笑道："你是不是也想去会那些仙女，小心不要被她们把魂儿勾了去。"

萍萍说："闲话说够没有? 现在要上课了!"

狗儿说："肚子饿了，先野炊吧。"

萍萍说："你尽记着吃!"

狗儿说："肚子没有食，何来高雅诗?"

梦雨接口道："欲唱清平调，偏来风凉词。"

大家拍手道："好!"

刘华子说："一唱一和！二位已经出口成章了。"

狗儿说："我是偶尔巧成。既然如此，我就算完成任务了。"

萍萍说："哪儿能这样便宜！还是按规矩办。"

狗儿说："什么规矩?"

萍萍说："像我们小时候那样，玩'骑马过城门'，被守卫逮住的人，听守卫喊一声：'口令?'就要报上他的诗名，然后念一首诗，算作谍报密码。否则要押进大牢，罚他做二十个俯卧撑，并且还要做苦役。"

谷道儿问："做什么苦役?"

芳芳说："罚他捡柴火，做午餐。"

狗儿说："可以可以，我来做守卫。"

萍萍说："你以为守卫就没事? 如果守卫抓不到人，就该他们自己罚诗。"

狗儿说："哎呀，看来都逃不脱。那谁先来做守卫?"

芳芳说："划黑板白板，最后两个留下的就做守卫。"所谓"黑板"就是手背，"白板"就是手心。小孩们的游戏，一群人喊着口令同时出掌。如果所有人中，其中有一个人跟其他人的不同，比如别人都是白板，而他是黑板，他就算赢。其他人继续，一直到最后剩下的两人，该他们做守卫。

于是，大家划白板黑板，一轮下来，留下梦雨和美娜，由他们做城门守卫。梦雨和美娜手叉手举高，架起城门，其他人像小时候那样，念着儿歌，排着队过城门，一边唱着："城门城门几丈高？三十六丈高。骑马儿，带马刀，走进城门敲一敲。"念到最后一个"敲"的时候，守卫就可以抓人。

大家嘻嘻哈哈过城门，第一次抓住了芳芳。俩守卫喝问："口令？"

芳芳赶忙将自己事先准备好的《蜻蜓》呈报：

池塘两蜻蜓，追逐弄波影。
相拥花田里，牵手结伴行。

第二次抓到了萍萍，俩守卫齐喝："口令？"萍萍报《响水坞》：

红英乱坠飞絮舞，纷纷扬扬响水坞。
痴蝶不准山溪走，一直挽留前村渡。

第三次没有抓住人，由美娜出诗，她准备的是《花儿梦》：

花儿美梦清纯，蝶儿追逐缤纷。欲要随风起舞，谁知春暖困人。

第四回又抓住芳芳，她说道："糟糕！我只准备了两首诗，快要弹尽粮绝了。"守卫催促口令，她抿嘴笑着将《花儿醉》背出：

花儿迷醉，红尘坠，任情飞。跟蝴蝶戏水，不知归。

第五回抓住了红儿，俩守卫齐喝："口令？"红儿嫣然报上《潮水》：

旧年狂风骤雨，潮流所向披靡。
而今天清空虚，却叹无情荡涤。

接着抓住了狗儿，狗儿说："我来描绘一下我们的家乡。"美娜催促："快说口令，否则逮捕。"狗儿道："我作的是《云畔湖》。"

一江三枝入，六岸万柳舞。
碧水荆岭绕，梦幻云畔湖。

接着，又将芳芳逮着，芳芳叫道：“妈呀！我怎么这么倒霉！”梦雨说：“你要不要唱歌?”芳芳吐吐舌头道：“幸亏还留有半首。”美娜又喝问：“口令?”她嬉笑道《花儿再醉》：

花儿迷醉，红尘坠，不言归。与野蜂起舞，愿相随。

后来抓住了刘华子，问他口令，他报上《鱼儿乐》：

湾岗有野塘，肥鱼不知藏。
水中逍遥游，此处是天堂。

再后又把萍萍逮住，萍萍撩撩头发，笑吟吟地望着梦雨守卫说：“守卫大人，我的口令是《蚕眠》，谍报如下。”

暖风融融，春日缠绵。那边桑叶丛里，两只蚕儿，正在作茧。与众不同的是，它们要将两个蚕窝儿连成一片。我好奇怪，走到它们面前。问它们，为什么要把茧儿如此相连？它们告诉我，因为它们相恋。你不知道！它们说，为了这份姻缘，我们已经修了一千年，等了一万年。

谷道儿讽刺道她道：“自作多情！”下面这一轮，俩守卫又有一次扑空，所以梦雨也朗声献诗一首《杜鹃花》：

春闹几番鸦鸣，杨柳细细丝尽。
正叹杜鹃迟来，忽然一山红影。

谷道儿望着红儿说：“鸭子是在为你献诗呢。”红儿不理他。

俩守卫好不容易才把谷道儿抓住，美娜喝问：“口令?”他不紧不慢地说道：“本道人的口令是《想入非非》。”俩守卫齐喝：“快快呈交谍报密码！”谷道儿故作姿态，阴阳怪气地道：

细雨霏霏，柳莺飞飞，一丝清风拂江水。南岸红，北岸绿，昏昏欲睡。
桃花菲菲，思绪飞飞，一点幽情跟流水。东方红，西边绿，想入非非。

刘华子笑道：“你这道人常常胡思乱想，心猿意马，可不要想偏啰！”

谷道儿说：“本道人自有分寸，兄弟无须操心。”

狗儿说：“疯够了没？是不是要加点儿动力?”

此时，大家也都有饿意。于是乎，做野炊：捡来干芦苇叶和杆，挖洞，架炖钵，点燃，把从家里带来的腊肉、腊鱼、灌肠、糍粑等煮熟、蒸好，分着吃。大家一边吃，一边说说笑笑。

美娜说：“像回到童年时代。”

芳芳说："想起小时候，大家在一起跳橡皮筋、过家家、捉迷藏，那时多开心。"

萍萍说："还有踢毽子、跳房子。"

红儿说："还有抓色子。"

刘华子说："我们男生喜欢玩打木棒、弹珠子。"

梦雨说："还有玩陀螺、翻菱角。"

谷道儿说："还有劈甘蔗。"

狗儿对梦雨说："鸭子！还记得不？那一次我们俩夜半不归？"

梦雨当然记得。那是小学三年级时的一个夏夜，他和狗儿忽然心血来潮，在一棵高大的老杨树上搭建了一个窝。天黑之后，两个小孩偷偷摸摸地爬到树上，打算在那个树窝里过一个晚上。不过他们的行为却差点儿惊扰了半个小镇。到了后半夜，两家孩子的家长开始在林边的堤上寻找呼叫。二人刚开始还互相鼓励，坚持不出叫。后来，只见整个林间，马灯电筒一片晃动，人声鼎沸，家人的呼唤已经变成了一片此起彼伏的惨声。在折腾了半夜之后，狗儿忍不住答应了一声，两个孩子终于在枝叶茂密的老树顶上被人揪了下来。当然，回家后都挨了一顿打！

回想小时候的生活，无忧无虑，真是快乐！

梦雨说："狗儿！那一次你要不出声，他们一定找不到我们。"

狗儿说："还说呢！要不是你出这样一个馊主意，我哪儿能挨那样一顿好打！我爹那次真火了，他拿火钳揍我。"

红儿笑道："鸭子！你挨打没有？"

梦雨笑答："怎么没有！不过我妈把我揪回去后，当场没有打我。她让我洗澡、吃饭、睡觉。我老老实实，吃完饭就上床睡觉，还以为躲过一劫。"

"后来呢？"美娜也感兴趣。

梦雨接着说："等我睡得正香时，忽然觉得自己成了野猪林中的林冲，被一阵棍棒敲得皮开肉绽。醒来一看，原来我妈拿一根吹火筒，正朝我身上乱打。"

谷道儿说："这叫'是祸躲不过'。"

大家哈哈大笑。

萍萍说："小时候不懂事，不知道大人会担心。"

狗儿说："不过，我看我们现在的所作所为，也好似没有长大一样。"

谷道儿说："长大了烦恼就来啰！"

大家忽然都想到了江小勇。

芳芳叹口气道："真不想长大！"

第十一回

1

过几天就要开学，那天下午，梦雨去找红儿。在单位前面营业大厅，梦雨碰见了红儿妈。红儿妈看见梦雨，有点儿不高兴。

她对梦雨说：“鸭子！你好像整天无事可干，到处闲逛，也不帮你家干点儿活。”

梦雨分辩说：“阿姨！我常帮家里做事的。今天上午我还去帮我爹买蜂窝煤呢！”又问道：“红儿在家吗？”

红儿这时从单位后院宿舍闻声出来，说：“妈！我出去走走。”

红儿妈吩咐说：“早点儿回家。”

红儿点头说：“好的。”

两人从单位大门出来，红儿问：“到哪儿去？”

梦雨提议：“到河边走走吧。那一岸杨柳如今都抽出新芽，景色和冬天大不相同了。”

红儿点头说：“好吧。”

翻过河堤，看那堤下树林，果然春色盎然。江风拂面，杨柳枝摇，翠叶青草，好似一切都在涌动。连泥土都按捺不住春心，闻一闻泥香，你就知道她内心的骚动。

红儿喃喃道：“春情欲浓。”

梦雨也淡声轻语：“柳丝梦长。”

两人相望一眼，彼此对视而笑。红儿说：“春天多好！”

梦雨道：“河岸真美。”

两人在林间缓缓而行。听见两只鸟儿在树上高唱，红儿指指枝头，说：“鸭子，那是什么鸟儿？”

梦雨说：“是斑鸠。”

红儿说：“我还以为是布谷鸟呢。”

梦雨说："听声音就知道不是。斑鸠是咕咕地叫，就像在田间耕种的一对乡村夫妇，一边扶犁耕作，一边互相说着家庭琐事，幸福而满足。而布谷是一声一声地呼唤，像是一个孤独的旅人，总在寻找着心中的兰香。布谷鸟又叫杜鹃。"

红儿说："布谷鸟为什么又叫杜鹃？"

梦雨说："传说古代有一位樵夫，他姓杜，他的妻子名鹃。他很爱他的妻子。有一次他出去打柴，回来后，发现妻子不见了。他房前屋后到处寻找，却怎么也找不到他美丽的妻子。后来，他发现后门山坡上，有一只玛瑙石片，拾起来一看，正是他送给妻子的定情之物。那是他亲手用了很长时间才打制完成的玛瑙石片。"

"后来呢？"红儿追问。

梦雨继续道："后来，樵夫顺着山路一直找寻，找到大山深处。"

红儿问："他找到她了吗？"

"不知道。人们只知道在那以后，在樵夫的房前屋后，在漫山遍野的林间，长出了一种花卉。那花卉最初是白色的。后来，飞来一只鸟儿，它不停地望着那白花鸣叫，叫得口中滴血。那血一滴一滴地滴到白花上，说也奇怪，那白花瞬时间就变成红色。人们都说，那鸟儿就是那樵夫，他在到处寻找他的爱妻。而那花儿，也许就是他的妻子的化身。又因为那樵夫姓杜，而他的妻子叫鹃，所以，从那以后，人们就把那种鸟儿叫做杜鹃鸟，而把那种花儿称为杜鹃花。"

红儿说："一个凄美的故事。"又问："那杜鹃花为什么又称为映山红呢？"

梦雨说："因为随着那鸟儿的叫声，一夜之间那种花儿就将漫山遍野染得红遍，就像红霞把山映红了一般，所以人们称那种花为映山红。"

讲完这个故事，两个人都沉浸在凄美故事的意境之中，好久都不出声。

默默地走了半天，红儿侧身问梦雨道："你喜欢杜鹃花吗？"

梦雨说："喜欢。"

红儿问："为什么喜欢？"

梦雨说："因为她美丽。"

红儿望着他的眼睛，说："仅此而已？"

梦雨道："当然不！"

"还有什么？"红儿问。

梦雨说："很多。最主要的是她艳而不娇。"

红儿问："何以见得？"

梦雨说："你看她，可以开在任何地方，山坡野地，没有肥料，不要浇灌。山上有了她，才那么春意盎然。并且——”

红儿问：“并且什么？”

梦雨笑道：“并且跟你同名。”

红儿撇撇嘴说：“我才不想跟她同名呢。”过一会儿，她又问：“鸭子，你那天的那首《杜鹃花》，真的是为我而写的？”

梦雨点点头，说：“是的。”

红儿笑道：“我才不信呢！”

梦雨说：“为什么不信？”

红儿说：“你当着那么多人念这首诗，怎么是给我一个人的呢？你可以献给萍萍、美娜和芳芳的呀！”

梦雨说：“我没想那么多。是这样的，去年春天，我们有一次约你到后村紫荆岭去春游，大家都去了，唯独你没去。我看见那漫山遍野的映山红，就联想到了你。所以我当时脑子里就出现那首诗。”

红儿说：“怎么没听你说？”

梦雨说：“那时我刚学写诗，没敢拿出来你看。再说，当时，我也怕你骂我。”

红儿咯咯笑道：“反正我不信！”

梦雨说：“怎么才信？”

红儿偏头想想，说：“除非你马上再给我作一首，我才信。”

梦雨说：“哪儿有灵感啊！”

红儿说：“所以说，你不是真心。”

梦雨说：“红儿，我干脆作一首杨柳诗送给你好吗？”

红儿说：“不要！”

梦雨没法，只好硬着头皮苦思。过了一会儿，他笑道：“看来做事情需要逼，有时候不逼是没有的。”

红儿说：“不要滥竽充数，检验不合格要打回重作。”

梦雨吐吐舌头说：“质检很严格呢！”他又沉吟片刻，说：“巡查大人，望高抬贵手。”

红儿说：“拿来检查！”

梦雨念完之后，问红儿：“长官！能否交差？”

红儿听后说道：“虽然可以勉强通过，但你那什么‘杜鹃儿’、‘映山儿’听上去怪怪的，需要修改。”

梦雨点点头说：“遵命。”稍稍思考，道：“长官，已经改好了。”

红儿说：“再报上来检查！”

梦雨分别将“河畔杜鹃儿红”和“梦里映山儿红”作了修改，念给红儿听：

天上彩虹，云也融，水也融。小燕撩风，河畔杜鹃飘红。
心中彩虹，晴也浓，雨也浓。小蝶追蜂，梦里一山映红。

两人在林间漫步，说话间已看到了前面黄龙山的水府庙。梦雨指指坡上，说：“到山上庙里看看！”

两人牵手，一阵疾跑，登上坡顶。

水府庙建于明朝年间，是一座道教庙宇，大约有六百多年的历史。它位于镇东头，梦雨听说古玛瑙河就从这里流出古镇，汇入长江。但是后来，由于河道淤积，人们在小镇上游十多公里处另修了一个出水口，为了有别于此处的旧玛瑙河口，取名为新河口。老玛瑙河改道，还是梦雨上小学时候的事情。

两人站在黄龙山坡，放眼眺望，只见江水西来，春潮东去。

红儿问：“为什么叫水府庙？是不是这里有龙王？”

梦雨说：“我听老人说，旧时水患不断，夏天发洪水，常常会淹没小镇，甚至会有灭顶之灾。后来有一位肖神仙路经此地，见洪水肆虐，便将玛瑙河上的五彩石捏成一只黄龙，放在此处镇守，不许河怪再兴风作浪。从那以后，小镇和这方圆几百里地就很少再出现灭顶之灾，顶多也就是洪水浸街而已，水患已经大大减少。后来，为了纪念这位肖神仙，明太祖朱元璋亲下诏书，修建此处水府庙，所以这座庙又称肖公庙。”

红儿说：“小时候，我记得坡顶上有一座宝塔。”

梦雨说：“后来年久失修，‘文革’前就垮掉了。你看那边，那个塔座还在。”

两人走过去，围着塔座指指点点。红儿说：“小时候看汉剧，镇上的老戏班子演白蛇精，说她被镇在塔底，我还以为是被镇在这里呢。”

梦雨笑道：“那是西湖的白娘子。”

红儿说：“后来才知道，原来跟这座塔没关系。”

说话时两人已到了山门。梦雨望着庙堂叹道：“已经破败不少。”

红儿说：“鸭子！我觉得很奇怪，这座庙怎么一直没有道士看管？”

梦雨说：“我也不知道。只听我爹说，原来是有道士的。后来日本人在这里驻军，把一帮道士都驱赶出去，这里的法事活动就被迫停止了。日本人把那些神器都掳走了。解放后，也没有怎么恢复。”

两人走进山门，到了前殿。梦雨说：“以前这个地方还有一个花园，现在也无人打理，长了这么多蒿草！”

经过前殿，来到天井，梦雨仰头环顾。见白粉斗墙、靛蓝彩画都已退色，屋顶上的黑片瓦上也长满苔藓，只有粗大的穿木架还顽强地支撑着这座古老建筑。二人又转到后殿，见那脊檩上存有题记。

红儿说：“那上面写的什么？”

梦雨说：“看不清楚。”

后门已不复存在，站在后殿望去，只见一大片菜地和菜地后面的农舍。于是，两人从后面出来。

梦雨感叹道：“好好的一座庙，弄得七零八落。”

红儿道：“不知黄龙还在不在水府庙居住？”

梦雨说：“大概已经走了。”

红儿说：“但愿它还会回来！”

梦雨说：“它回不回来都没有关系了。”

红儿问：“为什么？”

梦雨指指大堤说：“因为解放后，这里修建了一座大堤，洪水再也不会泛滥成灾了。”

红儿说：“真的，我爸爸说，1956 年，就是我出生的那一年，我爸爸调来这个镇子，我们全家人一起跟来，正好赶上修堤。他还参加修堤的义务劳动了。”

梦雨说：“那时，全镇的人都参加了筑堤。我爹说，经过 1954 年涨大水，国家决定对千百年泛滥成灾的长江进行整治，沿着长江两岸修起了千里护堤。我们这一带属于荆江大堤的一部分。”

红儿说：“虽然洪水再不会让我们镇子泛滥成灾，但我还是希望黄龙回来。”

梦雨说：“要是把宝塔重新建好，我想，黄龙就会回来的。”

红儿忽然指着地上说：“鸭子，看！好多蘑菇。”

梦雨朝地上望去，果然地上长了好多蘑菇。红儿提议道：“我们来采蘑菇吧。”于是，两人一块在坡岭上采起蘑菇来。过了一会儿，梦雨笑道：“我来作首诗。”也不等红儿应答，他就摇头晃脑地道：

坡上弯弯路，情侣双双扶。手牵一只篮，林中采蘑菇。

红儿一边采蘑菇，一边微笑道：“你就喜欢这一套，恶不恶心？”

2

从水府庙回来，两人在堤岔口分手，梦雨从堤上回家，因为他碰上了他妈。他妈刚从粮食局买米回家，梦雨赶紧帮她扛起那袋米。

红儿和梦雨道别后，从岔道口进入正街。走了一段路，她看见前面罗家巷围着一堆人，吵吵嚷嚷，过去瞧瞧，见易翠花家哭喊成一片。翠花妈正在号啕大哭，她爹也是泪流满面，许多邻居正在劝她妈。一打听，才知道，原来易翠花人不见了。

自从那天在江小勇家闹腾以后，这个家就再也没有平静过。翠花爹是老实巴交的工人，她妈没有工作，只是在家喂鸡喂鸭，种点儿自留菜地，做些家务。

发生那件事情之后，两口子觉得在小镇上抬不起头来。女儿翠花也不听话，虽然发生此事，依然我行我素，经常要到深夜才回家。老两口拿她没办法，稍稍说几句，她就顶撞起来。眼看着女儿的肚子开始显现，她爹妈干着急也没办法。每当找翠花说起此事，就会引起家庭纠纷。

吵架、怄气，已经成为这个家庭的常态。

昨天，易翠花迟迟才起床。趁她吃饭的工夫，翠花妈又跟她谈起此事，意思是要早点儿打掉胎儿。易翠花也没吵，也没顶嘴，只“嗯嗯”了几声。她妈妈以为她经过这些日子，渐渐想明白了，心里才稍稍安心。后来，易翠花出了一趟门，她妈叮嘱她早点儿回家。到晚上，易翠花回家，吃了晚饭，洗了澡，就回到自己房间，关上门睡下。

第二天，也就是今天，翠花爹在外面上工，早上就出了门。上午，翠花妈敲门，没听见女儿回答，以为她跟平常一样，心情不好，不吃早饭。午饭时，她又敲门，女儿还是没起床。翠花妈在房门口说了句“饭菜煨在锅里，你自己热一下”之后，就到后面菜地去挖地。回来后，看见锅里的饭菜没动，推门，门还是从里边拴着，她感到不妙。这时，老头子也下工回家了，两口子好不容易把门弄开，里面却没有人。再一看，房间窗户虚掩，翠花人已不见了。

他们在翠花床上枕头下发现一张纸条，上面写着：“爹妈，女儿不孝，我走了。你们不要为我担心。”

街坊劝的劝，说的说，有的还在骂江小勇。但红儿也听到，门口街外，有的人也窃窃私语，说翠花这孩子脸皮太厚。这时，派出所老张所长也来易翠花家了解情况，做了登记。

红儿看了一会儿，惦记天晚，就回家去了。

红儿妈正在做晚饭，见了红儿，她妈问：“今天下午到哪里去了？”

红儿说：“到河边走了走。”

红儿妈说：“红儿，我要跟你谈一谈。”

红儿问：“谈什么？”

红儿妈说：“红儿，你快 15 岁了。本来还是个孩子，但现在社会复杂，有些事情也应该提醒你一下。”

红儿见妈妈表情严肃，不敢顶嘴，就说：“我知道。”

红儿妈说：“妈妈是过来人，觉得男女生在一起玩是很正常的事情，妈妈也从来没有阻拦过你跟同学交往，你说是吗？”

红儿说：“妈妈，你说什么！”

红儿妈继续道：“妈妈觉得目前你还小，应该把主要精力放在学习上。”

红儿说：“妈妈，我每天都按你们的要求做功课。”

红儿妈点头道：“是的。”

过了一会儿，红儿妈又道：“红儿，妈妈知道，你跟鸭子一直玩得很好，你们从小就是朋友。”

红儿不吭声。

红儿妈又道：“但我要告诉你，人生的道路是很漫长的。”

红儿望望妈妈的脸，迷惑不解。

红儿妈道：“一个人要有远大的目标和理想。”

红儿说：“妈妈，你跟老师说的话一样，胸怀祖国，放眼世界。”

红儿妈看看女儿，说：“我想说的是，一个人一生中会遇到许多人。鸭子也许是你人生中遇到的第一个人。”

红儿红着脸说：“妈妈，我遇到的人可不少啦！”

红儿妈说：“你不要给我装糊涂！我知道你懂。”

红儿低下头。

红儿妈说：“红儿，妈妈不会反对你跟鸭子交往，但你一定要记得，他只是你道路上的第一个人。”

红儿盯着她妈妈，过了一会儿，她忽然笑嘻嘻地问：“妈妈，爸爸是你见到的第几个人？”

红儿妈没想到女儿会这样问，她迟疑了一下，然后笑着说：“这个嘛，以后再告诉你。”

红儿说：“妈妈，肚子饿了。”

红儿妈说：“吃饭吧。”

3

吃晚饭时，易翠花失踪的事情就传到梦雨家。梦雨爹连连摇头，说：“现在的孩子，胆子越来越大！她居然离家出走，真是不可思议。”

梦雨妈早已板起面孔。吃完晚饭，梦雨又准备出门，他要去易翠花家看看，也想问问江小勇。

梦雨妈喝问：“这么晚还出门？”

梦雨说：“出去走走！”

梦雨妈说：“你玩了一天还不够！”

梦雨说："在家又没事可干！"

梦雨妈说："没事可干？你眼中有没有事？横草不拿，直草不拈，你不能帮着洗碗吗？"

梦雨爹说："不用他，我来！"

梦雨妈说："就是你！惯侍儿子，把他宠坏了。"

梦雨爹收碗，不吭声。

梦雨帮着扫地。

梦雨妈稍稍气消，她对梦雨说："鸭子，我跟你说。"

梦雨停住扫地，望着他妈，道："妈，你说什么？"

梦雨妈道："江小勇和易翠花的事，搞得满街风雨，人人都在议论。"

梦雨说："那跟我们有什么关系！"

梦雨妈瞪瞪儿子："怎么没关系！"

梦雨见他妈又要生气，赶紧不做声。

梦雨妈说："江小勇的妈妈被儿子气得生病了，你知道吗？"

梦雨真的不知此事，他摇摇头。

"你可不要气死你老妈！"梦雨妈说。

梦雨不语。

过了一会儿，梦雨妈说："那个红儿——"

梦雨警觉地望着他妈，问："怎么啦？"

梦雨妈说："儿子，你凭什么？"

梦雨没听懂他妈的话，他问："什么凭什么？"

梦雨妈叹口气道："儿子，你有什么本事？我们家有什么本事？"

梦雨更不懂："要什么本事？"

梦雨妈摇头说："鸭子，我跟你说，红儿妈心高气傲，红儿志向远大。"

梦雨不以为然，他轻松地说："妈，你想得太多了！"

梦雨妈说："我只怕你到时候——"

梦雨说："到时候会怎样？"

梦雨妈连连叹气，说："唉！跟你说这些事情太早。儿子，你们朋友同学交往我不反对，我们都是过来人。但我觉得，萍萍那孩子才比较朴素可靠，而且我看她对你也很真心。"

梦雨脸红红的，说："妈，我还是中学生，你怎么跟我谈这个？"

梦雨妈笑道："小兔崽子！你还小？"

4

梦雨坐在房间里，想起翠花此刻不知流落何处，心中觉得不是滋味。这些天，她和江小勇的苟且之事，已经成为小镇纷纷议论的主要话题。很多人都摇头说，翠花这姑娘太不像话。本来勾引小男生就不对，现在一错再错，居然离家出走。

梦雨虽然觉得易翠花的行为不对，但又对她有点儿同情。心中有话要说，又不知道说给谁听。只好拿出纸笔，一个人闷闷地写了些什么。

5

江小勇家也不太平。

他要去找翠花，他妈不让他去。

他一定要去，他妈说："你去了就别回来！"

说完，他妈就哭了。

他妹妹说："哥哥，妈妈最近心脏病发了，医生说不能动气。"

江小勇当然知道。他知道妈妈很苦，很累。妈妈养家很不容易，上班挣钱不容易。最近，妈妈的鬓角添了不少白发，人也消瘦了不少。那都是为他，为他操心、烦恼。而今，自己长大了，不但没有为母亲分忧，反而给她带来那么多烦恼。他对不起妈妈。

翠花昨天来找过他，说了一些莫名其妙的话。他当时没有细想，只关心打胎的问题。两个人为此争吵起来，不欢而散。

"一失足成千古恨。"他最近老想这句话。

那一次，是一个星期六的下午。翠花约他去后街湖打柴火，在芦苇丛中，两人情意绵绵。那一刻，翠花是那么迷人，粉红的脸蛋，有磁力般的身体，忽然间，他们无法控制，情不自禁，偷食了禁果。

事后，他没有想那么多，以为事情过去就完。男女之事，他虽然知道一些，但他觉得没有那么巧。

他抱有侥幸心理。

但后来，翠花告诉他，她有了他的骨肉。

他慌乱，不知所措。

他从来就没有面对过这个问题，因为他才 15 岁。

翠花安慰他："不要紧，我们可以养活。"她指的是孩子。

翠花说："只要你一辈子爱我，我什么困难都不怕。"她说："我只要你的承诺。"

他惊呆了。

他还没有准备好。但他必须面对。

他希望她拿掉那个东西。但她说：“那是生命。”她又说：“那是我们爱情的结晶。”她还说：“那也是我的命。”说这句话的时候，她语气坚定。

江小勇开始憎恨。恨谁？恨自己？恨翠花？

她完全不听商量，他想。我怎么会爱上她？他有时候想。

这段时间，娇娇偶尔来找他，像小时候一样。但她从来不提此事。

他现在才发现，娇娇是那么好。

妈妈一直喜欢娇娇，说她贤惠。他一直不以为然，老年人就知道说什么知书达理、勤劳贤惠一类的话。那是旧社会的一套东西，他心里想。

但他现在也开始相信了。相信什么？

有人在外面说话，问小勇奶奶小勇妈好些了吗。

是梦雨。

小勇妈出来说：“谢谢你！”江小勇走出房门和他打招呼，并给他一杯开水。寒暄片刻，梦雨随小勇进入他的房间。

“该怎么办？”梦雨问。

江小勇摇头。

两人沉默。这时，小勇妈进来，说：“鸭子，还是你明事理，小勇太糊涂。”

梦雨不知如何回答。他说：“不用担心。”

他不知道自己是什么意思。不用担心谁？小勇吗？还是翠花？还是别的什么？

小勇妈点头，说：“你开导开导他。”说完，她出去了。

两人再次沉默。

过了很久，江小勇突然说：“我很烦！”

梦雨点点头，说：“我明白。”

告别小勇，梦雨回家。走到外面，仰头看见天上的月亮，忽明忽暗。堤岸远处，有青年男女在月下漫步。想起易翠花，不知她现在在何处；想起江小勇，梦雨心中有一种说不出的滋味。

第十二回

1

开学都一个月了。

这是初中的最后一个学期，那时候，在学制缩短的方针下，初中只读两年。

但这一学期，学校严格了不少。过去几年，上课松松垮垮，老师对课堂纪律要求不严，学生也经常逃课，上课全凭自觉。教室有学生，老师就讲课，没学生，或者学生少，老师就不讲课，或者宣布不上课。

但这一学期，老师说要点名。不来上课，会影响今后的成绩，甚至影响升学。

但开始时，还是有许多学生置若罔闻。很多人，已经习惯了自由散漫。

再说，读书有什么用处？

大会上，教室里，校长和老师在批判“读书无用论”。

前些年，梦雨还记得，学校曾经批判过“读书做官论”。那是哪一年？他已记不得，也不关心。

他想：“反正我来上课得啦。”他觉得，老师批判“读书无用论”，主要是批评那些不来上课的学生，跟自己没关系。

再说，在他的记忆里，他从来没有无故缺课。有时候，教室里只剩下几个学生。其中，必定有他一个。

有些老师会留下来，虽然不在讲堂上讲课，却会走到他们的旁边，给他们做一些指点。时间长了之后，某些老师会记住某些学生。因为，有一次一位姓马的语文老师，送给梦雨一本书。这是一本“文革”之前出版的《诗经》。他说：“你自己在家看就行了，不要拿出来。”

所以梦雨会背诵：“关关雎鸠，在河之洲；窈窕淑女，君子好逑。”

他有一次在狗儿面前摇头晃脑背诵这首诗歌的时候，狗儿满脸疑惑。

狗儿对他说："鸭子！你写的诗，我越来越听不懂了。"

梦雨问他："为什么？"

狗儿说："鸭子！我只知道有'斑鸠'，没有听说过有什么'居（雎）鸠'。"

还有一位数学老师，给他一个人讲过勾股定理。

后来梦雨又拿这个连他自己都没有搞清楚的问题去考江小勇："你知道什么是勾股吗？我提示你，这是一条定律。"

江小勇诧异地说："勾股？是不是指屁股上的那条分界线？"

这时，梦雨会得意地笑，说："谁叫你逃课！"

不过，他们班上还有一位外号为"科学家"的岳姓同学，令他十分佩服。因为他在自己家里做过许多化学、物理实验，比如测试植物的酸碱度，让某些东西在瓶子里沸腾等。他还会用磁铁做电动机，甚至还做过一个会飞的小飞机。

所以，他偶尔会跟岳姓同学回家，去看他做这些奇奇怪怪的实验。有一次，他看见那个同学把一只剐掉皮的青蛙吊在他自制的什么装置上进行实验。

梦雨问："青蛙这样脱掉衣服不会痛吗？"

岳姓同学轻描淡写地说："它是动物。"

梦雨想到了西藏旧时的农奴主，他们剐下农奴的人皮，其理由跟这位岳姓同学惊人的一致。前些年，他曾经看过一部有关这方面的电影。

他又问他："实验什么？"

岳姓同学说："条件反射。"

梦雨觉得，青蛙的条件反射应该是非常疼痛的。

又有一次，他在那位岳姓同学家里，看见了一个复杂的装置，他问道："那是什么？"

岳姓同学回答："永动机。"

他问："永动机是干什么的？"

岳姓同学说："是一种一劳永逸的机器。"

他问："可不可以开动一下，我很想长长见识。"

岳姓同学说："要过几天。"

他问："为什么？"

"还没有完全成功，"岳姓同学说："但只差一点点而已。"

因为学校严格了点名制度，所以，一向不怎么露面的脸孔现在也出现在班上，比如狐狸儿、李猫子，还有一些女同学，梦雨几乎已忘记了她们的名字。

但易翠花没有来上课。

学校有一次在大会上宣布："易翠花同学自动退学。"还有另外几个同学，也被从名单上除名。

宣布的时候，梦雨看了看在后面几排的江小勇，他低着头。

学校还点名地批评了某些现象，说某些同学沾染了资产阶级和小资产阶级的思想作风，趣味低级。在大会上，学校提倡大家："要做一个高尚的人，一个纯粹的人，一个有道德的人，一个脱离了低级趣味的人，一个有益于人民的人。"

梦雨以为是说他，因为自己老喜欢看看花，赏赏鸟，玩玩虫，漫步湖边，徜徉月下，所以有点儿忐忑不安。

他想："这些之中，我一个都没有做到。"直到后来老师经常点名表扬他，他才放下心来。

狗儿悄悄说："是批评小勇。"

不知是哪些同学带的头，学生们开始流行养蚕。梦雨也从一位同学那里弄到百十条小蚕。刚开始时，那些蚕像黑色的蚂蚁。梦雨弄到一个医院打针装药水的盒子，上面开几个窟窿眼儿透气，采几片桑叶，把小蚕放在里边。只要有空，就打开来瞧瞧。

蚕渐渐长大，过一段时间就不吃不动。第一次他还以为蚕生病了，后来才知道那是蜕皮。每一次蜕皮，蚕不仅长大一些，而且变得更白一些。

渐渐地，忽然蚕的口粮不够吃。每次放进一堆桑叶，过一会儿就被啃个精光。房子也不够大，蚕们你挤我，我挤你，有的还爬在别的蚕身上。就像城市的人们挤公共汽车那样，居然你推我搡，毫无文明礼让精神可言。

不过，梦雨发现，它们从不为此吵架，甚至为此大打出手。

梦雨发现了这个问题之后，就给它们换了好几次房子，以免它们互相踩踏。

他每天放学后第一件大事，就是去采桑叶。

其实，那不叫采桑叶，而是偷桑叶。因为梦雨家没有种桑树。小镇有几户人家园子里种有桑树，但他们家养的狗看管得很紧。每次梦雨悄悄潜入他们的菜园子之后，就担心他们屋里的狗。有时候，它们真的会吠叫几声。每当此时，他就会连滚带爬，慌不择路地逃窜。

除他们之外，在附近的农村还有不少桑田。

有时候，牛儿会顺便给他带一些桑叶。当然，他也常常送一些小礼品给牛儿，比如给他带一些芝麻糖什么的。

梦雨写过一首《养蚕》诗，大约是记录这一段养蚕经历的：

蚕条白白嫩，一夜胖一分。

日日寻桑叶，忙煞养蚕人。

萍萍有一次给梦雨带来一只瓶子，是一只糖水玻璃罐头瓶子，瓶子里装了一个海绵一样的东西。

“这是什么？”他问。

萍萍告诉他：“是海马。”

他打开瓶子，瞧着那软绵绵的东西，说：“它会游泳吗？怎么没有见到它的头？”

萍萍说：“它是动物，虽然你看不见它的脸。”

他觉得奇怪，动物怎么会看不见脸、腿，或者其他动物该有的特征。

萍萍说：“给你养。”

梦雨说：“它吃什么？”

萍萍说：“糖。”

梦雨说：“它爱吃糖？”

萍萍说：“对，像我们女孩子一样。”

那时候物资不丰富，糖是奢侈品。一般每人每月只有一斤糖供应。梦雨记得自己家有两个青花瓷坛，里面装有红糖。梦雨家没有女孩子在，因此每月供应的糖总是吃不完，但每次他妈都要把供应的糖买回来，所以，糖越积越多。

正好可以养海马，他想。

那海马长得很快，越来越胖，很快就有半寸来厚。后来，他把海马又分给狗儿和其他同学养。

人们说，海马很有营养，可以用来治病。

梦雨虽然一直没有搞清楚那软绵绵的东西究竟是不是叫海马，到底可以治什么病，但一直在精心地养护他的海马。因为他觉得，终于有一天，那东西一定会像鱼一样，在水里游起来。

“既然它是动物，”他想，“鱼能办到的事，海马就能办到。”

这是他的逻辑。

2

偶尔，萍萍放学会顺路跟梦雨一起回家。刚开始，她要指导他如何加养料。比如，糖水不能用生水，要把水先烧开，然后冷却。糖一次不能加多，加多了那东西吃不消，会长出一层白毛毛出来，时间长了就会死掉。

有一次，梦雨不信邪，偏偏加了一杯生水。因为他心想，他自己就常常从家里装冷水的缸里舀从长江里挑来的生水喝，也没见到自己生什么病，难道这东西比人还娇贵！

但那东西真的就是那么娇贵！第二天早上，他看见海马半沉半浮，不像平时那样，总是气昂昂地浮在水面之上。它似乎气力不支。下课时，他急忙找到萍萍，把海马的病症跟她描述一番。

萍萍问他："你是不是放生水了？"

他只好承认。

萍萍放学后跟他一起回家，把瓶子里的水全部倒掉，将烧开的水冷却，按比例配上糖，俩人忙活了一个下午。第二天，那海马果然又漂浮起来。从那以后，他再也不敢乱来了。

萍萍还是经常跟梦雨回家，因为，她想看看海马长得怎么样了。

萍萍也喜欢看蚕吃桑叶，她说看它们吃得津津有味，有一种幸福的感觉。她希望快点儿看到蚕作茧吐丝的情景。"那将是一个圆满的结局。"她说。

红儿偶尔也来找他。她常常带一些桑叶过来。因为在她们单位房屋的旁边，是一户居民的菜园，而她住的房间紧挨窗户，旁边就有一棵桑树，只要伸手，就可以摘到桑叶。所以，梦雨常常跑到她家窗户去摘桑叶，或者红儿带一些桑叶过来。

红儿也会看看海马，但她不太喜欢它。她说："它太黏黏糊糊。"

红儿爱看蚕蜕皮，说那种蜕变是一种升华。她说，在不经意之间，蚕已经上了另外一个层次。

梦雨跟她的看法略有不同。不知怎么回事，蚕每次蜕皮时，他总觉得不自在。

红儿问他为什么。他说会感受到蚕的痛。当那层皮从身体上撕下来的时候，他觉得蚕一定很难受。

红儿说正好相反，蚕很舒服，因为它们挣脱了束缚。

梦雨说："如果它们真的舒服的话，怎么会不吃不喝，一动不动？"

红儿说："不吃不喝，一动不动并不表示它们难受！"

梦雨说："那不见得！"

红儿说："怎么不见得？"

梦雨说："你看，大凡人们生病时，就会躺在床上，不想吃，不想喝。蚕蜕皮时的表现，不就像人们生病时的模样吗？"

红儿说："牵强附会。"

梦雨又说："你说谁愿意把自己的皮剐下来？"

红儿说："它们是自愿的。"

梦雨沉默。因为他忽然想起"文革"初期时他亲眼见到的一个场景：那时他还小，有一次，街上忽然锣鼓喧天，他不知道发生了什么事情，赶紧跑到街上去看热闹。到了街上，只见人头涌动，街上的大人们，有的戴着红袖章，有的没有戴袖章，大约正在庆祝什么夺权成功之类的事情。

有一位搬运公司的王姓工人，头上有一点癞子疤痕。虽然他的癞子疤痕不算严重，但他总是戴着一顶草绿色的仿军帽，可能是怕影响市容或者出于其他什么原因。

在热火朝天的锣鼓声中，在熙熙攘攘的人潮中，那位连酷暑天都戴着仿军帽的王姓工人，突然在大街上大声吆喝，引起了人群的一阵骚动。梦雨挤在人群中，也随着大家的目光朝他望去。只见王疤子（那时人群中有人这样称呼他）大吼一声，跳上一张桌子，脱下衣服，光着上身，赤膊上阵。

你道他要干什么？只见他从他脱下的衣服口袋里，拿出一枚很大很大的毛主席像章，然后大声地发表忠于毛主席的演讲。在他慷慨激昂的一番讲演之后，他居然将那枚像章别在自己的乳房上！

梦雨看见，血一滴一滴从像章下流下来。

梦雨听见，许多人都在鼓掌叫好。

那时，梦雨不知道王疤子为什么那样做，为什么要把像章别在自己的肉体上。虽然他觉得王疤子很勇敢，但还是情不自禁地用手紧紧护着自己的乳房部位。

红儿说："鸭子，你为什么不做声了！"

梦雨还没有缓过神来。

红儿又说："鸭子，你怎么啦？"

梦雨这才从沉思中醒来，他说："没什么。"

看着红儿疑惑的眼神，他又补充道："我想看清楚蚕们到底是怎样蜕皮的。"

红儿说："不用看！就像脱一件衣服那样简单。"

梦雨点点头说："不错。"

3

五月，端午节到了。

梦雨觉得而今的端午节没有以前好玩了，因为自从"文革"以来，就不划龙船了。

记得小时候，镇上每年都要划龙船。

镇上有两条龙船，一条是红龙船，一条是白龙船。红龙船船身涂有红色条纹，白龙船涂有白色条纹。红龙船的龙头和龙尾是红色的，白龙船的龙头和龙尾是白色的。

两条龙船平时摆放在二街食堂，也就是 1957 年小镇人们吃免费餐的那个地方。记得每到端午节的前十几天，人们就开始为划龙船之事忙起来。船厂的师傅，带着桐油白泥和工具，来到二街食堂，敲敲打打、叮叮咚咚，把两条龙船整治得油油光光、锃亮锃亮。每当这个时候，全镇的大小孩子，都喜欢聚集在这个地方玩耍，梦雨、狗儿，还有萍萍、红儿等孩子也在其中。

农历五月初一，龙船开始起身。上街和下街的两班身着彩衣的人马，站立龙船两侧，首先要举行一个二龙起身仪式。梦雨挤在人群中，看人从龙口里端一碗符水出来，烧着香，口中念念有词地祷告一番，大约是祝福风调雨顺或者消灾祈福之类的话语。他们又用符水在龙身四周弹撒，然后敲锣打鼓，将二龙请出龙窟。

从二街食堂到长江边还有小半里路之遥。人们把龙船放在泥地上，在龙头上绑着红绸，一路推推拉拉、吆吆喝喝，将龙船请到河上。到了河上，还要举行洗龙仪式，也称为“龙亲水”。

农历五月初二以后，上街和下街的两路精英人马，就开始进行各自的训练。按照历史传统，所谓上下街，是以位于古镇中间线的胡家巷为界，上水方向的为上街，下水方向的为下街。隶属居民或者单位就自然属于各自的代表队，他们中间的划船好手就被举荐出来，为自己的代表队出力。

输赢在历史上曾是一件大事，因为它关乎小镇居住在各自辖区的居民，尤其是那些土豪善绅的荣誉。听老人们说，旧社会曾多次发生过上下街的斗殴事件。有一次，大约是在日本投降、小镇光复之后的那一年，当时活动在日占区的几支小镇游击队，为庆祝胜利，举行了一次龙船竞赛。不知为什么，玩龙船玩成了打斗。弄到最后，搞出了几条人命。

新中国成立后，划龙船虽然再也没有那般闹腾，但基本上也还是延续千年的历史习俗。包粽子、挂艾蒿、熏香叶等习俗一直沿革下来。

到初五，龙船比赛正式举行，称为“抢对河”。那一天，河边岸坡，人山人海，从方圆百十里路赶来看龙舟竞赛的人站满了江边。

古镇对面长江中央，有一块荒洲滩涂地，当地人把它称为“沙坝”。按照习惯，人们在对面沙坝上插一面龙旗。红白二龙的龙头之处，各站着一名拔旗手，他所属的任务之一就是去夺河对面沙坝上的龙旗。

每年比赛，争夺都非常激烈。虽然那时鸭子和狗儿还小，他们却会各自为自己的龙船队伍呐喊助威。狗儿属于上街，他们的队是红龙队；梦雨是下街，他所属的队是白龙队。

小镇的红白龙船比赛，很有特色。拔旗手拿着孙悟空金箍棒一样的标杆，不时会在龙头位置表演各种高难度的动作，例如倒立、金鸡独立、翻跟头等。

他还指挥划桨手们唱歌：“唉——荷荷！唉——荷荷！抢对河哟！唉——荷荷！”

船中腰站着锣鼓手，他很有节拍地打着锣鼓，一锵一咚，指挥划桨手奋力划桨。

后面龙尾处是艄公，除了把握方向之外，还负责放铳。所谓“放铳”，就是在一根铁管里，填上火药，装上捻子，也就是火引。铳固定在龙尾，点燃之后，铳就会像放炮那样发出猛烈的响声，在巨大的反作用力的推动下，龙船会加速前进。

一般每次比赛，一条龙只能放三只铳。所以，什么时候放铳就很关键，那就得看艄公的经验和比赛时的情景。一般在水的湍流处，艄公会放铳，以增加推力。但往往弱势的一方，会更快地使用完三只铳。

红白二龙基本旗鼓相当，一般都是你赢这一次，我赢下一回。但“文革”前的那些年，下街赢的次数稍微多一点儿，他们已经连续两年取得了胜利。正当上街的红龙队伍摩拳擦掌，跃跃欲试，准备要把龙旗夺回来之际，“文化大革命”突然爆发，龙舟竞赛从此取消。

为了纪念小镇的这件往事，梦雨曾经作过两首诗：

白米粽

五月春风融，日照古街红。
家家金银米，户户芦香粽。

赛龙舟

河上声锵咚，岸边人涌涌。
船舵艄公急，红白二龙冲。

“文革”以来，龙船一直摆放在二街食堂，但因为年久失修，木头已经开始腐烂。有时候，梦雨看见一些捡柴火的，会从已经腐烂的船身上扒一些木头下来，拿回家当柴火烧。

但包粽子的习俗还是没有废掉。每到端午节，小镇居民就会到后街湖去采摘芦叶，包糯米粽子。五月初五这天，家家户户会煮粽子、蒸包子、煮茶叶鸡蛋，门口挂艾蒿叶。

小时候，梦雨爹经常会对他说：“端午节划龙船是为了纪念屈原，他是楚国的三闾大夫，是一位爱国诗人。楚国的都城叫‘郢’，就是现在的荆州古城，离这里不过几十里路。”

不划龙船之后，梦雨千方百计地弄到一本《楚辞》，因为他要搞清楚屈原到底写了些什么。

不知道为什么，他喜欢《离骚》、《九歌》、《天问》等，却不太喜欢《九辩》。他心里老是想，落魄如此，干吗还要去分辩。当时，他还不知道，《九辩》是宋玉的作品。

当然，对于原文，他基本读不懂，但他可以看注释。另外，《楚辞》中的许多字，他到后来都不认识。

他对《楚辞》的“九”产生了学术兴趣。据他自己的琢磨，《国殇》和《礼魂》应该不属于《九歌》，应该单独成篇。原因很简单，《楚辞》中的《九章》也好，《九辩》也罢，其内容都是九个。

例如《九章》，其涉及的内容是：《惜诵》、《涉江》、《哀郢》、《抽思》、《怀沙》、《思美人》、《惜往日》、《橘颂》、《悲回风》，正好九个对象。而《九辩》所涉及的对象也是九个。

但《九歌》涉及了十一个对象，且《国殇》和《礼魂》跟其他九个对象又很不协调。梦雨认为《东皇太一》、《云中君》、《湘君》、《湘夫人》、《大司命》、《少司命》、《东君》、《河伯》、《山鬼》这九篇都有一个具体的神，而《国殇》和《礼魂》却不然，它们不是具体的神。

既然是“九歌”，那应该就是九个对象。所以，如果把《国殇》和《礼魂》这两篇单列的话，无论从内容上还是从形式上，都更加吻合《九歌》的“九”字。

当然，这只是一种逻辑推理，他没有做过深入研究。

后来，为了方便自己记忆，他把屈原《楚辞》中自己比较喜欢并读过的诗，将诗名串成了一首诗歌，虽然这首诗他自己后来也差点儿忘记了。

他所写的这首诗歌后来被笔者发现，抄录于此：

吊屈原

因有《国殇》痛大夫，
惹来《离骚》千古赋！
《湘君》《怀沙》《思美人》，
《湘夫》《问天》问《渔父》。

《涉江》《抽思》行孤独，
《河伯》《山鬼》哀悲哭。
每到《云中》《东君》出，
《橘颂》《九歌》五月五。

此是后话。话说这年农历五月初五那天，梦雨和其他同学一样，带着鸡蛋、包子、粽子去上学。在学校门口，他碰上了狗儿。狗儿也是拿着鸡蛋、包子、粽子。两人交换着自家的东西吃，虽然大同小异，但吃别人的东西，味道就是不同。

梦雨爹曾经讲过一个梦雨大哥小时候的怪癖。他大哥小时候，最喜欢吃百家饭。家里做的饭，他说很难吃。别人家的饭，就是格外香！所以，他不到三岁，便已将附近三条街的饭几乎吃遍。每次吃完别人家里的饭回来，爹妈就问他："某某大叔姨妈爷爷奶奶做的饭好吃吗？"他都点头说："好吃。"又问他："家里的饭好吃吗？"他摇摇头说："不好吃！"

后来长大后，梦雨爹妈告诉他们："其实，他吃的饭都是我们自家做的饭，是梦雨爹悄悄用碗装过去的。"但梦雨大哥当时不知道，他被蒙在鼓里。

梦雨大哥的这个癖好，长大以后不但没有改掉，反而越来越"发扬光大"。因为，他在后来"文革"结束，被提升为新疆某局副局长之后，几乎天天都吃公家饭，每次都喝得面红耳赤，并且还吃好卖乖，说："唉——没办法呀！革命工作嘛！"当然，这是后话。

话说狗儿吃过梦雨家的粽子，愣说比自家的好吃。梦雨问他为什么，他说自己爹包粽子水平很差。

梦雨尝尝，觉得味道差不多。只不过看上去，狗儿家的粽子形状不漂亮，大小不均匀，有点儿松松垮垮的样子。

学校同学都交换自家食品，吃得鸡蛋壳和粽子叶到处都是。那天放学，正好轮到梦雨扫教室，只觉得卫生格外难搞。

4

蚕开始结茧。

这几天，梦雨看见有几条平时吃桑叶很利落的蚕，忽然不动了。

他以为它们又要蜕皮。

但这一次不同，它们的身体越来越亮。蚕看上去，身体里面像被充过气一样。他意识到，蚕要作茧了。

他找来松枝针叶，把松针叶搁进一把破筛子里。然后把那几条蚕移到松针叶上，跟它们共同等候那一刻的到来。

这一天放学回家，他约好红儿和萍萍，一同到他家看蚕吐丝作茧。在此之前，那几条蚕中的先行者，已差不多把自己的安乐窝做好了。

红儿说："我妈妈不让养蚕。要不然，我也想养几条玩玩。"

萍萍说："我去年也养了几十条蚕，为了替它们找桑叶，烦死我了，所以我今年再不养了。"

梦雨说："寻桑叶的确很麻烦，但明年春天，我还打算养蚕。"

红儿拍拍梦雨的肩膀道："鸭子！你一会儿照顾蚕，一会儿照看海马，你忙得过来吗？"

梦雨耸耸肩说："不碍事。"

萍萍说："他其乐融融呢！"

梦雨说："忙是忙一点儿，但也很充实。"

三人说说笑笑，看蚕作茧。只见那些蚕，摇头晃脑，把头摆来摆去。

红儿打趣说："鸭子，它们学你呢！"

梦雨问："学我什么？"

萍萍接口道："学你摇头晃脑地作诗啊。"

梦雨哈哈大笑。

红儿忽然指着一条蚕说："萍萍！瞧！你看这条蚕，怎么不像其他蚕那样作茧？"

萍萍看看，果然见到一条蚕，虽然吐了一些丝，却不再那么踊跃，像走瘟的鸡一样，耷拉着头。

梦雨道："它该不是要半途而废吧！"

萍萍说："它不会再造这座房子了。"

梦雨问："为什么？"

萍萍说："因为它累了。"

梦雨说："它很累吗？"

萍萍说："是的。它最后会睡去，再也不醒来，变成僵虫。"

红儿说："看来，不是所有的事物都会有一个圆满的结局。"

梦雨叹息道："真可惜！都走到这一步了。"

红儿说："世界上总有一些失败者。"

梦雨忽然想起那天萍萍作的诗，就问："萍萍，我怎么就没有看见两只蚕作茧？"

萍萍一时没有反应过来，就问："为什么要两只蚕作茧？"

红儿笑着说："萍萍！你真是贵人多忘事！那天你不是作过一首诗吗？你忘了？"

萍萍恍然大悟，说："其实，那是我想象的，世界上何曾有过此事！"

梦雨说："我还以为真的有这种事呢！萍萍，亏你想象得出。"

萍萍望着梦雨，怅然地道："两只蚕，同心协力，共同营造一个窝，那该多好啊！"

梦雨说："诗歌就是要有如此的意境，怎么我就想不出呢！"

红儿冷笑道："听上去好浪漫呀！"

第十三回

1

考试。

毕业考试和升学考试一并举行。

好多年来，学校已没有举行过什么像样的考试了。一般都是写点儿东西，做个实践活动，就算考试了。最多就是开卷考一考。有时候甚至不考。

学生们大多都很高兴，因为考试毕竟会给人带来压力，让你玩得不安心。这些年，大家的心已经玩野了。

但学校这一次是认真的了。语文、代数、几何等都要考，并且是闭卷。

所以，学生们都不怎么开心，或者说很紧张。

狗儿说："这种感觉在小学低年级时有过。"

刘华子说："我睡不好觉！"

江小勇说："我也是！"

梦雨说："是有点儿不舒服。"

不管怎么样，学生们都得硬着头皮去迎接这场考试。幸亏老师还出了一些复习题，否则要找不到北了。

梦雨把平时做的功课梳理了一遍，又按照复习题，对相关内容着重进行复习。

考试结果，他的语文得了 92 分，数学只有 80 分，工科基础（其实就是物理和化学）得了 79 分。狗儿的成绩也还可以，全年级最好的是娇娇，其次是红儿，萍萍也不错。

许多学生考试不及格。毕业班三个班一百多人，被淘汰的有一半多，只有几十人能够上高中。不能升高中的城镇同学，就要下乡，成为知识青年。而农村同学，就成为回乡青年。

2

过了几天，通知下来了。

梦雨的朋友，除了牛儿和美娜，其余的都顺利地升上高中。

牛儿无所谓，他说：“我早就不想念书了。”

成绩下来之后，梦雨一直很纳闷，为什么美娜会没有考好？接下来发生的事，梦雨才知道了原因。

那是昨天清晨，梦雨还在睡觉。忽然听见他爹叫他起床，说美娜家出事了。说完，梦雨爹就急匆匆地出门去了。

梦雨赶紧起床，上完厕所，草草洗漱了一遍，就匆匆往美娜家跑去。美娜家也在下街，与梦雨家就隔一条巷子。

梦雨赶到时，看见美娜家门前的堤上，站了许多人。梦雨也走到堤上，听见堤外一棵大杨树下，美娜的妈妈、美娜的哥哥和美娜都在哭泣。

树底下躺着一个人，他正是美娜爹。他已经死了。此时，人们正在七手八脚地帮他解开脖子上的绳子。原来，他上吊自尽了。

美娜爹是蔬菜场一名老实巴交的收粪工，每天清晨天不亮就起床，在小镇的公共厕所或者私人茅坑掏粪，然后送往蔬菜场专门的粪坑。日复一日，年复一年。

但他今天却自杀了，选择了这种方式。

他的同事说，此前，在旁人面前，他没有露出一点要自杀的征兆。梦雨爹也说：“太突然了。”

美娜妈哭泣着说：“昨天晚上他还安慰我。今天早上挑粪桶出门都好好的，谁知他就走了。”

慢慢地，人们终于搞清楚了这件可疑事件的来龙去脉。

其实事情已经发生很久了。“起码已有半年时间了。”知情人说。

原来，这件事得从他大儿子海儿说起。海儿是一名“老三届”的高中毕业生，曾经在地区一所最著名的高中就读。“文革”武斗最激烈的那一年，他在学校被打瞎了一只眼。后来，他被送进当地最好的医院，换了一只狗眼。

但事情并没有就此结束。他从医院回来后，成了学校某造反派系的著名头领。就是他，带着一帮高中生，文攻武斗，砸了市委党政机关，成了全市响当当的造反派。

梦雨还记得，那一年，他曾经带着高中的一班文艺骨干分子，回到家乡光宗耀祖。一时间，他家门前车水马龙，地方造反派各路精英，纷纷到他家联络。他成了红极一时的人物。

那时，梦雨还在上小学。因为他跟美娜要好，所以经常到她家去玩。

海儿对人不错，梦雨记得那时，每次他去找美娜，海儿都要塞给他一点儿什么小礼物。

有几个月，海儿带着二三十人来到小镇，他们吃吃喝喝，打地铺，全部住在他家。那些天，他家门前场院人来人往，川流不息，琴声、笛声、歌声不断。他们都是海儿的高中同学，是到他家乡来串联的红卫兵小将。梦雨记得那时候，他们还为家乡表演了好几场文艺节目。

在这几十个男女青年中，梦雨看见其中有一个非常漂亮的女孩子，跟海儿关系特别密切。

但好景不长，不久之后，梦雨就发现美娜家门庭冷落，再也没有往日的喧嚣了。

如同退了潮的河滩一样，只剩下几根被浸泡过的矮树残留在风中，叶子半黄，树干上蒙了一层污浊的泥浆。

海儿高中毕业后回到了家乡，下乡两年之后返回小镇，在镇上的搬运公司做一名拖板车的运输工人。他写有一手好字，搬运公司门口的对联就是出自他的手笔。

经常，梦雨看见他拖着板车从门前经过，低着头，沉默寡言，跟风光那时判若两人。

而那个漂亮的女孩子，再也没有来过小镇。

美娜爹自杀后，梦雨才听说：海儿有命案在身。一次武斗的时候，他开枪打死了一个人。

梦雨不敢置信。“怎么会呢?”他想。

但事情很快得到证实。美娜爹自杀后不到一周，海儿就被人带走了。他走的时候，被铐上了手铐。

3

上山下乡。

街上到处贴着标语：“农村是一个广阔的天地，在那里是可以大有作为的。”

镇上又敲起了锣鼓，再一次欢送知识青年下乡。这一次的对象，是梦雨初中的同学和镇上的高中毕业生。下乡的地点，是小镇河对岸的一片农村。

那里种棉花，条件相对比种稻谷的后乡要富裕些。目前那地方已有来自北京、上海、省城武汉等地市和县城的不少知青，也有少量来自其他大城市的知青，主要是一些投亲靠友的人。

镇上组织了热烈的欢送活动，开大会，表决心，领导发言，知识青年代表讲话，还有没有走的同学也来祝贺。狗儿代表升入高中的同学上台讲话，他祝贺离开的同学，率先跨入广阔的天地，祝他们在农村磨炼钢铁意志，取得优异成就，用实际行动向家乡人民汇报。

然后，大家挑着行李离开会场，向江边进发。锣鼓声一直把他们送到船上，江边还放了许多万字号的长鞭。几条扎上彩旗的机帆船一起“突突”启动，将这几百号人送到江岸远处。

梦雨看见机帆船走后，不少孩子家长都在抹眼泪。狗儿对梦雨说：“哭什么？就在江那边，又不是不能回来！”

梦雨说：“你以为他们是去游山玩水？”

狗儿不服气，说：“难道是去充军？”

4

梦雨在街上碰到了牛儿，他是到粮管所来交公粮的，顺便到街上逛一逛。梦雨请他到家里玩，梦雨爹做了午饭款待牛儿。

临别时，牛儿邀请梦雨有空去乡下钓鱼。他说：“那里有个野水冈，钓鱼没人管。”

梦雨欣然应允。

刘华子通过他叔叔在镇粮管所接了一份工作。原来，目前正值夏收时节，农村的粮食大量交上来。镇粮管所的仓库已经堆满谷子。为了缓解仓库压力，上级粮食部门组织了调运工作。除了由水路将粮食调往武汉等全国各地大城市之外，还组织了汽车运输。

镇上运输公司承担了水路运输船只的装卸工作，因为人手不够，其他任务就甩给个别散户。所以，刘华子也通过在粮管所当保管员的叔叔弄到一个给汽车扛谷包的活儿。他叫上了狗儿、谷道儿、江小勇、梦雨和那位圣姓同学，一起扛包。

这是梦雨第一次挣钱。扛谷包是力气活儿，百来斤的麻包，刚开始扛的时候，背在肩上，一走三歪，颇为吃力。最难的是走跳板，汽车挡板打开之后，架上一条窄窄的木跳板，走上去晃晃悠悠，一不小心就掉下来。

力气大的当然是圣姓同学，他拧包的姿势干净利落，扛得轻轻松松，走得稳稳当当。

每天下来，梦雨都累得腰酸背痛、筋疲力尽，回到家吃完饭倒头就睡。

饭量增加不少，以前吃两碗，而今要吃三大碗。他爹说：“儿子在吃长饭。”

十几天干下来，梦雨觉得腰板硬朗不少。最后结账，一人分得三十多块钱。梦雨拿这钱，买了一台熊猫牌晶体管大收音机。

5

萍萍和红儿的暑假也没有闲着，她们被派往地区文工团培训了二十来天。前两天，两人才回到小镇。

这天上午，萍萍来看梦雨。她走到梦雨家院子的时候，梦雨正在拨弄他新买的收音机。

梦雨简单地询问了她们在地区文工团受训的情况，萍萍饶有兴致地讲述了她们在那里的学习和生活。

萍萍说：“主要是系统地学一些声乐知识和戏曲舞蹈。”她觉得收获不少。

“你好像黑了一些。”萍萍说。

梦雨讲了这些天他们扛包的情景，又说到美娜家发生的变故，两人都不免叹息。

萍萍说：“听说美娜爹以前是个小学教员，本来在外地一个县城小学工作。五七年整风反右时，因在学校说了些反动话，后来被打成右派，遣送回原籍。”

梦雨说：“想不到反右的时候他都挺过来了，现在这个坎儿为什么就跨不过去！”

萍萍说：“可能我们不能了解大人的心，他们也许能够承担自己的磨难，却不能面对孩子的痛苦。”

梦雨说：“美娜那么聪明伶俐、天真无邪，可她现在却变得沉默寡言。我去找过她几次，约她出来玩，她都找理由推却。你有机会找她聊聊！”

萍萍点头说：“只出门这几天，就发生了这些事情。”

梦雨问萍萍：“红儿怎么样？”

萍萍笑道：“什么怎么样？”

梦雨说：“我是说她怎么不来看我。”

萍萍说：“我怎么知道，你要问她呀！”

梦雨说：“你们俩不是一直在一起嘛！”

萍萍冷笑道：“难道在一起就一定要一起来看你！”

梦雨不吭声。

萍萍转了个话头说："那些海马长得怎么样了？"

梦雨说："可好了！"他走到堂屋，把装海马的盆子端进房门。

萍萍笑道："都换成盆子来装了！"

梦雨也笑道："它们都快长疯了。"

这时，院子里有人说："谁疯了？"是红儿的声音。

两人一起站起来，红儿已经走进梦雨房间。

萍萍说："红儿，你再不来，鸭子都会急疯了。"

红儿奇怪道："怎么会！我看他其乐融融，哪儿有一点急疯的样子？"

梦雨端了把椅子让红儿坐下，说："红儿，你看我买了个收音机，是熊猫牌的。"

那时，熊猫牌收音机是中国最好的收音机，梦雨很得意。他说："是我自己挣钱买的。"

红儿说："音质好不好？"

梦雨说："还不错。"

三个人又拨弄了一会儿收音机，听里面播出的歌曲。

红儿说："我刚才来时碰见了美娜，她瘦多了。我听我妈说，她家出事了，到底怎么回事？"

梦雨把他所知道的情况又给红儿讲了一遍。

萍萍感慨道："人的命运很难预料。"

红儿说："听说他们要搬家。"

梦雨问："搬到哪里去？"

红儿说："搬到她妈妈的老家去。"

萍萍问："她妈妈老家在哪里？"

红儿说："在对河农村。"

梦雨说："可惜啊，以后很难见到美娜了！"

6

狗儿来约梦雨下午去后街湖钓鱼，见红儿和萍萍都在这里，就问她们去不去。

红儿说不想去，因为太阳太晒。

萍萍说："家里还有事情，下午要到县城表姐家去一趟。"

梦雨说："叫上谷道儿！"

狗儿说："他一早就去湖边了。"

三人又坐了一会儿，各自告辞回家。

吃过午饭，梦雨扛着鱼竿出门，走到金盆山，见狗儿早就等在那里。

两人来到湖边钓鱼，享受着夏日艳阳。

两人把蚯蚓上在钩子上，将钩子沉入水里，握着钓竿守候鱼上钩。

运气不错。午后，鱼开始觅食，有些贪吃的鱼上钩，两人都有收获。

梦雨对狗儿说："狗儿，你发现了没有？"

狗儿问："发现什么？"

梦雨说："湖水呀！"

狗儿看看水面，道："没什么啊？"

梦雨说："你不觉得湖面越来越小了吗？"

狗儿笑道："哦！你说这个！是的。而今围湖造田，湖周边都成庄稼地了。"

梦雨说："我觉得湖面上的鸟儿也没以前多了。早些年，湖面上的雁、天鹅、鹤、鹳、野鸭大片大片地飞，湖面白压压一大片。而今你看，已经少多了。"

狗儿说："管他呢。"

梦雨说："我觉得还是多点儿鸟儿好。"

狗儿说："有什么好！"

梦雨说："狗儿，要是没有鸟儿，这个湖有什么生气？"

狗儿说："要什么生气！只要有鱼钓就可以了。"

梦雨忧虑地说："照这样下去，这个湖迟早要消失的。"

狗儿说："那庄稼地肯定越来越多。"

梦雨说："造那么多田干什么！"

狗儿说："没有那么多地，怎么能产足够的粮食？"

梦雨说："以前怎么不用围湖造田？"

狗儿说："中国50年代只有4亿人，现在有7亿。"

梦雨说："可是就一定要围湖造田吗？"

狗儿反问："难道还有什么别的办法？"

梦雨说："狗儿！你不觉得湖泊很美吗？"

狗儿说："美能当饭吃？"

梦雨说："比吃饭还重要！"

狗儿说："饱汉不知饿汉饥！饿你两天就知道了。"

梦雨说："跟你说不清。"

狗儿笑道："鸭子！我觉得你这个人天生就是一个不切实际的人。

说得好听点，是一个理想主义者，说得不好听，就是一个乌托邦、空想家。”

狗儿之所以用“乌托邦”这个词，是因为最近他们看了一本这样的书，书名就叫《乌托邦》，就是空想社会主义的意思。

梦雨说：“乌托邦有什么不好?”

狗儿说：“好是好，就是虚无缥缈，无法实现。”

梦雨说：“不见得！我觉得乌托邦中的那些人，劳动、生活都很快乐。”

狗儿说：“只可惜是离现实太远！现实中的人不是这样的。”

梦雨说：“是什么样子?”

狗儿说：“你看看五七年吃食堂的事就知道了。”

梦雨说：“怎么就知道?”

狗儿说：“我爹说，那时，很多人偷懒要滑，尽来虚的。用他的话说，就是‘吃饭找大碗，做事就躲懒’。告诉你，这是人的天性。”

梦雨还要辩解，狗儿“嘘”了一声，说：“鸭子！你看那是什么?”

梦雨顺着他手指的方向看去，果然看见湖面远处有一些影影绰绰的东西。

梦雨说：“像一座仙宫，里面还有神仙。”

狗儿笑道：“是海市蜃楼!”

梦雨纠正他道：“应该称为‘湖市蜃楼’!”

7

这一天，梦雨、红儿、萍萍、芳芳和狗儿到乡下牛家湾去玩。他们约好要模仿古人，带上本子和笔，要一路采风吟唱，搞点儿气氛，这样才算好玩。

大家边走边谈，一路说说笑笑、打打闹闹，一边还往自已笔记本里记点儿什么。

本来也约过刘华子、谷道儿和江小勇，但他们都推辞说有事情，也就没有勉强。

芳芳也是刚刚回家，她暑假走了一趟亲戚，到省城武汉去了。

这里面的人，除了红儿回湖南老家到过武汉之外，其他人都还没有去过。大家纷纷询问芳芳在省城的见闻。狗儿问：“武汉很大吧?”

芳芳说：“很大，比咱们县城大多了!”

萍萍说：“你一定上过长江大桥啰?”

芳芳说：“那当然!”

红儿说：“我也上去过。”

芳芳问：“你在大桥上走过吗?”

红儿摇头道：“只坐汽车经过。”

芳芳骄傲地说：“我武汉的表哥带我步行上大桥，我们是从武昌司门口那里上去的。”

梦雨问：“你到过黄鹤楼旧址吗?”他想起李白的诗。

芳芳说：“没有。我表哥说，黄鹤楼旧址在那个桥墩下，现在什么都没有了。”

狗儿问：“武汉的楼房很高大吗?”

芳芳说：“也有一些高楼，像武汉饭店那一带就有十几层的楼房。最热闹的地方是六渡桥那一块，人山人海。”

红儿也说：“解放路那里也不错。”

“武昌那边有个东湖，比咱们这儿云畔湖还大。”芳芳补充说。

梦雨问：“你尝过武昌鱼没有?”因为他想起毛主席那脍炙人口的诗句：“才饮长沙水，又食武昌鱼。”

芳芳说：“什么武昌鱼，不就是咱们这里的鳊鱼吗！吃起来味道还没有我们这里的鳊鱼好。”

狗儿说：“那不见得吧。”

红儿也说：“我看也是，我觉得城市里的鱼都不好吃，有一种什么味道。”

芳芳说：“像有煤油味一样的。”

萍萍说：“走了这么半天，尽顾着说话，到牛家湾还有多远呐?”

梦雨说：“也不太远了。我冬天来过一次，上次误打误撞，找到牛儿家。现在景观大不相同了，一路都是青山绿水。我记得应该从一条小路插过去，翻过几个小山冈就到了。”

萍萍说：“这一路上也见到好几条上山的小路了，可别走过了头!”

狗儿问：“那边田里有人在耕地，不如问一问他。”大家走到地边，向那耕地的农民打听。

那农民答：“牛家湾？在前面那个坡冈处上去。”他指指远处。

狗儿问：“大哥！今年收成怎样?”

那农民大哥一边吆喝牛，一边说：“还行。”

大家聊了一会儿，继续前行。

萍萍对大家说道：“别尽顾着说闲话，我要出题了!”

狗儿问：“你出什么题?”

萍萍说：“现成的题目《耕田郎》，谁来作?”

狗儿说：“这个题目简单，就由本人包了吧。”

萍萍说："那就快作！"

狗儿说："我先想一想。"他停下脚步，拿出本子，刷刷地写了些什么，然后摇头晃脑地对大家念道：

路遇耕田郎，探问农事忙。
乡间无闲日，谷田已归仓。

红儿听后笑道："狗儿有长进了！"

狗儿说："跟鸭子做朋友，总会受些熏染。这叫做'近墨者黑'。"

芳芳说："用词不当。"

狗儿笑道："跟着驴儿学打滚，跟着巫婆跳大神，就这么个意思。"

说笑之间，已经来到山冈处。大家顺着小路上去，登高一望，但见四野田畴，座座水塘。狗儿道："这个地方也要作个题目，才不枉此行。"

萍萍说："那你出题！"

狗儿说："不如就着这个坡冈来出题，我看就叫《冈坡望》吧。鸭子，这个题承包给你。"

芳芳说："为什么承包给他？"

狗儿说："好题目要留着你们女生来作。"

梦雨笑道："既然如此，那就承让了。"他拿出本子，看看远处，琢磨片刻，写了点儿什么，念完之后，狗儿大摇其头道："不好，不好！有模仿古人嫌疑，赶不上我的水平。"

芳芳说："差不多，都是白描。"

狗儿说："浪费了我的好题。"

他们翻过小山，下到山脚，走过几块水田，看见一个农村女子，大约二十岁，正在一块红薯地劳作。红儿来了兴趣，停住脚步，弯下身去摘了一片红薯叶。问道："红薯长大了吗？"

那女子笑道："这是专做菜的番薯叶。"

狗儿笑话红儿："怪不得人家说我们学生，两耳不闻窗外事，一心只读圣贤书，把麦子认作韭菜呢。"

红儿反驳说："你都认识？"

狗儿说："比你略微强点儿。"

梦雨说："那也不过是五十步笑百步！"

芳芳问那女子："大姐住哪里？能不能到家里讨口水喝？"

那女子指指远处，答："在五柳树。"又指指那边田埂道："我带了茶水，不嫌脏就在这里喝吧。"

原来那边田埂上放着一个土窑烧制的吹壶，芳芳也不顾脏不脏，倒了一碗就咕咚咕咚地喝了下去。

道谢之后，继续前行。

梦雨笑道："红儿！刚才我想了个题目，想要考考你呢。"

红儿笑道："该不是让我作《农妇》诗吧！"

梦雨说："正是这个题目。"

红儿说："好吧。"她想了想，道：

晴野见农妇，挥汗田中锄。
问她居何处，遥指五柳树。

芳芳说："红儿，幸亏我帮你打听，你才能信手拈来。你这诗，要算上我的一半。"

红儿咯咯笑道："谢谢芳妹相助。要不是你提醒，我诗的后两句可能会作成这样。"

狗儿问："作成怎样？"

红儿笑道："收得红薯叶，回家养肥猪。"

大家听后大笑。狗儿对红儿说："说真的，我觉得这样听上去更顺耳。"

谈笑间，忽然听见后面有人喊："狗儿，狗儿！"

大家回头望去，狗儿说："大苕！原来是你。"

大苕说："你们去钓鱼吗？"

狗儿道："暑假没事，出来走走。"

原来大苕是高他们一届的一个同学，早已回乡务农。梦雨以前也见过他，只是彼此没有什么交往。

大苕说："到我家坐坐吧！"

大家此时也有点儿口渴，不等他邀请，早有此意。

狗儿说："早就知道你家住牛家湾，就是不知道你具体住在哪里。不想盲打误撞，就碰见你，正是天意。"狗儿交际甚广，见人就熟，故而早就结识大苕。

大苕把他们带回家，拿了个大西瓜切开，分给大伙吃。大家也不客气，每人吃了几块。大苕又要点火做饭，梦雨等人纷纷道："吃午饭还早，不用麻烦了。"

大苕再三挽留，狗儿说："晓得你住在这里之后，以后一定专门拜访，今天已经约了班上朋友。"

大家告辞出来，萍萍说："农村朋友就是实在。"

红儿诘问："那为什么有人还说严重的问题是教育农民？"

狗儿说："可能是说农民太老实了，需要开导，免得他们受人欺负。"

走出大苕家不远，梦雨笑道：“狗儿，见到老同学也是缘分。我们也应该作首诗纪念此事，不如我们两人来凑一段吧。”

狗儿说：“我也正有此意，只不知怎样开头呢！”

梦雨道：“你听上联！”只听他念道：“同学三五年，不说执牛鞭。”

狗儿想了想，接口道：“溪口偶尔遇，乡友已归田。”

话未说完，忽然草丛中窜出一物，吓了大家一跳。梦雨说：“是野兔！”

狗儿一阵乱踢，那东西三蹦两跳，一下子没入田野中。

狗儿追了一阵，折返回来，道：“不是兔，是野獾子。”说完，他跳下坡埂，在茅草丛中搜寻。

芳芳问：“你找什么？”

狗儿说：“这里一定有它的洞穴。”

梦雨也跳下去，两个人扒开茅草，找了半天也没见到洞穴。

红儿道：“它可能不住这里。”

狗儿说：“你怎么知道？”

红儿说：“它也许跟我们一样，只是偶尔从这里经过。”

梦雨听后笑道：“有道理！”边说边跨上田埂。

狗儿还要继续寻找，口中道：“要是给我找到它的窝，我可就发了！”

芳芳不解地问：“你发什么？”

梦雨道：“芳芳，你不知道，狗儿是个财迷精。”

狗儿说：“野獾子皮好值钱呢！去年谷道儿在后湖钓鱼时，就顺便抓了一只野獾子，后来他把皮卖了五块钱。”

萍萍笑问：“你也想发笔横财？”

狗儿笑道：“公私兼顾，有财为什么不发！”

红儿说：“快上来吧！别那么贪心！莫要野獾子没有逮着，却被蛇咬一口。”

狗儿这才怏怏地爬上来。

说说笑笑，大家继续前行。

狗儿还在懊悔，只听他嘀咕道：“那野獾子明明从我脚下跑过，我当时要反应快一点，飞起一脚，说不定就踢着它了。唉！今天损失可大了！”

萍萍说：“你有什么损失？”

狗儿说：“还没有损失！到手的鸽子飞啦！”

梦雨笑道：“芳芳！你快作首诗，免得他老想他今天的损失！”

萍萍也说：“狗儿，别老提你的损失。”

红儿打趣说："芳芳！用你精神乐园中清澈的溪流，去洗涤一颗污浊的灵魂吧！"

芳芳笑道："灵魂一旦污浊，就再难洗干净了。"

狗儿笑道："有那么严重？"

萍萍道："坠入深渊尚且不知！"

狗儿笑道："不知是谁还在梦中呢！"

芳芳说："说到梦，也正巧。我刚才一路过来，想了几句诗，正缺少最后两个字呢！不如就借用一个'梦'字吧。"

红儿说："快说来听听！"

芳芳吟道：

山花绿映红，河柳枝摇风。
艳阳天正好，水声伴香梦。

萍萍和红儿拍手道："还是芳芳的诗清纯。"

梦雨道："我看连题目也借用'香梦'得啦。"

狗儿说："你们看我一个'梦'字多么有用。"

梦雨问道："萍萍！你的诗呢？想好了吗？"

萍萍说："有是有，只是不符合要求，不是五言诗。"

狗儿说："管他呢！只要是诗就行。"

萍萍说："我来作一首自由诗。"

梦雨道："好吧。"

萍萍拿出笔记本，抑扬顿挫地念道：

湖边一阵风，
把熟睡的鱼儿惊动。
鱼儿游动，
把一湖静水搅动。
湖水阵阵涟漪，
把湖面荷花摇动。
荷花把身体摇动，
引来无数蝴蝶采风。
燕子蜻蜓见状，
也来一起参加舞动。
岸边树木不甘落后，
赶紧把青枝绿叶，
伸到空中。
连草儿也加入进来，

把头上的小花开得殷红。
看到如此场景，
连湖滨的游人也不免心动。

大家听后，拍手称好。梦雨说："萍萍，我觉得你的想象力就是很丰富。"

狗儿对萍萍说："你的诗名呢?"

萍萍正要回答，却听梦雨说道："就叫《心动》吧。"

萍萍说："好吧!"

这时，红儿也笑道："说到自由诗，其实我也想好了几句，专说那'生命之涌动'。"

梦雨连忙说："好啊！快说说。"

红儿望着远处，吟诵道：

满山的花儿，
有的黄，
有的紫，
有的白，
有的红。
她们的芳香，
比酒香还浓。
引来蝶儿蜻蜓，
还有蜜蜂。
更有无数小虫，
也来花间舞动。
雀鸟踊跃，
翠树摆风。
你看那大千世界，
因此而欣欣向荣。
在每一个角落，
在一处处沟缝，
你都能被这种生命的爱所感动。
花儿相互依偎，
蝶儿双飞情浓。
蜜蜂围着花儿那样嗡嗡，
蜻蜓绕着草儿如此激动。
就在这陶醉之时，

花粉传递，
生命接种。
不知不觉之中，
果实成熟，
又一代生命发萌。
哦！
生命之源，
原来是爱的发动！

众人听后，更是一阵叫好。萍萍说：“红儿的诗，又让人耳目一新。”

梦雨道：“看来诗歌佳境好句，非要到山川田野去感受，要不出来亲历，哪儿有这样的好诗句！我受到萍萍、红儿诗歌的感动，也来说几句吧。”

艳阳高照，东风南风吹到。看姹紫嫣红，满田青苗，不浇也娇。花易老，人易老，天不老。走阡陌田埂，过流水小桥。一路行，一路瞧。你看那池塘旁边，一棵小树，已挂无数青桃。虽然蝶虫萦绕，蚊虫叮咬。我看她，梦很深，分明未受滋扰。感大地恩泽，既慈护稼苗，也润无名小草。无论大，无论小，一般待好……

梦雨正要继续往下说，忽然一只鸟儿从不远处的树上惊飞。

芳芳问：“那是什么鸟儿？”

狗儿看了一眼，道：“是只喜鹊。”

梦雨摇头道：“刚才那田埂上见到的才是喜鹊，这是一只花莺。”

萍萍笑道：“鸭子，你把话说过头了。”

梦雨说：“怎么被我说过头了？”

萍萍说：“你刚才说那梦很深、不受滋扰的话分明有问题。”

梦雨笑道：“有什么问题？”

萍萍笑问：“不受滋扰，鸟儿怎么飞走了？”

梦雨道：“我说的是那棵小树，不是鸟儿。”

萍萍说：“树不动，鸟儿怎么会惊飞？”

狗儿说：“这倒要怪我，不能怪鸭子，是我刚才高声喧哗。”

芳芳接口笑道：“既然怪你，那该当何罪？”

红儿道：“作一首诗向花莺妹妹赔礼道歉吧。”

狗儿笑道：“你这是强人所难，我最不善于作这种‘关关雎鸠’一类的诗。”

梦雨笑道：“今天非要你作一首破戒不可。”

狗儿还想推辞，女生们个个不饶。

梦雨道：“快作吧，免得我们大家继续攻击你。”

狗儿看推辞不掉，只好硬着头皮想。大家见他抓耳挠腮，也就不打搅他，继续前行。又走过几块稻田，只听狗儿笑道：“有了。”大家停住脚步，听他红着脸道：

走上坡岭，满目山青，一路山花找寻。放声吟，歌不停，乘借阳光好心情。才别喜鹊，又遇花莺。邀她同唱一曲，可她却推说不行。并且嗫嚅道：我的到临，已然扰乱她的平静。

芳芳拍手道：“还说不会‘关关雎鸠’，都可以算作‘长安少年游春堤，此情绵绵杨柳依’了。”

狗儿笑道：“跟你们这些三姑八婆在一起，也让我这个堂堂男儿变得扭扭捏捏起来。”

萍萍白了他一眼道：“你哪里是堂堂男儿，是个糖糖男儿吧！”

谈笑之间，不觉已到了牛儿家门口。牛儿此时刚刚耕地回家，见了一帮同学，高兴得不行。连声道：“怎么不先带个信来！”赶紧把众人请进屋内坐下。

梦雨从包里拿出一些礼物，无非是一些糖果之类，交给牛儿姐，说：“姐姐，又来打扰你们了。”

牛儿爹妈也在家里，大家客气一番，接着又到后园菜地摘了些西红柿、黄瓜、苦瓜、辣椒、茄子等，热热闹闹地吃了一顿饭。

吃过午饭，牛儿带着众人到离他家不远的一个弯冈处钓了一会儿鱼。梦雨和狗儿、牛儿守着鱼竿，三个女孩子坐在一棵大柳树下聊天，一下午就这样打发过去。

第十四回

1

月色皎洁。

梦雨回到家后，回想今日乡中野游情景，意犹未尽，便坐在房间窗前，在日记本中，记下当天活动。

他又望着天上月亮，想：“这些天月色姣美，何不乘此时节，约上狗儿、红儿、萍萍等一帮朋友，搞一个赏月歌会，才更有意思。”

各位，梦雨这人，此时正值青春少年。当时社会环境，虽然正是“文革”岁月，但学习压力不大，功课不多。加之那时社会，没有而今社会那么多诱惑。没有电视，没有电脑，没有手机，没有游戏机，所以小孩子一旦迷上一件事，或者有什么爱好，反而可以专心致志地去做它。那时，小镇青少年聚在一起，不是打牌下棋，胡吹聊天；就是游泳钓鱼，弹琴吹笛。至于政治运动，虽然也波及这个楚中小镇，但基本还是大人的事情。至于个人前程，他们基本还没有怎么考虑过。

总而言之，梦雨那时还是一个懵懵懂懂的少年，跟当时大多数处于这个年龄的少年一样，还在无忧无虑地玩着。

第二天早上，吃过早饭，梦雨出门去找狗儿商量此事。

狗儿说：“玩玩是可以的，就是不要弄得太晚。”

于是，两人去找刘华子。走到街上，碰见江小勇正和娇娇迎面走来，问他们到哪里去，他们说：“去娇娇家。”

梦雨把歌会的事情讲了一下，邀请他们参加。江小勇看看娇娇，娇娇点头说：“好吧。”

分手后，狗儿说：“小勇如今跟娇娇可好！”

梦雨想起易翠花不知流落何处，心中不免怅然。

后来二人又找到刘华子、谷道儿、红儿、萍萍、芳芳等，约好时间地点，这也无须细表。

到了那一天，吃过晚饭，大家齐聚后港边老玛瑙河口一个废弃的断桥处，也就是梦雨小时候经常寻猪草的那个地方，他曾经仿造古人，写过一首《断桥过》来描述这座小桥。

选这个地方，他们当然是作了一番比较。因为这个地方，比较偏僻，白天一般只有一些捡柴火或是寻猪草的人偶尔经过，黄昏就基本没有人影了。

狗儿带了笛子，梦雨带了二胡，刘华子带了口琴，江小勇带了板胡，谷道儿带了京胡。女生中来了萍萍、红儿、芳芳和娇娇。

此时已是日暮，夏日的余晖还残留西边。月亮挂在天上，天空湛蓝。大家来到桥边，有的靠着栏杆，有的坐在栏杆架上，闲扯了一会儿。

梦雨说："这几天月色不错，所以邀请大家来聚一聚，随便唱唱歌。"

狗儿试了试笛音，其他乐器也分别调试配音。然后开始吹奏《上甘岭》中的一首歌曲《我的祖国》。姑娘们跟着哼唱。刘华子和芳芳对唱了一首《逛拉萨》："雪山升起了红太阳，拉萨日夜闪金光……"

这首对唱歌曲，他们俩曾经在修铁路的时候作过歌舞表演，颇受铁路工地上民工们的欢迎。记得那时候工地上经常有人大声吼唱："哎！哎！为啥树干立在路旁？上面布满了蜘蛛网？"

红儿唱了《浏阳河》，狗儿唱了一曲《智取威虎山》中的《朔风吹》，江小勇唱了一段毛主席诗词歌曲《长律·长征》，梦雨唱了《一支人马强又壮》，谷道儿唱了《挑担茶叶上北京》，娇娇唱了毛主席语录歌曲《我们共产党人好比种子》，萍萍唱了《一道道山来紧相连》等歌。总而言之，他们弹唱的都是当时流行的歌曲。

后来，大家唱累了，就躺在水冈溪边斜坡野草中，望着天空看月亮。

芳芳仰望着天空，叹道："今晚月色妖娆。"

梦雨顺口接道："少年云梦溪桥。"

刘华子补了一句："同卧轻风野草。"

萍萍也跟了一句："共赏星河云飘。"

娇娇说："听说你们成立了诗歌兴趣小组，不知怎么回事？早就想来看看呢。"

梦雨说："娇娇，你也加入我们吧。"

娇娇说："好啊！就怕你们不欢迎。"

大家纷纷说："怎么会呢！不过玩玩。"

狗儿道："娇娇，你不知道，我们是找个聚会的缘由，大家在一起玩得有意义一点儿。"

娇娇点头道："是啊！我看很多同学都无所事事，不是打架斗殴，就是聚众闹事，要不就是打牌赌博。"

红儿笑道：“娇娇，参加我们得有见面礼呢！”

娇娇也笑道：“什么见面礼？难道要我请大家吃饭？可现在已是晚上了呀。”

芳芳说：“请客以后再说，但要当场作诗一首，我们要考查考查你呢！”

娇娇说：“别为难我了。”

江小勇鼓励道：“慢慢想一想，不会难的。”

刘华子说：“连本人这样的蠢材都行，你肯定可以。”

娇娇低眉道：“让我想想。”不一会儿，她就吟了一首诗，大家听后一起鼓掌。狗儿笑道：“后来居上，后来居上！我加入诗歌兴趣小组这么久，都没有作出一首像样的诗来。”

刘华子说：“小勇，娇娇是你带来的，你应该和她一首才对！”

江小勇想一想，道：“好吧。”于是，他也吟了一首诗《望彩云》，中间有“望断天涯不尽，十里河堤旧影”这样的词句。

大家听后，不约而同想起了易翠花，一时寂然。

还是狗儿打破沉寂，他大声对梦雨道：“鸭子！今天这场聚会是你发动的，你当然也要作首诗才对。”

梦雨笑道：“那是自然，那是自然！”他望着天上的月亮，开言道：“大家都听过嫦娥奔月的故事，说她偷吃了后羿的仙丹，才得以飞向月亮。但我想，即使没有那粒灵丹，她凭自己的修炼，也一定可以飞上天宫。所以，我想给大家背诵一首我不久前写的诗歌《嫦娥奔月》。”于是，他抑扬顿挫地背诵道：

你！是才女，
无法忍受思想的简单。
你！是学者，
不断探求神秘的自然。
你是无畏者，
你的行为证明了你的勇敢。
你更是诗人，
所以才有了如此的浪漫。
任何艰难都无法阻拦你飞天的梦想，
即使没有那粒仙丹。
你也会一路轻盈奔向理想的彼岸。
我看见你在月中起舞，
你的笑也如此烂漫。

因为有了你的光彩，
月亮的深宫才不会幽暗。
因为有了你的榜样，
孱弱的平凡也可升华为勇敢的非凡。
因为有了你的故事，
冥冥之王才减少了些许的傲慢。
因为有了你的倩影，
人间生活才多了几分灿烂。
你的恬淡，
带走了酷夏的不堪。
你的温柔，
融化了冬日的严寒。
你身影舒展，
把天宫映衬得晶莹湛蓝。
你驾驭着月亮飞船，
自由飞过广袤的原野高山。
你梳理着夜色的北国，
你装扮着黄昏的江南。
你把幻想带给无数个少女，
她们又将无数个美梦编织得五彩斑斓。
你伴随着孤独的行者，
翻越一座又一座山峦。
你是沙漠夜空里永恒的希望，
你是大海迷雾中不灭的灯盏。
漂泊是你的命运，
孤独是命运的必然。
带上我吧，月亮仙子，
让你我的漂泊不再孤单！

梦雨念罢，大家给出一阵掌声。红儿笑道：“古往今来，嫦娥奔月的故事，引起很多人的美好联想。”谷道儿点头道：“鸭子！你写了这么多首诗，只这一首我还喜欢。”

梦雨笑道：“既然这样，道儿你也应该来一首捧场。”

谷道儿推辞道：“我这是引火烧身呢！”

大家七嘴八舌地催促说：“快点儿，快点儿！”

谷道儿想了想，说：“那我也胡编乱造一首吧。”他坐起来，怪腔怪调地吟了一首《花絮飘飞》，中间有“疾风吹，花不回”等暗含讥讽易翠花与小勇的语句。小勇听后颇不自然，萍萍怕娇娇多心，连忙说：“今天是月色皎洁之夜，你怎么又吟这样的东西！”

谷道儿说：“我是受了鸭子的影响，罪该万死！”

红儿奇怪道：“鸭子哪儿有这样的胡言乱语！什么‘疾风吹，花不回’。”

谷道儿笑道：“嫦娥难道不是一朵花？她奔上月亮的速度那么快，没有疾风吹，她怎么一路高飞上天？她一去月宫不返，不是花不回吗？”

萍萍说：“牵强附会！”

谷道儿说：“那你作一首不是牵强附会的诗看看。”

萍萍说：“作就作！”

萍萍念过诗后，谷道儿攻击她道：“虽然不能说你的诗牵强附会，但什么‘芽呀芽’，哪里像诗，简直是随口瞎掰，念童谣儿歌呢。”

梦雨说：“童谣也不错，就是要有童心才好。”

萍萍笑道：“没办法！时间太紧迫，只好随口瞎掰，凑合几句。不过既然歌会变成了诗会，那就请还没有作诗者赶紧献诗！红儿，该你了！”

红儿道：“我也是临时抱佛脚。”她沉吟片刻，道：

想上天空，看看瑶池宫。千寻万寻无路，只有梦。月下遥望，隐约仙踪，是否也有情衷？君莫笑，嫦娥奔月时，其实心痛。

狗儿道：“看来嫦娥奔月时的心情也是很复杂的，就算她到了广寒宫，我看她也还是比较寂寞，比起牛郎织女来，也好不了多少。”于是，少年们又谈论起牛郎织女七夕相会的故事。后来有人说：“芳芳也来首诗吧！”

芳芳说：“也不早说要作诗，弄得大家都要临阵磨枪。”不等大家催促，她就吟了一首《月落花离》，大家听后一时无语。过了一会儿，刘华子起身，拍拍裤子道：“你们今晚都中了邪不是！全是这样的诗！不是分，就是离，要不就是飞，弄得我也烦躁不安起来。为了大家今夜回家后不要做噩梦，我也来作首诗，把大家拉回到今晚的欢乐主题。”只听他高声吟道：

今夜月明如灯，邀得朋辈数人。
带有竹笛箫管，讴歌野桥三更。

诵完诗歌，不等大家说话，他便大声宣布：“各位，节目到此结束，今天不早，明天请早！我宣布：散会！”

2

开学的前一天，大约上午九点钟，梦雨到街上去买书包。

半夜下过一场暴雨，街上泥泞不堪，到处都是积水。街上行人，有的穿着胶鞋，有的穿着解放鞋，有的穿着草鞋，还有人穿着木屐，杂乱地走在青石板路上。

梦雨穿了一双新回力鞋，那是他用暑假扛包挣来的钱买的。青石板路很滑，因为上面有很多污泥。不少地方，从破损的石缝里，涌出了乌黑的泥浆。梦雨的白回力鞋，很快就变成黑色了。

在百货商店的文具柜台，他买了一个草绿色的书包。交完钱出来，正要回家，听见有人喊他："鸭子！鸭子！"转头望去，原来是那位外号叫做科学家的岳姓同学。

岳姓同学是来买铜线的，他要做一个变压器。梦雨问他："永动机做好没有？"

他说："还有点儿小问题。"

梦雨问他："是什么问题？"

他说："主要是原始推动力的问题。这个问题一旦解决，所有困难将迎刃而解。"

梦雨问他："有没有希望？"

他说："希望很大。既然物体有自感和互感现象，那么，把某些不同的特殊导体放在一起，一定可以产生电流。只要把它们收集起来，就会产生无穷无尽的动力。"

梦雨不懂。他问："难道它们不需要外在力量？比如汽车需要汽油，人也需要吃饭。"

科学家道："可能开始时是需要的，但一旦驱动起来，就再也不需要了。这就是它的优越性。你知道，地球上的能源是有限的。"

梦雨觉得科学家的研究很有意义，不过他又觉得很难。他想，"要是爹妈把我生下来，只是最初吃一顿饭，一生中再也无须吃饭，那我肯定做不到。"

"也不好玩，"他想，"人如果不再有需求，那还有什么意思。人如果彼此没有需求，男女之间就再没有什么吸引力，人会更加自私。"

因此，他更喜欢目前正在广泛使用的发动机，而不喜欢将来可能会使用的永动机。他想："那将改变人的行为方式。"

他说："你为什么不研究那种可以减少内耗的机器？我觉得那样更实用。"

科学家说："那当然好，但那不是终极形式。终极形式是永动机。它将一劳永逸地解决所有问题。因为，无论怎样节省，地球上的资源终究要用完。只有永动机可以完全解决问题。"他继续道："但那需要特殊的材料。"

梦雨似有所悟。

两人又交谈了一阵后，相互道别。

3

黄昏，梦雨来河岸散步。

夏天的天气，昨夜虽然下了一场大暴雨，早上暑气消退不少，但到了下午，天气又炎热起来。

江水上涨，河对面的沙坝已经淹没大半，只剩下几处每小块不足二平方公里的隆起地带。河面上漂着悬浮物，是一些白沫一样的东西，还不时漂有木材、树枝以及形形色色的小东西。

河边，有不少人在捡浪柴。所谓浪柴，就是从上游漂浮来的那些树枝木棍等。收集的方法很简单：在发洪水时，拿一个蔑制耙子（当地人俗称"哈耙子"），站在水边或者踩在水中，等这些东西从面前漂过时，就用耙子把它们扒拢来。用这种方法，小镇不少人家在一个夏季，可以捡上千斤甚至成吨的柴火。当然，运气好的话，某些人还可能获得意外之财，例如，一个箱子什么的。

梦雨下午也捡过浪柴，他用一个耙子在水里捞了一大担柴火，挑回去后铺在堤边上晾晒。小镇人家，主要是烧柴火，其次是烧煤。所以，捡柴火是一件大事情。

他记得小时候，小镇是不烧煤的。那时，在狮子口有一家柴行。柴行就是柴火的交易场所。每天上午，那个地方异常热闹。从四邻八乡，会赶来许多卖柴火的乡民，有的用肩挑，有的用驴拖，有的用马拉。柴火的品种也是多种多样，有各种杂木、芦苇，其中最多的是松树枝桠。

那时，聚集在小镇的驴、马、骡、牛特别多。它们跟主人一起来赶场，也觉得特别愉快。每当卸下身上的负担，当主人们去进行自己的生意交易时，驴、马、骡、牛们显得十分惬意。因为主人们会把它们牵到狮子口外那片树林中，系在一棵阴凉的树下吃草。有的干脆把它们拉到河岸的堤坡边，因为堤坡上长满青草。所以，这两块地方是它们的乐园。它们不仅仅可以在那里美美地吃上一顿，而且最主要的是可以在那里撒欢儿。

主人们不知是有意还是无意，给它们栓的绳子都比较宽松，尤其是在堤边，只不过是在拴着鼻子的另一头绳子上觅一个铁钉，将钉子定在泥土中而已，并且还故意把绳子留得长长的。主人的意思，大概是让那个圆半径尽量地大，驴马们可以吃更多的草。但也就给了它们与相邻驴马交往的机会。如果碰巧是男女，并且情投意合，这些家伙们立马就做苟且之事。

不像人类，它们做那种事时非常坦然，从不遮遮掩掩。尤其是那公马、公驴，常常将那一尺来长的黑东西裸露肚下，骄傲地一走一甩。

如果碰巧主人把绳子觅短了点儿，一对情侣无法靠拢。那驴马们必定会千方百计地挣脱束缚，把那定在泥土里的铁钉拔起来，获得短暂的自由，直到主人办完事情回来找它们为止。但这短暂的自由时间已经足够，它们“谈情说爱”一般不用太久。

但有时候，也会发生打架斗殴的事件。可能的情况是，母驴或者是母马不太情愿，于是她们就逃窜。可那公马或公驴不依不饶，非在后面紧追不舍。它也不怕踢，也不怕蹬，眼睛烧得通红，不顾一切地扑上去，就像旧社会的彭霸天或者南霸天之流。它们喜欢使用暴力，常常能够得逞。可能这就是文明和野蛮的区别，或者说人与兽的区别。

但梦雨也无法肯定。因为，在他所了解的令人发指的信息中，很多这样的事情恰恰也是人做的。比如说，他听父母讲，在日本人占领小镇期间，日本兵就端着抢到处找“花姑娘”，常常是找到之后，一大群疯狗一样的人糟蹋一个毫无抵抗能力的女子。

梦雨妈讲过一个抗战时期逃难的亲身经历。那时她躲在长江南岸的乡下，日本人来扫荡。她还是一个青年女子，听说日本人到来的消息之后，她随着一群妇女赶紧躲进一户财主大屋的夹墙内。那夹墙的入口，就在猪栏屋内。她们十几个妇女，刚刚钻进夹墙里面把砖合拢，就听到日本军进了屋内的脚步声。叽里呱啦一会儿之后，就听到一个妇女的求救声。梦雨妈听到了许多日本人狂喊浪叫，还断断续续地听见那个女人的哀求声，她说：“太君！饶了我吧！我都已经七十三岁了！”

梦雨妈她们出来时，见那老妇全身裸露，已经奄奄一息。日本兵临走时，还给了她一枪。

她是这户人家的女主人，本来以为年纪大了会没事。

4

梦雨在江岸边溜达了一会儿，想起夏日以来，经常下河游水，追逐浪花激流，不由发了雅兴，自言自语地作起诗来。他边走边吟，不觉之间已走到水府庙前。此时大约已是晚上八九点钟，看看人迹渐少，就打算顺原路回家。

刚刚转身不久，就看见从林间冲出几个人影，径直向他扑来。他大吃一惊，以为是打劫。

那时候小镇治安情况尚可，很少发生恶性案件。

等这几个人到了面前，梦雨才发现是马九九和外号称为“猪头小队长”的一个人，另外几个人他叫不出名字。

他们是来打架的。看来他们已尾随自己很久了。梦雨于是站着不动。

马九九和猪头小队长没有考上高中，他们已经上山下乡，梦雨已经好久没见他们了。

马九九冷笑着说：“鸭子！好久不见了。”

梦雨也冷冷地回答：“是的。”

马九九说：“知道找你干什么吗？”

梦雨点点头，不吭声。

马九九挥挥手，几个人将梦雨团团围住。

梦雨说：“我不会逃。”又问：“是单打？还是群斗？”

马九九还未出声，猪头小队长就从侧面一拳击来。

这拳正好击在梦雨鼻梁上，梦雨觉得面前湿润，眼睛模糊，他已倒在地上。其他几个人一拥而上，打的打，踢的踢，梦雨直在地上打滚。

不知过了多久，梦雨听见马九九说：“好啦！”

他把梦雨拉起来坐着，对他轻蔑地说：“小子，你不是逞好汉嘛！哈哈！”

梦雨猛然一拳，打在马九九的鼻梁上。那时他正在大笑。

梦雨觉得对方的脸上，有血飞溅出来，因为他的拳头，已是黏黏糊糊。

马九九捂着脸惨叫。其他人又冲过来，梦雨又挨了顿拳脚，这次他们出手更重，打得他不省人事。等他苏醒过来时，那伙人已经不知去向。

梦雨醒来后，在地上躺了很久，因为他觉得身体酥软，浑身无力，并且全身发冷。

脸上的血已凝结，他慢慢站起来，走到河边。他用手捧了几口水喝，因为他觉得口渴得厉害。然后他跳进水里，把脸、衣服、身体都洗干净。

回到家里，已经是半夜，家人都已睡着。他们早已习惯梦雨晚归，所以把门虚掩着。

梦雨回到自己的房间，躺在床上，看见天上的月亮，像一盏灯。

第十五回

1

第二天，最先发现他鼻青脸肿、面目狰狞的是他爹。早上他正要上学，他爹正好提着一篮子菜从后园进来，他问：“鸭子！你脸怎么啦？”

梦雨说：“昨天晚上爬到树上找知了壳儿，不小心从树上掉下来，摔的。”

他爹说：“这么不小心！要不要去找冯医生看一下？”

梦雨说不用，就上学去了。

原来那时，小镇上有一家收购门市部，什么破铜烂铁、旧书废纸、狐毛羊皮、药材野根，全部收购。其中包括蚕茧、黄鼠狼皮、蝉蜕等。

在堤外江岸的大片杨柳林中，夏天有很多知了，也就是蝉。

这些知了，每到春暖花开，就从地底下钻出来，爬到树上，然后金蝉脱壳，长成带有翅膀的知了。到了寒冬，它们就变成虫，钻到树下的土里睡觉。而它们留在树干枝叶中的壳儿，就成了少年们可以赚钱的财宝。

梦雨当然不会放弃这笔财宝，他经常约狗儿、红儿、萍萍等去找知了壳儿，收集多了就卖钱。

有一次，他偶然读了唐代诗人虞世南的一首咏蝉诗：“垂緌饮清露，流响出疏桐。居高声自远，非是藉秋风。”之后，忽然要跟古人过不去。

因为，据他观察，蝉这种东西，并非虞世南前辈描述的那么立身高洁、孤寂淡泊、声高志远，而是一种非常狡猾的机会主义者，有好处就高喊索要，见到秋风吹来大事不妙就逃窜躲起来。他真想跑到古代，跟虞世南前辈辩论一番。但他知道完全不可能，所以愤懑之中，竟然也写了一首《咏蝉》诗。他的诗是这样写的：

攀高命不凡，春夏变几番。
争荣天天喊，寒来地下钻。

他把这首诗拿给狗儿看了之后，狗儿讥讽他道："你这是吃饱了撑的！你跟古人别扭什么！"

梦雨说："不是我跟虞老前辈闹别扭，而是我看到现实就是如此。"

狗儿说："什么现实?"

梦雨说："你自己去观察。"

狗儿不理他。

2

第二个发现他鼻青脸肿的是江小勇。

梦雨刚一出门，走到堤上，就碰到江小勇。江小勇惊诧道："鸭子！你脸怎么啦?"

梦雨道："给那马九九揍的。"

江小勇马上明白了。他说："对不起！连累你了。"

梦雨说："没关系。"

到了学校，梦雨的朋友全都知道梦雨挨打了。狗儿说："什么时候约一帮弟兄去算账!"

梦雨说："算了。"

3

过了几天，狗儿笑嘻嘻地对梦雨说："我要替古人打抱不平。"

梦雨道："替谁?"

狗儿道："虞世南。"

"为什么?"梦雨问。

狗儿说："因为他已故去，而后人如鸭子之流还在数落他的诗。"

梦雨说："本来嘛!"

狗儿说："我也要用其人之道，还治其人之身。"

梦雨笑道："你也有《咏蝉》诗?"

狗儿道："我要为蝉正名，免得高洁的蝉被你的诗污辱。"

梦雨说："好吧，看你如何为它正名。"

狗儿道："你听好！我写的是《秋蝉》。"

秋残，
北国江南，
风吹荷花不看，
横直不堪。

秋蝉，
晨露夜寒，
落叶霜打不断，
还在呼喊！

4

新生分班。

高中每个年级有六个班，每班大约有五十人，学生来自全区各地。

梦雨、芳芳和科学家被分在二班；狗儿、谷道儿和红儿在三班；萍萍、刘华子和江小勇在一班。

梦雨低着脑袋走进教室的时候，引起了同学们的好奇。他看到教室门口上贴的座位表上，自己被安排在靠窗户倒数第二排的座位。他旁边是大强，他是原来初中三班的一名同学，两人认识。

他刚坐下，就看见坐在前排的一位女生转过头来。他猛然一见她，心中就有点儿惊诧，好似在哪里见过，但一时又想不起来究竟是在何处。他对她微笑着点点头。可能是他的肿脸笑起来很难看，那女生“扑哧”一声笑出声来。

当时，梦雨一时忘记了自己的境况，他奇怪地问她：“你笑什么？”

那女生忍不住又笑了，过了一会儿，她才问：“你打架了？”

梦雨这才知道她笑的原因，他用手摸了摸脸，问道：“很难看吗？”

那女生点点头，马上又摇头。

梦雨自我介绍：“我叫鸭子，你呢？”

那女生说：“我叫苏琴。”

梦雨问她原来在哪里读书，她说她原来在地区所辖市的一中读书，因为爸爸下放来这里的养鱼场工作，所以她也跟来小镇。

梦雨还要多问，但铃声响起，一位青年男老师走进教室。老师自我介绍，他姓万，叫同学们以后称他万老师。

梦雨后来知道他是刚分来学校的老师，毕业于武汉一所大学。

万老师教他们语文，同时担任他们的班主任。万老师刚到学校才十几天，他对同学们说：“我从武汉乘轮船到县城，到县教育局报了到，然后顺着沿江公路走到古镇。走到金盆山，远远望见那一片被绿荫遮掩的琉璃瓦老式建筑里面，花红柳绿，满池荷花，鹊鸟鸣唱；然后拐弯入镇，经过一条弯弯曲曲的马路，看见两边杨柳林绿荫遮地，古镇木楼，石板小街，好似到了一处桃花源。”

他顿一顿，又补充说：“这地方真美！”

梦雨还是第一次听外地人赞美自己的家乡，他觉得很自豪。但他立即想起狮子口那对原来立在路边的大石狮子，他想：“真可惜！要不推倒砸烂就好了。”

开始推选班干部，采用的是民主集中制，即先由同学们提名，然后举手表决，最后由老师拍板。因为高中二班的生源主要来自镇上，其他学生来自区内各个公社，相对比较散，所以镇上的同学比较占便宜。当大强提名梦雨之后，同学们一阵吆喝，后来又有人提名科学家岳姓同学，有人提名娇娇，苏琴是由梦雨提名的。表决结果，梦雨得票最高，其次是娇娇，苏琴只比娇娇少一票，圣姓同学也不少。

梦雨后来思忖，自己得票最高的原因，除了天时地利人和之外，还可能得益于他那张肿脸，因为那些来自乡下的同学也都嘻嘻哈哈地举手赞同，他得到了满票。

苏琴虽然初来乍到，但她那显然是受过良好教育的城市女孩的气质，令班上全体男生一下子折服了。她长得白皙，柳叶眉，小嘴巴，只是脸上缺少血色，不像镇上的女孩子个个都是脸色红润，颜似桃花。梦雨觉得，她有一种传统仕女之美，就像小时候“文革”前贴在他家墙壁上的仕女图上的人物一般。梦雨见到，班上全体男生和许多女生都投了她的票。

最后老师封“官”，梦雨被封为班长，副班长是娇娇，苏琴被任命为学习委员，圣姓同学担任劳动委员。

但小镇生源在其他班不占优势，在梦雨的朋友中，狗儿在一班只当了文艺委员，萍萍在三班当了学习委员，其他人都没有当干部。

那天晚上回家之后，梦雨想到苏琴的模样，脑子中突然记起了以前挂在家里的一幅仕女图。太奇怪了！他顺手拿起笔来，不知不觉之间，已经写了一首诗《她怎么会在那儿》：

依稀见过她，
不知在哪儿？
在河边？
在柳下？
还是在云霞？
走在崎岖小道，
消失在那边山崖。
远处的白云深处，
一片茅舍，
就是她的家。

忽然记得她，
原来在那儿！
在书里，
在梦中，
是在那幅画儿！
等在红烛更深，
望穿了碧绿窗纱。
远处的红墙绿瓦，
一片繁华，
就在那个家！

写完之后，他读了一遍，自己笑一笑，随手把它扔在一边。然后他拿起刚发的新书，找几张白纸，裁好，用来包书皮。

5

在这次选举之后，狗儿深有感触，他说："底下没有一班人抬轿子是不行的。"他当然很想当班长，但没有得到足够的支持。

但梦雨却对当班长有些厌倦。虽然他也觉得在老师进教室时大喊"起立"很骄傲，虽然他也热衷于办班上的板报，但他却有一个明显的缺点：不太爱管闲事。比如，当同学有迟到、旷课、上课窃窃私语、看小人书等不良行为时，他多是不闻不问的。当然这些行为多发生在某些副科课堂上，如劳动课、体育课等。

有一次班上开民主生活会时，娇娇对他提出批评意见，说他"不爱得罪人，不敢同坏人坏事作斗争"。

梦雨却狡辩说，不知道谁是坏人，做了什么坏事？

娇娇的意见也得到几个女生的支持，他们说梦雨只做"好好先生"。

万老师也提醒他说："当干部不要'和稀泥'，要敢管事。"

梦雨不服气，他说："没有见谁做错了什么事情，否则一定会管。"

娇娇就举例说："昨天晚上自习时，有几个同学没有认真做作业，他们在看小说。"

梦雨说："我没看见。"

娇娇说："你是视而不见，不想管！"

梦雨有点儿生气，他说："我哪儿是不想管？"

芳芳打圆场说："有则改之，无则加勉。"

梦雨还要强词夺理，却又遭到强力攻击。只听另一个女生说："那个王歪嘴同学前天上晚自习时，老在后面作弄我，不是在后面拉扯我的衣服，就是把纸片丢在我的头发上，害得我没有好好看书。你当班长也不管管！”

上晚自习时，老师一般不来教室，组织纪律主要由班干部维持。作为班长，他责无旁贷。

梦雨哑口无言。晚自习的确较乱，跟自己的放任自流的确有关。

那一次民主生活会之后，梦雨加强了对班上组织纪律的管理。每次晚自习，他都坐在老师的讲台位置上，发现谁有违纪现象，就走到那个同学面前巡视一番。他走到那个同学面前时，一般也没说什么，只是对那同学笑一笑，算是提醒。一般，同学还给面子，他们马上停止手上小动作，赶紧看书。

但人们常说，身教重于言教。他在管人时，有时候却没有很好地约束自己，一方面管别人、批评别人，另一方面自己却违规。

看来人就是这样，对人严，对己宽。就像如今的某些干部，坐在台上，满口反腐倡廉，自己却在偷偷做那大硕鼠。古时候对这种事情的描述，用的话是：“满口仁义道德，一肚子男盗女娼。”“文革”那时候人们对此种现象形容的句子是：“马列主义的电筒——只照别人的毛病。”

当然，梦雨那时也没做什么大不了的坏事，跟腐败没有丝毫关系。虽然性质很不一样，但梦雨后来回想此事，觉得这是人性弱点的表现，所以需要制度和道德的共同约束。

事情的经过是这样的。有一次，他从一位同学那里借到一本《三国演义》。“文革”岁月，书籍匮乏，梦雨嗜书如命。但梦雨借这本书时，同学限他两天归还。头天夜晚虽然开了夜车，还是没能看完，于是他把书带到学校。每节课下课之后，他都抽空拿出来读。上午是语文和数学课，他没敢在课堂上看小说，但下午第一节上音乐课时，他悄悄把书拿出来，搁在课桌空斗里偷偷看，结果没有被音乐老师发现。

他尝到了甜头，认为自己的行为不会被发现。很多人都是这样，做坏事时都以为别人不知道。

于是，到第二节课时，他故伎重演，又把书悄悄搁在书斗里摊开。这是一节思想品德课，上课的正是班主任万老师。万老师除了上语文课外，还负责他们班的思想品德教育课。

看着看着，梦雨渐渐入了迷。对一件事入迷当然不算什么坏事，有时甚至是好事。但如果你做的事情不太正确，比如像如今的小孩子那样，沉迷于打游戏机或赌博，不能自拔，那就有危险了。

此刻，梦雨处在危险之中，自己却茫然不知，他以为自己是安全的。班上那么多人，老师哪儿能发现自己！

所以当万老师走到他面前，将书从他书桌空斗里缴获时，他还没有反应过来。当他迷惑地抬起头来看时，万老师带着那本《三国演义》，早已回到了前面讲台。那时他才看见全班同学都齐刷刷地望着他，而万老师脸上表情十分严肃。

但万老师大约对“文革”揪走资派的做法有些反感，并没有像小学老师对待同学那样，让他站到黑板前面，对着全班同学作检讨，而是讲了一个故事。

万老师说：“就是你看的这本书中的故事。”

于是，他给全班同学讲了“诸葛亮挥泪斩马谡”的故事。

他说：“马谡这人，很有才气，诸葛亮很器重他。但他不听军令，擅自把部队调离街亭，导致司马懿围困小山、蜀军大败的后果。后来马谡负荆请罪，诸葛亮也不能保他性命，只能流着眼泪将他斩首。”

梦雨点头道：“我正在看这段。”

万老师说：“既然你已明白，我也不能徇私。”

梦雨又点头。

于是万老师当场宣布：“撤掉鸭子班长职务，班长由娇娇担任。”

于是，班风肃然。

但过了几天，万老师又宣布：“鉴于鸭子平时其他工作还努力，所以任命他为副班长。”

梦雨想：“幸亏老师不是诸葛亮，没有那么铁面无情，否则怎会网开一面，还留自己一个一官半职？”

后来苏琴跟他开玩笑说：“多亏现在是新社会，要是在古代，说不定脑袋要搬家呢！”

梦雨问：“此话怎讲？”

苏琴说：“你没有听一个故事吗？”

梦雨说：“什么故事？”

苏琴说：“古代有一个将军，皇帝要他用一群后宫的妃子来练兵。但这群女子嘻嘻哈哈，不听调遣。后来，将军将为首的皇帝爱妃当场斩了两个，连皇帝都救她们不得。结果兵法果然就练好了。”

梦雨听后啧啧咂舌，惊讶道：“有那么严重？”

6

但梦雨却因此对当官一事产生厌倦情绪，他觉得当好官太麻烦。

可世界上有些事情，你越不想做，却偏偏越躲不脱。

事情是这样的，学校的文艺宣传队要换届，因为老队长马上要毕业，要找一个新的宣传队长。本来狗儿很愿意担当此职务，但偏偏他运气不好。为什么呢？原因很简单，就是主管这项工作的是万老师。

万老师比较信任梦雨，他对狗儿不了解，所以非要梦雨来担任此职。就像而今官场，那当官的总是提拔自己身边的人，因为他对自己的亲信比较放心。而那些不能靠近当官的钻营者，则需要削尖脑袋往里钻。

梦雨和狗儿都不如意。狗儿想当宣传队长，但他当不成；梦雨不想当，却偏僻推不掉。

梦雨本来想担任学校广播站播音员，但这职务却被刘华子捞了去。

梦雨很不服气，因为他觉得自己的普通话讲得比刘华子好，但那位主管广播站的魏老师却偏偏不选他。他参加了广播站播音员的选拔活动，本来蛮有把握，却最终落选。而刘华子虽然说着蹩脚的普通话，却被魏老师挑中。

每当刘华子在学校广播站打开喇叭，在音乐声中神气十足地高声说："云畔镇高中广播站！云畔镇高中广播站！现在开始广播！"梦雨就羡慕得要命，或者说嫉妒得要死。

后来狗儿说："刘华子妈在本高中食堂当炊事员，她给老师们打菜要比给学生们的多。"

来自农村的同学绝大多数都寄宿学校，本镇学生均为走读生。学校食堂为老师学生共用，但老师有专门窗口。中午的时候，许多镇上学生也在学校食堂吃午饭。

梦雨不情不愿地当上学校宣传队队长之后，利用下午课外活动时间组织了一场节目，以备迎接国庆节。他在学校各班挑选了一些文艺骨干，其中包括狗儿、红儿、芳芳、苏琴等，准备排练一场歌舞。同时，他又给各班文体委员布置任务，让他们各班准备一到两个小节目，准备筛选。

自"文革"以来，学校管理从来没有这么严格。每天有早操和早自习，晚上还要上晚自习。

学生们起床或到校之后，六点钟在大操场集合。各班按指定位置排队，教体育的马老师负责指挥做操，然后黄校长训话。

黄校长个头儿不高，他毕业于北京师范大学。

在梦雨的记忆中，黄校长似乎老是在批评那些寄宿生。因为他们的被子总是叠得不好，或者他们在熄灯之后还在被子里悄悄讲话。有时候，某些同学还在半夜里悄悄溜走，被抓到时却说是去上厕所。其实他们是去厕所后面的菜地里幽会。因此，黄校长有一次宣布：在校不许谈恋爱。

梦雨刚开始还紧张，以为黄校长发现了他偶尔和红儿在走廊里见面交谈的事情。

但后来发现，黄校长这条禁令始终没能得到严格执行。

他看见许多男女同学，尤其是那些寄宿生，常常在下午晚饭前后的那段时间来到河边树下，双双对对谈情，卿卿我我说爱，也没有见哪位老师来干涉，所以他就放下心来。

有一次做完早操之后，黄校长照例讲话。

那天，他讲的主题还是宿舍的清洁卫生，说国庆节即将来临，学校要在星期六，也就是今天下午搞一场全校大扫除，全校师生都要参加。

然后忽然话锋一转，又大声地批评起某些同学来，他说："有些同学，特别是镇上的走读学生，乱带东西来学校吃，搞得学校操场上果皮、甘蔗渣、糖纸到处都是。寄宿生也有问题，你们把花生壳儿丢得一地都是。"

不知是由于黄校长训话时间太长的缘故，还是心中怀有鬼胎，有几个同学站在队伍中忽然晕倒在地，其中居然还有大强。

梦雨听抢救的老师说："是低血糖。"

梦雨事后问大强怎么了，大强回答说："肚子饿了！"

梦雨不相信，对大强说："一定是你心虚！"

大强强辩说："哪里的话！带东西到学校吃的又不是只有我一个人。"

他说得不错。梦雨知道，差不多人人都带东西到学校吃。他记得，他自己昨天还带了炒栗子到学校吃。

许多同学已经养成习惯，到学校总是要带一点儿什么东西吃才舒服。小镇的学生们从小就是这样。

其实这也难怪他们。因为在他们上学的路上，诱惑实在很多。

小镇街上，卖板栗的，卖柑子、柚子的，卖甘蔗的，卖花生米的，卖炸豌豆的，卖糖果的，一家家小店相连，一直排到学校，想躲也躲不掉。他们一旦从家里出来，就必须面对这些挡不住的诱惑。当然，这种热闹场面，已和"文革"之前不可同日而语。但诱惑依然存在。

在小学和初中时，梦雨上学或放学的路上，最喜欢玩的是"劈甘蔗"。

劈甘蔗的玩法很简单，游戏规则是这样的：某个同学做庄家，由他负责花五分钱或者六七分钱买一根甘蔗。卖甘蔗的摊主则提供半月形的弯刀，参加者三五个，视当时情景而定。把甘蔗直立，将那弯刀刀背靠在甘蔗上端来稳定甘蔗，然后松开刀背，玩家要在甘蔗倒地之前用刀刃迅速一劈，削掉多少甘蔗皮，就将那一截甘蔗砍下来，归他所有。整个甘蔗劈完之后清理战果，谁的甘蔗最长，他就赢，他所劈的甘蔗也归他所有。劈的最短的是输家，他要把所有大小赢家的那些甘蔗钱交给庄家。庄家如果输了，大家就互不相欠。

虽然现在到了高中，许多同学还热衷于这个游戏。梦雨偶尔也玩玩。

7

星期六搞大扫除前，梦雨和狗儿商量，要把节目彩排一遍。于是，他通过刘华子的广播，把相关人员召集在一个教室里开会。最后商定，明天预演节目。

第二天，经过彩排，“十一”节目单基本确定。红儿和狗儿负责报幕，歌舞、清唱交叉排列，最后交给万老师审定。万老师略作修改，事情终于万事俱备。

演出地点就在高中操场，本来场面相当热烈欢快，不想却闹了个纰漏，差点儿弄得不欢而散。

那是一个风和日丽的下午，同学们围坐在操场上，有节目的同学都化了妆，节目准时开始。

红儿和狗儿上台报幕，节目一个个表演下来，师生们反响热烈，对每个节目都热烈鼓掌。

为了活跃气氛，狗儿和红儿忽然心血来潮，要请一位戴眼镜的匡姓老师表演一个节目。他们事前也没找匡老师商量，来了一个突然袭击。

只听狗儿冲着匡老师喊道：“下面欢迎匡老师唱一段革命样板戏！请同学们欢迎！”红儿也在旁边发动学生道：“匡老师，来一个！”一时间，全校同学都齐呼：“匡老师，来一个！匡老师，来一个！”并且掌声雷动。

但匡老师并不买账，他脸色勃然一变，猛然转身，大踏步走进办公室，再也不出来。

会场气氛急转直下，同学们的欢叫声戛然而止。万老师和校长同时走到后台，对担任指挥的梦雨怒吼道：“谁叫你们这么瞎搞的？”

梦雨有口难辩，只好说：“是临时安排的。”

直到高中毕业之后，梦雨才从万老师那儿了解到事情的真正原因。这位匡老师，本来是武汉某艺术学院的一名声乐青年教师，很有才华。因为“文革”初期参加造反派，大约是有一点儿武斗行为，因此被下放基层，一贬再贬，先是在县城一中任教，后来再次受贬，下放来此处高中任音乐教师。他大概是闹情绪。

这位匡老师，除了上课教音乐之外，从不参加学校其他组织性文艺活动。但梦雨时常见他一个人站在学校旁边的老玛瑙河溪口练声，他的嗓音浑厚，非常好听。

狗儿本来跟匡老师有点儿交情，只知道他的歌唱得好，哪知道匡老师竟然会不买账。

狗儿站在台上，一时愣住，幸亏红儿报了个新节目，才勉强把台上台下的尴尬遮掩过去。

事后，梦雨讥笑狗儿："你不是说没有你办不成的事情吗？看吧，这次栽了跟头吧！"

狗儿不以为然地说："这种人很少见。"

8

梦雨对英语产生了兴趣。

教英语的吴老师毕业于武汉华中师范学院。吴老师有点儿驼背，经常穿一件中式的对襟蓝布衫，这使他更像一名教书先生。除此之外，他喜欢抽烟，他的食指和中指之间被烟熏得焦黄。

那时的英语课本，内容都是政治口号似的句子。第一节英语课，学的是这样的句子："Long live Chairman Mao!"（毛主席万岁）第二课的英语是："Let's wish Chairman Mao a long long life!"（祝毛主席万寿无疆）

吴老师解释了英语生词之后，梦雨了解到：long 的意思就是长长的，live 是生活，Chairman 不过就是指坐椅子的那个人。梦雨心想：原来，"毛主席万岁"译成英语只不过是"祝坐在椅子上的那个人活得长寿"，而"祝毛主席万寿无疆"的英语含义是"让我们祝福毛主席活得长寿"。比起中文的"万岁"或"万寿无疆"，感觉差之甚远。

"万寿无疆"在中国只能用于皇帝，而"长寿"却可以用于任何人。比如小镇上给老人拜年时，就常常说："祝您老健康长寿！"

原来"万寿无疆"和"长寿"在英语中是同义词！它们之间没有区别。

梦雨后来琢磨到："万寿无疆"其实和"长寿"真的是没有区别的。你看：古时候的皇帝，虽然吃的是山珍海味，住的是金碧辉煌，穿的是绫罗绸缎，天天有朝臣呼唤"吾皇万岁万岁万万岁"，却不见得比山中打柴老叟活得命久，所以"万寿无疆"和"长寿"的确是同一个意思。

那为什么大家不喊"毛主席长寿"或"祝毛主席长寿"呢？

梦雨觉得那样喊更加亲切。他把他的意思跟吴老师谈了谈，吴老师笑笑说："我不是语文老师。"

后来，梦雨又问语文老师，既然长寿和万岁是同一个意思，能否互相交换。

万老师说："不可以。"

他解释道："如果可以交换的话，我们每个平民百姓岂不都可以说'万寿无疆'了？"他继续道："假如逢年过节，你去问候老人，说'祝您万岁'，那样行吗？"

梦雨说："为什么就不行？"

万老师语气严肃地说："说不行就是不行！"

梦雨满脸疑惑，想："原来世界上的许多事情，是说行就行，说不行就是不行的。"

万老师解释说："'万寿无疆'具有神圣性。"

梦雨问："怎么这种神圣性到了英语中就消失了呢？"

万老师说："你去问英语老师。"

其他同学却不像梦雨那样钻牛角尖，他们只把英语拿来开玩笑或者在初中生面前炫耀。因为那时英语教师缺乏，小镇的初中还没有开设英语课。

放学之后，走到街上，高中生碰上从旁边他们曾经就读的那所中学出来的初中生，就故意用英语对他们说："姑爹摸您！"（Good Morning！早上好），或者"好赌有赌"（How do you do！你好），或者"好啊？牛！"（How are you？你好吗），因为"牛"在当地话中念作"油"。

虽然梦雨喜欢钻牛角尖，英语老师吴老师却对他不反感。吴老师还借了一本有注释的英文小说《三人出游记》给梦雨看。有时候，吴老师放假返乡，还把房门钥匙交给梦雨，让他和大强帮他看屋子，并且说："里面的东西随便用！"

吴老师的房间有一台留声机，他有一些英语唱片，比如ABC歌和一些英语对话等。他告诉梦雨如何使用，梦雨在假期中，经常会在吴老师宿舍中听英语。

所以，梦雨的英语成绩全年级最好。当然，这是山中无老虎，猴子称霸王。

第十六回

1

星期天，梦雨去找萍萍。

萍萍住在上街。萍萍说她家养了只猫，梦雨要去结识这只猫。

这是刚刚度过国庆节之后的一个日子，梦雨从家里出来，走过巷道，到了正街。

秋高气爽，天气不冷不热。

街上已是一片忙碌景象。杂货店、酱油铺、百货商店、理发店早已开门迎市。挑担的、推车的、提篮的、闲逛的来来往往。不少单位店铺门前，依然挂着“庆祝国庆”的灯笼。

走过镇革委会，行人渐渐稀疏。快到萍萍家时，他看见一些人正在把街心的青石板挖掉。梦雨并没有在意，以为是工人进行街道维修。

想起前些时候下雨，石板下的污泥漫街，梦雨心想：“是该把青石板下的污泥疏通疏通了。”

到了萍萍家，萍萍正在打理她的猫。见梦雨进门来，萍萍起身打招呼：“鸭子！”梦雨见过萍萍妈妈，两个人抱着猫躲进房内。

是一只黑猫，毛色不是很纯，中间夹杂一点儿黄毛。猫小小的，很瘦。

梦雨摸摸它的头，问：“它多大了？”

萍萍说：“快两个月了，是从县城表姐家领回来的。她们家猫产下三个崽，都送人了。”

小猫很温顺，梦雨把它从萍萍怀中接过来，又问：“它吃什么？”

萍萍说：“吃鱼。”又补充道：“还有饭，拌着吃。”

梦雨说：“现在很少钓鱼了。下午我找狗儿钓鱼去。钓完鱼我给猫拿几条来吃。”

萍萍说：“不如我也跟你们去！”

梦雨说："这样最好。"他一边抚摸猫，一边对萍萍说："它不想家吗？"

萍萍说："最初来时，它老叫唤。我想它是想它妈咪的，但现在已经习惯了。"

梦雨感叹道："它妈咪也肯定想它。"

萍萍说："没办法，表姐家不能养那么多猫。"

梦雨道："可见世界上，很多事情都不能由自己做主。"

萍萍点头说："有时候，离别是没有办法的事情。"

梦雨笑道："不过我看这小家伙，而今已是乐不思蜀了。"

萍萍说："痛苦一阵就好了。"

梦雨说："萍萍，你听！它在打呼噜。"

萍萍说："其实它不是睡觉。"

梦雨问："那它在干什么？"

萍萍说："在潜文。"

梦雨问："什么叫'潜文'？"

萍萍说："你不知道吗？人们说，猫喜欢独自冥想，它老是在构思文章。这呼噜呼噜声正是它在肚子里默诵文章呢！"

梦雨笑道："怪不得我妈说'猫是秀才'呢！我一直都觉得奇怪，猫怎么会是秀才，原来是这样。"

萍萍说："人们说，猫的前生是秀才，你知道它怎么会托生变为猫吗？"

梦雨说："不知道。"

萍萍说："我告诉你！据说，猫在前生都是文人。有的是大文人，有的是小文人；有的很得志，有的很落魄。得志的文人，如秀才或状元，在生为人时，大多沽名钓誉，编些鬼话文章，欺世盗名。而不得志的文人，多数也是鬼迷心窍，一辈子执迷不悟。其实，这些人读书的目的，不是为了个人修养，好好齐家治国，为老百姓谋福，而是'醉翁之意不在酒'，读书都是为了个人的功名利禄。所以，在他们死后见阎王爷爷时，大多都是一身铜臭气，一身酸臭味，一脸市侩样。阎王爷爷问他们读书为什么越读越脏？他们居然满不在乎，说读书本来就是为了功名利禄，如果不是为了得到好处，谁去读书？阎王爷爷一气之下，就判他们下辈子为猫，让他们好好思索，真正领悟读书的真谛。猫呼噜呼噜正是它们在做文章反省自己前生的罪孽呢。"

梦雨听她如此说，道："难道读书人都会变成猫？"

萍萍说："那倒不是。据说，变成猫的都是有救的。他们在前生并没有做什么大坏事，只是做了一些错事而已，他们还可以反省。至于那些大奸大恶、祸国殃民之徒，则早已打进十八层地狱，进油锅，天天受鞭刑之苦呢!"

梦雨笑道："看来读书也是一件危险之事。"

萍萍说："我是从隔壁王爷爷那里听来的，他的故事可多啦。"

梦雨轻轻拍拍那小猫的脑袋，笑道："猫咪！好好反省！下辈子托生为人时再不要像过去那样读书。"

又见萍萍书桌上摆着课本笔记，就说："你的字越写越漂亮，不像我，越来越差了。"

萍萍说："鸭子！你那字，真的写得不怎么样!"

梦雨说："没办法，天生的，怎么练都不行。"

萍萍说："鸭子，你最近还写不写诗?"

梦雨说："偶尔写一两首。你呢?"

萍萍说："我也是，而今功课多了，那份闲情少了不少。"

梦雨说："萍萍，既然平常难得有闲情，不如今天咱们各自来写写诗吧。"

萍萍笑道："你又技痒了!"

梦雨说："反正现在在闲聊。"

萍萍表示同意。于是，二人各找支笔，各自构思自己的诗。过一会儿，萍萍说："写好了。"

再过一会儿，梦雨也搁笔道："我也写好了。"两人交换各自纸张，萍萍先念梦雨的诗《小萍》：

> 荒郊行，野溪遇小萍。片片娇色似含情，水灵灵。
> 池水浅，愿闻天上景。听说人间争功名，笑盈盈。

梦雨拿起萍萍写的诗，原来她写的是一首《聚散》，看到结尾是这样的语句："相聚已难，相别却突然。沧水茫茫，萍聚萍会散。"觉得心中有些不是滋味。

萍萍笑道："想不到我们都用了'浮萍'作为诗的题材。"

梦雨说："萍萍，你今天的诗，我读起来有点儿五味杂陈的感觉，你怎么会这样写呢?"

萍萍望着猫咪，脸上流露出一丝凄然的表情，她说："我也不知道。可能是我们刚才说到猫咪母子别离，触动了我的某根神经。又想到许多中小学同学，升学的升学，下乡的下乡，回乡的回乡，忽然有一种世事沧桑难料的感觉。鸭子，你知道吗? 我昨天遇到了美娜，只有几个月不见，她已完全变成了一个乡村女孩，脸被晒得黑黄黑黄的。"

要不是萍萍提起，梦雨早已忘了美娜。他问："美娜现在怎么样啦？”

萍萍说：“回到乡下她外婆家，看来日子过得很苦。她昨天拿一个篮子，装了一些鸡蛋来镇上卖，说要换一点儿钱，给她妈妈治病。”

梦雨又问：“她哥哥怎样了？”

萍萍说：“我也问了问，她说还没有判刑。”

两个人不免对美娜的命运叹息了一阵。

2

下午，梦雨、萍萍和狗儿来到湖边钓鱼。

狗儿说：“好久没来湖边了，真的有点儿技痒。”他指的是钓鱼。一边说，一边将鱼线投向水里。

萍萍说：“谁叫你不组织？”

狗儿说：“高中的学习太紧张，又要上早自习，又要上晚自习，还要表演节目，哪儿有时间！”

萍萍道：“这阵子已经适应了。”

梦雨插话说：“我老觉得觉没睡够，这会儿才好一点儿。”

狗儿这时一提鱼竿，钓上一条鲫鱼。

萍萍帮他把鲫鱼装进网中，说：“怪不得人们说，秋来鲫鱼肥，这条鲫鱼该有半斤重。”

狗儿说：“差不多。”

梦雨这时也钓起一条小鱼，萍萍跑过来，问：“这是什么鱼？”

狗儿望了望，在旁边说：“死网皮子，这种鱼长不大。”

萍萍说：“给我的猫吃。”

梦雨说：“对了，萍萍，你给猫咪起名没有？”

萍萍说：“起了，就叫黑咪咪。”

狗儿说：“萍萍，我不知道你想喂猫，不然，我给你弄一只。我隔壁刘大妈家母猫刚下了一窝崽，都是纯黑纯黑的，比你那只黑猫好看多了。”狗儿几天之前就去看过萍萍家的猫。

萍萍说：“你以为我要养猫？是我表姐央求我养的，她家的小猫送不出去。”

梦雨说：“狗儿，你帮我弄一只吧，我也想养一只猫咪。”

狗儿答应，说：“包在我身上。”

过了一会儿，狗儿问：“你们知道吗？”

萍萍和梦雨齐声问：“知道什么？”

狗儿说：“我们镇要大变样了。”

梦雨问："怎么大变样？"

狗儿说："镇上要修街道了。"

梦雨说："怪不得我看见他们在挖石板呢！原来是要翻修。"

狗儿说："镇上开了各单位领导会议，决定修一条柏油路，动员各单位出劳动力。"

梦雨奇怪道："难道是要修一条新路？原来的青石板不要了？"

狗儿说："是的。那石板路已过时。"

梦雨说："可是，我觉得石板路挺好的。"

狗儿说："咳！好什么！下雨就冒泥。"

萍萍说："是脏兮兮的。不过，柏油路好吗？"

狗儿说："当然好，干净。"

梦雨说："那我们的小镇不是面目全非了？"

狗儿问："什么面目全非？"

萍萍说："鸭子的意思是说街道跟从前大不一样。"

狗儿说："那肯定不同，旧貌换新颜。"

梦雨说："可我觉得，青石板街和小镇的木楼很协调。柏油路真的好吗？"

狗儿说："肯定好！"

3

星期一课间操。

做完广播体操，黄校长发表讲话。平常这个时候，黄校长很少训话，梦雨以为有什么重大事情。原来黄校长讲的是小镇修街道的事情。他说，镇领导在广泛征求意见的基础上，决定对小镇古街进行彻底改造，要把小镇的石板街换成柏油路。黄校长又说："这是全镇人民的一件大事。因此，每一个人，都要为镇上修路出力。"他顿了顿，继续道："包括我们学生。"

梦雨以为像以前一样，要学生停课参加义务劳动。从上小学开始，学生们经常参加各种义务劳动，大家已经习以为常。

梦雨还记得，小学时，他曾经参加搬砖修学校厕所的活动；附近农村收棉花时，他们排着队，唱着歌，到农村帮忙摘棉花。

他们还捡过鸡粪，因为据说鸡粪是最好的有机肥。那一次，学校布置任务，每个学生要交不少于五斤的鸡粪。梦雨还清楚记得他如何从家里拿了一双筷子，带一个破粪箕子在小镇大街小巷、旮旮旯旯到处捡鸡粪的情景。本来梦雨很讨厌小镇鸡鸭鹅到处拉屎，但那些天，梦雨却常常跟在一群鸡鸭鹅后面，恨它们拉屎太少太慢。

说真的，那些天小镇特别干净，差不多每一粒鸡屎都被学生们抢走了。

中学时，学校经常组织学生到乡下割麦子、插秧、割谷。梦雨最不喜欢的是割谷子，因为他不太会使用镰刀。有一次，他不小心被镰刀割了一下腿，流了很多血。插秧腰会很痛，一块水田插下来，常常会累得直不起腰。他比较喜欢踩水车，双手扶在横木上，一步一步踩着踏板，看着池塘清清的水涌入稻田，他觉得很有诗意。他们还参加了修铁路。

义务劳动一直伴随他们，所以不算什么。据他猜测，可能要像以前一样，起码停课半个月。

其他同学，想法跟他相同。因为，站在他旁边的圣姓同学对他悄悄说："不用上课了!"他显得有点儿高兴。

但黄校长并没有宣布停课，只是布置了以下任务：镇上的走读生，每人交十担碎砖块。寄宿生则帮忙拆掉学校的一幢废弃的旧房，然后用拆下来的砖块做原料，按要求打碎。但不能停课，课照常进行。同学们要利用下午时间敲砖块，星期天不休息。

于是，学校侧面一块场地成为工地。那些天，每到下午，那个地方就叮叮当当响个不停。走读同学则在家里，把自己收集到的砖块打碎，一担一担地挑到学校，直到完成任务。后来，学校又组织板车，将全部碎石运到镇上街道工地指定位置，这项工作才算结束。

这是后话。

梦雨有一次问班主任万老师："您认为柏油路街道好吗?"

万老师苦笑一下，摇了摇头，但他没有说话。

4

这些天一放学，红儿就跟梦雨回家敲砖块。因为她家住在机关，没有地方摆放碎砖。

所以两个人就把任务集中起来。

回家的路上，两人就顺便捡一些砖块瓦片，带到梦雨家院子。但很快就捡不到像样的砖块，路上的砖块已差不多被捡空了。

好在梦雨家屋前屋后还有一些不知什么时候废弃的破砖头，两个人就把它们收集起来，但还是不够二十担。

狗儿有一次对他们说："我发现了一个丰富的宝藏。"

他们约好，除了萍萍、芳芳，不要告诉其他人这个有宝藏的地方。萍萍和芳芳也在为原料发愁，所以放学之后，几个人一起，神神秘秘地跟着狗儿来到这个藏宝之地。

原来，藏宝地位于上街头河边的一块林地。狗儿领众人悄悄来到这个地方，果然发现一个砖石垒成的半人高的破旧建筑。

建筑废墟散落着不少砖块，大家如获至宝，就赶紧动手来搬运。狗儿说：“不着急！离家有那么远的距离，靠手搬运，既吃力又搬不了几块。”

梦雨问怎么办。狗儿说：“明天我去借辆拖车，往每人家送一车就够了。”

大家同意。芳芳说：“正愁得不行，这下才踏实。”

红儿问：“这地方怎么以前不知道？”

狗儿说：“以前没留意。”

梦雨说：“不错！这地方我也来过，但没放在心上，还是狗儿平时留心。”

萍萍忽然弯腰，捡了一个东西。大家一看，原来是一颗子弹壳。

芳芳接到手里，问：“这里怎么会有子弹壳？”

红儿也看见一颗，她一边捡一边说：“这里还有一颗。”

大家再找，在那里面墙角地上，一下子捡了十几颗子弹壳。

梦雨说：“哦！我知道了。”

萍萍问：“你知道什么？”

梦雨道：“我曾经听我爹说，日本人占领小镇的时候，曾经在河边建有炮台，用于监视河面来往的船只，该不就是这个地方？”

狗儿点头说：“我也听我爹讲过。”

众人在这片废墟上逗留一会儿，见天色已晚，就各自散去回家。

第二天下午放学之后，狗儿带着车，大家七手八脚，一会儿捡，一会儿拖，终于把废砖块送到各自家中。

5

那天放学，梦雨和红儿两人在梦雨家院子敲砖块。

敲了一会儿，梦雨问红儿：“你喜欢青石板街吗？”

红儿点头说：“喜欢。”

梦雨又问：“你喜欢柏油路吗？”

红儿又点头：“喜欢。”

梦雨说：“我感觉我不喜欢柏油路。”

红儿问：“为什么？”

梦雨说：“因为我觉得石板路更适合我们古镇。”

红儿看看梦雨，半晌才道：“鸭子！我觉得你是一个保守型的人，对新生事物天生就抵触。”

梦雨说：“何以见得？”

红儿说：“许多方面。”

梦雨说：“比如呢？”

红儿说：“比如眼前修路一事，还有你喜欢古诗。”

梦雨说：“其实新生事物我也喜欢，只不过我觉得老东西不能完全丢掉。”

红儿说：“不是说‘不破不立’吗？老东西不丢弃，新东西怎么建立？”

梦雨说：“就不能折中一下吗？”

红儿也不能肯定。但她说：“具体而言，石板路已不适合发展。尤其是下雨时，地上尽是污泥浊水。”

梦雨有同感。他说：“看来有些事情是避免不了的。”

红儿说：“不说这个了，反正我们也管不着。”

梦雨点头道：“有道理。”

红儿说：“鸭子！我问你。”

梦雨抬头望红儿，问：“什么事情？”

红儿说：“听说美娜的哥哥被判了死刑？你知道吗？”

梦雨吃惊道：“不知道！”

红儿说：“我听我爸爸说的。”

两人沉默了一会儿，梦雨说：“萍萍见过美娜，说她现在又黑又瘦。”

红儿叹息道：“人的命运难道真的不能自己把握吗？”

6

下午放学，轮到梦雨小组打扫卫生。梦雨、大强、小毛、李敏、苏琴、张英等小组人员，扫的扫，擦的擦，一会儿就搞完了卫生。

回家的路上，梦雨看见苏琴从书包里拿出一本厚厚的书，一边走一边看。梦雨就问：“苏琴，你看的什么书？”

苏琴把封面递给他看，说：“《红楼梦》。”

梦雨早就听说过这本书，知道这本书是中国四大名著之一，反映的是封建社会一个大家族的没落过程，这里面有许多女性，她们美丽而有才华，但她们的命运却不好。书里面有两个最主要的人物，一个是贾宝玉，另一个是林黛玉。

他一直想看看这本书，却一直没有见过此书。现在终于在苏琴手里见到这本书，自然心花怒放。他说："苏琴，你看完后借给我看行吗?"

苏琴点点头道："你要看就先给你看吧!"她把书递给他。

梦雨大感意外，就问："你看完了?"

苏琴回答说："我初中就看过一遍了。"

梦雨更觉意外，因为一般自己看书，顶多看一遍，从来没有看过两遍的。

苏琴也看出梦雨眼神中的疑惑，就解释说："那一次我爸爸不让我看，我是偷偷看的，所以看得比较马虎。这一次，听说四大名著解禁，爸爸才让我看。"

原来这时候，社会上已经对《红楼梦》开禁，这件事梦雨也有耳闻。听说鲁迅在文章中，曾经说过什么"贾府里的焦大，也不爱林妹妹的"之类的话。梦雨对鲁迅的这句话印象深刻，却感到莫名其妙。为什么焦大不会爱林妹妹？是不是焦大才高气傲？或者俩人曾经有过什么过节？所以，梦雨急于弄清这个问题，他马上问苏琴："焦大为什么不爱林妹妹?"

苏琴听后"扑哧"一笑。过了一会儿，她才回答："因为他们不是一个阶级。"

梦雨奇怪道："难道那时候就开始划分成分了吗?"

梦雨对划分成分印象非常深刻。那是在"四清运动"时，他常常跟他妈去街道开会。当然，他主要是去跟一班小朋友玩，因为只有在那时候，二街食堂的所有大汽灯才一起点亮。在明亮的汽灯下疯耍，在龙船上爬上爬下，孩子们都觉得十分来劲。

但有时候，他发现大人们争吵很激烈。那时，他有八九岁了，已经了解一些事情。所以，每当这时，他就会停止玩耍，听听大人们在说些什么。原来，那段时间，人们在互评"家庭成分"。

回想起来，划分成分的过程是相当民主的。街坊邻居，大家对彼此非常了解。在农村，成分的档次分为：地主、富农、中农、下中农、贫农、雇农等。在城镇，则较为复杂，大致上分为：资本家、独立劳动者、小商贩、工人、城市贫民等。另外，还有所谓"革干"、"资方代理人"这样奇怪的成分。

梦雨的印象是：某个人先在大会上发言，讲自己在旧社会的家庭状况，然后，根据自己的状况，报自己应该划分的成分。汇报完了，主持会议的"四清"工作组成员就请大家评定，看此人讲的是否属实。如果不属实，就有人提出质疑，然后，当事人又答辩、澄清、解释。其形式跟现在的论文答辩有点儿类似。

但那时的火药味连小孩子也感觉得到，因为会场上常常有大吵大闹的情景，甚至有拍桌子摔板凳的场面。这种场面，梦雨爹妈就亲历过一次。

那一次，轮到梦雨家发言，发言的是他妈。她说，自己家祖宗三代都是挑箩筐的，应该划分为工人。但偏偏有一户邻居，对此提出质疑。他认为梦雨家应该划分为资本家。两个人在会上大动干戈，互相拍桌子、动粗口，差点儿要打架。还是工作组的人员及时制止，才没有发生武斗。

为什么会有如此大的差异？原来，是因为梦雨家现在住的这幢房子。

解放前夕，一户当地知名胡姓老板找到梦雨爹，说要把自己在本地的房子贱卖给他，因为他在武汉、广州和上海的生意越做越大，他想把家乡的老房子处理掉，因为老家已没什么亲戚了。梦雨爹问要多少钱？他说了一个价钱，这个价钱连当时市价的十分之一都不到，所以梦雨爹十分动心。

但即便如此，他还是没有筹到足够的钱。那胡姓老板说，不要紧，先搬到屋里住，等过一段时间，筹到钱再给也不迟。梦雨爹妈和他哥哥姐姐就搬进屋里住下，那时梦雨还没有出生。

刚搬家没有几天，解放军就进了小镇。小镇解放了！解放军进镇后七八天，梦雨爹才跟胡姓老板签了契约，交款买了房子。而那胡老板，听说收钱之后去了香港，再也没有回来。

梦雨家拿出买房地契，并找出公证人，这才把事情说清楚。所以，梦雨家的成分最后还是被划分为“工人”。因为划分成分的依据，是居民在解放前三年的财产状况。梦雨爹妈在解放前没有房产。

梦雨爹妈虽然捡到便宜，却一直不太感谢卖楼的，经常在家说：“胡姓老板良心大大的坏，差点儿把我们家变成资本家。”

这当然是前话。

此时，苏琴听梦雨问到红楼梦里面划成分的事，更是笑个不停。她说：“鸭子！你有时候还真幽默！”

梦雨说：“其实我真的还没弄清楚这个问题。”

苏琴解释道：“焦大是贾府里一个奴仆，相当于现在所谓的雇农。”

梦雨问：“那他干吗不爱林妹妹？”

苏琴说：“其实他是一个老头子，他跟林妹妹没有一点儿爱情瓜葛。”

梦雨奇怪道：“既然没有瓜葛，为什么有那么多闲言闲语，闹得现在还有人街谈巷议，甚至有人写文章？”

苏琴捧腹大笑，差点儿眼泪都笑出来。她说：“你这人真搞笑！”

梦雨还要苏琴解释。苏琴却说：“你自己看了就明白了。”

第十七回

1

每到下午课外活动时间，学校操场就开始沸腾起来。

这是学校最有生气的时刻。

跑步，打球，踢球。还有踢毽，跳绳。还有疯，赶，耍，乐。

但这些天最流行的一项活动，是钓虫。

学校的大操场原本是一大片野地，后来改造成了运动场。那地里本来就居住有无数不知什么名字的虫儿、蚂蚁。虽然后来被人类占领，它们却不肯离开自己的家园。每到春天，那操场上就蝴蝶飞舞，蚂蚱跳跃，蜻蜓追逐。与涌到操场上玩耍的学生们倒也相映成趣。

那时，学校广播站里，常常播送中东战事、阿拉法特访华并且受到国家领导人的接见。学校老师也常讲国际形势，说当前形势一片大好。学生们都知道有个犹太复国主义的以色列，说他们占领了巴勒斯坦，并把原本居住在那里的居民都驱赶出被占领的土地。

有一次下午课外活动，梦雨与一帮同学正在操场上打打闹闹，忽然听到广播里播送一则新闻，说以色列又在袭击巴勒斯坦难民营，打死了多少多少巴勒斯坦人云云。

梦雨忽然觉得很气愤，对正在同样疯疯打打的江小勇说："还不如我们学生！"

江小勇正玩在兴头上，不知梦雨什么意思，就说："谁？匡老师吗？"

他以为梦雨还在为那次文艺演出的事情生气。就说："老记着他干什么！"说完，他转身又要跟一帮女生去疯。

梦雨一把把他拖住，说："你听！"

江小勇说："听什么？"他有点儿意外。

梦雨说："广播。"

江小勇压根儿没有听见什么广播。他说："广播什么？"

梦雨说："以色列屠杀难民。"

江小勇恍然大悟，他笑笑说："咳！关我们啥事！"

梦雨说："虽然不关我们什么事，但我觉得应该有个是非才对。"

江小勇说："什么是非？"

梦雨说："驱赶人家已经不对！为什么还要屠杀？"

江小勇笑道："这种事说不清。"

梦雨说："连我们学生都明白这个道理。"

江小勇说："什么道理？"

梦雨说："与被占领者和睦相处。"

江小勇奇怪了，他问："我们占领谁啦？"

梦雨说："操场啊。"

江小勇诧异了，问："这操场的地原来是谁家的？可我告诉你，我们只是在这儿上课，是谁家的地都与我们无关。"他以为学校征地与本地居民发生纠葛。

梦雨指指天上飞舞的蜻蜓和蝴蝶，说："它们。"

江小勇看看天，说："老天？"他又笑道："老天是慷慨的，它不会在意我们的占领。"

梦雨摇头道："是这里的居民，也就是那些虫子、蚂蚁、蝴蝶、蜻蜓。"

江小勇哈哈笑道："鸭子！你越来越迂腐了。我们何曾占领它们的地？这地本来就是我们人类的。"

梦雨说："那是我们人类自己的想法。那些蝴蝶、蚂蚁可不这么想。在它们的眼中，这块地是它们的。"

江小勇笑得更加厉害，他说："它们哪里有思想！"

梦雨说："有没有思想我不知道，但我想，它们至少觉得自己有这个权利。否则，它们不会继续待在这里。"

江小勇看看天上说："也许老天对所有生灵都是平等的。"说完此话，他忽然若有所思，脸上的笑容有点儿凝固。

梦雨道："我们人类既然能够容忍蜻蜓、蝴蝶在我们的地盘上生活，为什么却不允许同样是人的同类在一起和睦生活！"

江小勇不做声，他在想别的问题。

那次对话，大概是刚开学不久。

眼下，天气渐渐转凉。那天上飞的蝴蝶和蜻蜓已经少了很多。很多虫子怕冷，早早已经钻到地下安乐窝睡觉去了。

但顽皮的学生们，却不想让它们睡觉。然而他们可不像以色列占领者，用炸弹袭击正在帐篷里睡觉的巴勒斯坦难民。

他们的方式是文明的，他们的态度是友善的。一句话，他们只想跟虫子们玩一玩。就像天气暖和时，蝴蝶、蜻蜓们追逐操场上正在嬉戏的男生女生一般。

他们使用的方法，跟挠人家耳朵的少年行为如出一辙。用一根马鞭草的草秆，把叶子剔去，然后趴在地上，找到虫子睡觉的洞，轻轻地把草秆从洞里插进去，触到虫子软软的身体之后，就轻轻地挠它。那虫子睡得迷迷糊糊，忽然觉得身体痒乎乎的，就会不自觉地用手脚去抓那草秆，抓住后就抱住那草秆不放，结果就被学生们从洞里拖出来。

这就是所谓的“钓虫儿”游戏。

2

即将召开全校运动会。

班上的学生们跃跃欲试，因为这是他们进入高中后的第一次运动会。跑步、跨栏、跳高、跳远、标枪、铅球、铁饼，每个项目都有一批爱好者。

狗儿参加跳高，萍萍参加跳远，大敏投铅球，红儿参加跨栏，江小勇参加标枪，大强参加铅球，圣姓同学掷铁饼，梦雨报名参加长跑。苏琴、娇娇和刘华子是宣传组成员。其他同学也各有项目。

梦雨因为要比赛，所以一改往日睡懒觉的习惯，比以前提前一个小时起床。每天清晨天不亮，他家院子后面的公鸡刚刚啼鸣，他就起床。

洗漱完毕，他就出门跑步。等他围着小镇跑完一圈，才看见东方露出红霞。于是，他就在街上买一块锅块，包一根油条，一边吃一边上学。

但起来得太早也不行，有时候会在上早自习的时候打瞌睡。苏琴说他“得不偿失”。故而，这种早起并没有坚持几日。

运动会开幕。入场仪式之后，各项比赛进行。

操场上喊声一片，广播里除了音乐，经常会听见刘华子和娇娇高声说：“报道！报道！某某比赛开始检录!”

两天比赛的结果，狗儿拿到跳高第三名，红儿跨栏得了女子组第二名，圣姓同学掷铁饼得了第一名，江小勇得了标枪冠军，其余的都没有进入前三名。

梦雨进入了八百米决赛。他在第一圈时还跑在领跑位置。但可能是起跑太猛，他忽然觉得喘气不匀。第二圈时，他脚步放慢，被后面的同学一个个追了过去。但他求胜心切，在同学们的“加油加油”声中，最后一百米时发力。他拼足力气，追上了几个人，哪知用力过猛，到终点时忽然摔倒。

有人把他搀扶起来，他却开始呕吐。吐完饭菜，然后吐黄水。

最后，他只得了第五名，没有拿到奖牌。

刘华子后来跟他说：“跑个步，谁叫你玩命!”

梦雨却说：“不是你们在广播里叫‘鸭子加油！鸭子加油’的吗?”

娇娇说：“我们是给你鼓励而已！谁叫你不要命!”

梦雨说：“你们一叫我加油，我就热血沸腾。”

3

羽毛球热起来了。

推起这股热潮的当属几位青年教师。其中的佼佼者是教物理的魏老师、教体育的董老师和教数学的陈老师。

这几位老师经常在下午课外活动时间进行比赛，引得无数学生围观。许多学生也跃跃欲试，街上商店的羽毛球拍子有段时间几乎脱销。每当课间休息，就见到操场上到处都是打羽毛球的同学。

狗儿、刘华子、江小勇、芳芳、萍萍、红儿当然也不甘落后，他们都爱上了这项运动。梦雨也成为其中的一员。他和大强合买了一对球拍，一下课就冲出教室，找一块场地就开打起来。羽毛球这项运动很容易普及，学起来也不难，但要打好却不容易。

在体育老师的推动下，学校因势利导，决定成立一支羽毛球队。经过几场比赛，挑选了男女各六名队员，男队中有刘华子、大强、梦雨、吴志、高汨和曹步庭，女队中有芳芳、红儿、艾婉、刘平、田珍和孟姹姹。梦雨的朋友中，其他人落选。

魏老师担任教练，每天早上和下午训练这支球队。青少年精力旺盛，体质好，经过一段时间的系统训练，技术突飞猛进，特别是几名男生，已经可以与老师分庭抗礼。

一天下午，学校进行了一场师生对抗赛。第一场，大强对体育董老师，他输了；刘华子对数学陈老师，他赢了；梦雨对教练魏老师，虽然输掉，比分却咬得很紧。看比赛的师生很多，把羽毛球场围得水泄不通。

那一次，县体育委员会的江委员正好来学校视察，看完比赛，他当即决定，把这所高中作为全县羽毛球推广中心，并且要在全县几个主要中学推广羽毛球运动。

古镇高中很快得到县体委资助，购置了大量羽毛球拍子，羽毛球也是一筒一筒地拿，再也不用心痛打坏羽毛球。

4

有一次周六放学回家，梦雨正好跟苏琴同路。苏琴笑着问他："弄清焦大的问题没有？"

梦雨才记得书还没还。他抠抠脑袋说："苏琴，正好顺路，你把书带回去吧。"于是，苏琴跟梦雨回家取书。

两人一路走，一路交谈，谈的依然是《红楼梦》。

梦雨问："我不喜欢贾宝玉。"

苏琴说："那林黛玉呢？"

梦雨说："既喜欢又不喜欢。"

苏琴问："为什么？"

梦雨说："喜欢的是她的才气，不喜欢的是她的脾气。"

苏琴问："为什么不喜欢她的脾气？"

梦雨说："她太多心，多疑，又爱哭。"

苏琴说："那是由她的处境决定的。"

梦雨说："我觉得是她的性格。"

苏琴问："你喜欢谁的性格？"

梦雨说："相对而言，我比较喜欢晴雯。"

到了梦雨家，屋里没有人，梦雨知道，他爹此刻正在后面蔬菜园里忙碌。

苏琴看见梦雨桌上书中，夹着一个笔记本，本子上抄录了《红楼梦》的诗句。苏琴惊讶道："鸭子！你把《红楼梦》的诗歌都抄下来了吗？"

梦雨说："是的。"

苏琴问："你也喜欢诗歌？"

梦雨道："是啊！你也是吗？"

苏琴点点头。

梦雨打开抽屉，从里面拿出一张纸来给苏琴看，说："这是我读了《红楼梦》之后的一点感慨。"

苏琴接过来看，原来上面写的是两首七言绝句，第一首是《红楼幽深》：

红楼幽深春伤心，人间欢悲太虚境。
姑苏女儿情痴泪，金陵石郎泪痴情。

苏琴看完这首诗，道："写得还比较工整。"说完再看第二首，写的是《江南多情》：

杨柳离离草木新，春色碧碧绿染晴。
不信你向姑苏望，风吹江南好多情。

读完之后苏琴笑道："好一个风吹江南好多情！已经不是读《红楼梦》了。"

梦雨笑一笑，岔开话题道："你喜欢什么诗？是旧诗还是新诗？"

苏琴说："相比之下，更喜欢读旧诗，但好的新诗也读。"

梦雨问："比如呢？"

苏琴说："比如郭沫若的《天上的街市》。"

梦雨说："我还没有读过。"

苏琴说："我小时候背过，还有印象。"

梦雨说："那你背给我听听！"

苏琴想了想，将《天上的街市》朗声背诵了一遍。

梦雨听罢，感叹道："郭老的诗歌充满了想象，很有浪漫味道！"

苏琴点头说："我比较喜欢郭沫若的这首诗。但有些现代诗，我就不太喜欢。"又问："你喜欢谁的诗？"

梦雨道："我读的不多，古代李白、杜甫就不用说，郭沫若的《凤凰涅槃》我也读过。只记得'我们更生了，我们更生了'这几句。"

苏琴笑道："还有'我便是你，你便是我。火便是凤，凤便是火'。"

梦雨道："鲁迅的那首诗你喜欢吗？"他指的是他们高中课本中的那首。

苏琴说："你说的是'横眉冷对千夫指，俯首甘为孺子牛'那首吗？"

梦雨点头道："是。"

苏琴道："鲁迅的诗文都很犀利。"

梦雨道："因为他是战士。"

苏琴道："不过我不太爱读。"

梦雨说："为什么？"

苏琴道："不知道。也许太刚猛，只适合你们男生读。"

梦雨笑道："我看现在许多女生也爱看鲁迅的杂文呢。"

苏琴沉默。

梦雨顿了顿，说："你一定也写诗吧？"

苏琴说："没事的时候也偶尔练习练习。"

梦雨是个爱诗的人，见她说会写诗，就笑道："好久没有抓到一个诗伴了，今天既然撞着，一定要请你写一首。"

苏琴说："写什么呢？一时间没有题目。"

梦雨想一想，笑道："既然我们的诗缘是因为一本书，那就请以此为题。"

苏琴道："一定是《红楼梦》吗？"

梦雨说："那倒不见得。"他想了想，继续道："目前这个时期，很难弄到一本好书。见到一本好书真是一种缘分。"

苏琴点头道："我也有同感。"她又笑道："鸭子，既然这样，请你挪个座位。"

梦雨才发现，原来自己坐着，苏琴反倒是站在书桌旁边。他不好意思地笑笑，站起身来。

苏琴从书包拿出纸笔，摊开来，开始构思。梦雨出去了一会儿进来，苏琴的诗已经写好。梦雨接过来念道：

一本书，偶尔读，清清似翠湖。开心扉，解烦苦，密林一条路。
一本书，藏深屋，寻她千百度。舒愁眉，化局促，人生已知足。
一本书，好特殊，云中一画图。虞美人，潇湘竹，玉宫里婕姝。

读罢诗歌，梦雨不禁对苏琴刮目相看，说："这样的题目也能写出寓意，好像说的是书，又好像说的是人，不容易。"

苏琴反倒拘谨起来，道："我只是打打比喻，就事论事，没有什么深藏的寓意。"

梦雨也不再论。他转了个话题，问道："苏琴，你怎么不打羽毛球？"

苏琴说："我跑不动。"

梦雨说："我看你比较文静。"

苏琴道："我不太喜欢运动。"

梦雨说："人要活动才行。不是有句话叫做'生命在于运动'吗！"

苏琴点头道："我原来在地辖市读书时，正好是"文革"混乱时期。外面经常发生武斗，爹妈不让我出门，就一直躲在家里读书，养成了不爱运动的习惯。"

梦雨说："城市到底不同。我们这里情况正好相反。那些年学校不上课，我们的心都玩野了。若是依照我们的天性，倒是觉得那些年更好玩。"

苏琴问："你们都玩些什么？"

梦雨道："什么都玩。篮球、乒乓球、游泳、象棋、军棋、扑克、花牌、钓鱼、打棒、弹玻璃珠、劈甘蔗、抽陀螺、吹笛弄箫、拉二胡京胡，还有好多。”

苏琴说：“你们真好玩。”顿一顿她又问：“听说你们还成立了诗歌兴趣小组？”

梦雨笑道：“是的。有时候玩腻了又想读书，无所事事时就想些新招。成立诗歌兴趣组也不过是变着花样玩玩而已，哪里就真写什么诗歌。”

苏琴说：“你们真幸福。不像我，虽然也写诗，都是闷在家里一个人写，一个人看。”

梦雨说：“以后跟我们一起玩吧！”

苏琴说：“好的。”

5

星期天，萍萍来找梦雨。

因为梦雨跟她说过，他也养了一只猫。一只花猫。她也来结识这只猫。

但花猫不在屋里。梦雨说：“可能在后院菜地。”

两人从后门出去，来到屋后园子，见梦雨爹正在菜地忙碌。萍萍跟梦雨爹打过招呼，就问：“花猫在哪里？”

梦雨爹指着那边道：“喏！在那块蒜苗地里。”

两人看去，果然见到那只猫咪，它正在抓一只小虫。

萍萍问：“它在抓什么？”

梦雨爹说：“蚱木官。”蚱木官就是蚂蚱，当地人管蚂蚱叫蚱木官。

梦雨呼叫那猫咪，但它不理他。

萍萍说：“它正忙着呢。”

梦雨说：“这猫我行我素，一点儿都不听话。”

萍萍走过去，把猫咪抱起来。那猫咪望着萍萍“喵喵”几声，又挣脱，跳到地上。萍萍笑道：“这只猫比较爱自由。”

梦雨说：“我们家场地宽，猫咪可以随便乱跑。”

萍萍见梦雨爹正在播撒一些紫色的种子，就问：“大爹！您撒的是什么种子？”

梦雨爹答道：“是迎春苔。”迎春苔在当地简称菜苔。

萍萍说：“原来是菜苔。”

梦雨说：“萍萍，你喜欢吃菜苔吗？”

萍萍说：“喜欢。”

梦雨爹说："到过年时迎春苔长大了，你到我们家来摘些回家。"

萍萍说："那我先谢谢了。"

萍萍又对梦雨说："你怎么不帮你爹干活？"

梦雨爹说："也没什么事情。"

萍萍说："你们家对你很宽松。"

梦雨爹说："他好好读书，不给我闯祸就行了。"两人在菜地盘旋一阵子，回到屋内梦雨房间。

萍萍感叹道："我们家就没一块菜地，要是有就好啦。"

梦雨笑道："难道你也想做那荷锄少妇吗？"他想起那次夏日野游。

萍萍笑道："那倒不是。可是有时候很想亲自种种庄稼，亲自播种，看看小芽在自己的呵护下慢慢长大，直到最后收获。我觉得，那感觉与在街上买菜吃相比，应该大不一样。"

梦雨说："你这样说，我倒是要尝试一下。我以后要在后园子里自己种一块地。"

萍萍说："那你叫上我，我们一块来培育。"

梦雨说："那一定。"

6

学校羽毛球锦标赛一连几天都在下午举行。

采用的是淘汰赛，师生不分组别。

男子组中，梦雨、刘华子和大强进入四强，老师中只有物理魏老师一人进入半决赛。体育老师董老师被刘华子淘汰，数学老师陈老师被梦雨打败。

女子组没有悬念，因为女老师参加者甚少。进入决赛的全是校女子队的成员。芳芳取得冠军，五班的刘平获得亚军，红儿拿到季军。

男子组半决赛对阵的是：大强对梦雨，刘华子对魏老师。

首先出场的是大强和梦雨。两人一上阵就是一阵对打，球在两人场地来回疾飞，观众的眼睛目不暇接，几乎跟不上球的速度。

第一局，梦雨赢，十六比十四。那时采用的还是十六球制，到第十五球时，如果没有打平，则获得十六分的选手赢。

第二局，大强以十七比十五战胜梦雨。

第三局，比分一直咬得很紧。到第十四平后，大强首先获得十五分。他看见梦雨站的位置偏后，忽然耍了个花招。本来想发个近网球，结果偷鸡不成蚀把米，球没有过网。两人继续对打。几阵猛抽之后，梦雨以十七比十六领先。

该梦雨发球了。他发了个底线球，对方回球质量稍差。梦雨瞅准机会，首先发起进攻。大强左右招架，到第三板时，回球质量已经很差，最后被梦雨一拍扣死。

梦雨进入决赛。

第二场魏老师对刘华子的比赛更是精彩。刘华子第一场输掉，第二场险胜。第三场一开局，刘华子就是一阵猛打，比分一路领先。打到十比四时，观众都觉得魏老师大势已去。可刘华子此时身体消耗较大，进攻势头减弱。被魏老师左拉右吊，反而把比分追成了十四平。轮到魏老师发球，他发了个反手角底线，刘华子回个底线。魏老师在底线扣球，刘华子早已料到，迎头一挡，球快速过网。魏老师再推挡一下，球出界了。

刘华子此时以十五比十四领先。他发了个平推球，两人快速推挡，一番来回之后，刘华子推球出界，十五平。

接下来一球，魏老师首先进攻，三拍便将刘华子“打死”。魏老师此时已有点儿体力不支，他在场上擦了把汗。

在观众们的呐喊声中，他发了一个聪明球，正好在网前线位置。但刘华子手疾眼快，一步跨前，使球回到对方反手底线。

魏老师快速后撤，回球一拍，质量欠佳，刘华子跃起，猛力一拍扣下。

通常这种球已救无可救，必死无疑。但魏老师居然“水中捞月”，把球救了回去。

但球已是高高飘到网前，完全暴露在对方的火力之中。刘华子身体弹起，一拍死扣，只见那球在网上碰一下，顺着对方网边，滚落下去。

魏老师接了刚才那一球之后，早已趺趺撞撞，步履踉跄，重心不稳。眼看球就要落地，无法接住。

哪知道这时，他却借着力道，一个跨步，就像芭蕾舞演员那样，在地上摊了个“一”字，球拍在离地上不到半尺处伸出，轻轻一挑，只见那球爬过球网，魔术般地滚入对方场地。整个动作一气呵成，十分优美。

刘华子抢过来再挑，却没有过网。

这时，场上响起了热烈的掌声。魏老师赢得了这场比赛。

第十八回

1

星期天下午。

梦雨正要出门，萍萍兴冲冲地走进屋来。梦雨倒了杯水递给她，她喝了一口放下，笑吟吟地对梦雨说："鸭子！我作了首诗，你看看！"

梦雨笑道："是吗？我瞧瞧。"

原来是一首五言绝句《红菜苔》：

后园红菜苔，紫霞老人栽。
爽脆甘香美，蓬莱神仙爱。

梦雨笑道："萍萍，你该不是急不可耐了吧！我家的红菜苔才刚刚出苗，你就要来摘吗？"

萍萍咯咯笑道："是有点儿心急。"

梦雨道："常言道'心急吃不到热豆腐'，咱也不能揠苗助长啊！"

萍萍说："当然是'一分耕耘一分收获'。"

梦雨说："所以你的诗写得太早了！"

萍萍说："不早！有个盼头才好。"

梦雨说："如果你要想快点儿吃到我家的红菜苔，得给园主我爹念念你的颂词，让这位'紫霞老人'多施点儿肥，让庄稼快点儿长大。"

萍萍说："不仅要尝紫霞老人的红菜苔，而且我还要请你爹收下我这个紫霞徒弟呢！"

梦雨奇怪道："你该不是要亲自下田吧？"

萍萍道："正是！"

见梦雨愣愣的样子，萍萍说："你忘了吗？不是说好我们要一起种一块地吗？"

梦雨这才想起上周他说过的话。他笑道："你当真啦？"

萍萍说："谁跟你说假话。"

梦雨还要说什么，却被萍萍一阵推搡，话也没有说出来。

萍萍说："走！走！到后园菜地去。"

二人推推搡搡地来到菜地，见梦雨爹正在收拾。

梦雨说："爹！我给你带徒弟来了。"

梦雨爹起身，笑道："原来是萍萍来了。"

萍萍说："大爹！您的菜地收拾得真好。"

梦雨爹道："也没什么，平时打理打理。"原来，梦雨爹因为有胃病，早已不在外面上班。平时，主要是在家喂喂猪，养些鸡鸭鹅什么的，这块菜地有大半亩，主要是种蔬菜。

梦雨说："爹，我前几天曾跟你说，我们要亲自种片地，你不是答应了吗?"

梦雨爹说："你说了之后就再没见你上菜地来，我以为你说说而已呢!"

梦雨说："是真的！这不，你的女徒弟还要给你行诗礼呢!"

梦雨爹说："是吗?"

萍萍说："大爹，我写了几句顺口溜，您不要笑话。"说完，她把前面的诗又念了一遍。

梦雨爹说："萍萍，到底是高中生，听上去就是不同。不过我的菜苔也没有你说的那么好。"

梦雨说："爹，她这是吹捧你呢！你可不要真以为你的红菜苔可以送给神仙吃。"

梦雨爹笑道："我知道！萍萍是打比方图个好兆头。"

梦雨说："萍萍今天是来打土豪分田地的。她也要来体验当初贫下中农分地主土地的喜悦心情呢!"

梦雨爹说："好！好!"

萍萍笑道："大爹，我可真要拜师学艺呢。"

梦雨爹点头说："也没有什么诀窍。"

梦雨说："爹，你打算分哪块地给我们贫下中农?"

梦雨爹说："我给你们代劳就行啦！你们哪儿有时间?"

梦雨和萍萍央求道："还是分田到户有积极性。"

梦雨爹说："如果真有兴趣的话，你们就种那块地吧!"他指了指前面。

萍萍欢天喜地，连声说："谢谢!"

梦雨爹说："这块地刚收完了茄子，正准备锄地。"

萍萍说："我们去锄。"说着，已抄起一把锄头。

梦雨也找到一把锄头，两人就锄起地来。这块地不足半分，不一会儿，他们就将地翻锄好了。

萍萍问："大爹，现在可以栽了吗？"

梦雨爹摇头道："红菜苔秧苗刚刚出来，现在还小，要等几天。不过，你们可以先给地施一点儿沤肥。"

梦雨问："沤肥在哪里？"

萍萍说："可见你是不经事的！自己家的事情全然不知。"

梦雨爹说："他一点儿都不管家里的事情。"又指指远处篱笆那里，道："在那边。"

梦雨搔搔脑袋，找了个筐和锹，过去装了一筐提过来。

两人把沤肥撒到田里，捣鼓均匀。萍萍把锄头停住，对梦雨说："昨天的羽毛球决赛没有前天的半决赛好看。"

梦雨说："这也难怪！魏老师腿受了伤，所以我轻轻松松就拿到冠军。"

萍萍说："你这叫'胜之不武'。"

梦雨说："没办法！我们都劝魏老师延缓比赛，但他偏偏不干，说不能坏了规矩。"

萍萍说："你捡了个大便宜。"

梦雨说："我也不想这样的。"

2

萍萍扶着锄头，正要说话，忽然听见几个人七嘴八舌地道："好啊好啊！你们在这里演《牛郎织女垦荒南山》，也不告诉大家一声！"

《牛郎织女垦荒南山》是他们曾经自编自演的一出戏，主要是根据黄梅剧的调子而填了些词，曾在铁路工地上演出过。

回头看去，原来是红儿、芳芳和狗儿三个人。

萍萍问："你们怎么来了？"

狗儿说："就你可以来，我们就不能来？"

红儿也笑道："萍萍站在田里这样子，好像在哪儿见过！"

芳芳说："还记不记得夏天碰到的那位乡下女子？"

狗儿点头道："像得很咧！"

芳芳说："鸭子！你说话不算话。明明昨天说好的，你怎么言而无信？"

原来，芳芳昨日约了狗儿、红儿和梦雨，今天下午到狗儿家打扑克。但等了半天，梦雨还是没去，所以一起来找梦雨。

梦雨觉得不好意思，连声道："忘了！忘了！"

红儿笑道："萍萍在这里，他还能记得我们！"

萍萍说："鸭子！怎么没听你说？"

梦雨道："确实忘了。"

芳芳说："对朋友厚此薄彼，该怎么处罚？"

梦雨笑道："你说怎么办？要不跟大家鞠个躬，敬个礼！"

芳芳说："赔个不是是免不了的。"

狗儿说："这样吧，我们到前面院子去，你搬张桌子，几把椅子，给我们一人敬杯茶，服侍我们四人打一圈升级吧。"

梦雨说："很好。"

萍萍说："那样有失公平。"

狗儿说："你替鸭子打抱不平不是！他服侍我们喝杯茶，你就心疼啦？"

萍萍说："去去去！谁说这个啦！"

狗儿说："你说什么？"

萍萍说："你想想，这里只有你和鸭子的牌技最好。如果鸭子不上场，我们任何一对女生都打不赢你们这一对组合。你们说对不？"

芳芳说："对呀！对呀！这样不行。"

狗儿说："鸭子！萍萍替你挡灾呢！"

红儿道："不如我们因地制宜，就在这后面菜地找个空地，垫几张纸，你们说怎么样？"

大家纷纷说好。于是，梦雨从屋里找来几张废纸，找了个空地方，各自坐下。

红儿要萍萍上场，萍萍说："既然你们是约好的，还是你打好了，我给你够经。"

"够经"是当地话，意思是在旁边看人打牌，做参谋。

打了一会儿牌，红儿问道："萍萍！你怎么这么勤快！来帮鸭子爹锄地？"

萍萍正要回答，却被梦雨抢去话头。梦雨道："你以为她勤快，来给我爹做义务劳动？"

"哦？"大家都觉得奇怪，芳芳问："这话怎么讲？明明是她在这里帮忙嘛！我们亲眼所见。"

梦雨道："才不是呢！萍萍活学活用党的政策，在我家搞土改呢！"

大家都不明白，纷纷要求解释。萍萍这才把来龙去脉讲述一番。听完之后，芳芳笑道："你真会想办法！居然平白无故地捞到一块地。"

红儿说："不行不行！我们也要分一杯羹。"

芳芳也起哄道：“好处见者人人有份！”

狗儿却说：“你们想劳动是不是？我家河边有一块菜地，经常撂荒。我爹在外一天忙到晚，把种菜的任务交给我，我正愁没有人帮忙呢！”

红儿说：“谁稀罕你那块不毛之地！连鸟儿都不去。”

芳芳说：“我们认定这块地方。”

萍萍也笑道：“荒地无人耕，耕出来有人争。”

芳芳也道：“这个地方多幽静，高高的一片土台，下边一个小池塘，旁边还有几棵桃树。”

狗儿笑道：“鸭子！这帮女生看中你家这块风水宝地了，你说怎么办？连我也不免嫉妒，大家都要参加土改呢。”

梦雨说：“那得问紫霞老人。”

狗儿问：“谁是紫霞老人？”

萍萍说：“是我师傅。”

芳芳道：“都拜师学艺了！还不知道师傅是谁？”

红儿说：“还用说！不就是鸭子他爹呗。”

梦雨爹在那边听着一帮少年叽叽喳喳，笑道：“没事你们就来帮帮忙吧。”

红儿说：“大爹！我们都是徒弟，您可不能厚此薄彼。”

梦雨爹哈哈笑道：“不会，不会！一定不会！”

狗儿还是不明白，问道：“怎么称作紫霞老人？”

梦雨于是把红菜苔和萍萍那首诗具体解释了一番。

红儿说：“萍萍还有雅兴。我一上高中，天天忙活的，再也没怎么动笔写诗了。”

狗儿说：“哪儿有这份闲心！从上高中起，连牌都没打了。今天好不容易才抽出空来，打回牌玩。”

芳芳说：“咱们的诗歌兴趣小组也好久没有活动了，该找个时间聚一聚了。”

梦雨提议：“乘现在11月初，天气不冷不热，不如下周星期天，大家到我家来。一来把红菜苔栽上，二来也谈谈诗歌，不知大家意见如何？”

大家纷纷赞同，事情就这样定下。

3

街道焕然一新，青石板全部换成了沥青路，走在街上，觉得干净多了。尤其是雨天，街上不再那么泥泞。

对于狗儿爹这样长年累月拖车子的人来说，轻松了许多。原来的青石板路，狭窄拥挤，缝隙多，很容易卡住。现在就大不相同，车子拖到街上，基本不用费力。雨天晴天，走在路上，都干干净净，再也不用担心路滑。

新路铺好之后，好处多多，不用多说。

但凡事都有利弊，新路在无意之中，却悄悄地给小镇带来了一些变化。街上好些家作坊和商铺，已经开始感觉到了生存的压力。比如那些打草鞋的作坊，发现销售量锐减；还有做木屐的，生意一日坏似一日。

在青石板街的时代，小镇的木屐生意十分兴旺。原因当然跟街道地面有关。一下雨，青石板两旁的路面泥泞不堪，且石板路下面的下水道也常常流通不畅，会泛出污水。所以家家户户，不是备有草鞋，就是备有木屐，或者两者皆有。

梦雨小时候，就经常穿木屐上学。尤其是化雪时，木屐的好处就显露出来。里面穿一双棉鞋，出门时套一双木屐，再泥泞的路也不怕。到了学校，把木屐一脱，穿着棉鞋走进教室，暖暖和和的。不像后来穿胶鞋，虽然不怕泥泞，坐在教室，脚底下却冻得要命，要不断跺脚。

木屐的生存本来已经很难，因为小镇的人们此前已经逐渐接受了回力鞋和解放鞋以及翻毛皮鞋。但木屐生意一直还在艰难维持着，只因为还有那条青石板街道。而今，小镇的青石板消失了，街上那些手艺人彻底失业，只好另谋出路。

梦雨没有这种生存压力，自然也不关心这个问题。只是偶尔觉得奇怪，那些平常卖草鞋或木屐的小商铺，门口木板上，不再吊那些形形色色的木屐和草鞋。他们大多大门紧闭，彻底歇业，不知干什么去了。

小街照常忙碌，人来人往，甚至连过去不进城的拖拉机也“突突突”地开进镇子，尤其是那些手扶拖拉机。梦雨有时候觉得，它们甚至有点儿肆无忌惮！

街上已经发生好几起拖拉机撞人的悲剧，有一个小男孩子在街上玩耍时，被一辆拖拉机撞了个正着，当场死亡。所以，家长们已不像过去那样放心孩子出门。学校、家长都教育和叮嘱小孩，上学过街时不要突然横穿马路。

梦雨有种感觉，古镇的街道已经不属于这里的居民，更不属于街道两旁的木楼。看上去，木楼很不适应沥青路和路上飞跑的拖拉机。

梦雨有时候问：木楼难道已经衰老了吗?

但梦雨在离此仅仅几公里之外的县城大街上行走时，就没有这种感觉。那个地方，在他小时候基本什么都没有，只有几家供来往马车歇息的马店。

而今不过十几年，那里已经新楼林立，街市繁荣，一派生机勃勃的景象。宽阔的马路上，汽车、拖拉机呼啸而过，路两边行人络绎不绝。一切都是那么自然，那么协调。

梦雨问狗儿："喜欢新街吗？"

狗儿说："那还用说！"

梦雨又问："那这些木楼呢？"

狗儿说："最好拆掉，全部修成像县城那样的新楼房。"

狗儿继续说："以后家里有了钱，我一定把自家木屋拆掉，盖所水泥平房，像县城那些房子，那样多好。可惜我爹还没钱！"

梦雨问万老师，万老师说："相比之下，我更加喜欢原来的青石板街道和吊脚木楼。但我只是一个外来者，也许外来者的视角会有所不同。"

4

星期三晚上上晚自习时，万老师突然走进教室。

他对学生们讲，有件事情要和大家商量。他说："下面农村来了许多师生，到学校来参观交流，学校宿舍已经饱和，无法再容纳从全县不断涌来的取经者。所以，要请镇上走读同学们帮忙接待。"

原来，小镇高中狠抓教育管理，已经成为全县教育的典范。比如早晚自习制度、早上操练等，小镇高中在全县都是先行一步。那时，很多地方的学校，还没有恢复正常的教学活动，所以就不断有学校组织师生前来参观学习。就在今天白天，梦雨他们班就有不少外来师生来听课。

中国社会，基本都喜欢赶潮流。比如那时开展"农业学大寨"活动，全国就有千千万万的人，不远千里到山西省昔阳县大寨村，去看陈永贵带着社员们如何搬石头造梯田。那些参观者，不知道是些什么人，好像他们长着手，天生却不会搬石头一样，非要看看人家怎样搬才学得会。

老师号召同学们接待，镇上学生们个个响应。没有等老师把话说完，同学们就已高声回答："老师，没问题！"

万老师见大家响应热烈，就要大家举手登记。他说："今天只要七个同学配合学校，看哪些同学愿意带人回家？"

镇上学生齐刷刷全部举手。

大强一边举手，一边大声嚷嚷："万老师！我正愁独自一个人睡觉寂寞难耐，一定要分一个给我。"

梦雨也大声说："我也要一个！我的床很大。"

圣姓同学说：“老师！千万要给我一个，否则我会难过的。”

谷道儿调侃道：“天气转凉，我也需要一个人来给我抱脚！”

其他同学也高声嚷嚷，非要老师给自己分一个。

万老师连忙笑着摆手，他说：“刚才没讲清楚，今天全部是女生。”

大家顿时哄堂大笑。

四个叫嚷最厉害的人，首先成为全班，后来成为全校取笑的对象。

比如人们碰见大强，就说：“我是一个寂寞的男生。”碰见圣姓同学，就对他喊：“千万给我一个，否则我会很难过的！”碰见谷道儿，就问：“有人给你抱脚吗？”碰见梦雨则说：“我有一张大床，可惜没有人相伴。”

5

梦雨悄悄对坐在前排的苏琴说：“星期天到我家玩！”

苏琴见他神秘兮兮，就问：“干什么？”

梦雨说：“放学后我跟你说。”

放学后，苏琴和梦雨故意等同学们都走后，才从教室一同出来。

苏琴问：“有什么事吗？”

梦雨说：“我们诗歌兴趣小组要活动一次，你来吗？”

苏琴笑道：“当然。”

梦雨说：“那星期天下午到我家。”

苏琴说：“好像很神秘！”

梦雨说：“怕老师知道，批评我们不务正业。”

苏琴说：“万老师早就知道了。”

梦雨不信。

苏琴问：“你最近看什么书？”

梦雨说：“哪儿有书看！书店的书还是那些老面孔。”

苏琴说：“到我家去看看！”

梦雨说：“你家有书？”

苏琴说：“有些旧书。”

梦雨来了兴趣，他跟苏琴来到家中。原来苏琴家离他家不远，就在王家巷一户居民楼内。

“是租的。”她告诉他。

房子属于房管所，由几户居民分租。苏琴家在天井旁，占了两间，还有个小阁楼。苏琴说：“我爸爸在单位有一套房子，但那儿离街很远，不方便，所以在这里租了一套。平时只有我和妈妈一起住。”

梦雨问她妈妈在哪里上班，她说在服装社，还没有下班。

两人上了阁楼，苏琴拿出一个旧箱子，里面放着一些书。除了马列毛选，鲁迅的著作如《朝花夕拾》、《三闲集》、《彷徨》、《呐喊》等外，还有四大名著以及“三言二拍”，还有一些外国书籍，如高尔基的《母亲》、托尔斯泰的《战争与和平》、车尔尼雪夫斯基的《怎么办》。

可能是他对书名产生了兴趣，他拿起了车尔尼雪夫斯基的《怎么办》，原来是人民文学出版社1959年出版的书，译者是蒋路。

他说：“这是小说还是别的什么书？”

苏琴说：“是小说。”

梦雨说：“名字倒像一本政治书。”

苏琴说：“描写的是一些为新理想而奋斗的知识分子的生活，主人公是一个女孩子，名叫薇拉。”

梦雨说：“我先看看这本。”

6

星期天下午，狗儿、萍萍等先后来到梦雨家后园菜地。娇娇、江小勇和刘华子推说家中有事，所以没有来。但新加入了大强和苏琴。

梦雨妈正坐在堂屋纳鞋底，梦雨爹在后园忙碌。

萍萍一到后园就对梦雨爹说：“紫霞师傅！今天把徒弟全给您带来了。”

梦雨爹停住手中的活儿，笑呵呵地道：“不敢当！不敢当！”

狗儿说：“师傅，您不要谦虚！”

梦雨爹说：“种地的活儿，没什么好学的。”

苏琴道：“大爹，您的菜种得多好！”

梦雨爹说：“哪里！哪里！不过就是勤快点儿。”因他还没有见过苏琴，就问：“这位姑娘还没见过呢。”

芳芳说：“她叫苏琴，是新来的。”

梦雨爹点头道：“怪不得。”

红儿说：“紫霞师傅！我们怎么开始？”

梦雨爹说：“我早就跟你们准备好了，你们跟我过去。”他把大家带到右边那块菜陇，给大家作示范，一边说：“不要把根踏住了。”

萍萍、红儿、芳芳和苏琴都饶有兴趣，一人手上拿了根菜秧苗，学着将菜秧栽在田里。几个男生却站在田埂旁，只是看着。红儿说：“你们怎么不动手？”

谷道儿说：“地方太窄，把机会让给你们女生。”

芳芳说："明明想偷懒，还要美其名曰。"

狗儿说："待会儿我们负责浇水。"

几个女生忙忙活活，一会儿工夫，已经把一块地的菜苗全部栽上了。

萍萍说："公子哥儿们！现在轮到你们啦！"

男生们早已把水用粪桶装了过来。梦雨爹将水兑了点熟肥，指导男生浇地。

梦雨问："为什么不多兑点儿熟肥？"

狗儿说："亏得师傅还是你爹！这都不懂！"

梦雨说："难道你懂！"

狗儿说："那当然。"

梦雨爹说："秧苗刚栽下去，第一遍要使用清水肥。"

梦雨说："为什么？"

梦雨爹说："因为秧苗刚刚栽上，肥料太重会烂根。"

狗儿说："就像生病刚治好的病人，开始的时候不能大补一样。"

梦雨爹说："狗儿说得对。"

苏琴奇怪道："秧苗好好的，怎么会生病？"

谷道儿答道："这是打比方。"

梦雨爹说："其实，秧苗离开原来生长的地方，是会大伤元气的，比生病还厉害。"

大强浇完最后一瓢，开腔道："大功告成。"

梦雨爹说："今天是定根，这两天还要追施两遍清肥，才能返青。"

萍萍说："庄稼是需要精心爱护的。"

梦雨爹说："你们在这儿玩，我到前面去给猪剁食。"。

大家在旁边一块菜地的田埂上，各自找位置坐下，说笑了一阵。

梦雨说："各位诗友！我们诗歌兴趣小组好久没有活动了，想必大家都已准备好。如前所约，我们今天要围绕'田园'这个主题来展开。"

大强急忙说："我早就说过，今天我只是来凑凑热闹，不要算我。"

谷道儿说："来了就跑不了。"

狗儿说："没关系，随便胡诌两句。"

大强说："实在是没那本事。我今天是来观摩的，我跟鸭子说过。"

梦雨连忙点头说："是我硬拽他来的，今天他就免了。"

红儿笑道："苏琴初次加入，请先！"其他人也一起附和。

苏琴不好推辞，笑道："那我只好先献丑了！"她吟道：

邂　逅

寻找伊甸小红燕，千山万水都踏遍。
紫霞天上都没有，原来藏在草里边。

狗儿问道："伊甸是什么?"

苏琴说："西方世界中，伊甸园是一个美好的地方。"

狗儿笑问："比我们的紫霞梦园如何?"

苏琴笑答："应该差不太多。"

芳芳说："到底是城里的姑娘！认识就是不同，我们只知道有蓬莱仙山。"

红儿说："伊甸园固然令人神往，大家也看看《我的梦田》到底怎样！"只听她道：

梦里有分田，四季香果鲜。
蜻蜓自由飞，蝴蝶任翩翩。
瞧那有情人，对对双双牵。

谷道儿笑道："发痴梦了。"

红儿说："是憧憬。"

苏琴评论道："红儿这首诗我喜欢。谁对未来没有幻想！一个梦想的乐园，只可惜诗境还没有完全展开。"

梦雨说："留给我们想象空间更好。"

萍萍开口道："我跟红儿的题目只差一个字，叫做《我的甜梦》。"大家听她念道：

因为有片园，所以梦好甜。
呼唤春风雨，牵手化清泉。

狗儿道："这个梦癫得更不得了！已经坠入深渊了。"

梦雨问芳芳："你的甜梦是什么?"

芳芳答道："我没有甜梦，只有《一块青田》而已。"大家请听：

只道秋迟无青田，此处竟有紫霞园！
风好雨好花亦好，有情何必是春天。

大家听后一起鼓掌。

谷道儿说："好一个'有情何必是春天'，说到我心窝里去了。"

大强问他："怎么说到你心窝里去了?"

谷道儿说："你有所不知，前些天我跟科学家岳姓同学辩论，他愣说秋雨时节不看花，看花会失眠。”

梦雨奇怪道：“秋日看花怎么会失眠？”

谷道儿道：“他说是他做科学研究得出的结论。”

梦雨道：“奇怪！以后一定要去当面请教。”

狗儿发言道：“今天女生都争先恐后，现在终于轮到我们男生了。”大家听他道：“你们女生个个都发蝴蝶痴梦，一点儿也不懂种田人的辛劳。就拿我爹来说，一天到晚辛苦，也盖不起一间新屋。我来跟你们讲讲现实中的耕田人。”他朗声道：

世上何时农夫闲？一年两年几千年！
冬去春来秋收后，马吃谷来牛耕田。

谷道儿点头道：“此话有理，俗话说‘牛耕田来马吃谷，驴儿推磨猪享福’，我再来补充一下。”

辛苦最是农夫田，脸朝黄土背朝天。
指望风调雨也顺，最怕白白忙一年。

梦雨道：“你们讲的固然不错，但我宁愿听女生的诗。”他顿了顿，接着道：“我觉得我们小镇已经失去了许多东西，跟我们小时候比，变化太多。有些变化当然很好，有些变化我却觉得可惜，所以借今日秋田之会，发一通感慨，也要忆一忆我们从前的田园。”只听他道：

以前，水映天，湖成片。白云飘风中，野兔跃田间，瓜也鲜。
以前，湖讴雁，鸭戏泉。渔歌荡江面，牧童唱田边，人亦闲。

狗儿说：“变化大是好事，你看我们县城，一座座楼房建起，一条条街道铺开，汽车飞驰，厂房机器轰鸣，哪儿不好！”

谷道儿点头道：“想起小时候，家里点煤油灯，黑灯瞎火的，哪儿有如今电灯那么明亮！”

红儿说：“我爸爸说，他调来这里时，这地方是很美，但也很落后。”

苏琴说：“其实那时整个中国都很落后，我妈妈说，解放初期中国连火柴都不会生产，所以火柴叫‘洋火’。”

狗儿说：“现在连人造地球卫星都飞上了太空。”

萍萍说：“我爸爸也告诉我，刚解放那会儿他们对共产主义社会的理解是‘楼上楼下，电灯电话’，瞧现在的县城，不就是‘楼上楼下，电灯电话’了吗？”

红儿说：“单位是有了电话，但私人还没有。”

萍萍说：“再过几年不都有了!”

狗儿叹息道：“县城快进入共产主义社会了，可惜我们小镇还远着呢！看这里，都是木板烂房子，一座像样的大楼都没有!”

梦雨问：“你们女生是喜欢小镇还是喜欢县城?”

芳芳说：“县城。”

红儿说：“县城干净、现代，但单位的房子太小。”

萍萍说：“要把两者结合起来就好了！虽然我更喜欢县城，但也十分留恋我们小镇的石板街。”

梦雨问：“苏琴，你呢?”

苏琴说：“我刚来时，见到青石板街，走在那上面，觉得好亲切，好舒服。而像县城那样的街道，虽然路很宽，柏油路很干净，我却没有那种亲切感。我觉得，石板街是为人设的，而柏油路是为汽车而建的。”

大强问：“那你到底喜欢哪里?”

苏琴道：“我喜欢走石板街，住梦雨家这样的大砖瓦房子。”

女生们一起笑着说：“还有一块紫霞园。”

第十九回

1

时间如梭，转眼就到了寒假。

红儿和萍萍被借调到县文工团演出，芳芳又到武汉表哥家去了，苏琴一家回老家过年。

这些天，天总是很阴沉，梦雨觉得很闷。

这天，梦雨起床之后，到河边树林溜达溜达，看见秋叶落尽，觉得索然无味，便返回家来。

无所事事，他坐在房间书桌旁，沉思片刻，想了一首诗，是《秋远去》。他打开日记本，将诗歌记在日记中。写完之后搁笔，顺手拿了本书，原来是《楚辞》。想起曾经写过一首有关屈原的诗，就翻开日记来看。因觉得还有许多屈原的作品没有包括在诗中，就打算再写一首来补叙。但想了半天，却茫然无序，不知怎样下笔。猛然想，屈原的作品《哀郢》的“郢”据说就是现在的荆州。荆州古城离此地不过几十公里，自己到现在还没有去玩过一次。正好放寒假，自己又无所事事，不如去游玩一番，一来逛逛热闹，二来看看名城，增加一些历史知识，岂不是很有意义！又想，一个人玩也没多大意思，不如去约狗儿等几个朋友，看他们去不去。

想到这里，他就兴致勃勃地来找狗儿。狗儿说去是想去，就是没有路费。他爹赚钱辛苦，不好意思找他开口。

梦雨说：“我家里平常给我点儿零花钱，积攒起来也有十几块钱。”

两人一合计，决定一人骑辆自行车，可以节省路费。于是，两人一起去找刘华子、江小勇，他们说不想去。又去找谷道儿，他说去走走无妨。又各自跟家长撒谎，说是老师布置任务，寒假要做一件有意义的事情，想来想去，还是到乡下同学家去劳动几天，比较有意义。那时提倡教育同生产劳动相结合，他们的鬼话居然把各自的家长给骗了过去。

2

其时自行车已相当普及，镇上人家，差不多家家都有一辆。准备了两天，三人各自弄到一辆自行车，把牙膏、牙刷、毛巾等必需物品打成一个小包，夹在后架上，动身出发了。

这一天，天气依然阴阴沉沉。三人也不管天气如何，兴致勃勃，一路蹬车骑行。早上还有点清冷，但没骑多久，三人头上已经冒汗。一路上，三人不断脱衣服，到近午时，只剩一件背心穿在身上。

谷道儿说："今年冬天比较暖和。"

梦雨接话道："可不！冬麦都长得绿油油的。"

狗儿道："时辰还没到，还会冷的。"

又骑了一会儿，看见一个小村子，狗儿说："你们肚子饿了没有？去买点儿东西吃吧。"

三人进了村庄，看见一家小吃店，刹车下来，问包子多少钱一个。

那小店营业员问："有没有粮票？"

谷道儿说："有粮票。"

那人就说："有粮票五分一个，没粮票六分一个。"又说："也可以只用粮票换。"

狗儿问："怎么换？"

那人说："一斤地方粮票换两个，一斤全国粮票可换三个。"

狗儿笑道："鸭子，这路上也饿不死我了。虽然我身上带的钱没你多，但粮票却没少带。"

三人买了一堆包子，一人手上拿几个，一边走一边吃。狗儿说："这里的包子比我们镇便宜一分钱。"走了没多远，就到了村口，他们向一个路人打听："到荆州还有多远？"

那人告诉他们："大约还有二十几里。"

三人继续骑车赶路。

在路上，狗儿笑道："我有几句顺口溜，说来让你们解闷儿。"

梦雨说："狗儿诗兴发了吗？"

狗儿说："是刚才那儿买包子触发的灵感，说的是粮票。"他在车上摇头晃脑地道："出门带粮票，一刻不能少。走到馆子里，一两一个包。"

谷道儿道："粮票、布票、油票，哪一样少得了！"

梦雨笑道："不出门还习以为常，出了门才知道这东西可当钱花。"

谷道儿说："狗儿说了几句顺口溜，也触发了我的灵感，我也来瞎编几句。我说的是布票：布票一丈五，掉了甭想补。不管个高矮，一样穿衣服。”

梦雨哈哈笑道：“那我只好来胡诌几句油票了。”他大声道：“油票用了几十年，每个月都发一点。若要用得大方些，需到黑市花些钱。”

三个人一路上嘻嘻哈哈，有说有笑，也忘记了骑车的辛苦。

谷道儿问：“鸭子！你说郢都曾是楚国的首都，那它一定很气派啰?”

梦雨道：“我想它原来应该气势恢弘，因为屈原在《招魂》里说过，楚国皇宫‘高堂邃宇，槛层轩些’。”

狗儿说：“是什么意思?”

梦雨说：“是说皇宫又高又大，一层一层非常幽深，栏杆楼层重重叠叠，非常宏伟壮观。”

狗儿说：“比故宫怎么样?”

梦雨说：“应该差不多。”

谷道儿说：“那值得一看。”

梦雨说：“不过，屈原在《哀郢》中说‘曾不知夏之为丘兮，孰两东门之可芜’，意思是说‘谁会料到郢都皇宫会变为一片废墟，哪个知道东门内外会如此荒凉’。”

狗儿说：“那还有什么好看的!”

梦雨说：“我想也不至于什么都没有吧，就像咱们镇东头那水府庙，塔虽倒掉，但总有几间建筑残留在那里。”

谷道儿也赞同，他道：“不错。还听说那里曾经出土过越王勾践剑，说那剑削铁如泥。”

梦雨说：“不错。”

狗儿说：“那一定要见识一下。”

3

三人一路打听，风尘仆仆、气喘吁吁地赶到荆州城西的荆州博物馆时，已是下午三点多。

他们进入院内，看见一个道观，看资料介绍，原来此处是建于唐代开元年间的开元观。又在各个展区浏览一番，听博物馆工作人员介绍，才知道郢都旧址在城北几公里外，名字叫做纪南城。

梦雨问为什么郢都叫纪南城。

那人解释说那里有座山叫纪山，郢都旧址在纪山之南，所以称为纪南城。

三人又急急忙忙地赶往纪南城。到了那里，狗儿一边擦汗，一边四顾，说："怎么就一块石碑？"

谷道儿也说："皇宫在哪里？"

梦雨说："可能在里面。"

狗儿看看碑文，"楚纪南故城"几个字，原来是郭沫若亲笔所书。

他们在土坡田畴走了一会儿，来到一片低洼处。梦雨看看四周，都是一片田野，中间镶嵌着大小水塘。向当地人打听，回答说从未见过宫殿。又问城墙在哪里。农民指指那边，说："那高高的土垣不是！"原来刚才他们行走的高陇就是过去的城墙。

梦雨翻开刚才在博物馆拿到的资料介绍，写有这样的句子："车毂（念 gǔ）击，民肩摩，市路相排突，号为朝衣鲜而暮衣弊。（意思是：郢都城里繁华喧嚣，车水马龙，人来人往，摩肩接踵。早上穿新衣服进城，晚上就被挤破弄脏了）"资料上又介绍，纪南城原来不叫此名，而是叫做"挤烂城"，"纪南城"是"挤烂城"的谐音。

梦雨叹道："那么一座热闹繁华的城市，而今荡然无存了。"

狗儿也说："要不是立块碑，谁晓得这里曾经是一座繁华的都城。"

道儿说："我才知道什么叫做世事沧桑！"

狗儿拿着刚才在博物馆里人家赠予的一本小册子资料上的一首诗念道："年年三月飞桃花，楚王宫里斗繁华。云连蜀道三千里，柳拂江堤十万家。"

梦雨问："这是谁写的？"

狗儿道："是袁宏道写的，资料上说，他是明代公安派文学的创始人。"

谷道儿笑道："鸭子，今天来这里，既没有看到皇宫，也没有看见断壁残垣，只看见一望无际的农田。如果你不作一首诗，和一和这位袁宏道老先生，我会觉得白来一趟。"

狗儿也说："鸭子，来几句，表示我们到此一游了。"

梦雨说："我勉为其难吧。"又想了想，说道："我读屈原，无论是他的《离骚》、《国殇》，还是他的《天问》、《九章》，除了他忧国忧民的爱国主义情怀之外，感受最深的是他不为世俗所容、不为世人理解的孤独。你们看看，国之将亡，那些人还在尔虞我诈，争权夺利，鱼肉百姓，全然不顾国家安危。他的呼唤没有人听，他遭受排挤打击，被流放，甚而最后投汨罗江而死。"

狗儿说："你啰唆了半天，到底想说什么？"

谷道儿也催促道："天色已经不早，你还是用诗来表达吧。"

狗儿笑道："我给你出个题目，免得你跑题，就叫《纪南城故址》。”

梦雨笑道：“早有了，二位请听。”

朝朝暮暮车马滚，日日夜夜挤烂城。
繁华醉笑是公子，痛心始终是骚人。

4

这一晚，三人在荆州城内一家小旅店住宿。

第二天，他们去玄妙观、章华寺等各处名胜古迹参观了一番。中午吃过饭，他们来到古城墙边一个湖边，坐在一块石头上休息。

梦雨翻着从各处拿到和买到的资料图书道：“今天收获不小，了解了不少楚文化的历史知识。”

谷道儿点头道：“那个楚怀王怎么那么蠢！被张仪那小人一再欺骗，难道他没长脑袋?”

梦雨说：“是贪图便宜，利令智昏。”

谷道儿说：“楚怀王一生多次上当受骗。他第一次上当，是被张仪拆散齐楚联盟。那时都搞什么合纵连横，楚国本来还是合纵战线的领导，却把自己的盟友齐国抛弃，去跟秦国联盟对付齐国。”

梦雨说：“还不是张仪许诺他，秦国将送六百里土地给楚国，他就动心了。一朝文武大臣，居然没有一个头脑清醒的。”

谷道儿说：“本来有一个叫陈轸的大夫也劝过楚怀王，让他要秦国先交割土地，再与齐国断交。但多数大臣都是利欲熏心，不少还被秦国收买，他们都替秦国说话。结果楚怀王在他们的唆使下，还没拿到土地，就宣布与齐国断交。”

谷道儿继续道：“张仪再次来到楚国之后，还骗楚怀王，说楚怀王与齐国断交没有诚意。楚怀王为了表达诚意，竟然派楚使到齐国当面辱骂齐宣王，导致齐国后来去和秦国联盟，共同对付楚国。”

梦雨道：“达到破坏齐楚联盟的目的后，张仪在楚使来收土地时，居然赖账，说当初许诺的是六里土地，而不是六百里。楚怀王气得半死。”

谷道儿说：“可气的是楚怀王还一再上当。秦国再次派张仪出使楚国时，他不但没有杀掉张仪，反而又听信他的挑拨离间。”

狗儿问：“他怎么这么蠢?”

谷道儿说：“这主要是楚国内部有替秦国说话的朝廷命官。那张仪来到郢都之后，就来拜访楚怀王的侍臣靳尚，这个靳尚深得楚怀王的宠姬郑袖的信任。他给了许多好处给靳尚，靳尚当然就要替张仪说话。”

梦雨道：“看来就怕内部有人被收买。”

谷道儿道：“本来张仪已被楚怀王囚禁，却被郑袖给救了。”

梦雨问：“为什么郑袖要救张仪？”

谷道儿说：“这就是女人的嫉妒心使然。”

梦雨道：“哦？”

谷道儿说：“郑袖嫉妒成性，并且工于心计，她最怕失宠。魏国国君曾经送给楚怀王一个美女，叫做什么魏美人。她见这个魏美人很得楚怀王的欢心，便故意讨好魏美人，给她送好衣服穿，送珠宝美玉用，使得楚怀王和魏美人对她失去戒心。有一天，郑袖好像是无意地对魏美人说，大王很喜欢你的美丽，就是觉得你不够含蓄。魏美人向她讨教办法，郑袖就说，你不如学古代美人，拿一块手帕遮住口鼻，这样显得文雅。”

梦雨还没有看过这段故事，就问：“后来呢？”

谷道儿继续道：“后来，那魏美人每次见到楚怀王，就拿一块手帕羞羞答答地遮住面部，只露出眼睛。楚王觉得很奇怪，有一次郑袖侍寝时他问，为什么魏美人每次都拿手帕遮脸。郑袖就乘机对楚怀王说：‘我虽然知道为什么，但不敢直告大王’。”

梦雨问：“她怎么说？”

谷道儿道：“楚怀王让郑袖直说。郑袖就挑拨离间说，‘魏美人曾经对我说过，大王您身上有狐臭味，很难闻’。楚怀王一听大怒，暴跳如雷，马上派人把魏美人的鼻子给割掉并从此不再见她。”

狗儿说：“女人整女人。”

梦雨又问：“她这次是怎么救张仪的？”

谷道儿说：“因为靳尚告诉她，秦国要送一个比魏美人更美的人来向楚怀王交换张仪。郑袖害怕失宠，就竭力让楚怀王放掉张仪，说，‘如果大王您杀掉张仪，秦国就一定会派大军攻打楚国’，楚怀王听她说得有理，就放了张仪。”

狗儿道：“很多事情都坏在自己人手里。”

谷道儿说：“当时天下，秦国最强，所以百姓官吏都觉得秦国富足，国家制度好，都希望楚国同秦国交好。其实，楚怀王也只是耳朵根子软。”

梦雨道：“他没有主见，昏庸无知，不知道国家利益何在。”

谷道儿说：“楚怀王这个蠢君，不听屈原的劝告，还执意要到秦国去，最后被秦国囚死牢中。”

狗儿说：“他是蠢到底了。”

梦雨说：“可能他是要为自己的行为负责。”

谷道儿摇摇头道："愚不可及。"

狗儿问："春秋在前还是战国在前？"

梦雨答："春秋在前，战国在后。"

狗儿又问："屈原是春秋时期还是战国时期的人？"

梦雨说："是战国时期的人。他曾经担任过楚怀王时期的左徒，但因上官大夫进谗言而被免职。后来在楚襄王即位后，屈原还担任过三闾大夫，就是掌管教育的官，但还是受到排挤打击，最后被流放。"

他又叹道："楚国当时那么富裕，却依然灭亡。"

谷道儿说："关键是国君昏庸，朝廷腐败，还有内外勾结。当时，在楚国内部，许多朝廷大官已经成了秦国的说客，那个靳尚只是其中之一。你看楚怀王被这样一批替秦国说话的人包围着，楚国不完蛋才怪呢！"

停了一会儿，梦雨又说："听说鬼谷子是张仪的师傅，他的学问就是那些厚脸皮的阴谋诡计。"

谷道儿说："这我就不知道了，书上没有说。"

狗儿说："现在世上的人，谁不是那样。"

谷道儿看了一会儿书，又说："还有另外一个故事，说的是春秋时期的伍子胥。"

梦雨问："伍子胥怎么啦？他不是吴国大夫吗？"

谷道儿说："但他是楚国人。"

梦雨说："这很正常啊，楚国人也可以为吴国服务嘛。"

谷道儿说："问题不在这里，他是公报私仇。"

梦雨说："他怎么公报私仇？"

谷道儿拿着本书说："那还是在战国之前的春秋时期，伍子胥的爹和哥哥被楚平王给杀死了。伍子胥为报家仇而投奔吴国，帮助吴国攻陷郢都后，亲自掘开楚平王的坟墓，将尸首拖出来，狠狠地抽了三百鞭。"

梦雨点头道："原来'鞭尸三百'是这么个来源。"

狗儿道："谁叫楚平王要杀害他爹的！这叫报应。"

梦雨道："这样做也太小气了。"

谷道儿说："还有个申包胥的故事。"

狗儿问："怎么回事？"

谷道儿扬扬书说："伍子胥和申包胥本来是朋友。伍子胥逃跑时，申包胥曾经帮助过他。伍子胥那时对他说，'我一定要灭掉楚国'。申包胥曾经开导过他，家仇国恨应该分开来看。但伍子胥并不同意，所以申包胥就对他说，'你如果徇私灭掉楚国，我一定秉公复兴楚国'。"

狗儿问："后来怎么样？"

谷道儿说：“他实现了自己的诺言。”

梦雨说：“他是怎样做的？”

谷道儿说：“他到秦国，站在宫墙外哭了七天七夜，最后打动秦国君臣，秦王派出部队救楚。楚国经过几年鏖战，才收复失地，后来继位的楚昭王才得以返回郢都。而申包胥虽然有功，却不愿接受犒赏。”

梦雨道：“他只是在履行自己的承诺，而且公私分明。”

狗儿把谷道儿手中的书夺过来，说：“让我看看。”过了一会儿，狗儿说：“这里面的故事可多呢。”

梦雨说：“反正闲着没事，你也给我们讲几个。”

狗儿说：“比如楚灵王修建章华台。”

梦雨说：“是不是我们今天参观的章华寺？”

狗儿说：“应该是的。”

谷道儿问：“怎么回事？”

狗儿笑道：“他跟我的想法差不多，喜欢高楼大厦。他修了一座当时世界上最高的高楼，名叫‘三休台’。”

梦雨问：“为什么叫三休台？”

狗儿说：“这座高楼台高十丈，分为三层。台上建楼阁，阁上雕龙画凤，金碧辉煌。登上楼顶，四下眺望，十分壮观。因为人不能一口气登上去，中途必须休息三次，所以叫做‘三休台’。”

梦雨“哦”了一声。又问：“还有故事吗？”

狗儿道：“还有个故事，也是楚灵王的。”

梦雨道：“是什么故事？”

狗儿笑道：“楚灵王跟我们小勇一样，比较喜欢美女。”

谷道儿笑道：“哦？讲讲！”

狗儿道：“楚灵王广建宫室，后宫佳丽如云。”

谷道儿笑道：“真令人羡慕！”

狗儿道：“他还有个癖好。”

谷道儿问：“什么癖好？”

狗儿说：“他喜欢细腰宫女。”

梦雨道：“哦！我知道了。为什么有一个成语叫做‘楚楚动人’，可能就是这样一个来历。”

狗儿说：“那我就不知道了。”

三个人坐在护城河边，七扯八拉地聊天吹牛，就像当今许多国人热衷此道一样。不知不觉间，已经到了下午四点钟光景。狗儿站起来说：“肚子饿了，去买东西吃吧。”

5

吃过晚饭，看看天色还早，梦雨提议再去荆州古城墙边走一走。于是，三人又一路闲扯去散步。狗儿说：“有句古话叫做‘刘备借荆州，有借无还’。”

谷道儿说：“那是三国故事。”

狗儿说：“还有一句话是‘大意失荆州’。”

梦雨说：“荆州是古代兵家必争之地。明天我们到当阳长坂坡去看看。”

说话之间，他们已来到城墙外边，看见远处炊烟四起，城郊农民三三两两从田里返回农舍。谷道儿指着不远处说：“看！牛！”

狗儿故意道：“吹牛？”

谷道儿摇摇头说：“不吹牛。”

狗儿笑问：“谁不吹牛？”

谷道儿也笑道：“有谁不吹牛？”

狗儿接着说：“没有谁不吹牛！”

谷道儿问道：“真没有谁不吹牛？”

狗儿想想，回答说：“还真没有谁不吹牛！”

狗儿笑道：“听了那个楚怀王的故事，我要来对他评价评价。”

梦雨知道狗儿有诗，便拿腔拿调道：“阁下有何高论？”

狗儿咳嗽一声，有板有眼地道：

合纵楚雄大队长，智商低下楚怀王。
贪图小利自拆墙，受骗多次还上当。

听完狗儿的评价，梦雨说：“那个张仪也不地道，看我来批评批评这位前辈。”

纵横捭阖拜鬼谷，和氏窃来是小术。
六里河山六百卖，赖账古有张师傅。

狗儿问：“何（和）氏是什么？”

梦雨说：“就是和氏璧。传闻张仪这人曾经偷过人家的和氏璧。”

狗儿“哦”了一声。

谷道儿笑道：“二位，且听我来讲讲女人对付女人的功夫。”他说的是：

送珠送宝送衣服，关心关爱关手足。
郑美略施亲热术，魏妹从此没鼻捂。

三人听了一起大笑。梦雨道：“还有那个伍子胥，我也有几句评语在此。”

楚儿吴夫伍子胥，中兴雄才将相稀。
鞭尸三百太小气，公报私仇第一例。

谷道儿说：“为了发扬正气，让我来表扬一下那位品德高尚的申包胥吧。”他道：

公子王孙申包胥，为楚伤心为国啼。
河山收复胜利日，只受田犁不收礼。

狗儿笑道：“你们一人一段，你来我往，现在轮到我了！”

谷道儿笑道：“谁跟你抢！有话快说，有屁快放。”

狗儿笑道：“我来诠释一下‘楚楚动人’这个成语。”只见他摇头晃脑地道：

灵王怜惜美人娇，一时开风百世效。
至今犹见江湖女，楚楚动人细细腰。

听他说完，谷道儿一边摇头，一边大声嚷道：“不对！不对！”

狗儿望着他说：“怎么不对？”

谷道儿高声说：“你看而今，江岸湖旁，那些打鱼摸虾的劳动女性，都是大脚大手，力气有时比男子还大，哪里是你说的江湖女，细细腰。”

狗儿笑道：“我说的是城市姑娘。”

谷道儿大声质问道：“既然你说的是城市姑娘，为什么要用‘江湖女’呢？”

狗儿道：“你以为我说的是江岸湖边那些耕田种地的妇女吗？”

谷道儿说：“难道不是？那你怎么解释？”

狗儿笑道：“我此处说的是‘两江两湖之女，也就是江西、江苏、湖北、湖南之窈窕淑女’。”

自从初中那时被梦雨奚落之后，狗儿也下定决心，狠狠地钻研了一下《诗经》。

梦雨在一旁插话说：“士别三日，该当刮目相看！”

三人哈哈大笑，他们的高声喧哗引来路人好奇的目光。

三人见此处来往行人颇多，便沿着护城河朝人少处信步而去。边走边谈，谈到楚国郢都的衰落和诗人屈原的落魄，梦雨叹道："我还有一首关于屈原的诗，请你们指正。"他道：

洞庭翻滚汨罗流，屈原仰天悲古秋。
骚人孤独谁人知？五洲四海掀龙舟！

6

第二天，三人骑车来到当阳长坂坡，找了半天也没有找到当年赵子龙救刘备的儿子阿斗的那座桥。问当地人，当地人有的茫然不知，有的笑而不答。问到一位老者，他笑笑说："你们要看的是哪座桥？如果要看'张飞桥头一声吼，吼断桥梁水倒流'的那座桥，就还要赶一点儿路，到一个名叫坝陵桥的地方去看看。如果你们要看太子桥和娘娘井，就顺着这条路往前骑，不用十分钟就到了。"

梦雨说："原来不是同一座桥。"

在一块田园中，终于找到太子桥和娘娘井的遗迹。问一个农民，他绘声绘色地说："话说当年刘备兵败荆州，刘备仅带几十个残兵败将仓皇逃脱，随军家属和成千上万的百姓都被曹操大军围困。赵子龙为救刘备老婆和儿子阿斗，单枪匹马闯入曹操大军阵营之中，与曹军大战长坂坡，杀了个七进七出，终于救出了糜夫人、甘夫人和阿斗。自那之后，赵云便名扬天下。赵子龙单骑救主的故事，家喻户晓，成为千古美谈。当年糜夫人抱着阿斗就是在这太子桥下避难，而娘娘井是因糜夫人投此井自尽而得名。"

参观完太子桥和娘娘井的遗迹，三人进了一家小吃店，一人吃了一碗面条就继续赶路，前往坝陵桥，看了"张翼德横矛处"等古迹，见天色已晚，便找到一家小旅社住下。

次日，三人又骑车来到当阳玉泉寺。他们看没人值守，就尾随几个过路的本地人从一个侧面缝隙钻入山门，只见山峦雄劲，松竹翠绿，梦雨叹道："不愧为'天下丛林四绝'之地。"

看时，天王殿、大雄宝殿、般舟堂等神殿均大门紧闭，只有一个侧门可以绕进。虽然有些僧人在寺内行走，却没有见到他们做法事。他们四处转悠一会儿，看了溪水湛天、狮子崖、梅花井、智者洞等，还到了全国最早的关庙显烈祠。其间，他们还看了植于唐代的千年银杏、月月桂、并蒂莲及中国三大著名珍珠泉之一的玉泉珍珠泉。

转悠半日，他们回到玉泉寺前三园门北侧青龙山玉泉铁塔处歇息。三人坐在铁塔下的草地上，嚼着早上买的馒头，一边兴致勃勃地发表感慨。

狗儿说："这寺比我们镇的水府庙壮观多了！"

谷道儿喝一口水，道："那还用说？人家这儿隋朝时就是天台宗的祖庭之一，后来又成为唐代禅宗北宗的祖庭。"

梦雨记得刚才在寺内一些碑文上看到的资料，说："禅宗的五祖是弘忍。弘忍是高僧，他得法后，在黄梅县东山建了东山寺，人们把他的禅学称为东山法门。弘忍门下有徒弟七八百人，其中最有名的高徒是神秀和慧能。弘忍将衣钵传给了慧能，慧能成为禅宗第六祖。同时，神秀与慧能各创一派禅宗，禅宗由此分南北两大门派。神秀来玉泉寺弘法长达二十多年，玉泉寺就成为唐代禅宗北宗的祖庭。"

谷道儿奇怪道："五祖弘忍为什么没有把衣钵传给神秀，而是传给了慧能？这里面恐怕有什么蹊跷。"

狗儿道："在中国，接班人的事情常常弄不好，连佛教都是如此。"

谷道儿说："成则王，败则寇，连历史书都靠不住。"

狗儿问："禅宗的北宗是神秀，那南宗慧能到哪里去了？"

梦雨道："他回到广东去了。"

狗儿问："他是广东人吗？"

梦雨道："是的，好像是广东新会人。"

谷道儿插话道："这玉泉寺还是关羽最先显圣之地。话说关公败走麦城之后，被人斩了头颅，魂魄不死，来到玉泉寺，后被观音菩萨点破，恍然大悟，化走心中怨气，成为神仙。刚才我们看到的关公显烈祠前的一湾珍珠泉，也就是那个金龙池，就是关羽死后最先显灵之处。"

狗儿指着铁塔说："这座铁塔也很有来历，碑文介绍它建造于北宋年间，是中国现存最高、最重和保存最完好的铁塔。"

谷道儿说："这里既有名山，也有高僧，还有三国英雄，难道我们不应该胡诌几句歪诗来做个纪念吗？"

狗儿说："那当然，反正我们明天才回去。"

梦雨因内急，起身道："你们俩先玩吧，我要去方便一下。"狗儿笑他"懒驴上磨屎尿多"。

梦雨在树丛中找到一个避人处小解，又在下面小溪边洗了洗手，然后顺小路爬上坡来。刚上坡顶，忽然看见前面一个素装女子的背影颇像易翠花，梦雨情不自禁地喊了一声："翠花！"那女子怔了怔，却没有回头，只是继续朝前行走。梦雨见她走路的样子，更觉得那就是易翠花。他喜出望外，这几年没有易翠花的消息，想不到她来了玉泉山！他紧跑几步，一边连呼："翠花！翠花！"哪知那女子不但没有应声，反而越走越快。梦雨见状，不再呼叫，只是一路追去。他大步流星地追赶了一阵子，早已来到一处陡峭山崖之处。只见山崖坡处，竖着一块石碑，上边写着"天上天"几个大字，那女子正顺着陡峭的坡路飞快地往山上攀爬。等梦雨气喘吁吁地爬上坡顶时，那女子倏忽不见。梦雨四下张望，没有发现翠花人影。他见此处山路陡峭，位置不大，知道翠花就藏在附近某处，就大声道：“翠花！你出来吧！我知道你就在这里。你再不出来，我就要高声喧哗了！你不出来，我要闹得你玉泉寺不得安宁呢。”他这样大声嚷嚷了几句之后，那女子果然现身，她真的就是翠花！只见翠花从一块石头后面闪出来，笑道：“鸭子！你不要搅了佛门清净！”梦雨见她一身素装，好似一个居士打扮，脸色已然没有以前那种红润，清瘦了不少。

他觉得有许多话要问她，此时，却不知道如何说起，只是问：“翠花！你可好？”

翠花点点头，对他道：“鸭子！我知道你有许多疑问，但请你不要问我，我只告诉你，我们母子都还可以。”

梦雨望着翠花的脸，点点头。两人默默地站了一会儿，翠花道：“你怎么一个人跑到这里来了？”梦雨告诉翠花，狗儿和道儿也来了。他把他们三人出行的经过讲述了一番。翠花又问起小勇的情况，梦雨不太好讲小勇和娇娇的亲密，只是含糊地说了几句。翠花望着远处，淡然道：“那就好！那就好！”梦雨对翠花道：“翠花！回去吧！大家都想你。”翠花摇头道：“鸭子，你不要劝我，我这样回去算什么？只能让我爹妈丢人，让小勇尴尬，让别人看笑话！让小镇又起风波！”梦雨还要说什么，听见远处山坡下有嘈杂声。翠花道：“鸭子，你走吧！狗儿他们在找你。”临行时，翠花叮嘱再三，让梦雨务必替自己保守秘密，不要向任何人提起她在玉泉山之事。梦雨点头应允。

告别翠花，梦雨顺坡路下山，在“天上天”碑处，见到谷道儿和狗儿正在那里指指点点。梦雨笑道：“狗儿，你们也要上厕所？”狗儿仰头道：“鸭子！去这半天，你搞什么鬼？还以为你被哪位仙人请到某个洞府长谈去了呢！”

梦雨笑道：“这玉泉山到处没有方便之处，我到“天上”找厕所去了。”

狗儿道：“你也太斯文了吧！哪个角落不能方便一下。”

梦雨笑道：“可不能这么说！这里是佛门清雅之所，哪能随便拉屎撒尿！”

三人下山来，到了那棵千年古银杏树下，梦雨道：“你们不是要赋诗作对吗？准备得怎么样了？”狗儿道：“早就有了，就等你呢！”谷道儿停住脚步，仰头望着那棵参天大树，言道：“这棵唐代玉泉银杏，经历千年的风风雨雨，应该赞美它几句才是。”他摇头晃脑地道：

参天古银杏，片片叶如金。

千年风雨后，此树最留情。

狗儿道："刚才探寻珍珠泉时，一路看到许多景物。我来模仿古人的'一'字诗，把我所见之景物串在一起。"

一麓一庐一溪鲈，一猪一竺一坡竹，
一哥一歌一群鸽，一夫一妇一家福。

梦雨说："那并蒂莲也很有韵味，到了初冬时节，也还有残花留池，想它春夏盛开之时，一定是满塘飘香。"他也凑了几句：

千瓣并蒂莲，绽放珍珠泉。
天下有情人，长守两不厌。

谷道儿道："关公是老百姓的守护神，可惜我们镇上的关帝庙早被毁掉，太可惜了。我有一首诗来凭吊关公老爷。"

云长虽死犹威风，珍珠玉泉显金龙。
文武百官叩君王，普罗大众敬关公。

三人说说笑笑，一路出了玉泉寺。行走途中，梦雨对二人道："这当阳玉泉寺的奇花异木真是不少，里面最让我鼻子享受的是那一山的桂花树，听说这里的桂花树叫做月月桂，虽然此时已是冬日，但山上的桂花还在顽强地暗自飘香呢！"

狗儿道："你把这里的桂花说得那么好，我刚才怎么就没有闻到桂花香？"

谷道儿笑道："你那狗鼻子，只闻得到屎臭，哪儿能闻得到幽香！"

说笑之间，三人早已回到当阳县城。晚上，忽然吹来阵阵呼啸北风。谷道儿望望小客栈窗外的天，道："起北风了。"

梦雨说："会不会下雪？"

狗儿道："很难说。"

第二天，他们骑车返家的路上，天上果然零零星星地飘了阵小雪。

小雪一落地，就化掉了。

第二十回

1

春节过后，镇上各单位刚刚上班。

有天后半夜，梦雨睡得正酣，忽然被一阵噼噼啪啪的吵闹声惊醒。睁开眼睛看时，只见窗外亮如白昼，天上火花四冒，就像放烟花一样，四面都有人喊叫："失火啦！失火啦！"

梦雨一骨碌爬起来，抓起一个盆就往外跑，循着火光奔去，到了火场，看见那里已经聚集了大量救火的人。现场已经有人指挥，梦雨也加入一个队伍，一盆盆、一桶桶地传递不知从哪里装来的水，而前面就有人把水泼向熊熊燃烧的火海之中。

但此时的火，已经不可救药。水泼到火中，真的就如成语所说是杯水车薪。

原来这是一个麻纺厂，刚刚扩建不足一年。麻纺厂一直效益不错，原因很简单：这里的谷物每年都要大量地调往全国各地，甚至出口国外，所以需要大量麻袋。

麻袋的原料和制成品都是易燃物质。经后来调查，原来是值班的老吴，因为半夜天冷，在厂房里生了个火盆，睡着之后，火盆里的火炸了个火星到外面，不知怎么就把麻绒点燃了，直到烧起来才把老吴惊醒，等喊救火时已经晚了。

砖木结构的厂房，里面堆着大量麻绒和已制好的麻袋，大火一烧，火光熊熊，那麻绒飞到天上，到处噼噼啪啪，火星乱炸。一场大火，直到天亮才扑灭。

麻纺厂全部家当化为灰烬。隔壁的十几家民房也受到连累，好在没有人员因火灾死亡。

但有几个救火人员受伤，其中就有梦雨一个同学的哥哥，名叫薛磊峰。他在救火时，被一根木梁砸断腰脊椎。他是一名知青，下放在后乡一个生产队里。这次回家过年，因为农村一般要到正月十五之后才开始劳作，所以他还待在家中。

他的治疗费，在小镇引起了一场风波。

主要是他的身份问题。其他几个伤者，因为都是单位职工，所以就由所在单位支付。唯独薛磊峰，因他的身份是知青，所以就成了问题。

他的家人起先找到镇革委会，镇上办事人员推推诿诿，不太热情，说镇上没有这样的开支。办事人员让他们去找他所在的生产队，生产队说薛磊峰是在镇上救火受的伤，应该由镇上管，再说他们生产队都是赤脚医生，合作医疗，本来经费就少得可怜，哪儿有钱看这么大的病！后来他的家人又去找麻纺厂，麻纺厂说他们单位遭了火灾，几百号人生活都没有着落，哪里有钱！

梦雨妈爱打抱不平，她带着几个婆婆和妈妈，到处找人，跑上跑下，逢人就说："好事以后还要不要人来做！"在她的努力下，最后总算帮薛磊峰在县民政局弄了笔治疗费，勉强把手术做下来。

说起火灾，梦雨小哥给他提起一件往事。他说："鸭子，你还记得那年火神庙起火吗?"

梦雨说："记得。"

那是"文革"之前，也是在一个夜晚，但不是在冬天，而是在秋天。那火神庙中，烧饭的伙头，半夜起来生火做饭，不知怎么就得罪了祝融氏，一把火从后面厨房燃起，然后把夹壁木板点燃，火苗一下子就蹿到屋顶。

梦雨小哥说："我半夜惊醒之后，拔腿就跑去救火。那火神庙在镇郊区，中间隔着一大片菜地。我跑啊跑啊，只顾着看远处的熊熊大火，没顾着脚下，结果你猜怎样了?"

梦雨问："怎样啦?"

梦雨哥说："我一不小心，'扑通'一下掉进了一个粪池，吃了几口臭粪，差点儿把我呛死。"

梦雨大笑道："我怎么以前没听你说过?"

梦雨哥笑道："不好意思讲。"

梦雨说："那你今天怎么告诉我?"

梦雨哥笑说："因为这么多年，这事一直憋在我心里，觉得不吐不快。"

梦雨笑道："要不是麻纺厂这场大火，你这口臭气还吐不出来呢。"

梦雨哥说："是啊！差点儿成了我的心病。我后来直后悔，不该跑去救火。要是不去救火，哪儿会惹一身臭！"

梦雨说："你这样想就不对了！"

梦雨哥说："怎么不对？"

梦雨说："这是每个人都应该做的事情。"

梦雨哥说："我也这样想，但看见薛磊峰如今的遭遇，我又觉得很困惑。你想想，他如今腿已经瘸了，今后该怎么生活？难道这种后果就该他个人或者他的家庭单独来承担吗？"

梦雨也觉得很困惑。但他说："我觉得这种学雷锋的好事还是应该做。"

2

春天又来了，迎春苔开花了。

外出的同学陆陆续续回到小镇，梦雨的朋友圈子又热闹起来。这一天，梦雨的几位好友聚集在梦雨家菜园，七扯八拉地讲着闲话。

只听芳芳说："只不过一个寒假，一块地的紫菜苔全开花了。"

红儿说："可不，放假之前还只有一点儿花苞。"

萍萍说："一分耕耘一分收获。"

狗儿说："你们好像也没怎么来料理啊？"

苏琴说："哪里！从栽下菜秧开始，我们几个女生就经常来锄草。"

萍萍说："倒是很少见你来帮忙呢。"

狗儿说："我家菜园都忙不过来，这些事当然要请你们代劳了。"

大强说："寒假我来过几次，看见鸭子爹在给我们的菜地浇肥。"

萍萍说："我们真得感谢紫霞师傅。"

大家一起望着正在田里忙碌的鸭子爹说："大爹，谢谢你！"

梦雨爹在那边田头站起身说："没什么。"

梦雨问："你们讲讲寒假见闻好吗？"

萍萍说："我们到乡下做巡回演出，过几天换一个地方，累死我啦。"

红儿说："累是累一点儿，不过很充实。"

狗儿说："芳芳，你去了几次大地方，连发型都改了。"

萍萍说："是啊！芳芳的马尾辫都不见了。"

红儿说："芳芳现在把头发放下来更好看。"

梦雨也评价道："嗯，有飘逸感。"

大强也掺和道："一年土，二年洋，三年不认爹和娘。"

芳芳说："喂！你们无聊不无聊？老是谈我的头发。告诉你们，我刚刚洗了头，所以就这样披着，哪里是你们说的那样。"

大家嘻嘻哈哈了一阵，梦雨转头问苏琴："苏琴有什么见闻？"

苏琴说："见闻倒是有一件，但这件事情不知是真是假，我只是听说的。"

大家听苏琴说得玄乎，就撺掇她快讲。

苏琴说："我这次跟爸爸回老家，听说村里发生了这样一件事。"她讲道："村里有一户张姓人家，家里很穷，有一个女儿，名叫张可莲。可莲17岁那年，忽然失踪。当时她家里人到处寻找，可是始终没有找到她。村里人都说她已经有了不测，家里人也报了案，但多年都没有破案，这事就这样渐渐被人淡忘。但去年夏天的一个下午，她突然回到了家中，身上还抱着个孩子。"

狗儿问："是怎么回事?"

苏琴道："原来，她是被人拐卖到了安徽，这次是逃回来的。"

梦雨问："她是怎么被拐卖的?"

苏琴说："说来话长。有一天，她在县城卖鸡蛋的时候，碰见一个中年妇女。那妇女向她买鸡蛋，顺便跟她聊家常。得知她还没有嫁人，就说，'姑娘，我看你人长得也俊，又朴实，我跟你介绍一个对象成不?'可莲那时也正有这方面的心思。她就问，'是哪里人?'那妇女说，'就是本县城人，如果你愿意，我什么时候带你去看看'。可莲有点儿动心，说考虑一下。过了几天，可莲又去县城卖鸡蛋，那妇女又来找她。这次，可莲同意去看看。那妇女就带她去，走在路上，那妇女买了两杯茶水，她们一人喝了一杯。后来，她就迷迷糊糊地跟着那妇女上了一辆长途汽车。在车上，她觉得自己一直在昏昏沉沉地睡觉。"

芳芳插话道："我去武汉，也是一上车就睡觉。"

狗儿说："别插话，听苏琴讲!"

苏琴继续道："下了车，又上了一辆火车。就这样两天之后，她发现自己到了外地一个偏远的农村。又过了一夜，等她意识比较清醒时，那个妇女已不见了，却出现了几个男人。她要回家，但那些人控制了她，说'你要是不配合，小心我们不客气'。有天夜里，她乘几个人睡熟之际，从屋里溜了出去，但外面漆黑一片，跑了不多远，就被这几个男人抓了回去。她挨了一顿打，并且遭到欺凌。过了好些天，有天夜里，她突然被带走。一辆板车把她载到另一个地方，她后来才知道，这些人贩子把她卖给了这里的一个比他大二十几岁的农民。那农民当夜就把她给欺负了。后来，她跟这农民在一起过了好几年，生了两个孩子。"

红儿说："她怎么不逃走?"

"据说头一年，她逃跑了几次，都没有跑成，每次都被抓了回去。"苏琴回答。

萍萍说："当地就没人管吗?"

苏琴说：“好像那乡下都是那农民的什么亲戚。”

狗儿点头道：“对了，农村中，很多都是爹当队长，儿子当会计，一个村都是姑舅姨。”

苏琴说：“那个村相对当地来讲也是个贫穷村。村里的男人都娶不起老婆，女人都不愿嫁给本村的人，所以只好花点儿钱买，当地人对这种事都是睁只眼闭只眼。张可莲一个外地女子，初来乍到，话也听不懂，方向也摸不着，不知自己身在何处。因为有了多次挨打的教训，所以她也慢慢平静下来。过了几年，那些人见她已经安心持家，帮着干农活，悉心照料孩子，就渐渐放松了警惕。在这几年中，她渐渐知道了那是什么地方，也能听懂一些当地方言。她偶尔跟丈夫到一个小镇卖农产品，自己也提一些东西去卖。就这样，直到丈夫对她完全放心。去年夏天，她带着还在吃奶的孩子又去小镇去卖鸡蛋，就上了一辆到省城的汽车，几经辗转，终于逃回家。”

梦雨问：“那些人贩子抓到没有？”

苏琴说：“好像只抓到一部分。”

萍萍问：“她丈夫呢？我觉得他也有罪。”

苏琴说：“本来也被抓了，但好像又给放了。”

红儿问：“为什么？”

苏琴说：“因为张可莲家又要求撤案。”

大强问：“为什么？”

苏琴说：“听说，那张可莲想起她的大儿子，不想让孩子受到太大创伤。又寻思，这个丈夫除了头一年打了她几回外，后来对她还是不错的。家里虽然不富裕，但还心疼她，甚至把挣来的几个钱也交给她管。她说，那个男人还是个好人。”

萍萍说：“我觉得他应该受惩罚。”

苏琴说：“本来也应该如此，但世界上的事情往往不那么简单。”

大家叹息了一会儿。

只听芳芳问：“今天怎么不见道儿？”

梦雨说：“他跟他爹到豆腐社学打豆腐去了。”

狗儿说：“他爹叫他学一门实实在在的手艺，免得以后没本事吃饭。”

芳芳说：“现在豆腐社打黄豆都改成机械化了。”

萍萍说：“不知怎么的，我觉得现在的豆腐没以前好吃。”

红儿点点头说：“我也认为是这样。”

大强说：“你们知道吗？原来一斤黄豆只能做三斤豆腐。现在一斤黄豆可以做出六斤豆腐来。”

苏琴问："那是为什么？"

大强说："我姐姐在豆腐社，她说，现在的电磨磨得细，豆腐渣都可以磨成浆，所以产量就增加了。"

苏琴道："怪不得。"

梦雨说："过去都是用驴来推磨。记得那时，豆腐社的磨坊里就有几十头驴。"

狗儿笑道："那时候觉得平常，现在想起来好笑。"

红儿问："那时候什么平常？现在什么想起来好笑？"

狗儿笑道："驴子推磨啊！"

梦雨接话道："是啊！只记得走进磨坊，看见那些驴子被蒙上眼套，身上架一个挽套，围着磨不停地走啊走。"

苏琴没有见过，她问："为什么要蒙上眼套？"

大强说："免得它偷懒，也不让它偷吃黄豆。"

狗儿对苏琴问道："你能想象那驴戴着眼套的样子吗？"

苏琴说："应该像一个小丑。"

狗儿说："不，像一个戴着墨镜、斯斯文文的书生。你不知道它一走一点头的样子，好像是书生要进京赶考在一路背书呢。"

大家听后哈哈大笑。

萍萍说："狗儿说的是有点儿像。不过想起来我更会觉得奇怪。"

梦雨问："奇怪什么？"

萍萍说："你们说驴推磨时会不会头晕？"

红儿笑道："是啊！我跳芭蕾舞转圈时，转多了就会有点儿吃不消。"

狗儿笑道："我转两圈就晕了，转不到十圈就会趴在地上。"

芳芳想起来一件事情，就说："有首童谣你们还记得吗？"

梦雨问："什么童谣？"

芳芳说："旋磨磨，不跌倒，谁要摔跤吃刮包。"

苏琴不懂什么是"刮包"，就问什么是"刮包"。

萍萍说："我们小时候常玩转圈圈的游戏，谁在转圈圈时摔倒，就要受罚，吃刮包就是在你的鼻子上用手指头刮一下。"

芳芳说："还有一个儿歌，叫做《推磨》，还记得吗？"

大家纷纷说："怎么不记得！不就是'推磨！摇磨！推的面，白不过。做的粑粑，黑不过。冷一个！热一个！吃了心里不快活。半夜起来摸茶喝，吹壶碰到狗脑壳'吗？"

苏琴说："好玩！"

红儿道："鸭子，你们三人这次旅游好玩吗？"

狗儿抢着回答："很好玩。"于是，他把他们骑车漫游各地的经历绘声绘色地描述了一番。末了，他说："就像那本英语书中的三个主人公一样。"他指的是英语老师借给他们的那本《三人出游记》。

芳芳说："我这次到武汉，参观了古琴台，知道了俞伯牙和钟子期的故事。"

红儿说："这个故事我也知道。"

梦雨说："讲给我们听听！"

芳芳讲道："相传春秋战国时期，楚国郢都有位大臣名叫俞伯牙，极善于弹琴。有一次伯牙受楚王派遣出差办事，乘船沿江而下，途经汉阳江面时，突然遇到大风雨，便将船舟停靠在龟山脚下，不久雨过天晴，太阳出来，他觉得心旷神怡，便弹奏起琴来。他抚琴不到一会儿，琴弦突然铿锵一声就断掉，伯牙十分惊讶，他知道遇到了高人，便请那人出来。果然，从树丛中出来一人，此人便是樵夫钟子期。伯牙问那樵夫是否听得懂他的琴曲。钟子期点点头。看他是个打柴的樵夫，伯牙还不十分相信，因为他弹奏的琴曲从没有人真正听懂过，眼前如此一个打柴人怎么可能听懂！伯牙于是调好琴，沉思片刻，抚琴一首，志在高山。子期赞道：'好美啊！巍巍乎志在高山。'伯牙又抚琴一首，意在流水。子期又赞道：'多美呀！荡荡乎意在流水。'伯牙这时方才相信此人懂琴。伯牙喜遇知音，相见恨晚。两人便结为挚友，弹琴说诗，十分投机，相别时依依不舍，于是相约来年再会。第二年，伯牙按约来会子期，谁知子期不幸病故。伯牙十分悲痛，在子期墓前鼓琴'高山流水'。奏后，伯牙扯断琴弦，摔碎琴身，决心今后永不弹琴。"

苏琴道："古来知音难得！"

芳芳点头说："是啊！我当时听了这个故事好感动，所以还作了首诗。"

萍萍说："说给我们听听！"

芳芳说："我想想。"过一会儿，她轻轻地背诵《古琴台怀古》道：

高山流水天上云，桃花源梦梦里寻。
十年弹琴情谁解？一朝断琴却为情。

狗儿说："怎么把桃花源扯进去了？"

梦雨说："你不知道，芳芳把自己的情感带进了诗里，她不纯粹是在凭吊古人。"

红儿笑道："鸭子，你也算是芳芳的知音呢！"

大家哈哈大笑。这群少年，就这样快乐地在梦雨家菜园闲聊假期见闻，聊了整整一个下午。

回家时，他们每个人都带了一把迎春苔。

3

在一曲又一曲响彻云霄的音乐声中，学生们把摞在墙角的桌子和凳子重新摆好，把门窗擦一遍，把地上的灰尘扫一扫，把教室收拾得干干净净。然后，他们去操场打球、追逐或者闲聊。

这是一个快乐的星期六。今天，新学期开学。

梦雨去找英语老师吴老师，他把从老师那里借的英语读物还给他，并向他请教了一个问题："above是什么意思？"

吴老师说："above的意思是指'不与表面接触的悬空高处'，作'在……的上方，高于……'讲，比如'We were flying above the beautiful clouds'，意思就是'我们在美丽的云彩之上飞行'。"

梦雨说："吴老师，我觉得您讲得不对。"

吴老师说："哦？哪里不对了？"

梦雨说："我看见一个句子，它是这样说的：'The ship sank just above the Penglai-Gods-Isles.'按照您的解释，这句话的意思岂不是'这艘船沉没在蓬莱仙岛的上空'？吴老师您想想，一艘船怎么会沉没在天空，它又不是宇宙飞船！就算是宇宙飞船，它也不会沉没！它只可能消失在太空，飞上去永远回不来，或者最多就是在天空坠毁，怎么会沉没呢？"

吴老师哈哈笑道："鸭子，这个地方above的意思不是指悬空高处。"

梦雨问："那怎么解释？"

吴老师说："这里讲的是'在……以北'，这句话的意思是：'这艘船沉没在蓬莱仙岛以北之处。'"

梦雨心想："原来外国人的话是乱讲的，天上和北边完全是两个不同的方位。如果是这样的话，那还分什么东西南北天地四方！"后来他才知道，原来外国人说这种话依据的是地图，即所谓"上北下南，左西右东"原则。

又有一天，梦雨又去找语文老师万老师，因为他在寒假中想到一个问题。万老师在办公室正和几个老师笑谈。

梦雨说："万老师，有个问题我没有想明白。"

万老师问："什么问题？"

梦雨说："鲁迅应该是一个具有独立精神的人，是不是？"

万老师说："不错。"

梦雨说："那他为什么人云亦云？甚至落井下石！"

万老师说："何以见得？"

梦雨说："他为什么要'横眉冷对千夫指'呢？"

万老师反问道："为什么不能？"

梦雨说："老师，请问'千夫指'是什么意思？"

万老师说："我上学期不是讲过，'千夫'就是'许多人'，也就是'大家'，'指'就是'指责'的意思。'千夫指'就是受大家指责的人。"

梦雨说："问题就在这里！"

万老师和其他几位老师都奇怪地望着梦雨。万老师笑道："问题在哪里？"

梦雨道："难道被众人所指责的人就应该对他横眉瞪眼吗？难道被众人所指责的人都是坏人吗？"

万老师说："一般说来被千夫指的人是坏人。"

梦雨说："那不见得。我觉得不是这样。"

有个老师问："怎么不是这样？"

梦雨说："比如屈原。"

万老师说："屈原是伟大的诗人，有谁指责他？"

梦雨说："可是当时，在屈原那个时代，在朝廷内外，指责他的人何止上千！"

万老师说："可是后来他被平反，受到后人的爱戴。"

梦雨说："那也是后来的事情。他当时要不是受到朝廷那么多人的指责、唾骂、污蔑，怎么会感到那么孤立无援？如果他不是那么绝望，怎么会跳江自杀？在他那个时代，有谁能理解他，同情他？"

老师说："老百姓还是理解他的。"

梦雨说："不见得。比如您看他跟渔父的对话。渔父说：'世人都浑浊不清，你为何不同流合污？世人都醉生梦死，你为何不与世同醉？为何要忧国忧民举止清高，使得自己遭受流放？'"

万老师笑道："鸭子，屈原就不用说了。鲁迅这里指的是坏人。"

梦雨还是不服气，他说："看来鲁迅也是人云亦云。他也没个是非，好人坏人要看大多数人的态度。"

老师们哈哈大笑，说："鸭子，你不要太认真，死抠字眼。"

其实，梦雨本来要举的一个例子是易翠花，虽然全镇大多数人都指责她的行为不轨，勾引比她小的男生，但梦雨却不这样认为。"虽然她被小镇千人所指，但她起码不是坏人。"他想。但他怕老师们追根问底，一下子又讲不清楚，所以他举了屈原的例子。

当然，他还有更多的问题。比如，他有限了解的一些历史人物，在红极一时之时，万人景仰，如日中天，何等威风！一旦失势，又遭千夫所指，万人唾骂，狗屁不如。同样是一个人，怎么会有如此大的不同？

当然，他知道人有得意之日，也有落魄之时，这些都很正常。问题不在这里，主要是世人的态度。

为什么人在得意之时，有那么多人对他歌功颂德？许多人趋之若鹜，赞誉之辞何其多也！为什么人在失势之后，有那么多人对他咬牙切齿？

后来，梦雨终于想通了一点点。

因为梦雨小哥对他说："有些人在得意之时会忘乎所以。他以为只有老子天下第一，横行霸道。那底下的人，人在屋檐下，哪能不低头。即使他做尽坏事，人们也是敢怒不敢言。就连他身边的人，也可能因为各种原因，对他怀恨在心。所以他一旦失势，就遭万人唾骂。而他身边的人，可能骂得比别人还凶。"

梦雨小哥爱读历史，他说："比如明朝的严嵩是个大奸大恶之人，他得意之时，顺我者昌，逆我者亡，朝廷上下，谁敢说个不字，趋炎附势之徒何其多。一旦倒下，便墙倒众人推。"

梦雨反驳说："那张居正呢？他应该是个好宰相啊！他失势之后，踩他的人何止他的敌人？"

梦雨哥说："人就是这样的。"

梦雨说："人怎么能这样！应该有点儿骨气才对啊。"

梦雨哥说："'指鹿为马'这个成语你应该知道吧？"

梦雨点头说："知道。"

梦雨哥道："这成语的来源你知道吗？"

梦雨说："意思是明白，但具体故事却不太清楚。"

梦雨哥说："秦始皇的儿子胡亥是秦二世。在秦二世时，宰相赵高想要谋反。为了试验谁对他忠心，他牵来一只鹿，拿给二世看。二世问，这是鹿吗？赵高说，不是，是马。皇帝不信，赵高说，不信请陛下问大臣。二世问大臣们，有的说是马，有的说是鹿。结果，赵高把说鹿的大臣们全部杀掉了。这就是'指鹿为马'这个成语的来源。这个故事说明了什么？"

梦雨说："颠倒是非，混淆黑白。"

梦雨哥说："不错。但里面还让后人明白了许多。"

梦雨问："明白了什么？"

梦雨哥说："识时务者为俊杰。"

梦雨不以为然："什么叫做'识时务者为俊杰'？"

梦雨哥道："就是'好汉不吃眼前亏'。"

梦雨说："这叫见风使舵。"

梦雨哥说："这叫聪明人。"

梦雨说："我承认，可是我鄙视。"

梦雨妈也开导儿子说："五七年时，要我们给农村送肥料。有的人吹牛说，他可以送一千担肥料。我当时想，就算把我们家的后园田里的土都挑到农村去，也不足一百担。所以我就报说我送二十担肥料。结果，那报一千担的夏翠柳得了全镇支农标兵。"

梦雨笑道："妈！那你呢？"

梦雨妈说："我？挨了上级领导一顿批。他们说你这个居民委员会委员都不给群众带头！"

她接着道："后来李滑头跟我说，'大姐啊，你怎么这么死心眼呢！人家要你怎么说你就怎么说是了'。他还向我传授秘诀。"

梦雨问："什么秘诀？"

梦雨妈说："随大流。李滑头对我说：'我们小老百姓，能做什么？你领导说姜是树上结的，桃子是地下长的，鸡蛋是牛下的，我们都说对。'李滑头又说：'要是我，不但要说对，还要随声附和。我会说，对呀！今天我看见王巴丹家的牛正在下鸡蛋，昨天我还在尤大贵的李子树上摘了一块姜，前天看见崔大牛还在地下挖了一篮子桃子呢！'"

梦雨说："这也太恶心了吧！"

梦雨妈说："这是告诉你要学乖。"

梦雨还关心夏翠柳大妈的一千担支农肥料，就问："那夏翠柳大妈真的做到了吗？"

梦雨妈说："做到个屁！她还没有我送的肥多，完全在瞎吹牛！"

梦雨问："没有人检查吗？"

梦雨妈说："谁去田里一担一担地检查？还不是由她说。她有个亲戚在农村当大队长，他对我们主任说，夏翠柳还超额完成了送肥任务。"

梦雨说："弄虚作假。"

梦雨爹说："老实人吃亏，滑头占便宜，吹牛的出风头。这样下去怎么得了！"

4

这天放学，梦雨正好跟科学家岳姓同学走在一起。他忽然想起上次谷道儿讲过，岳同学曾有过"秋雨不看花，看花会失眠"这样的奇谈怪论，就向他打听此话是否属实。

科学家说："哪儿有此事！"

梦雨说："无风不起浪。"

科学家说："那道儿刁钻古怪的，他那天非要跟我回去看我用永动机来浇花，所以我告诉他'秋雨不看花，看花会失眠'。"

梦雨说："哦！原来你是骗他。"

科学家说："谁叫他来捣乱！"

梦雨冷笑道："可能是你的永动机还不能用来浇花吧？"

科学家说："怎么不行！完全可以。"

"那你为什么不敢给我们演示？"

科学家说："还不到时候。"

梦雨讥讽道："苏联的加加林、美国的阿波罗、中国的东方红卫星，都已经飞上了天空。你的永动机八字还没有一撇，我们什么时候见你拿出真家伙来？"

科学家微微一笑："科学研究是要钱的，我现在缺少经费，所以还不成功。"

梦雨问："那得要多少？"

科学家说："应该不少。"

梦雨说："那就是无底洞啰？"

科学家说："起码会有阶段性成果。但我现在还没有任何经费，我的经费都是我自己省吃俭用得来的。"

梦雨说："难能可贵。"

科学家说："有些事是不能想结果的。"

梦雨说："那倒也是。"

分别时，梦雨说："其实我还是相信你的。"

科学家说："谢谢。"

5

羽毛球队重新集训，早晚都要练一练。因为四月要举行全县高中羽毛球锦标赛。

学校特别重视这次比赛，对集训队员有许多优待。比如，队员可以不参加早操、早自习，可以不参加班上打扫卫生的工作，可以不参加许多会议等。

物理老师魏老师作为专职教练，他每天领着队员，有计划地对他们进行训练。

魏老师是个风度翩翩的男老师，大约二十五六岁，刚刚结婚不久。

他的爱人也是学校的老师，是他大学的同班同学，长得文静漂亮。人们都说他们俩是学校的金童玉女。

为了加强锻炼，魏老师要求队员们早起一个小时，每天要跑三公里路，然后才可以进场打球。

梦雨上午上课时，常常想要打瞌睡。

四月上旬，全县高中羽毛球锦标赛在古镇高中举行。团体赛最后决赛，刘华子作为本镇头号种子选手，打败县一中三号种子选手；大强作为二号种子选手，输给对方二号种子选手。正当对方球队认为团体冠军非他们莫属时，却爆出了冷门。梦雨作为本镇高中三号种子选手，以二比一战胜了县一中的头号种子选手。

赛后，县一中的领队找大会裁判组交涉，认为梦雨才是古镇中学一号种子，古镇中学是有意隐瞒实力。但大会裁判组经过复议，认为古镇高中并没有违规，比赛结果有效，但要求在单打比赛时，将梦雨排为头号种子。

接下来的单打，证明了县一中领队的判断。梦雨一路过关斩将，打败一切对手，成为冠军。而县一中的头号选手，也证明了自己的确优秀，他以二比一战胜了刘华子。他跟梦雨再次交锋时，虽然以一比二输掉，但仅仅输了最后两个球，获得了亚军。出人意料的是，大强获得了第三名。而刘华子只获得第四名。

女子比赛毫无悬念，因为她们完全没有对手。冠、亚、季军全部被她们包揽。

事后，狗儿告诉梦雨说，学校本来是想保刘华子当冠军的。因为刘华子妈妈在学校当炊事员，他跟老师们都很熟。

顺便说一句，刘华子此时已经光荣地加入了中国共产主义青年团，他是本年级为数不多的第一批团员。娇娇也是，而且她现在已经是学生团干部。

6

春暖花开。

星期天，班上组织春游。

其实就是在河边树林找了个地方，大家在一起唱歌跳舞，讲故事，还有几个女生玩了小学时候的游戏“丢手绢”。最主要的是野炊，吃野菜。

吃野菜的时候，大家回忆起了小学时候吃忆苦餐的往事。

小学那时候，经常搞“忆苦思甜”活动。一般过程都是这样：首先，发动全校同学，在河边滩涂或者后街湖畔，寻来野菜，然后在河边洗干净，用一口大锅，在河岸边挖一个大灶，找些柴火，将这些野菜倒下去慢慢煮。接下来在镇上或是附近农村，请一位苦大仇深的工人或者贫雇农，给全校师生讲他们心酸的往事。这些贫下中农，讲起自己心酸的过去，常常会痛哭流涕，师生们也听得声泪俱下。这时候就有高年级同学振臂高呼："不忘阶级苦！牢记血泪仇！打倒万恶的旧社会！"然后大家带着自己从家里拿来的碗，一般要求是破碗，排队到野菜锅前去盛一碗野菜吃。

那些贫雇农，在旧社会受尽压迫，讲出来的往事令人心酸。比如，有一个老人，他说："我是一个孤儿，从小给地主放牛，住在牛栏里，吃不饱穿不暖不说，还要经常挨打。有一次，那地主的儿子吃肉包子，吃不完就扔给猪吃。那时，我正在收拾猪栏，清理猪粪，看见包子，一时嘴馋，就从猪盆里捡出来拿着吃。正在吃的时候，恰恰被那地主婆过来看见。她愣说我偷他们家的包子吃，拿块劈柴，劈头就打，当时就把我打昏了过去。后来，他们还骂我是贼，把我从他们家撵了出来。"

梦雨听了这个故事，非常憎恨那地主婆。

学校也曾经来找梦雨爹，让他去给学生们讲讲他在旧社会受苦的故事。因为他们了解到，梦雨爹不到七岁时，就给一个老板当学徒。可梦雨爹却再三推却，没有去忆苦思甜。

梦雨后来问："爹，你为什么不去给我们讲讲？"

梦雨爹回答说："儿子，我那情况比较特殊。"

梦雨问："有什么特殊？"

梦雨爹说："我虽然帮工很苦，但那老板对我还不错，从来没有打过我。"

梦雨不信，他听老师说"天下乌鸦一般黑"。

梦雨爹说："不见得。"

梦雨说："怎么不见得？"

梦雨爹说："我老板对我还是很好的，在他家我没有饿过肚子，他家也没有克扣过我的工钱，有时候还给我买件衣服或买双鞋子穿。"

梦雨说："爹，你没有阶级觉悟。"

梦雨爹却说："一是一，二是二，我只讲实话。"

梦雨那时想："爹的阶级觉悟不高。"

他向他妈求证，他妈也点头说："那老板对他好极了，比亲儿子都不差。"

梦雨更不相信："老师说，天下穷人一家人，只有阶级亲。"

他妈说："有时候不是这样。"

梦雨大姐那时还在家，她告诉梦雨："鸭子，你知不知道？"

梦雨问："知道什么？"

梦雨大姐说："我们的妈，就是我们爹他老板的女儿。"

梦雨半信半疑，他说："那为什么咱们家成分没有划成资本家？"

梦雨大姐说："是这样的，日本人侵略中国时，曾经用飞机扔过炸弹，我们外公的棉花仓库，被一颗炸弹击中，引起一场大火，结果破了产。"

梦雨妈说："幸亏！要不是那场大火，咱们家肯定是资本家。"

梦雨爹说："幸亏！要不是破产，你爹也不见得把你嫁给我做老婆。"

梦雨妈说："放屁！"

梦雨爹对梦雨说："你妈是独生女。我在她家做学徒时，她常常陪我。当然是我干活，她玩。"

梦雨说："妈，你是怎么看中一个敌对阶级阵营的人的？"

梦雨妈笑说："那时候我没有阶级觉悟，没想过他是我们资本家的阶级敌人。"

梦雨问他爹："你呢？难道你也没有无产阶级的阶级觉悟？"

梦雨爹说："我也没有工人阶级的阶级觉悟。但那不能怪我。"

梦雨问："怪谁？难道怪外公？"

梦雨妈笑道："要怪只能怪那时候还没有划分成分，因为成分是解放后才划分的。"

7

梦雨大姐夫的家庭成分是地主，他偶尔回家探亲，也来梦雨家小住。谈起自己家的地主成分，他就愤愤不平。他私下对梦雨说："我这个地主崽子最划不来！"

梦雨说："为什么划不来？"

他大姐夫说："我当了一场地主崽子，解放前连肉包子都很少尝过。"

梦雨笑着说："我不相信！"

他大姐夫说："我不骗你！"

梦雨问大姐："是不是真的？"

他大姐道："的确如此。"

梦雨奇怪道："一个地主家，怎么连肉包子都买不起？"

他姐夫说："说来真是冤屈得很！"

梦雨说："有什么冤情？"

梦雨大姐说："解放前，他家一直很贫穷，到解放前夕，好不容易才置了点房产。家里有一间普通瓦房，三亩薄地。按划分成分的标准，充其量也只是个贫下中农。"

"那为什么把他家划分成了地主？"梦雨问道。

梦雨大姐夫道："我爹在解放前三年突然不幸去世，剩下我们孤儿寡母。我那时还小，我妈一个人怎么能干完田里的活儿？她只好请人种地，勉强维持家庭。我小时候哪儿有钱买包子吃！"

梦雨大姐说："可是划分成分时，他家什么条件都符合当地主的阶级成分。他家有房有田有地，而且还请了人。"

他姐夫道："请了人就是请雇工，按照当时划分成分的标准，我家被打成地主，我妈成了被管制的对象。"

梦雨曾经到乡下姐夫家去玩过，他看见大姐夫家大门之上有个牌子，上面写着：四类分子。

梦雨大姐说："幸亏他勤奋读书，出去参加了工作，在外面还当干部，否则在家就惨啦！会被监督劳动。"

因为他大姐夫是个国家干部，回到乡下还有身份，所以这些年乡里干部对他妈还算客气。另外，当干部的人也有些是他家过去的帮工，对他母亲的情况比较清楚，偶尔也替她说说话。比如，要开展运动拉坏人出来斗争时，他们就会保护她，说："嘿！那个地主婆，有名无实。"

学校开展"忆苦思甜"活动，有时候会出些差错。大约是在梦雨小学二年级的时候，学校在镇上蔬菜场请了一位名叫李二晃的大爷，也就是李叫花的爹，来给大家讲他在旧社会受苦的经历。李大爷一生穷困潦倒，妻子早亡，带着一个儿子，生活十分拮据。他一生别无他好，就是贪杯，平常话语不多，喝上几杯之后才有些言语。

镇上的老人都知道他是外地人，据说他的父亲在他不到三岁时，就被国民党抓壮丁时抓走了，从此没有回来。他母亲被当地一个专做鸦片生意的恶霸霸占，母子时常遭到那恶霸的打骂摧残。李二晃的母亲在他五岁那年不明不白地死去，李二晃也被那恶霸赶出家门。他从此到处流浪，有一顿没一顿，不知哪一年，就流浪到了古镇。这里的人见他可怜，常常施舍一点儿饭菜给他。他见这里能够生存下去，就索性在此地待了下来。叫花子吃百家饭，居然慢慢长大。后来，又在小镇一些有钱人家帮工，生活也渐渐有了起色。解放之后，分了一间小房子，在蔬菜场工作，结了婚，生了一个儿子，生活虽然并不宽松，却还过得去。只是他爱喝酒，喝酒之后就打老婆。老婆死后，就打儿子。

在"忆苦思甜"活动中，他在蔬菜场的一次发言，让大家痛哭流涕，起到了非常好的教育效果。镇领导在一次全镇大会上说：李二晃的身世催人泪下，非常具有教育意义，是贫苦人民在旧社会受压迫受剥削的典型代表。因此，小学校长为了对学生进行阶级教育，专门请李二晃来给学生们作报告。

这次大会非常正式，报告在学校大操场举行，还安放了扩音器。

那天下午的程序：首先是吃忆苦餐，然后校长讲话，随后请李大爷上台作报告。

李大爷缩头缩脑地走上主席台。他中午喝了半瓶酒，脸上还泛着红光。他朝台下望了望，黑压压一片。他的儿子李叫花此时还是六年级学生，坐在他的对面。

李大爷开始讲述自己的苦难故事，虽然啰里八唆，刚开始也还像回事。但不知何时，他居然讲到 1959 年，说那一年全家粮食不够吃，酒更买不到。他没有办法，只好到镇生活资料公司乘人不注意时，偷偷拿了瓶工业酒精，回家后慢慢兑水喝。他讲着讲着，忽然放声大哭，他对台下的儿子说："花子啊！真的不是我打死你妈的呀！实在是她太不应该啊。我只不过踢了你妈一脚，因为她不该把我好不容易弄来的酒精瓶给摔破了啊！她说，'家里没米开锅，你还在这里灌黄尿！'我气愤不过，才踢了她一脚。谁知她居然想不开，怎么就上吊了呢？"

其实小学生们并没有搞清楚旧社会和 1959 年的区别，看见李大爷声泪俱下，有的同学，特别是一些女同学，也跟着"呜呜"地哭起来。

老师们当然早就发现了事情不对，他们都望着校长，校长招手叫来主持会议的少先队大队长，正在那里商量着什么。

还没有等他们采取行动，就听见李大爷的儿子李叫花同学突然站起来高声喊道："你撒谎！就是你打我妈！你天天打她！她受不了你才上吊的！"

会场顿时大乱。同学们愕然。

李叫花的班主任张老师赶紧制止李叫花。校长立即宣布散会。

从那之后，学校再也不举行"忆苦思甜"活动。

今天，梦雨班上组织野炊，因为吃野菜，大家忽然回忆起这件往事。万老师听后，说："有些事情是很荒诞的。"

第二十一回

1

古镇高中的羽毛球队，不但在全县“打遍天下无敌手”，而且还以古镇成员为主，代表本县参加了地区锦标赛并荣获男子团体冠军，男子单打冠、亚军，女子团体亚军，女子单打亚、季军。梦雨获得全地区男子单打冠军，县一中原种子选手江峰是男子单打亚军。郝天珍获得女子单打亚军，孟姹姹获得女子季军。

古镇羽毛球队声名鹊起，不但经常被拉出去到各地进行表演赛、友谊赛、锦标赛，而且还引来各路高手进行挑战。前不久，甚至连省羽毛球青年队也来小镇跟他们进行了一场对抗赛。虽然他们输掉了比赛，却输得一点儿也不难看。

这一次，他们来到某大型三线工厂，要跟对方进行几场比赛。

这是一个星期六的中午，男女羽毛球队被厂方的一辆汽车接到大山深处的工厂驻地。厂方非常热情，有专人全程陪同，将他们安排住在工厂的招待所里，并设宴款待了他们。

当天晚上，女子羽毛球队跟厂方代表队进行了一场友谊赛。第二天上午，他们参观了一些厂房。下午，双方男子队对阵。本来晚上还有一场表演赛，却因为突如其来的一场大暴雨被迫取消。他们被汽车送回招待所。

雨越下越大，是那种铺天盖地的豪雨，伴随着电闪雷鸣。从晚饭时分开始，持续了大约三个多小时。到晚上十点钟左右，雨才开始减弱。

回到招待所之后，大家无所事事，就聚集在魏老师房间讲故事、说笑话。

吴志首先讲了个故事：“解放前，我们乡下有抢婚习俗。就是男方娶亲时，要到女方家闹一闹，好像是把人家闺女抢来的一般，是增加喜庆的意思。有一次，有户男方去娶亲，正好碰到隔壁肥姐在女方屋里帮忙。新郎被女方的亲友挡在人群之中不能脱身，却冷不防被几个帮忙抢亲的人冲入房间，他们看见屋里一个年轻女子，就不由分说把她抢到轿子上抬走。他们一边手忙脚乱地抬着轿子往回跑，一边招呼那新郎：‘快走！快走！抢到了！’女方的亲友都冲了出来，一边追赶轿子，一边大声喊：‘抢错了！抢错了！’那些抢亲的人一边跑，一边问轿中的女子是否属实。那女子正是邻居家肥姐，她笑呵呵地说：‘没抢错！他们是骗你们多给彩礼的！快跑！快跑！’抢亲的人说，‘到底要做我们男家媳妇，一出门就帮夫家说话！’”

大强讲了个铁公鸡的故事：“有一只公鸡，非常想做人。死后到阎王爷那里报到，阎王问它下辈子想要做什么。它说‘想做人’。阎王说：‘那得先把一身的羽毛拔掉才行。’于是叫来小鬼帮它拔毛。刚刚拔掉一根，那公鸡就嗷嗷乱叫很痛。阎王爷笑着说：‘你这个铁公鸡，一毛不能拔，怎样做人？’”

梦雨讲了一个不知从哪本书上看来的故事：“过去有一家人，大儿子夫妇信佛教，所以就把观音菩萨像摆在神坛中央。二儿子夫妇信基督，他们来拜基督时，就把耶稣像换到神坛中央。三儿子夫妇信儒教，他们来拜圣人时，就把孔夫子像移到神坛中央。小儿子夫妇信伊斯兰教，所以每次都要把穆罕默德像摆放到神坛中央。如此颠来倒去，把这些神和圣搞得晕晕乎乎。几个儿子和媳妇经常为此吵架，有一次竟然为此大打出手，弄出祸事。有人将他们押到衙门，县官老爷让他们各自陈述。结果公说公有理，婆说婆有理。县官于是把神坛的四位神像请来对质。观音、孔子、耶稣和穆罕默德的神像忽然开口说：‘其实我们互相之间都是和平相处的，从来也没有闹过什么意见。就是这几位信奉我们的男男女女，将我们搬来搬去，结果搬出是非来了。’”

高汨也讲了个故事。魏老师也有个故事，他正要讲，忽然听见外面高音喇叭响起：“紧急通知！紧急通知！因为突降大雨，山洪暴发，厂里刚买回的建筑木材被山洪冲走，请全体职工听到通知后，赶紧出来抢救国家财产!”

魏老师说：“不好！快去救灾!”

2

循着人们的呼叫声，他们跟着魏老师跑到了救援现场。

天还在下雨，借着闪电，可以看见黑夜中无数的人影。

此时，水从四面八方涌来，犹如万马奔腾。溪流中的水最深处已经齐腰，人跳入水中，根本站不稳。羽毛球队员们学着水中抢险人群的样子，大家三五成团，互相拉起手来，相互扶持，看见冲来的木头就让站在最近处的人去抓。

梦雨头一次领教了水的力量。

黑暗中，梦雨和红儿挽臂在一起。他们的前面，有许多像他们这样的队伍。

山洪不断把一根根木头冲下来，前面早有人把它们截住，推向岸边。偶尔，有一两根漏网的小圆木，也被他们抓住，被手忙脚乱地拉回岸边。这样干了不知多久，抢救上来的木头，横七竖八，堆得岸边到处都是。

正当大家准备松口气时，却忽然涌来了更大的山洪。堆在岸边的木材顿时漂浮起来，直向下游方向滚去。救险的人群顿时大乱，有人呼叫："快往高处走!"

羽毛球队伍也赶紧向高处转移。正在人群混乱不止之时，一阵洪涛扑面冲来，大家一阵惊呼，队伍随即被洪峰冲散。

梦雨跌了一跤，被身边的红儿和芳芳拉了一把，三人艰难地往岸边摸索蹚去。走了没几步，更大的浪涛滚滚而来，三人立足不稳，被洪水冲散，一下子被卷出了好几百米远。在一片开阔之地，水势稍平，他们才分别重新站立起来。虽然他们都在长江边上长大，早就学会了游泳，但还是呛了不少口水。

三人连滚带爬，好不容易才重新聚集在一起。聚集起来之后，他们彼此手拉着手，在齐腰的水中艰难地朝山坡高处挪动。

他们顺着水势，尽量往岸边推移，但还是不断被洪水向下游方向推动。每挪动一步，反而要跟随洪水往前走好几步。幸亏这一片地势较为平坦，他们虽然跌跌撞撞、踉踉跄跄，但还不至于摔倒。

但好景不长，在洪水不断的推动下，他们已经到达一个狭窄地带。这里水流湍急，很难站稳。他们奋力往岸边挪动，互相鼓励。

正在他们艰难前进时，忽然，一根粗大的木材从上游向他们背后撞了过来。情势紧急，芳芳和红儿大声惊叫。梦雨见势不妙，赶紧将红儿和芳芳两人往前猛推，但自己已躲闪不及，被冲来的木头撞了一下，摔倒在水中，被激流卷得不见人影。

红儿和芳芳被梦雨往前推，也差点儿摔倒，手忙脚乱地在水中挣扎多时，才站稳脚跟，不至于被洪水卷走。她们哭叫起来，不断地呼喊着："鸭子！鸭子!"

梦雨被洪水卷入激流，一下子被冲到远处。他在水中拼命划动双臂，不知呛了多少水。他拼命挣扎，尽量让头露出水面。

慢慢地，他觉得头脑晕乎起来，只觉得身体沉沉浮浮，想要身体不往下沉，却有些力不从心。

不知漂浮了多久，正当他精疲力竭感到再也无力向水面浮起的时候，却在无意识中，突然抓住了一根巨大的木头。这根巨大的木头，正好被一块岩石卡住。他像抓到了救命稻草般，紧紧地抱住木头，再也不肯放松。他惊魂未定，喘息了好半天，完全不敢动弹。

他抱着木头，喘着气，不知过了多久，山洪才稍稍退去。水势渐渐平稳，他的脚已经可以触到地上的岩石。

正当他尝试着往远处岸边挪动脚步时，忽然隐隐约约听到远处红儿和芳芳的哭喊声："鸭子！鸭子！"

他大声呼叫："红儿！芳芳！我在这里！我在这里！"

他们彼此呼唤，相互叫喊对方的名字。

过了好一阵，梦雨才看见芳芳和红儿的身影出现在远处的岸边。红儿和芳芳这时还没有看见他，她们还在呼叫他的名字。梦雨这时反倒童心大发，顽皮起来，他故意装着没听见，不吭一声。

红儿和芳芳又着急起来，本来刚刚才有点儿欢快的喊声中又带有了哭腔。梦雨见她们很着急，这才笑着应声喊："我在这里！"

此时的洪水已消退很多，他已经可以在水中完全站立。

红儿和芳芳看见梦雨的身影，急忙跳下溪沟，拼命地踏水过来，梦雨也挪动脚步，慢慢向她们蹚去。三个人见面时，紧紧地拥抱在一起。

芳芳和红儿捶打着梦雨，泣不成声。三个人相拥了好久好久，不肯松开。

雨早已停止。

梦雨松开红儿和芳芳，吐舌道："谢天谢地，捡回一条小命！"

芳芳说："鸭子！你被冲走时，我们好怕！"

梦雨笑着说："我也以为见不到你们了。"

红儿眼中噙着泪花，说："鸭子！你说话还那么轻松！"

梦雨笑道："我这人看来还有点儿吉人天相。"

他指着那根大木头，告诉她们说："就是那根大木头救了我！"

稍稍顿了一下，他又接着道："也可能是它撞了我。"

走到岸边，三人觉得十分疲惫，就在岸坡边找了个地方躺下来休息。

梦雨躺在地上，望着天空说："我跟你们讲个我小时候的故事。那是小学五年级时，有一次我和江小勇去野地里割艾蒿，准备把它们卖给镇上养鱼场做青饲料。那是一天上午，我们每人割了满满一大担艾蒿。到中午时，我们正挑着担子往养鱼场走，天却突然下起倾盆大雨来。地上泥泞不堪，我们的担子，在雨中越挑越沉。我们走啊走，艰难地在田埂上行进。本来已经疲惫不堪了，却忽然在面前遇到一个好宽好深的沟渠。我们俩把担子滚到一边沟底之后，尝试了多次，却怎么也不能把担子弄到另一边的坡上去。因为雨水不断地从坡上流下来，路实在太滑，脚一踩上去，就滑下来。”

芳芳问：“后来呢？”

梦雨说：“我们既舍不得扔掉自己的劳动成果，又爬不上那道坎儿。”

红儿问：“那怎么办？”

梦雨说：“毫无办法，那是我第一次感到力不从心。我们筋疲力尽，只好站在原地，等风雨过去。”

芳芳问：“后来呢？”

梦雨笑道：“后来我们当然上去了。等天晴之后，我们互相帮忙，拉拉拽拽，终于爬了上去。”

红儿说：“你们为什么不扔掉担子？”

梦雨说：“那也许是一个好的选择。但我们一天的劳动就白费了，我们舍不得自己的财产。何况我们已经湿透，满身是泥。我们不愿意半途而废，空手而归。”

他顿了顿，道：“我们终于还是把艾蒿挑到了养鱼场，一人卖了三块钱。”

芳芳说：“人为财死。”

梦雨说：“对！你说得对。现在回想起来，觉得有点儿可笑。为什么我们一定要为一担艾蒿而那样执著呢？”

红儿说：“你后悔啦？”

梦雨说：“不知道是不是。”停顿片刻，他笑道：“我后来有一段时间老做噩梦。”

芳芳问：“做什么梦？”

梦雨说：“我老是梦见自己在爬那个坎儿。每次都好像被梦魇拖住自己的双腿似的，总是过不去。直到我写了一首诗之后，那个噩梦才渐渐不来搅扰我睡觉。”

红儿说：“是什么诗？还记不记得？”

梦雨说：“记得。”他回忆起那首《在雨中》：

记得那年好大雨，挑担艾蒿踩烂泥。
陡坡爬了好几处，一道坎儿过不去。
梦魇每每那时记，挣扎总觉身无力。
方知世间有些事，完全不能由自己。

芳芳笑道：“这样也好，让你长了个教训。”

梦雨说："我觉得很困惑，有时候，人为一点儿财物去拼命，不知道是否值得。"

芳芳道："这应该看你是为谁？为自己就不值得，为国家、为人民就值得。"

红儿说："那生命呢？"

芳芳想一想，说："当然，也很重要，但是……"她迟疑了一下，说："我不知道。"

梦雨说："芳芳、红儿，不说这个了。"

芳芳说："说什么呢？"

梦雨说："我们今天碰见这样一场山洪，也算是一种机缘，不如我们一人来作首诗做个纪念吧。"

红儿拍一下梦雨的脑袋，笑道："都什么时候了！还有这样的雅兴！"

芳芳也说："这种时候还作诗，真是不可思议！别人会说我们是疯子。"

梦雨说："不是有个外国电影叫《深海沉船》吗，你们还记不记得那艘船沉没时，里面有几个拉提琴的乐师坚持在船上拉琴的情景？他们面临生命危险时，都还有心情拉琴，难道我们现在脱离了生命危险之后，反倒没有心情作几首诗来放松放松！"

芳芳说："那是电影。"

梦雨说："是这样子的，刚才我在洪流中挣扎时，不仅仅感到力不从心，而且不怕你们笑话，我还突然有了对死亡的恐惧。我被洪水冲卷时，真的觉得自己快要完蛋了。我想，如果我不及时宣泄一下，可能很长时间都会做噩梦的。"

芳芳说："刚才的情景，现在想起来真有点儿后怕。"

梦雨开玩笑道："为了不让鄙人夜夜做噩梦，请二位笔友赏诗。"

红儿沉思道："经过了今天的洪水，我忽然对大自然产生了一种敬畏之心，不敢再说什么人定胜天之类的豪言壮语。"

梦雨和芳芳都点头表示赞同。梦雨说："我很早就不敢了。"

于是，三人躺在乱石岗上，开始构思。梦雨最先想好，他说："我有了，你们听我说说《山洪》吧。"

海阔世界小，人心比天高。双手搬山走，江河听我调。
细流脾气小，任凭群山抱。峰到无路时，洪水自开道。

芳芳道："我也想好了四句，说的是《缝隙》。"

好座大高峰！磐石压苍龙。

水却封不住，挤出无数缝。

红儿想了想，道：“我有一首《松》，请二位听听。”

厚云久积空，密林不透风。
磐石开一缝，偶尔见松动。

芳芳接着说：“鸭子，那年我到万县小舅舅家，坐船经过夔门，看见江涛奔涌，峡谷激荡，十分震撼，那波涛汹涌的情景一直映在脑海之中。经过今天的洪水，刚才又受到你们诗意的启发，也忽然冒出几句诗句，题名叫《放不放开》吧。”

水从万山来，都想去赶海。
夔门锁不住，放开不放开？

三人正坐在那里谈诗，忽然听见远处传来了大强等人的声音。梦雨站起来说：“走吧！他们正在找我们。”说着，他一手拉起芳芳，一手拉起红儿。三人顺着山谷往上游走去。

此时，天已露出晨曦。

3

在汽车送他们返回家乡的途中，梦雨他们听司机讲，这次洪灾，厂里到现在还有几人失踪，生死未明。

梦雨回到家里之后，困得不行，睡了一大觉。

第二天上学，梦雨在路上碰见了狗儿。狗儿说：“鸭子！你听说没有，那蔬菜场的孙哈虎被抓了。”

梦雨说：“哦？”

狗儿说：“你知道为什么吗？”

梦雨说：“打人呗！我早就知道有这一天。他作恶太多。”又问道：“那李叫花呢？他也是个帮凶，也该抓起来。”

狗儿说：“你说什么呀！”

梦雨说：“难道不是吗？”

狗儿摆头道：“不是的。”

梦雨问：“那怎么回事？”

狗儿说：“听说孙哈虎强奸幼女，被人告发了。”

梦雨惊道：“啊？！”

狗儿说：“他自从前年被革去蔬菜场革委会主任一职之后，就被派去管后街的一片柴胡林，结果他劣性不改，竟然犯了这种罪行。”

梦雨说：“原来是他干的!”他早已风闻有女孩子被强奸的事情。

狗儿说：“多行不义必自毙。”

梦雨说：“恶有恶报!”

两人说话间已到了学校，便分手走进各自的教室去上课。

又有一天下午课外活动，谷道儿忽然神色紧张地对梦雨说：“魏老师正在挨批。”

梦雨以为是自己那天被洪水冲走的事情传到了学校领导耳中。他说：“这件事不能怪魏老师。”

谷道儿说：“不好说。”

梦雨说：“怎么不好说！碰到这种事，不容你多想，谁都没办法。”

谷道儿笑道：“这倒也是。”

梦雨说：“如果学校要因这件事来批评魏老师，我可以替他说明情况。”

谷道儿问：“你也知道?”

梦雨说：“我当时在场，怎么会不知道?”

谷道儿惊讶道：“你也在场?”

梦雨说：“这有什么！当时全体羽毛球队员都在场啊。”

谷道儿更加惊诧：“什么，大家都在场！这也太牛了。”

梦雨道：“这算什么牛？我认为魏老师无可选择。”

谷道儿笑道：“的确如此，这种事是很难拒绝的。”

梦雨说：“是啊！义不容辞。”

谷道儿说：“虽然是人之常情，但作为一个老师，当着众人如此大胆，总是不好。”

梦雨说：“就是要当机立断，义无反顾!”

谷道儿笑道：“鸭子！都说我脸皮很厚，想不到你跟着魏老师做徒弟不到几天，也变得如此开放。”

梦雨奇怪地问：“这跟脸皮有什么关系?”

谷道儿说：“没有厚脸皮，怎么敢当众做这种事情?”

梦雨道：“做什么事?”

谷道儿说：“你不是在场吗?”

梦雨说：“是啊。”

谷道儿说：“那还问我!”

梦雨说：“我是说你为什么要使用‘厚脸皮’这个字眼?”

谷道儿说：“用这个字眼还是客气的，你没有听见有许多女同学说魏老师不要脸吗?”

梦雨觉得蹊跷，就问："你解释一下。"

谷道儿说："你亲眼目睹，还要我来讲。"

梦雨说："因为你们传得太离谱了，我要核实核实。"

谷道儿说："当然，我也是道听途说。"

梦雨说："没关系。"

谷道儿说："据说，魏老师和孟姹姹有暧昧关系。"

梦雨说："啊？"

谷道儿望着梦雨道："你不是亲眼看见了吗？还那么惊诧！"

梦雨说："我哪里看见过！"

谷道儿道："刚才你还说亲眼见过呢！现在又不认账了。真的不愧为魏老师的高徒！"

梦雨说："我搞错了。我还以为你说的是我落水的事情呢。"

谷道儿说："谁管你落不落水！跟别人有什么相干！"

梦雨说："这事我真的还不知道，是怎么回事？"

谷道儿说："听说是你们羽毛球队的高汨揭发的。他写了检举信，说魏老师污辱了孟姹姹。据说孟姹姹已经被带到镇医院检查身体去了。这边，学校正在开魏老师的会，让他交代检查呢。"

梦雨说："怎么可能？"

谷道儿笑道："什么事情不可能！"

梦雨说："我只知道高汨正在追求孟姹姹，好像孟姹姹不怎么理他。"

4

第二天下午课外活动时，羽毛球队被召集开会。主持会议的是黄校长。

他首先表扬了全体羽毛球队员，说大家为学校争得了荣誉，并且说："这次大家到国营大工厂，不仅带去了球技，传递了友谊，而且还参加了抗洪抢险。学校已经收到厂方的电话，要求表彰你们的先进事迹。"

但随后他话锋一转，说："但是，我们球队也出现了一些问题。当然责任主要在我，没有经常过问大家在外的活动。所以，今天我来，主要是和大家聊一聊，谈谈大家在外面参加比赛的体会。另外，请大家对你们的教练魏老师也提提意见，以便改进我们的工作。"

大家面面相觑，没有人发言。

梦雨说："魏老师对我们很好，他非常关心我们，非常照顾我们。"

刘华子也随声附和道："是啊！是啊！魏老师不仅教我们打球，也关心我们的日常生活。”

曹不停大声道：“可不！魏老师跟我们打成一片，一点儿老师的架子都没有。他常常到我们寝室里去，跟大家嘻嘻哈哈，我们都把他当大哥哥呢！”

大强点头道：“我们都很喜欢魏老师。”

黄校长侧脸问：“你们女同学呢？”

女同学都低着头不吭声。

会场冷却了一会儿，黄校长说：“这样吧，我给大家布置一个任务，每个人写一下你们在外面比赛的情况，特别是对魏老师的工作提提意见，有什么问题尽管说，不要有顾虑。这样有利于我们羽毛球队今后的发展。今天的会就开到这里吧！”

散会之后，大强问梦雨道：“今天怎么没有见到孟姹姹？”

5

孟姹姹再也没有回到学校。

芳芳告诉梦雨：“她回乡下去了，学校说她是自动退学。”

有一次，黄校长又召集羽毛球队开会，他宣布：“前段时间，由于体育老师董老师要抓全校体育达标工作，所以抽不出时间来带羽毛球队。现在，学校这项工作已经完成，所以，羽毛球队还是由董老师亲自来带，魏老师不再负责羽毛球队。”

后来刘华子告诉谷道儿，谷道儿又告诉梦雨：“魏老师受到了严重警告处分，是刘华子妈从其他老师那里听说的。”

狗儿还听到另一个消息：“本来，学校经过调查，认为魏老师对孟姹姹有严重诱导行为，完全可以构成刑事案件。只是因为孟姹姹坚决否认，把责任自己揽了，所以公安机关才没有立案。”

过了几天，那家国营大工厂送来一面锦旗，感谢学校羽毛球队。

在表彰大会上，他们特别提到了教练魏老师。

魏老师坐在台下，一直低着头。

第二十二回

1

学校上思想课，对学生进行唯物主义世界观教育。

梦雨对思想教育课，一贯很厌恶。但他这些天，听课却非常认真。

倒不是因为要考试。而是老师向学生们提出的命题：究竟谁是第一？

这个问题引起了他的兴趣：物质还是精神？究竟哪个第一？

他问老师："这很重要吗？"

老师说："十分重要。"

梦雨："为什么？"

"因为大而话之，这关系到国家的性质；小而话之，它决定了我们每个人的思维方式。"老师说。

梦雨点点头，但他其实没有听懂。

他问："唯物主义是什么？"

老师说："简单来说，就是承认先有物质，再有精神。"

梦雨说："那唯心主义就是先有精神，再有物质啰？"

老师说："正是。"

梦雨说："为什么？"

老师说："什么为什么？"

梦雨说："为什么物质是第一性的？"

老师说："这个世界要没有物质，哪儿来精神思想？这是很简单的道理。比如说没有你鸭子，怎么可能有你站在这里跟我探讨这个问题？"

梦雨想："不错。"但他问："马克思是唯物主义是吗？"

老师说："对！是辩证唯物主义。"

"那黑格尔呢？"他进一步问。因为在讲马克思主义的来源时，老师多次提到过黑格尔。

老师说："是唯心主义。"

梦雨问："黑格尔很傻，是吗？"

老师说："为什么这么问？"

梦雨说："很简单，连我这个刚刚学哲学的人都懂得这个常识，肯定是先有物质，再有精神。不要说我，就算您问我没有文化的爹妈，他们都懂得这个浅显的道理。您说，黑格尔不是一个白痴吗？他怎么这么没有常识！"

老师说："话不能这么说。"

梦雨说："为什么不能这么说。"

老师说："黑格尔其实是个很聪明很聪明的人。"

梦雨说："那他为什么连这个道理都不懂？哦！我明白了，他是像我们镇上许多人一样，聪明反被聪明误。"

老师笑道："可以这么说吧。"

梦雨还要提问，老师却说："上课了，以后我们再探讨。"

梦雨那天晚自习，写了一首有关这个问题的诗，正在一字一句斟酌时，冷不防被旁边的大强给抢了过去。大强看完之后，又把它递给了前面座位上的苏琴。苏琴一看，原来诗是这样写的：

讨论的问题：谁究竟是第一？

是行走在地上的驴？还是漂浮在你脑海里的驴？

如果你承认，走在地上拉车的驴是第一，那你就是唯物主义。

如果你认为，你脑海里那只正在胡思乱想的驴是第一，那你就是唯心主义。

鸭子基本认为，走在地上的驴是第一。但不时又觉得，要说美丽，还是他脑海里那只浪漫的驴，应该排在第一。

又有一次，梦雨问政治老师："老师！能不能这样？"

老师说："怎样？"

梦雨说："并列第一。"

老师笑道："你是说唯物主义和唯心主义？"

梦雨说："对！就像我们羽毛球比赛那样，搞一个并列冠军。"

老师说："很有创意。但不行！"

梦雨说："为什么不可以？"

老师说："因为它们是冲突的。"

放学回家的路上，苏琴笑吟吟地问他："鸭子！你怎么那么喜欢钻牛角尖？"

梦雨笑道："我有吗？"

苏琴说："你自己不知道吗？"

梦雨抠抠脑袋说："没感觉。"

苏琴说："你干吗提那么多刁钻古怪的问题？"

梦雨说："比如说？"

苏琴说："比如说你问语文老师的问题，比如你问英语老师的问题，还有你问政治老师的问题。"

梦雨说："那些问题很怪吗？"

苏琴笑道："比较有趣。"

梦雨说："因为我真的不明白。"

苏琴还在笑。过了一会儿，苏琴道："鸭子，既然你如此喜欢钻牛角尖，那我也提出一个问题让你去研究。"

梦雨说："什么问题？"

苏琴说："一个简单的问题：你从哪里来？"

梦雨说："开玩笑吧！问这样的问题。"

苏琴说："你回答试试。"

梦雨说："我就是本镇的。"

苏琴说："我问你的出生。"

梦雨说："是工人。"

苏琴说："我指的是血缘。"

梦雨说："我只知道我是我爹妈生的。"

苏琴说："还有你的爹妈和爷爷奶奶，乃至于祖宗万代。"

梦雨说："我们是炎黄子孙。"

苏琴说："还有动物、植物、宇宙、世界？"

梦雨摸摸脑袋道："这些问题我还真没有想过。"

2

星期日上午，梦雨专门去拜访科学家。

科学家正在捣鼓什么，他问："有事吗？"

梦雨说："我想请教你几个问题。"

科学家岳姓同学说："对不起，我今天很忙。"

梦雨说："我知道，所以我把我的问题写在这张纸上，你先看一看。有时间就告诉我。"

岳姓同学接过纸条，见上面写的是"请问我从何处来"：

近日，鸭子有点儿困扰。因为，苏琴的一个问题把他难倒。你从哪里来？她指的是血缘，知不知道？我从爸爸妈妈那儿来，鸭子不假思索地答道。可是你爸爸妈妈爷爷奶奶祖宗万代，还有动物、植物，比如菊花和鸟儿？鸭子愣了一愣，忽然觉得这个简单的问题比较深奥。因此，他怀着真诚的心，向您——尊敬的科学家请教。

梦雨把纸条递给岳姓同学之后，转身正要告辞，科学家却笑道："鸭子，你等一等。"

梦雨道："干什么？"

科学家说："我们一起讨论讨论！"

梦雨说："你不是很忙吗？"

科学家说："我又不忙了。"他搬了一把椅子给梦雨。

梦雨于是坐下。

科学家笑道："我以为你是来看永动机的。"

梦雨说："不是。"

科学家说："那就好。"

梦雨说："你能解答我的问题吗？"

科学家说："应该可以，但能不能令你满意就不得而知。"

梦雨说："姑且听之。"

科学家说："按照科学理论，人类属于动物。"

梦雨说："谁不知道！你告诉我，我是谁？从何而来？到何处去？"

科学家说："英国有个博物学家，他叫达尔文。"

梦雨说："我听说过。"

"他有本书叫《物种起源》，你读过吗？"科学家问。

梦雨说："没有。"

科学家说："学校图书馆有一本旧书，我借来看过。按照达尔文的学说，一切动物植物，都是通过自然选择，由低级向高级演化而来。在演化的过程中，会不断发生变异，我们人就是这样变来的。"

梦雨说："不是说人是猴子变的吗？"

科学家说："不错。"

梦雨说："为什么不是由鸭子或是鸡变来？"

科学家说："鸭子或鸡不属于灵长类，猴子和人都是灵长类。"

梦雨问："那猴子为什么还是猴子？我们人却变成了人？"

科学家说："本来我们属于同一祖先，但我们是另一种猴子。"

梦雨说："你指的是猿猴？"

科学家点头。

梦雨问："为什么它们不能，我们却可以？"

科学家道："因为它们选择了一条错误的路线，而我们却选择了一条正确的道路。"

梦雨问：“为什么我们会作正确的选择？”

科学家说：“因为我们的大脑容量比一般猴子的大。”

梦雨说：“那猪的大脑不是容量更大吗？”

科学家说：“猪其实很聪明。”

梦雨说：“那为什么人们要说‘你蠢得像猪’？”

科学家说：“你跑题了。”

梦雨说：“回到主题，我问你，当初我们的祖先为什么不跟其他猴子分享我们的进步？”

科学家说：“可能我们比较自私。”

梦雨问：“生物还在进化吗？”

科学家说：“应该是的。”

梦雨说：“那猴子或者其他动物应该还有机会变成人吧！”

科学家说：“不知道。”

梦雨说：“我们现在会不会带动猴子，或者说带动其他所有生物？”

科学家说：“不知道。”

梦雨说：“我们会变成什么？”

科学家说：“不知道。但我知道我们人类一定会更加厉害。过去，在森林中，我们害怕老虎、狮子、豹子、狼，甚至野猪。但时至今日，那些曾经令我们害怕不已的老虎，而今安在？哪种动物能比得上人？”

梦雨说：“我们还要干什么？”

科学家说：“进步，不断进步。”

梦雨说：“那老虎呢？虽然它们过去曾经伤害过我们，但我们又伤害了它们！”

科学家说：“那没办法。弱肉强食，适者生存。”

梦雨说：“那是丛林法则。”

科学家说：“其实现在的世界还是这样。”

梦雨说：“我们不是说人和动物是有区别的吗？区别在哪里？不是因为我们有理性、有仁慈心、有同情心吗？”

科学家说：“在很多人的潜意识中，还把自己当作动物。或者说，我们的内心深处还以为自己是野兽，我们跟老虎一样，总想吃掉别人。”

梦雨说：“也就是说，我们中的许多人虽然有了人形，其实骨子里还是畜生，跟我们生活在丛林时代的老祖宗没有区别。”

科学家说：“是的。”

梦雨说：“既然我们自认为比世界万物都聪明，既然我们是地球的主宰，难道说我们就没有责任？”

科学家说：“其实我也有点儿怀疑社会达尔文主义理论的动机。”

梦雨说："愿闻其详。"语文课最近讲古汉语，梦雨经常冒几句古文出来。

科学家说："资产阶级革命以来，殖民主义统治世界。帝国主义列强为了替自己的行为披上合理的外衣，所以需要一套理论，来证明他们掠夺行为的合理合法。其实西方那么推崇达尔文的进化论，并把它推到社会科学乃至于社会生活的各个层面，其隐含的话语非常明晰。比如他们把印第安人差不多赶尽杀绝，不就是说他们是野蛮而落后的人吗？因为他们的社会、他们的科学更进步，所以先进者就可以打落后者，而落后者就要挨打。"

梦雨说："如果按照这种逻辑和思维方式，中国人早在郑和下西洋时，就把世界打得落花流水了。因为那时候，中国已经非常强大，西方列国哪里是对手？"

科学家说："我们有完全不同的理念。"

梦雨说："我们比较文明？"

科学家说："对。"

梦雨说："但我们这一百年来，却老在挨打。"

科学家说："因为我们落后了。"

梦雨说："你还是认为，落后了就该挨打！"

科学家说："我给你打个比方，一个像达尔文这样的西方文明人，如果他走进了丛林之中，也不免还是会遭受到野兽的袭击。虽然从理论上说，他要比森林中的所有野兽都要先进。"

梦雨说："因为他没有带武器？"

科学家说："对！中国就吃亏在此。我们太文明了，文明得有点儿天真，或者说迂腐。你想想，野兽如果有枪，那该多么可怕。"

梦雨说："有道理。"

科学家说："但是我们已经离题万里。"

梦雨说："没关系。"

3

苏琴问梦雨："鸭子！搞清楚没有？"

梦雨说："越来越糊涂。"

苏琴说："我再问你一个问题。"

梦雨说："什么问题？"

苏琴说："是先有鸡还是先有蛋？"

梦雨说："我们家是先有鸡，然后有鸡蛋。"

苏琴问："鸡从哪里来？"

梦雨说："是买来的。"

苏琴问："那买来的小鸡是怎么变来的？"

梦雨说："鸡蛋。"

苏琴问："鸡蛋呢？"

梦雨说："鸡生的。"

苏琴问："鸡呢？"

梦雨说："鸡蛋孵化的。"

苏琴问："谁先谁后？"

梦雨支吾道："鸡，不！蛋，唔——不。"

苏琴笑道："鸭子，又难住你了。"

梦雨说："苏琴！你提出的问题比我想到的还古怪。"

苏琴说："这不是我提出的问题。"

梦雨问："是谁提出的？"

苏琴说："哲学家。"

梦雨问："是哪一位？"

苏琴说："我也不知道。"

大强正好也在场，他也对此问题产生浓厚兴趣，便插话说："我看还是先有鸡。"

梦雨说："不！我比较倾向于先有蛋。"

苏琴说："请你们各自讲出理由。"

大强说："我提出另一个例证来说明之。"

苏琴说："请讲！"

大强说："一个妈妈和一个婴儿从产房被推出来，你们知道是谁生了谁吗？对！答案很简单，一定不会是那个婴儿。同样，一只鸡妈妈带着鸡宝宝去吃虫子，那谁生了谁？不是明明白白的吗？"

梦雨说："按照进化论，生物是由低级向高级发展。那鸡应该是由某种卵变异而来的，所以，应该是先有蛋。"

大强说："请问，那只卵就是鸡蛋吗？"

梦雨说："当然不是，那只是别的某种东西。"

大强点头道："这就是啰！只有鸡下出来的卵才能称之为鸡蛋，因此，是先有鸡，而后才有鸡蛋。"

梦雨说："可是——问题应该不在这里啊。我想，那枚卵已经差不多是一个怀孕的妈妈了啊。"

苏琴笑道："看来还是没有答案。"

梦雨说："我们去问科学家。"

过了几天，梦雨塞给苏琴一张纸条，说：“这是我到目前为止对你问题的回答。”

苏琴打开纸条，见标题写的是“先有蛋还是先有鸡”，她读道：

两只青蛙讨论问题：是先有蛋还是先有鸡？一只说先有蛋，一只说先有鸡。争论半天没有结果，于是他们去请教老驴。老驴说他对此也很感兴趣，据他研究应该是先有鸡。因为你们想，他说：没有鸡，哪儿会产生这样有趣的问题？

4

那天下午，江小勇在走廊碰见梦雨。梦雨听科学家岳姓同学说过《物种起源》之后，一直惦记着那本书。他要到校图书室去看看。

江小勇打招呼道：“鸭子！到哪里去？”

梦雨道：“追根溯源。”

江小勇笑道：“追什么根，溯什么源？”

梦雨随口道：“偶尔听人所言，水是万物源泉。一时心血来潮，要去追寻泉源。”

江小勇笑道：“听说你对唯物主义持有怀疑？”

梦雨问：“你听谁说的？”

江小勇说：“好几个同学都说过。”

梦雨说：“没有的事。我只是说，唯物主义和唯心主义能否并列第一。”

江小勇说：“不可能。”

梦雨说：“为什么不可能？”

江小勇道：“比如说，我心中虽然惦记着翠花，但理性告诉我，娇娇和我比较合适，我虽然觉得她们应该并列第一，但现实中她们不可能并列第一。”

梦雨想起易翠花，心中有点儿不快，便说：“你很理性。”

江小勇说：“我现在越来越现实，我妈妈喜欢娇娇，而娇娇的确很优秀。”

梦雨很想把自己在玉泉山碰见翠花的事情告诉小勇，但他还是忍住了。他吞了口唾沫，道：“你有翠花的消息吗？”

江小勇说：“没有。”

梦雨说：“快放暑假了，暑假有什么打算吗？”

江小勇说：“娇娇妈妈单位有点儿零工，我打算像去年寒假那样，去帮帮忙，赚点儿钱花。”

江小勇又问：“你们还在弄诗耍文吗？”

梦雨反问：“你不玩啦？”

江小勇道：“学习太忙，不想玩啦。”

梦雨说：“影响学习吗？”

江小勇说：“是的。”

5

但梦雨没有找到那本书。图书管理员说，有人借走了，还没有还回来。

他翻阅了一会儿书报杂志后，便离开了图书室。在门口，他碰见了萍萍。他问萍萍干吗去，萍萍说回家。

他说：“等等！我去教室拿了书包，跟你一块走。”

两人说说笑笑，出了校门。

萍萍说：“听红儿说，你们那次很危险。”她指的是那次遇到山洪的事情。

梦雨点头说：“是啊，心有余悸。”

萍萍笑道：“大难不死，必有后福。”

梦雨说：“哪儿敢有福，但求无灾就心满意足了。”

萍萍问：“你刚才到图书室看什么书？”

梦雨说：“我本来要去借一本书，结果被人借走了。”

萍萍问：“什么书？”

梦雨说：“《物种起源》。”

萍萍问：“是不是政治老师讲到恩格斯时提到的那个人的著作？”

梦雨说：“是啊。老师说，恩格斯认为19世纪自然科学有三项伟大成就，其中一项就是进化论。”

萍萍说：“还有能量守恒与转换定律和细胞学。”

梦雨说：“对啊，你记得比我清楚，我只记住了进化论。”

萍萍说：“老师说，这些东西不是考试的内容，了解一下就可以了，你干吗这么认真？”

梦雨说：“我倒不是为了考试，我只是想弄清楚。”

萍萍说：“什么是进化论？”

梦雨说：“我也是一知半解，大概是讲生物的演变规律的。”

萍萍说：“我觉得这样的书很深奥。”

梦雨说：“可不！我那次到县城买了本恩格斯的《自然辩证法》，

读了很久都没有读懂。”

萍萍笑道：“你还有兴趣读，我一看见书名就头痛。”

梦雨说：“老师说，恩格斯的《自然辩证法》就借鉴了达尔文进化论的好多内容。”

萍萍说：“最近写了什么诗没有？”

梦雨从书包拿出一本书，从里面抽出一页纸说：“中午午休时，我胡乱写了几句，你看看。”

萍萍念道：

关于进化

生物不断进化，一步一步攀爬。
海洋爬到陆上，有了人类和鸭。
是否到了未来，鸭子月亮安家？

萍萍看完后笑道：“鸭子，你真的是入了迷，连写诗都念念不忘这个问题。”

梦雨问萍萍：“你呢？最近写什么诗没有？”

萍萍说：“写是写过几首，但都不满意。”

梦雨笑道：“诗为心声，只要把内心的情感表达出来就算好，能不能拜读一二？”

萍萍说：“真巧，我也是中午没事干，在那里胡编乱造了几句，你看看。”说着，拿出一首诗递给梦雨。

原来萍萍写的是《彩云梦》：

荒野迷离花无痕，草丛低吟虫几声。
风去云来晴几许，依稀当年那时村。
朦胧时节情最真，冷冷热热尤伤春。
收起乱麻心一片，去做彩云寻梦人。

梦雨读罢，沉思不语。

萍萍见梦雨不说话，一把把诗歌夺过来撕掉，笑着说：“一时的胡言乱语，连我自己都‘不知何事萦怀抱’，不知在胡说八道些什么呢。”

梦雨见状，去抢回来也来不及了，就皱眉道：“那也‘不知何以得此也’，为什么一定要把它撕掉为快呢？”

萍萍笑道：“满纸都是荒谬言，自己读了也生厌。”

梦雨也笑道：“东风何必不留情，乱撕春花一大片？”

萍萍拍了拍梦雨的胳膊，两人对视一笑，扬长而去。

6

星期天，梦雨来苏琴家。

苏琴在家里柜子里翻出一本古诗词选集，在里面发现了纳兰性德的词，所以她约好梦雨，一起来读纳兰性德。

梦雨一下子入了迷。一口气读完之后，说："只有这几首？"

苏琴点头说："这是古人诗词选集，但已经能够代表他的风格。"

梦雨说："他的词写得凄美动人。"

苏琴说："因为他遭受了丧妻之痛。"

梦雨说："看得出来他们夫妻情真意切。这一首《蝶恋花》读上去令人感叹：'辛苦最怜天上月，一昔如环，昔昔都成玦。'"

苏琴说："他丧妻之后内心有多么孤独，你看《江城子》中的这几句：'若问生涯原是梦，除梦里，没人知。'"

梦雨说："这一首《出塞》跟别人的也大不一样，你看这几句依然是写他们夫妻情深：'一往情深深几许？深山夕照深秋雨。'"

苏琴说："最叹的是《浣溪沙》中的这几句：'谁念西风独自凉？萧萧黄叶闭疏窗，沉思往事立残阳。被酒莫惊春睡重，赌书消得泼茶香，当时只道是寻常。'"

梦雨说："奇怪的是他怎么会三句话打个句号？"

苏琴说："可能他是一个满族人。"

梦雨问："他是哪个皇帝统治时代的人？"

苏琴说："应该是康熙年间的。"

梦雨算了算，道："那就有三百年左右了。那时候满族人入关还不久，所以诗词好像带有异族风味，跟唐诗成对成对的排列有些区别。"

苏琴说："但也耳目一新，三个句子听上去也不错。"

梦雨点头道："是啊。"他翻了翻后面几页，说："他那么爱他的妻子，一定是他的妻子非常可爱。"

苏琴说："这上面介绍很少，我想，她一定是个美丽聪明的女子。"

梦雨翻到书后面，见里面夹有一张纸条，拿出来打开一看，原来是苏琴写的一首诗《读纳兰性德》，诗道：

泼茶诗书此情长，儿女春闺只寻常。
最叹天涯鸳鸯恨，可怜西风独自凉！

梦雨望着苏琴笑道："受感动了。"

苏琴说："那天读了纳兰性德的词之后，有点儿感叹。想人生匆匆，一些寻常小事，当时不过如此。但一旦失去之后，才发觉那些微不足道的寻常事，其实拥有它本身就是幸福。”

梦雨点头道：“我们而今拥有的，觉得最平常不过。但时过境迁之后，才发觉原来它们是那么值得珍惜。纳兰性德他们夫妻当时泼酒赌书的生活小事，后来竟然成为他最美好的记忆。”

苏琴说：“只有失去之后才会有如此深刻的体会。”

梦雨点头道：“其实不仅仅是他们这样的恩爱夫妻，还有同学、少年也是这样。我现在还经常想起小学、初中的许多同学、朋友、老师的种种往事，有一个我的小学老师尹老师，我就十分怀念她。我还记得我们到乡下演出时她帮我盖被子的情景。”

苏琴沉思道：“我小学时，有一个很聪明的男孩子跟我很要好，他经常邀我一块上学，但可惜他得了白血病死了。”

梦雨有点儿感触，他说：“苏琴，你给我一支笔和一张纸，我也来写一首《读纳兰性德》的诗。”

苏琴打开抽屉，递给梦雨纸笔。

梦雨沉思片刻，写道：

谁伫疏窗看残阳？萧萧西风独自凉！
被酒泼茶读书事，儿女浓情春闺房。
写下千古诗一卷，那时只道是寻常。

第二十三回

1

炎热的夏天。走在街上，地上都在冒烟。

梦雨爹平时爱赤脚走路，他刚才去街上买了点儿东西，回家进门就说：“地上真烫脚!”

梦雨妈坐在堂屋靠后门过道里，一边摇着手中的扇子，一边说：“而今的油渣马路不如从前的石板街。”

梦雨爹说：“刚开始还行，走了没几天，就坑坑洼洼了。”

梦雨妈说：“那时还以为柏油路多好，原来是这样一种稀巴烂的东西。”

梦雨爹说：“太阳一晒，那黑漆漆的沥青像烧在锅里用来拔猪头毛的松香，软成一锅黑粥。在上面走，粘得脚底都是沥青。这不，你看我的脚板。”说着，他坐到一把杨树椅子上，用手去抠那些沥青。

梦雨从房间走出来，正要出门。只听他妈问道：“这么大热天，到哪里去?”

梦雨说：“去打球。”

梦雨妈问：“你们暑假没有作业吗?”

梦雨回答：“我上午做了一些。”

梦雨妈说：“成天晃晃荡荡的，家里的事情从来就跟你没关系似的。”

梦雨说：“妈，从明天起，我每天去帮家里捡一篮子猪草。”

梦雨爹说：“猪草不用打，后面田里还够吃。”

梦雨说：“那我每天到河边林子里捡一篮子柴火。”

梦雨妈说：“我在街上听人讲，你们那个魏老师很缺德，把人家女学生好好地给毁了。”

梦雨说：“你也听说了?”

梦雨妈说："真有这事？"

梦雨点头后又摇头。

梦雨妈说："当老师的，这么缺德。这种人怎么配当老师？"

梦雨说："妈，有些事情不是像传闻的那样。"

梦雨妈说："我原来还很放心，让你到处乱跑。这倒好，你们在外面好像无官管似的。"她指的是梦雨打羽毛球比赛的事情。

梦雨说："妈，你可不要乱说！"

梦雨妈瞪眼道："跟好人，学好人。"

梦雨爹打圆场道："鸭子！刚才我上街，忘了打酒。来，你去厨房拿个酒瓶，帮我到王家酒坊去打一瓶酒回来，然后放你出去打球。"

梦雨答应一声，拿了个酒瓶出门。

到了街上，果然如他爹所讲，那沥青路走上去软绵绵的，鞋子一走一粘。小酒坊位于上街一条巷子之中，本来是一个姓王的家族祖传下来开的，解放后公私合营，渐渐地变成了集体企业。

还没有来到酒坊，阵阵酒糟香味扑鼻而来，一路过来的沥青怪味忽然被一扫而空。而炎热的空气，在这里清凉了不少。梦雨想，这可能是老房高墙深巷带来的效果。

酒坊青砖瓦房，前面临街的位置是门面，中间有两重天井，后面是藏酒的几间厅堂，酿酒的地方则在江堤之外河边的一块高地。

梦雨本来对酒坊很少留意，小时候虽然经常看师傅们酿酒，但也从来不觉得有什么奇特。虽然经常听老人夸这酒坊的酒如何如何好，香味醇厚，到底也不知道好在哪里。今天因为天气炎热，走到巷子旁边，被这巷道瓦墙下的凉风一扫，闻着醇香的酒糟味，只觉得一股清凉透到了心底，舒服极了。他没有立即到前店铺面打酒，而是顺着阴凉的小巷往后面酿酒房里走去。到了后门，从门里进来，从屋里返回前面，一路上看着一坛坛有他大半人高、用泥封着的大酒坛，心中不觉涌出一首诗歌《云梦醇》：

小酒坊，老镇深深巷。
一坛酒，十年酿。
麝兰霜，雪梅香。
甘甜玉露浆，曾醉云梦王。

2

梦雨的小姐姐本来在县城工作，她几年前嫁给了一个大学毕业生，目前在湖南株洲工作。这次暑假，梦雨跟爹妈说，想去看看小姐姐。梦雨妈说："你没出过远门，一个人去怎么行。"梦雨小哥听说后道："我可以请几天假，陪他去。再说我也想去看看小姐姐。"

于是，二人收拾行装上路。

他们在县城搭乘轮船，顺流而下。过沙市、江陵，二人站在船舷旁边，欣赏两岸风光，一路看轮船劈波斩浪。梦雨小哥背诵李白的诗句"朝辞白帝彩云间，千里江陵一日还"，并感叹道："长江真美！"

梦雨笑道："想不到你还有雅兴。"

梦雨小哥笑道："鸭子，不要以为只有你才会吟诗作对，我也不比你差呢。"

梦雨从来没见过他小哥写诗，便笑道："这我倒要请教了。"

梦雨小哥道："我们俩这一路去，少不得学学古人，多多少少要留下几首诗歌，才不虚此行。"

梦雨不由端视他小哥几眼。他小哥道："怎么？不相信我有此能耐？"

梦雨说："倒不是，只是见你整天忙忙碌碌，以为你对诗歌不感兴趣。"

梦雨小哥道："平常是忙一点儿，但有这几天闲工夫，我要露几手给你看看，你才知道我也并非没有文才呢。"

梦雨故意激他道："反正吹牛不要饭吃。"

梦雨小哥道："得高歌处且高歌。"

梦雨见他小哥放出大话，有心难他一下，便从挎包里拿出一支笔和一个本，对他小哥说："小哥，你能不能用诗歌描述一下对咱们古镇的印象？"

梦雨小哥笑道："鸭子，你想考我是不是？"

梦雨道："我真的想听听你对古镇的印象。"

梦雨小哥道："鸭子，关于我们古镇，我可比你了解的多些。过去，那地方可是商贾云集的热闹所在。在荆楚一带，地方虽然不大，名头可是不小。"

梦雨说："可现在我觉得她容颜已老，光华已去。"

梦雨小哥道："沧海桑田嘛！你看那条横街，过去该是多么繁华，而今你去看，只有几个老人坐在那里，多么萧条。"

梦雨道："如今轮船也不停靠小镇，人们都迁出小镇，到县城去居住了。"

梦雨小哥道："说到这里，我倒想出一首诗来，你把笔递给我。"过了一会儿，他说："写好了，你看。"

梦雨接过本子，见上面写的是：

老　街

风吹碎瓦断墙，雨打破梁残窗。
鸦立衰叶枯枝，人守古街残阳。

梦雨念完，道："哇，真人不露相。"

他小哥道："鸭子，诗歌这东西本来就不是那么高深的玩意儿，谁都可以写，关键是你想不想写。"

梦雨说："我同意。"

他哥道："其实我以前也写过诗。"

梦雨道："什么时候开始写的？怎么我没有见过？"

梦雨他哥道："应该是火神庙失火那次。"

梦雨问道："就是你掉进茅屎坑的那一次？"

他哥笑道："没错！"

梦雨笑道："没想到你是这样开始写诗的！那你写的什么还记得吧？"

他哥道："大致还记得，我当然改头换面，做了点艺术加工。我回忆给你听。"

忘乎所以

那天好兴奋，彩蝶乱纷纷。燕子田间舞，蜂儿嗡嗡飞。桃花园，香喷喷，好醉人！走路只顾看花，不留神，掉进茅屎坑。

梦雨大笑道："阿Q精神，自我安慰，自我陶醉！"

他哥说："难道我还能说我不该去救火！我当然只能往好里想。我倒要问问你，你对古镇有什么记忆？"

梦雨想了想道："关于古镇，我原来也写过一首，但我不记得了。我重新来作一首吧。"他拿起笔，也写了一首诗，递给他哥。他写的是：

从前，常到河边。看云飞，看蓝天，看高飞大雁。
从前，常到河边。看渔船，看江鸥，看白帆点点。
从前，常到河边。听水流，听鸟鸣，听浪花飞溅。
从前，常到河边。听虫歌，听月吟，听谈笑神仙。

弟兄俩说笑间，船已过石首、洪湖等地，到了蒲圻地段，船上喇叭响起，原来是到了赤壁。旅客们纷纷出来，到栏杆处向南岸眺望。

梦雨小哥说："这是武赤壁。"

广播里介绍："这里就是三国时期有名的赤壁之战的古战场。"

远远望去，只见南岸有一座山飞峙江心，宛如一把剑直指向江北。广播介绍说，这座山叫"乌林"，可以看到山崖石壁上大笔书写的"赤壁”二字。

梦雨小哥告诉他：“赤壁有文武之分，文赤壁在黄州，又叫东坡赤壁。此处是武赤壁，正是三国时赤壁大战的地方。”梦雨知道他哥对历史感兴趣，就要他讲一讲。他小哥道：“东汉时期，曹操率二十几万大军南下，连克新野、襄阳数城，从江陵顺江东下，与孙权、刘备的五万人在赤壁相遇。曹军屯兵乌林，与孙刘兵马隔江相峙，准备开战。孙刘军队巧用火攻，乘东南风大起，火船借助风势，直冲曹军水寨。曹军船只一时尽燃，火一直烧到岸上，把南岸崖壁烧得一片通红，赤壁也因此得名。孙刘联军乘势进攻，曹操领余部经华容小道向江陵败走。这一战奠定了魏、蜀、吴三足鼎立的局面。”

梦雨想起他们寒假时到长坂坡去看的情景，就说：“要不是诸葛亮借东风，哪儿能火烧赤壁！”

他小哥说：“这是《三国演义》编的故事。”

梦雨说：“说不定呢。”

他小哥道：“怎么说不定呢？”

梦雨道：“那时正是冬天，没有诸葛亮做法，哪儿来的东南风？”

他小哥笑道：“应该是偶然。”

梦雨说：“那也太巧了。”

梦雨哥说：“《三国演义》中这一段描述的真是脍炙人口，诸葛亮舌战群儒、草船借箭，周瑜打黄盖施苦肉计，读来真是环环相扣，精彩纷呈。”

梦雨说：“其实想想，当时孙权和刘备的处境够危险的，只有五万人马，而且又处于逆水。曹操二十万大军压境，完全是势如破竹。”

梦雨哥道：“幸亏有黄盖这样擅长水战的将军。”

梦雨道：“那个文赤壁是怎么回事？”

梦雨哥道：“宋代文学家苏东坡因为牵扯到乌台诗案中，被贬来到黄州，在黄州城西，有一座山陡峭如壁，山石颜色赤红，当地人讹传此处是三国周郎火烧赤壁之地。苏东坡因此写了《赤壁赋》。”

梦雨道：“就是那首‘大江东去，浪淘尽，千古风流人物’吧？”

梦雨哥点头道：“正是。”

梦雨道：“文赤壁也不亚于武赤壁。”

梦雨哥道：“历史上以少胜多，以弱胜强的事例多的是，用火攻的战例更是不计其数。我想，要不是苏轼写了这首豪放的辞赋，罗贯中也许并不会在《三国演义》中对这一战如此浓墨重彩地去描写。”

梦雨道：“无论是文赤壁还是武赤壁，其实都是文人渲染的结果。文赤壁因苏东坡，武赤壁因为罗贯中。”

梦雨哥道：“在某种意义上可以这么说。”

兄弟俩在船上闲荡，一边观景，一边议论。他们来到船尾，看到鱼雁、白鸥不断追逐波浪，十分有趣。碰见一位船员，问船什么时候到达江城武汉。那船员告诉他们，大约还有三个小时。

梦雨小哥望着江面，沉思良久，对梦雨道：“我想好了一首诗，专门写的老将军黄盖。”

梦雨笑道：“你认为他受了皮肉之苦？”

梦雨小哥道：“倒不是。我想，当时曹军大军压境，要不是他那样的顶梁柱在那里撑着，江东真的很危险。”

梦雨说：“倒要看你怎么写。”

梦雨小哥吟道：

黄盖老将军

朔风翻滚卷狂云，曹魏雄师百万兵。
嚎狼奔突杀声紧，吼狮怒啸铁甲营。
江东顿时寒凝冷，沙鸥不飞草木惊。
昂涛千尺吞万里，船头顶浪老将军。

梦雨听后，不由对他肃然起敬，道：“小哥，真没有想到你还有这样的胸怀。”

梦雨小哥沉思道：“其实国家到危难时刻，正需要黄盖那样的老将军来支撑。我觉得我们国家现在也需要这样的老将出来。”

梦雨不知他哥想说什么，正要发问，梦雨小哥却开玩笑道：“你有没有什么‘赤壁赋’？”

梦雨笑道：“有了苏东坡，我哪儿还敢写。”

梦雨小哥道：“你又不是什么名人，说几句玩玩怕什么。”

梦雨想了想，说：“既然两个赤壁都跟文人有关，我就来调侃几句吧。”只听他道：

两个赤壁

蒲圻遥见江流，乌林似觉雨骤。
赤壁若听将吼，东坡真有诗留。

3

到了江城武汉，船靠江汉关十六码头。

这是梦雨首次来省城，大城市对他而言特别新鲜。梦雨小哥曾经出差到过武汉几次，对武汉比较熟悉，找个小旅馆住下之后，就带着梦雨在江城乱逛一气。他们看了长江大桥，到了龟山和蛇山，参观了古琴台，游览了归元寺，又去了磨山植物园，顺着东湖长堤到了武汉大学。路上，梦雨哥指着山上一处密林遮住的地方说："毛主席到南方时，经常在这地方住。"

这一天，他们出门来，打算乘车去六渡桥逛一逛。不想正是上班高峰时间，那公共汽车一停下来，人们就蜂拥而上。

梦雨还没有见过如此的争抢场面，很不习惯，他有点儿退退缩缩。两个人等了好久，都没有挤上车。这时，又见一辆汽车横冲过来，梦雨见那辆车来得急猛，赶紧往后靠。但只见人群无所畏惧，纷纷迎着车头奔去，车没停稳，就有人抓住了车门。

两个人好不容易挤上一辆车，身上早已是大汗淋漓。车上的人，无论男女，大家都贴在一起，汗气四溢。梦雨心想，也顾不得斯文了。车行不远，听到车上的一男一女忽然对骂起来。大约是那女的认为男的违反了挤车规则，于是骂开来。

而那男的，回骂声也很粗鲁。梦雨听到这样有趣的对话："都几大年纪，还老不退货！""你个斑马样的，去乘专车呀！"

回到旅馆，梦雨就此向旅店服务员请教。那几个女服务员嘻嘻哈哈地说："这是骂人的话，不是说你'老不退货'，而是说你'老不退火'。"

梦雨小哥说："我们家乡不也有这种说法吗？"

梦雨说："我当时听错了，他们发音跟我们不一样。但为什么'斑马样的'也是骂人的话？我看斑马很漂亮呀。这应该是奉承，而不是骂人呀！"

服务员们说："不是'斑马'，而是'板妈'。木板的板，爹妈的妈。"

梦雨道："更不对呢！斑马还是个动物，'板妈'是个什么妈？"

服务员乐道："那就不知道了，反正是我们这里的口头禅，说话不带出这句口头禅来不算武汉话。"

梦雨琢磨了一会儿，道："我知道了，这个词应该这样写才对！"

服务员问："怎么写？"

梦雨拿出笔，边写边解释道："应该是'伴妈养的'。看来武汉话骂人还比较含蓄。"

服务员们哈哈笑道："你这样解释倒说得通。伴妈就是过去的妾，所以也有点儿贬义，说你不是正妻生出的儿。"

梦雨又否定掉自己，他说："还不对！应该是'半妈养的'。"

服务员们问："那又为什么？"

梦雨道："'伴妈'又像是带孩子的丫环，'半妈'才对，因为妾只能算半个妈。"

梦雨小哥笑道："你这种解释虽然比较合理，但还要请武汉的权威人士认定才行。"

大家说笑一阵，哥俩进房间睡觉。

躺在床上，梦雨小哥道："这两天写了什么诗没有？"

梦雨说："昨天看东湖写了两首，今天脑子里也有了两首。你呢？"

梦雨小哥道："我也有两三首。"

梦雨道："说来听听。"

梦雨小哥拿出本子，念了一首《黄鹤楼》：

一只黄鹤一老叟，一个故事一座楼，
一个神话传千古，一条大江永世流。

梦雨说："很平常，还有呢？"

他哥道："这一首《蛇山戏言》，你看这么样？"

蛟龙常在海中恶，猛虎林中老大哥。
聪明不过九头鸟，难缠最是地头蛇。

梦雨笑道："这一首还有点儿意思。还有吗？"

梦雨哥道："这一首是过南望山时，想起抗日战争时期，武汉军民抵抗日寇的往事时联想的，也不知道是不是真在那里打过一仗。"

梦雨说："武汉大会战是有的，汉口不是还有苏军纪念碑吗？你只管作来。"

梦雨哥念道：

南望山为武汉抗战军民而赋

将军征伐跨晴川，勇士击寇好儿男。
此地一别楚江远，梦中几回南望山。

梦雨哥说："我就写了这三首。你呢？念出来我听听。"

梦雨说："我写了一首《东湖遐想》。念给你听听。"

鹤仙飞回访楚君，云梦泽国无处寻。
忽遇香妃妆玉钗，送片东湖做明镜。

梦雨哥点头说："有点儿想象力。还有吗？"

梦雨翻开笔记本的下一页，道："我编了个故事《水怪》，你听听。"他念道：

东湖磨山湖底，住着一个水怪。他的名字叫弗岱，从天上来，为了爱。那还是神的时代，东湖刚开。有位爱水的女孩，是东湖仙子的小女，名叫姝嫒。弗岱爱上姝嫒，辞掉天上的神差，变成一只白鹤，飞到湖边来。东湖仙子要考验爱的决心，提了个要求给弗岱。他必须在东湖种上荷花，让荷花春夏满湖盛开，才能娶到姝嫒。弗岱天天栽，湖仙夜夜拽。荷花东边开，湖仙西边摘。你栽我拽，花开又摘，如此千年百载。湖中的鱼虾精灵，都来帮助弗岱。因为姝嫒请它们来，成全爱。终于有一天，荷花满湖开。湖仙露出笑颜，对弗岱说，你可以娶姝嫒。姝嫒终于可以跟你飞天，借着满湖的荷花香霭。原来，姝嫒只是一个半神女孩。唯有千年栽种的荷花，香薰一百个春夏，才能让她换骨脱胎，飞上玉宫瑶台。否则，他们的结合，会给姝嫒带来大灾。姝嫒正在香蕈身体，只要沐浴春夏一百，幸福就会到来。九十九个春天弹指过去，姝嫒的修炼渐渐完成，东湖的四周，披红结彩。满湖的鱼虾精灵，都在为幸福祈祷，都在为爱情等待。快乐的气氛，充满湖里湖外。然而有一天，全湖的精灵，忽然惊呆！因为东湖的岸边，来了无数妖怪。他们自称为“人”，拥到湖里收莲藕，说这是他们的蔬菜。不由分说，他们把开满荷花的莲藕，从水中拔了出来。顷刻之间，湖水污泥翻滚，大片荷花不再。姝嫒的香体，受了伤害。她躲进湖底深处的一个幽洞，不再出来。为了爱，弗岱天天寻找姝嫒。他还天天在东湖里种荷花，自人类在那里出现以来，一直种到现在。湖边的水芙蓉，全是他栽。他要再种一千年，直到满湖的荷花齐开。每当夜深人静，他就出现在朦胧的湖面，数着荷花，充满期待。偶尔有放牛郎，远远见到弗岱。他们悄悄地告诉我，那是一个水怪。

梦雨念完之后，正要问他哥什么，却听见他睡在床上，打起呼噜来了。

4

第二天，哥儿俩搭乘武昌到长沙的火车，经过四个多小时，抵达长沙，免不了登岳麓山，到橘子洲头游览一番。随后他们又专程到韶山一趟，完成那年没能串联到韶山来的心愿。完了才到株洲他小姐姐家住了十来天。

有一天，梦雨跟他小哥说，想一个人到桃源去一趟。他哥哥不同意，说：“既然一起来，当然要一起走。不如我陪你去，我们就从那里乘汽车慢慢转回去，虽然麻烦一点儿，多转几趟车，但大路总在脚下，肯定回得去。”

于是，他们离开株洲，乘汽车经过益阳到常德，在常德住了一晚，第二天乘汽车到桃源。询问当地人，何处是陶渊明笔下的桃花源。

那时候交通极不方便，好不容易才找到桃花源，原来是一大片风景名胜区。至于哪里是陶渊明笔下的桃花源洞口，当地人都莫衷一是。

哥儿俩有点儿不甘心，就在桃仙岭、桃花山那一大片地方乱窜一气。

梦雨说："怪不得自从东晋那个捕鱼人进入桃花林之后，再无人知道进入桃花源的路了。"

梦雨小哥说："《桃花源记》中说那里有一座山，山上有个小洞口，从洞口进去。开始洞口很窄，仅容一个人通过。走过了几十步，洞口就突然变得开阔明亮。那里土地平坦开阔，房屋整整齐齐，有肥沃的田地、美丽的池塘和桑树竹子之类的景物。田间小路交错相通，村落间互相能听到鸡鸣狗叫的声音。那里面的人们来来往往耕田劳作，男女的穿戴完全像世外之人。老人和小孩都悠闲愉快，自得其乐。他们问现在是什么朝代，竟不知道有过汉朝，更不必说魏朝和晋朝了。"

两人在山林走了半天，梦雨道："我构思了一首诗。"

梦雨哥道："先到哪里搞点儿东西吃饱肚子，再谈你的诗行吗?"

梦雨说："这里前不着村，后不着店，到哪里买?"

梦雨哥道："说不定前面就有店。"

梦雨嘟嘟囔囔道："陶渊明说，桃源中人当时看见渔人，觉得十分惊讶，问渔人来自何方？渔人详尽地回答了他们。他们还邀请渔人到自己家里去，摆酒杀鸡做饭炒菜款待客人。"

梦雨哥说："你咕咕叽叽说些什么?"

梦雨笑道："我们多多少少也算个外乡人，这一路上也遇见不少本地老乡，他们好像对我们熟视无睹，也没有人来款待我们一下。"

梦雨哥说："你想得美!"

忽然听见山坡上传来几声鸡鸣，兄弟俩抬头望去，见坡岭上有一户农舍。梦雨说："听见没有，有人在跟我们打招呼，要我们上去坐坐呢。"

他哥道："没听见。"

梦雨争辩道："明明听见了。"

他哥道："你饿昏头了。"

梦雨说："不如我们去讨口茶喝。"

他哥道："也好。"

兄弟俩爬上坡丘，到那间农家土屋，就听见狗在门口"汪汪"吠叫起来。他们迟疑片刻，犹犹豫豫，慢慢靠近房子。那一大一小的狗吠得更凶，这时，从屋里跑出一个半大的男孩，见到他们，又跑回屋里。跟着，屋里出来一个农家妇女。

兄弟俩已到了房子跟前的一块稻田，他们站住，梦雨哥对那妇女道："大妹子，给点儿茶喝行吗？"

那农妇喝住两只狗，对他们说："不怕！你们上来吧。"

两人这才慢慢爬上台基，畏畏缩缩地走到屋前场地。那两只狗凶巴巴的，还在瞪着他们，并不时发出威胁声。

那农妇拿两个土碗，舀来茶水。兄弟俩连声道谢，咕咕咕地一下子倒在肚里。梦雨道："好清甜啊。"

他哥也称赞道："这茶味道好。"

梦雨道："此茶真合在瑶池。"又问道："大姐，这是什么茶？这么好喝！"

那妇女见他们真的是渴得冒烟，脸上的疑云稍释，她说："哪儿有什么好茶，都是山里的土产。"又叫那个男孩："狗儿，去把灶台上的吹壶提出来！"

那男孩忙不迭地跑进屋里，不一会儿就提出一把土窑吹壶来。小男孩帮他们每人倒了碗茶，梦雨哥摸了摸他的头，笑道："狗儿，谢谢你。"

那男孩用普通话问梦雨哥道："叔叔，你们是哪儿来的？"

梦雨哥道："湖北。"

他又问："你们来这里干什么。"

梦雨哥道："找人。"

男孩问："找谁？"

梦雨哥道："一个渔夫的后代。"

那男孩问："姓什么？"

梦雨插话道："姓桃，桃花的桃。"

那农妇说："我们这儿姓张、王、李、刘的倒不少，姓桃的就不多。他家是哪个大队的？"

梦雨哥笑道："我们只知道他祖籍是武陵人，家住桃花山，别的一概不知。"

那妇女笑道："这就不容易找了。"

梦雨哥道："我们知道。"

那妇女又从屋里端出一个筛子，里面装了花生和炸豌豆，分给他们吃。

喝完茶，吃了花生，兄弟俩一再道谢，辞别乡间母子，走下坡去。

快到乡间公路时，只听坡上的男孩朝他们喊道："我知道，你们是去找‘桃花源’。”

梦雨也回头喊道：“狗儿，你真聪明。知道它在哪儿吗？”

那男孩喊道：“它藏在云雾山中，你们找不到的。”

梦雨说：“不要紧。”

梦雨转头跟他哥说：“这孩子跟我们有缘。”

梦雨哥问：“为什么？”

梦雨道：“他也叫狗儿。”

梦雨哥笑道：“人都说，同船过渡五百年修。这两碗茶也不知是哪一世修来的福缘？”

梦雨也笑道：“人在旅途，必先劳其筋骨，流尽汗水，饿瘪肚腹。之后方能闻之狗吠，见之山屋。然后冥冥中忽然相遇，坡岭留步，了却一面前缘恨见之苦。滴水之恩，其实源于一把茶壶。”

梦雨哥道：“你瞎诌些什么！”

梦雨说：“说着好玩的。”

梦雨哥说：“这茶真管用，喝了令人精神倍增，忘记疲乏。一碗茶，弄得我诗兴大发，想要作诗一首呢！”

梦雨笑道：“刚才还怨天尤人，现在又来了雅兴。”

梦雨哥道：“这叫此一时彼一时也，刚才肚饿口渴，现在精神抖擞。”

梦雨道：“真的是肚子里得先有物质，然后脑子里才有精神。”

梦雨哥朗声道：

偶尝乡间粗叶茶，淳淳苦香山野花。
一汪碧洁溪涧水，田家土茶哪里差？

吟完后还感慨道：“这碗茶真的沁人肺腑，一生难忘。”

梦雨说：“我觉得你跟这大姐前生有缘，否则你怎么会如此动情。”

梦雨哥道：“我哪里动情了，只不过赞了她的好茶几句。”

梦雨笑道：“以景语人，以景喻人，借景抒情。”

梦雨哥笑叹道：“只可惜今生还是一个‘苦’字。”

梦雨打趣道：“缘分是一世修得来的吗？它要经历百世修炼呢。”

梦雨哥笑道：“苦啊，人生！”

两人打趣了半天。梦雨说：“回想刚才，要不是那只芦花大公鸡在坡上喊叫，怎么会唤起我们的注意。所以我也要赋诗一首，来感谢这位热情山哥。”他大声道：

雄赳赳一只公鸡，坡台上望空鸣啼。
喊太阳岭舍留步，唤客人小住山溪。

弟兄俩在偏僻山村行走多时，好不容易才找到一家村店。他们叫了几个菜，虽然比较辣，吃得满头大汗，味道倒还不差。

5

第二天，梦雨哥说："今天我们返回常德。"

梦雨摇头。他说："今天去沅陵。"

梦雨哥道："干吗？又不是什么风景名胜区。"

梦雨道："要坐船顺着这沅江走一走。"

梦雨哥反对，说："不行。"

梦雨说："要么你回去，我去一趟再回。"

梦雨哥说："那怎么行！"

梦雨道："怎么不行？我又不是孩子。"

梦雨哥笑道："我怕你迷失在桃花源。"

梦雨道："希望如此。"

梦雨哥道："怕你了，陪你到底吧，谁叫我是你哥。"

梦雨不领情，道："谁叫你去。"

于是，兄弟俩在桃源县城码头买了两张船票，逆江而行。沅江此段河道狭窄，只能通机帆船。船很慢，江景却很美，河道两岸都是山丘峡谷。沿途船会在一些小渡口停靠。太阳照射在船上，船板有些烫，但到了某些峡谷处，会吹来一些凉风。

船行沅水多时，忽然，梦雨指着峡谷高处的一个洞口，拍拍正在打盹的哥哥，惊呼道："哥！你看你看！"

梦雨哥睁开眼睛，顺着他手指的方向看去，原来那山上有个洞口。从那洞口里边，真的传来人声鸡鸣。梦雨哥也来了兴致，眼巴巴地盯着看那洞口，直到船过去为止。

梦雨问同船的当地乡民，那乡民笑道："陶渊明我就不知道，但我知道这叫'巴掌洞'，据说是张果老打柴时一巴掌打出来的洞。"

梦雨哥笑道："时过境迁，很多地名都会改变。我们姑且把它当作那个晋朝渔人之洞吧。"

两人说说笑笑，话渐渐多了起来。梦雨哥道："你昨天说有首诗歌，怎么不拿出来念念？"

梦雨说："我有个条件。"

他哥道："什么条件？"

梦雨道："我念一首，你陪我作一首。"

梦雨哥道："有失公道。"

梦雨说："那我就不念。"

梦雨哥笑道："你难得到我！告诉你，我早已胸有成竹。"

梦雨道："那你先请。"

梦雨哥道："得寸进尺。好好好！鸭子你看！山上有个仙人洞。"

沅江渡，河上无数峰。
船不动，水不动，风动云动。
何处影憧憧？云雾山中，仙人洞。

梦雨道："哥，你出口成章了。"

梦雨哥道："废话少说，你来对吧！"

梦雨道："来了，听好！哥，你看远处，雾中有处桃花源。"

桃花源，寻她千百年。
水云涧，野菜鲜，云散山现。
分明见神仙，会她时，恁是不见！

船上的乡民问："你们是哪里来的？专门来写诗的吗？"

梦雨哥摇头说："来玩的。"又对梦雨道："鸭子，你看，一江沅水退潮了。"

河边虫萤飞。沅水，退。打鱼翁，收鱼肥。
鲈鱼不同味。山野，美。茅庐围，醇一杯。

梦雨道："哥，你看山上，满岭山茶花开了。"

山茶花影，绰约在山坪。芳香淳朴无矫情，一颗平常心。
野村丘景，风纯自然清。一泓山泉流到今，从不做功名。

梦雨哥道："沅水清碧虽好，只可惜一条天堑隔断两岸。你看。"

一条天堑，蜿蜒。浪滚山涧，白蛇卷。两岸说话近，串门远。

梦雨道："虽然天堑隔断，串门不易，我却有双燕穿梭传情，可以了此遗憾。"

对对飞燕，来回河边，咀嚼香泥衔玉泉。珠串珠，线穿线，接梁檐。
山乡男女，聚集溪边，对唱山歌曲漫涧。手拉手，肩并肩，结良缘。

6

船到沅陵境内的麻衣浦，梦雨拉他哥下船。梦雨哥说："不是去县城吗？怎么这里就下？”

梦雨道：“没错，就是这里。”

梦雨哥满脸狐疑，随他下船上岸来，走到街上，看去，原来这是湘西一个普通不过的乡间小镇。街道两旁，都是些木板房屋。沿街望去，无非是一些小店小铺，跟梦雨家乡小镇差不太多。只是这里的打金铺特别多，生意看来也很红火。

梦雨沿街打听，都只见人摇头摆手。

梦雨哥问：“你打听什么，栈房吗？我刚才看见一处。”

梦雨说：“好，那我们先住下。”

两人退回十几步，走进小旅店。梦雨哥拿出街道开出的证明，交了押金，拿了钥匙，进入房间。他们洗漱一番，又出门来，到旁边一个饭馆吃了一点儿东西。

吃完饭，两人出来，顺着小街踱步。梦雨哥皱眉道：“到这个地方来干什么？”

梦雨笑而不答。但是，他不时走到人家门前，询问什么。

梦雨哥忍不住，不耐烦道：“你到底在找什么？”

梦雨笑道：“一个朋友。”

梦雨哥奇怪道：“你还有这么远一个朋友？”

梦雨点点头，说：“是的。”

他哥道：“想不到，你在哪里认识的？”

梦雨又是笑而不答。

梦雨哥直摇头，说：“幸亏咱妈叫我跟你来，否则失踪了怎么找得到你。你居然在这么一个湘西偏僻小镇有个朋友。”

但那天，他们没有找到梦雨的朋友。晚上，两人躺在客栈的床铺上，梦雨哥嘟囔道：“既然是朋友，地址怎么不问清楚？”

梦雨说：“就这么点儿地方，肯定找得到。”

但第二天，两人找了一个上午，还是没有问到梦雨的朋友。

梦雨哥说：“是不是记错了？”

梦雨也有点儿心虚，道：“好像没有啊。”

下午，两人又挨家挨户地打听，还是一无所获。到晚上，他哥说：“这屁大点儿的地方，哪一家没有问到。肯定是你搞错地方了。”

梦雨不敢犟嘴。第二天，兄弟俩决定打道回府。离开乡镇街道的一路上，梦雨还不放弃，一路上还在打听。他小哥走在前面，不断催促，说别把船也给耽误了。梦雨慢慢吞吞，一步三回头地跟着他哥来到码头。果然见那机帆船早已靠岸，正要开航。

梦雨哥拉着他，赶紧飞奔下岸，跳上船板，那机帆船水手早已松开竹篙，解缆离岸，船突突突地拐个弯，顺流而下，直奔桃园县城方向而去。梦雨看了麻衣浦最后一眼，怏怏地跟着他哥钻进船舱。

刚一进舱门，就听一个声音惊叫道："鸭子！"

梦雨还没有看清对方，就大声喊叫："红儿！"

梦雨哥也惊讶道："红儿，你怎么在这里？"

红儿说："我回老家。"

梦雨哥恍然大悟，转头对梦雨说："怪不得到这里来，原来是找红儿来了。"

梦雨也不顾他哥哥在场，一把拉住红儿的手道："找你找得好辛苦。"

梦雨哥又问："你爸妈是这里人吗？"红儿解释说，她妈妈是醴陵人，这是他爸爸的出生地。

红儿指着身边一位老婆婆介绍道："这是我奶奶。"

原来红儿这次暑假回家，是来接她奶奶到湖北去的。她说："爷爷去世已经几年，奶奶一直孤身一人住在老家，本来爸爸妈妈一直想接她去湖北，跟他们一起生活，但他们几次来接，她都不肯离开。而今奶奶年事渐高，腿脚不像以前那么硬朗，方才愿意跟我到湖北。"

梦雨哥对老人说："湖北也不错。"

老人对梦雨哥的话不太明白，听红儿解释了之后方才笑着点头。

红儿问："鸭子，你怎么来了，而且把小哥也带上？"

梦雨把来龙去脉简单讲了一下，红儿方才明白。她道："你既然要来，怎么事先不跟我讲讲？"

梦雨哥说："他连我都瞒着，我一路上糊里糊涂，还以为他到湖南来是要看我们小姐姐呢，原来他假公济私。"

梦雨又奇怪道："我们找遍全麻衣浦，都没有找到你奶奶家。"

红儿指着江右岸，笑道："我奶奶住在麻衣浦对岸的那个地方，你怎么找得到！"

梦雨埋怨道："怎么不说清楚。"

红儿笑道："谁知道你要来找我。"原来，梦雨曾经问红儿奶奶老家在哪里，红儿就像回答一般外省人一样，只告诉他在湖南沅陵。幸亏梦雨有一次问她，奶奶住在沅陵什么地方，她顺口告诉在一个名叫麻衣浦的地方。

梦雨喜道："还好，总算在船上见到你了。"

红儿也高兴地说："否则你回去之后，不知会怎样埋怨我呢。"

四人一行，当晚赶到常德，住了一宿。第二天上午，坐上刚刚开通不久的一条铁路线，往湖北方向驶去。

红儿笑问：“这次到我们湖南来，有什么印象？”

梦雨哥道：“不错，人杰地灵，出了那么多伟人。不仅有毛主席，还有谭嗣同、曾国藩、蔡锷这样的杰出人物。我们还看到岳麓书院。”

梦雨道：“据说这可以算作中国最早的大学之一。”

红儿说：“你们看得比我还多，我这个湖南妹子，连岳麓书院都没去过。”

梦雨道：“这也难怪，墙内开花墙外香。我们中国人都有这样的思维方式，自己的东西不好好珍惜，反而羡慕别人的东西。破“四旧”时，我们镇把自己的好多古迹都给砸啦！真可惜。”

梦雨哥道：“砸得痛快，恢复就难啰！”

红儿笑一笑，未置可否。问道：“鸭子，你那么爱诗，难道这一路，就没有作一两首？”

梦雨高兴道：“红儿，你不知道，我小哥是真人不露相，他也写诗呢。”

梦雨哥道：“你道这算什么本事吗？”

红儿笑道：“既然这样，倒要请小哥诗谈一下此次湖南之行，说说对我家乡的印象。”

梦雨哥要梦雨拿出纸笔，沉思片刻，动笔写诗。过了一会儿，他递给红儿道：“很粗浅的印象。”梦雨凑上去，和红儿一起瞧他写的什么。原来是一首《话说湖南》：

洞庭湖南，
一年洪涝弄几番。
风云飞乱，
内忧外患，
国家栋梁曾国藩。
书生奋，
乌云散。

湘江水蓝，
沉沉苍茫望不断。
晚清玩完，
民国更乱，
一代风流出韶山。
东风渐，
西风软。

红儿读完，拍手道：“小哥出手不凡，信手拈来我们湖南最根本的几个特点，画龙点睛，言简意赅。”

梦雨道：“不要吹捧。”

红儿道：“我说的是实话。”

梦雨哥颇为得意，对梦雨道：“你的东西，总是花花草草，软绵绵的没有力气，更没有生活。”

梦雨不服气，说：“不见得。”

梦雨哥激他道：“要不你也写一首，咱们比较一下。”

红儿拍手笑道：“祸起萧墙，兄弟俩干上了。”

梦雨说：“你吹捧湖南，我还跟你随声附和吗？我倒要替我们湖北吹嘘几句，说出来肯定不比你差。”

梦雨哥和红儿齐声道：“好啊。”

梦雨大话放出，心想，说伟人，湖北近代虽然出了不少，但比起毛泽东、曾国藩等又矮了一截，一定要换个角度来吹才行。他拿起笔，构思片刻，写好一首，递给红儿看。红儿看时，是一首《话说湖北》：

洞庭湖北，
襄王当年神女会。
一江春水，
云梦陶醉，
出塞昭君楚女美。
仙人地，
黄鹤飞。

江汉蛇龟，
一缕斜阳村村炊。
千里染翠，
渔船对对，
绝代骚客出秭归。
楚风渐，
龙舟最。

第二十四回

1

八月下旬，暑气稍稍消退。

外出的同学逐渐返回小镇，同学们见面的机会又多起来。从湖南返回的第二天，梦雨去找萍萍，到她家之后，发现她家门前停了辆解放牌卡车。有几个人正在把家具杂物一趟一趟地搬上汽车。梦雨问门外一个人萍萍在不在。那人说“我们是来帮忙的，你自己进屋去看”。

梦雨走进屋子，看见萍萍的爸爸妈妈都在忙碌，问萍萍呢，原来在房间里面。梦雨走进房间，看见萍萍正在包扎她的书。见梦雨进来，萍萍笑着站起来，说：“乱糟糟的，也没地方请你坐。”

梦雨问：“你们搬家吗？”

萍萍点头道：“是。”

梦雨以为萍萍家是要换租屋，因为他早就听萍萍抱怨她家的房子太窄，不够用。所以他问：“换到哪条街？是河街还是后街？”小镇的民宅，河街和后街的房子普遍比正街要大。

没想到萍萍说：“要搬到县城。”

梦雨大吃一惊：“怎么搬那么远？你上学怎么办。”

萍萍说：“我要转学到县一中。”她解释道：“我爸爸他们县直机关要搬到县城，所以我们全家都要过去。”

过去，新县城建立之初，县直机关有很多科局都设立在小镇。后来，一些机关陆陆续续从小镇迁出，只在小镇设立下级分支机构。梦雨虽然听说其事，却一直没有放在心上，因为他觉得这事跟自己没关系。眼下萍萍突然要搬家，离开小镇，他才陡然觉得这事跟自己很有关系。

梦雨跟萍萍从小学是同学，一直到如今，虽然有时候没有在一个班上，但基本上在学校都能见面，他已经习惯。想到萍萍要离开，从此见面的机会会少，心中忽然有点儿惆怅。

萍萍见他不做声，就笑道："反正县城离这里不远，想见面还是容易的。"

梦雨点头道："说得也是。"

萍萍问："你去湖南了？"

梦雨回答说："是，我去小姐姐家，后来还去看了红儿老家。"

萍萍沉默片刻，问："湖南好玩吗？"

梦雨把他们所见所闻跟萍萍讲述了一番。萍萍见他描述得眉飞色舞，笑道："如此说来，一个人真应该到外面世界闯闯。老在一个地方待着，井大的天，什么都习以为常。我也要调整调整我自己，什么时候也要到外面看看。"

梦雨正要说点儿什么，有人进来问："还有什么要装到车上吗？"

萍萍说："这些书也装上。"

梦雨帮着把东西往车上搬，忙了一阵，跟萍萍约好下午再见面，方才告辞。他要去找狗儿和红儿等，商量要为萍萍办一个辞行聚会。刚才萍萍告诉他，这里还留了一个床铺，自己还可在老房子住几天，城关的新家要开学后才去住。

狗儿早已知道此事，见梦雨来找他商量，就说："同学一场，我也正琢磨这事呢。"他提议大家凑份子，到小镇餐馆去吃一顿。

梦雨说："不如我们去搞个野餐会，还自由自在一些。"

狗儿道："大热天的，跑到外面干吗。"后来征求其他人的意见，大多数同意狗儿的方案。还是芳芳来了个折中，她说："先到餐馆吃一顿晚饭，然后大家在河边江岸找个地方坐坐，大家聊一聊。"

聚餐那日，江小勇忽然冒出一句话："人一走，茶就凉。"

大家听后都觉得怪怪的。

这一天下午，是开学的前一日，萍萍来梦雨家辞行。萍萍跟梦雨爹妈道别。梦雨妈拉着萍萍的手说："萍萍，以后常来走走。"萍萍点头，眼睛有点儿湿润。梦雨从屋里推出自行车出来说："我送你走。"

两人推着车，顺着江堤往县城方向走去。两人默默地行走一会儿，过了水府庙。梦雨说："萍萍，从小学毕业开始，就不断有同学分别。我有时候虽然感到惋惜，不能跟那些相伴多时的伙伴继续待在一起，但从来也没有像现在你要离开我们的感觉。我觉得很舍不得你走。"

萍萍点头道："我也一样。"

梦雨说："我小时候一直盼望快快长大，可现在，我发现，人越长大，烦恼会越来越多。"

萍萍笑道："看你整天晃晃悠悠的，你有什么烦恼？"

梦雨说："真的，萍萍。"

萍萍叹口气道："其实我早就有这种感觉，人长大了，烦恼就跟着来了。现在回忆，小时候多么无忧无虑。"

梦雨点头说："要永远是那样该多好。"

萍萍说："但小时候却天天盼望长大，可见人心是不足的。"

梦雨笑道："人就是怪。"

两人又默默走了一会儿，萍萍停住脚步说："快到城关了，鸭子，你回去吧。"

梦雨说："再走一截吧，上了那个坡我就回。"

到了坡上，萍萍再次停住脚步，梦雨也把车子停下。他把车子架好，然后伸出手来，握住萍萍的手说："萍萍，我会经常来看你的。"

萍萍眼中忽然滚出泪水，她紧紧地握住梦雨的手，好久不愿松开。突然，她飞快地在梦雨脸颊上吻了一下，又猛然把手从梦雨手中抽了回来。然后，她从口袋里拿出一个封好的信封，交给梦雨道："回去以后才能拆开看。"

梦雨觉得依依不舍，他说："我把你送到家门口吧。"

萍萍撩了撩头发，站在那里坚定地说："送君千里终有一别，何况我们离得这么近，还可以经常见面，你回去吧。"

梦雨见萍萍态度坚定，就迟疑道："那我过两天来看你。"

萍萍说："再见。"

梦雨说："那你先走。"

萍萍望梦雨轻松笑笑，转身离开，没有再回头。

梦雨却一直呆呆地看着她的背影，直到消失得无影无踪。

2

与萍萍告别后，梦雨轻快地骑上车，在晚风中骑行。想起刚才萍萍给他的吻，他觉得十分浪漫，十分甜蜜，一路上引吭高歌。

回到家中，已是万家灯火。梦雨回到房间，立即打开灯，坐下来看萍萍的信。

萍萍的信，让他看了之后一下子如五雷轰顶，不知所措。原来萍萍的信是这样写的：

鸭子，今天分别，我觉得很痛苦，但也觉得很释然。是的，我们是朋友，从穿开裆裤时就是，所以我要敞开心扉，向你讲讲我的烦恼。

鸭子，也许你不知道，这种烦恼，已经纠缠我好久了。

有一个少年，我认识他好久好久了。小时候，我跟他耳鬓厮磨，天真无邪，天天在一起玩耍。

跟他在一起，我觉得好幸福，好开心。我一直觉得自己是天底下最幸福的人。我无忧无虑，你知道，我过去倒下就睡，一觉睡到大天亮，从来不做梦。但是，后来，我却无缘无故地失眠，并且经常做梦。我的烦恼与日俱增，让我越来越痛苦。开始我还不知道为什么，我还以为是生了什么病。后来，我才发觉，我的烦恼居然是为了一个少年。

是的，我可以天天跟他在一起，跟他谈诗，跟他钓鱼，跟他打闹。但是，正是因为如此，我的烦恼却更多，我的思念更加不可遏制，我的痛苦则更深更深！

诚如你言，也许这就是成长的代价。我知道，我已经不是儿童，不是少年，我已经是一个青年。人长大了，心思也多起来。鸭子，你不知道，我多么爱，多么爱那个少年。虽然，从年龄上来讲，他也应该算是一个青年。但我觉得，从心智上，那个青年其实还是一个少年，一个天真无邪的少年。

我觉得那样很好。我曾经试图像他那样，保持我们的纯真，无忧无虑地生活，就像从前那样。但我做不到，我真的做不到啊！回想小时候的日子，该是多么美好。鸭子，我曾经想直接向他表白，坦诚我的心扉。但我怕，我怕碰碎那个瓷瓶。

我不敢，是因为我知道在那个男孩心中，我并不是处在第一的位置。虽然我努力过，争取过，但我终于明白，我永远都不可能排在他心中最前的位置。

为什么我跟他不能保持那种友谊——那种纯真的友谊，永远做一个好朋友呢？鸭子，我何曾不想呀！但是，我不能！我没有这种能力。我可以跟狗儿，跟道儿，跟刘华子，跟江小勇，跟我所有的少年朋友保持这种纯真的友谊。但我唯独跟他不能。因为，一看见他，我就无法遏止我的心，我挣扎的心，苦痛的心。跟他在一起的时间越长，我的痛苦就越深。我无法控制我自己，我的情感。

有时候，它就像一匹脱缰的马，让我很难驾驭。我怕毁了自己，我怕毁了他，我怕毁了我们。

鸭子，你不是早就说过吗？我们还很年轻，有的是时间。所以，我要听从你的劝告，去走一条新的道路。我相信，时间会冲淡一切，冲淡我的思念，冲淡我的痛苦。让我把对那个少年的爱，只珍藏在我最深最深的心底，再也不碰它。鸭子，请你转告那个少年，不要再与我见面。因为，他无法带给我我所需要的东西，除了痛苦。所以请原谅我要对那个少年说：再见！或者说：不要再见！萍萍，即日书。

梦雨看了萍萍的信，眼泪顿时涌出。他跑出院子，推上自行车，马上就要出门。他小哥看见他这么晚要骑车出门，感到很惊讶，就问：

"这么晚了，你到哪里去?"

他嗯了一声，没有回答就向院子外边走去。他小哥见他神态迥异，一把把他拖住，道："你怎么啦?"

梦雨还是不吭声，他执意要出门。这时，他爹妈也出来，把他拦住，问他究竟为什么。梦雨哥见他手中拿着一封信，就一把夺过来。全家人看了信，才明白究竟发生了什么。

他小哥哈哈笑道："我还以为是什么大不了的事呢，原来是小孩子的游戏。"

他爹也笑道："鸭子，这是萍萍激你的，她怕你今后不去找她玩。"

梦雨疑惑道："是这样吗?"

他小哥笑道："怎么不是? 你明天就去找她，当面拆穿她。"

梦雨爹打来一盆水，说："快洗一洗，然后睡觉，过几天去看萍萍。"

梦雨一宿没睡好觉。第二天，他匆匆到学校报了名之后，就急急忙忙骑着辆车要往县城去。在校门口，他碰见了红儿。红儿叫他："鸭子，看你慌慌张张的样子，骑车要到哪里去?"

梦雨说了句"去找萍萍"就飞快骑车而去。红儿愣了一下，怔怔地看着他的背影，直到他远去。

他赶到县城，却不知道萍萍的家在何处。他骑着车赶往县一中，希望在那里能够见到萍萍。学校操场到处是学生，却唯独没有见到萍萍的踪影。他又在各个教室寻找，也没有看见萍萍。他问了好些坐在教室的学生，他们个个摇头说不认识。后来，他骑车出来，决定到县城各个角落去碰碰运气，结果一无所获。直到黄昏时分，他才垂头丧气地回到家里。

他小哥见他泄气的样子，就笑道："怎么样? 碰壁了吗?"

梦雨不吱声，回到自己房间坐下。他爹进来说："饿了吧? 出来吃饭。"

梦雨回答说："不饿。"

梦雨小哥一把把他拖出来，说："不饿是假的，饭还是要吃的。"

梦雨爹盛了一碗饭，放在他的面前。

梦雨妈一直很少说话，这时开言道："儿子，你坐下，我们谈谈。"

梦雨爹问："萍萍不愿见你，是吗?"梦雨不置可否。

梦雨妈说："鸭子，你知道吗? 萍萍暂时不见你，应该是好事。"

梦雨疑惑地望了望他妈。

他妈继续道："这说明她是一个明事理的孩子。"

梦雨问："为什么?"

梦雨妈笑道："儿子，你都十六七岁了，怎么还像个不知事的小孩？"

梦雨不语，他一直觉得自己很有主见，很有思想，就像一个大人。但萍萍在信中说他像个天真的少年，而此刻他妈妈也这样数落他。他觉得她们既然这么说，应该有她们的道理。

他妈说："人长大了，就应该像个大人的样子。"

梦雨问："大人是什么样子？"

他小哥插话道："理智，懂吗？"

梦雨妈点头道："不错。儿子，一个大人，一个男子汉，行为处事不仅应该为自己着想，还要设身处地，站在别人的位置，替人家想一想。"

梦雨抬头望望他妈，听她继续道："如果你是萍萍，你会怎么办？"

梦雨支吾道："我，我……"

梦雨妈道："儿子，你们分别一段时间，对你们都有好处。你安静一阵子，好好想一想，作一个选择。"

梦雨小哥道："小弟，很多事情只能作一种选择。现在在书面语中不是盛行一句话吗？"

梦雨问："什么话？"

梦雨小哥笑道："二者必居其一。"

梦雨道："是吗？"

梦雨妈说："儿子，我一直认为，萍萍比较好。"

梦雨已经稍稍释然，他道："是吗！"

梦雨妈说："儿子，其实你还小，但而今的孩子成熟得都很早。我看见江小勇和易翠花的事情，就一直担心你。幸亏萍萍是个懂事理、明是非的好姑娘。"

梦雨道："妈，你想到哪儿去了。"

梦雨小哥哈哈笑道："防患于未然。"

梦雨爹说："快吃饭吧，肚子还不饿？"

梦雨才想起，今天还没有吃午饭。

3

有一天，梦雨在街上碰到了美娜。那是一个下午，梦雨放学回家，正好看见美娜提着一个篮子，正汗津津地往河边码头赶去。美娜显然也看见了梦雨，但她偏一偏头，故意装着没有看见梦雨的样子。梦雨大声叫了她一声："美娜！"

美娜只好掉过头来，冲他笑了笑，说："鸭子，放学啦？"

梦雨说："是。"又问她最近怎么样。美娜说还可以。

梦雨看到美娜的脸晒得黝黑，完全不是以前娇小白皙的样子，想起那次到湖边游戏，跟她做城门守卫时的情景，心里有一种说不出的滋味。梦雨说："你到我家里坐坐吧，我爹妈也常常讲到你们，也很想见见你呢。"

美娜说："今天不早了，以后有机会来看你爹妈。"

梦雨说："那我陪你到渡口。"

美娜点头。她又问以前同学的消息，梦雨一一告之。说到萍萍转学到县一中的事情，美娜叹道："鸭子，想开点儿。人在世界上，难免有悲欢离合。天下没有不散的筵席。"

美娜上了渡船，船向对岸驶去。

梦雨站在江边，伫立了很久。

从林子中穿过小路回家的时候，他发现了草丛旁边一只受伤的燕子，不由想起一件往事：有一次，萍萍约他去看一场老电影，他却因为那电影已看过几次，所以没有陪萍萍去。虽然萍萍没有说什么，但他知道萍萍有点儿不高兴。回想起来，这种小事还真不少。比如，萍萍送他养的海马，养到最后，他居然再也不怎么给它们加养料，乃至于最后都长毛死掉，萍萍因此而当面向他撅起了嘴巴。

他一直很喜欢萍萍，觉得她在自己心目中跟红儿一样重要。从小到大，他从来还没有想到要将她们二人作什么区别，只把她们当作他生活中理所当然的一部分。他从未想到有朝一日他和萍萍会这样分开。

萍萍受了伤，因为自己。虽然他从来没有想要去伤害她。

萍萍受了伤，就像这只燕子。他心生怜悯，走到草边，想要帮助这只受伤的燕子。但这只燕子，看见他过来，却吓得挣扎着要逃跑。

他停住脚步，不知所措，犹犹豫豫，既想去帮助这只受伤的燕子，又怕进一步吓着它。他盯着那只燕子，只见它恐慌地看着自己。他终于明白，他无法帮助它。只有它自己才能帮助自己。如果没有人再伤害它，也许在草丛中歇息一晚，它就可以再次起飞。

他觉得很遗憾。一首诗在他脑子里闪现，是因为这只受伤的燕子：

那晚我来山溪旁，燕子邀我看月亮。
我说今晚天不蓝，何况秋深夜色凉。
燕子听罢黯然去，不怪我冷怪吴刚。
我本无心伤燕子，燕子却因我受伤。

4

有一天，芳芳告诉梦雨："萍萍参军了，参加了解放军一个文工团。"

梦雨"哦"了一声。

下了几场秋雨，天开始转凉。

这些日子，红儿老是回避他。两人很少见面，见了面也是淡淡的。

萍萍转学的那些天，梦雨心中老是惦记着萍萍，见了红儿也没有几句话。他似乎做了个奇怪的梦，好像红儿在梦中打了萍萍，他觉得红儿这样太不应该。

这几天他开始想通了，知道很多事情不能两全其美，只能二者居其一。虽然心中还有些疙疙瘩瘩，到底还是放得下。

这一天，是个星期日。梦雨到红儿家去找红儿，红儿不在家。问她妈妈，她妈妈说："鸭子，而今你们都是大孩子了，再比不得小时候那么随便，天天泡在一起，也不怕别人说闲话。"

梦雨红着脸争辩说："阿姨，我们哪里天天泡在一起，我都好久没见她了。"

红儿妈说："那就好，你们这些孩子，要把精力多放在学习上才是正道。"

梦雨点点头，又问红儿妈："红儿哪里去了？"

红儿妈说："到县城里去了。"

梦雨问："去干什么？"

红儿妈妈冷冷地道："你这个鸭子，问这么多干什么！"

梦雨只好不吭声，灰溜溜地从红儿家出来。

走到街上，他觉得很郁闷。正胡思乱想，却听见有人叫他，抬头一看，原来是牛儿。牛儿已完全变成了一个农民。他戴着一个斗笠，手里拿着一个空麻布袋子，正从对面过来。梦雨见到牛儿很高兴，拉着他的手问道："怎么到街上来，也不去我家找我。"

牛儿笑道："夏收以来，田里活儿一直很忙，没有怎么上街。再说你们学习也紧张，不好意思打扰你们。"

牛儿告诉他，刚刚谈了一个媳妇，打算明年就办喜事。牛儿虽然跟梦雨同班，但比梦雨大几岁，因为他小时候留过级。

两人聊了一会儿，牛儿告辞，邀请他明年去喝喜酒。梦雨欣然应允。

有一天傍晚，红儿约梦雨在河边一棵大杨树下见面。红儿对梦雨说："鸭子，我有句话要对你说。"

梦雨笑道："你不用说我也知道。"

红儿说："但我还是要说。"

梦雨道："这句话应该我来说。"

红儿笑道："那你就说吧。"

梦雨道："I love you." 说着，他拉起红儿的手，紧紧握住。

红儿凝视着梦雨的眼睛，点头道："是的，鸭子。I love you，too."

梦雨要吻红儿，红儿却躲开了。她说："鸭子，你听我说，我们是儿时的朋友，我很珍惜我们的友谊。"

梦雨疑惑地望着红儿，听红儿继续道："但人生的道路很漫长，我们才仅仅开始，你说对吗？"

梦雨点点头。

红儿说："因为，我们不知道今后会发生什么。"她顿了顿，继续道："所以，我们不能够过早地决定。一切的一切，都只能交给时间。"

梦雨说："我可以对天起誓。"

红儿笑道："鸭子，我觉得你还像个孩子，没有长大的孩子。"

梦雨困惑地问："难道你们都长大了吗？"

红儿笑道："你也会长大的。"

红儿告诉梦雨，她将去一个遥远的地方。

梦雨问："你会给我写信吗？"

红儿说："鸭子，我们把所有的问题都交给时间老人好吗？"

梦雨点头。

红儿忽然搂住梦雨的脖子，在他脸上重重地吻了一下，然后在他耳边轻轻地说："鸭子，无论今后走到哪里，我都会永远记住我们的少年时光。"

5

红儿走了。

她走后的第二天，梦雨才知道。是狗儿告诉他的。狗儿说："听说前些日子北京有一个剧团，他们来选拔演员，红儿被他们挑中，所以她到北京去了。"

梦雨说："那太好了，红儿一直有这样的梦想。"

在红儿走后几天，梦雨收到了她的一封来自途中的信，没有地址。

这是她给他写的唯一的一封信。

梦雨给红儿写了回信，却一直没能发出去。他去红儿家里打听过红儿的地址，却被她妈妈臭骂了一顿。

狗儿说：“鸭子，想开些，天下没有不散的筵席。”

梦雨惨然地笑道：“我知道。”

那一天，狗儿陪梦雨在河边杨柳树下坐了半天。

分手之后，梦雨拐弯走到后街，一直朝云畔湖漫步走去。路过金盆山时，他看见一群建筑工人正在拆金盆山的院墙。一打听，才知道区委会要盖宿舍楼，工人们正在平整土地。

他来到湖边，随便找了个地方躺下，仰望着蓝天，看见朵朵浮云从天空飘过，有的聚在一起，有的忽然飘散。他觉得他的头有点儿晕晕乎乎，于是闭上眼睛。

忽然，他又看见了那几个湖上仙女，她们正翩翩起舞。

有一个仙女忽然唱起一首歌：

细流一去湾又湾，几日阴雨绵绵缠。
才将乌云撩开缝，天好似晴晴又难。

她刚刚唱完，就有另一个仙女接口唱了一首《春水追花》：

山燕溪头飞，上下扑春水。
小流情不舍，花去还要追。

接着，又有两个仙女边唱边舞，唱的是一曲《放不放弃》：

那边江流无限意，此涧潭水不放溪。
催它勿将春水误，它说放弃却不去。

有一个仙女忽然发现了他，她向他走来，大声道：“这不是那年我们碰见的那个小子吗？你怎么躺在这里？”

梦雨起身坐起，说：“我最近有点儿烦。”

那几个女子笑道：“你也知道烦！你不懂得人生本来就是一个‘烦’字吗？”

有一个仙女问：“你最近有什么烦恼？可否说给我们听听，或许我们能帮你一二。”

梦雨把最近的烦事讲述一遍。仙女们听后哈哈大笑，说：“这算什么烦恼！”

梦雨道：“可是我却很难受！你能告诉我，世界上有没有什么忘情草？或者有没有一个地方，那里没有人生的烦恼？”

那仙女说：“你年纪轻轻的，问这些东西干什么？”

梦雨说："我想去看一看。"
这时一个仙女唱了一曲《寻找无忧乡》：

问过朝霞问夕阳，问过女神问娥皇。
问过河伯问龙王，都说没有无忧乡。

在她唱完之后，另一个仙女接唱了一首《梦乡》：

一路跋涉步踉跄，追过太阳追月亮。
天南地北都找遍，始终不见无忧乡。

梦雨感到失望，就说："那就是没有啰？"
有个仙女道："也不是，我讲个寻找无忧乡的故事你听。"

行在山崖中，踩了一脚空。掉到山坳里，卡在石头缝。
皮伤骨头痛，暮晚四面风。茫茫不知路，乱窜入迷宫。
慌慌不择路，惶惶不可终。忽然有人来，领他出山洞。
山谷听鸡鸣，早上太阳红。随人来山国，燕迎莺鸽送。
清清碧水潺，小桥山花弄。坡上牛羊闲，田陌桑梓葱。
未见飞车疾，不闻机声隆。街净楼错落，小市人不拥。
对对鸳鸯行，老少步从容。街巷无褴褛，无贪处处公。
朗朗读书声，不为做蛟龙。大智不欺愚，贤人是梁栋。
莺歌燕舞空，人间天上梦。好景不胜数，小乡大不同。
询问往来事，是否子虚宫？那人从头说，原是乌有种。
历经万代盛，岩人老祖宗。曾经满冥球，东西南北中。
"科律"大发展，"技熟"至顶峰。岩人无节制，贪婪无止终。
山河均污染，冥球无净空。掠夺强欺弱，尚武霸逞凶。
大战突然起，恶霸争枭雄。核战难避免，冥球核寒冬。
我辈大逃亡，迁至地球中。吃尽冥球苦，不侵凡人中。
辗转来此地，枝散开芙蓉。再修无忧乡，不舍乌有梦。
我们无忧国，共有九九峰。一峰一山冲，一冲为一侗。
今日君所见，是我第一侗。治国之理念，博爱最看重。
民主社会谐，平等大家同。劳动是娱乐，娱乐中劳动。
工作凭兴趣，彼此不分工。人人负责任，个个有光荣。
不破坏环境，对自然敬重。取之只按需，天地人融融。
发展心不贪，无忧生活共。经冥球浩劫，最知贪字痛。
看人间沧桑，汉唐多少功！观现代人类，发展好迅猛。
湖海鱼虾死，黑雾喷烟囱。南极冰消融，北极臭氧洞。

所做一切事，均如冥球中。望人类节制，切勿太匆匆。
浩浩宇宙中，地球独受宠。蓝色地球毁，岩人也心痛。
跟随岩人行，不觉到城东。城门开一扇，送汝出山洞。
请君彼路返，此路此时通。共进一杯酒，人间无仙琼。
说一声多谢，道一句珍重。沿路下山走，听城门响动。
再回头望时，山国不知踪。不见山乡影，消逝仙人洞。
鸟儿树上鸣，山下水淙淙。置身空郊外，远处烟霞红。

梦雨道：“我曾经到过桃花源，你所讲的，跟我想象的桃花源有点儿相似，但我就是找不到那个入洞口。”

那仙女道：“哪儿能这么容易，要到无忧乡，首先要经过一片汪洋大海，才能到达彼岸。到达彼岸后，还要继续寻找。”

梦雨说：“我也想去看看。”

那仙女道：“就算到了彼岸，大多数人还是功亏一篑，找不到无忧乡，只有有缘人才能找到。”

梦雨不信，有个仙女说：“我再讲一段另一个人寻找《彼岸》的经历给你听。”

我在此岸，遥望彼岸，心中无限梦幻。
天上人间，山花烂漫，是我梦寻的仙山。

一只小船，离开港湾，带着心中的期盼。
有点迟疑，有点伤感，不舍得家乡的小川。

驾着小船，扬着细帆，徐徐划向远山。
海鸥飞飞，鱼儿欢欢，望天边一朵美丽香兰。

天也暖暖，水也暖暖，我的心儿暖暖。
风也缓缓，云也缓缓，我的海阳光灿烂。

日子淡淡，舟儿懒懒，我的船行驶太慢。
百舸争流，千船扬帆，忽然间你追我赶。

海潮骤起，彩云吹散，狂风卷起波澜。
浪打小船，风折桅杆，吓得我魂飞魄散。

凄凄惨惨，挣扎再三，生怕那小船倾翻。

暗礁险滩，风云变幻，行一步一个鬼门关。

小船折帆，随波逐澜，任它飘飘然然。
筋疲力尽，手酥脚软，只觉得天旋地转。

终于醒来，霍然一湾，正是我寻找的彼岸。
奇光异彩，色彩斑斓，我慢慢靠上海滩。

人头涌涌，道路不宽，有挤有推有钻。
人来人往，各种衣衫，还有些许人情冷淡。

有点怀疑，有点茫然，这可是我的驿站？
有点心灰，有点意懒，还有一种失落感。

哪儿有梦？哪儿有幻？哪儿有我的香兰？
哪儿有仙，哪儿是蓬莱？哪儿有我梦里的莲花瓣？

答案简单，赶快上班，为了一日三餐。
柴米油盐，猪肉鸡蛋，只觉得生存很难。

否极泰来，鸿运不断，春风杨柳千万。
灯火阑珊，梦中忽然，隐约约一点遗憾。

又到海湾，回头看看，红霞远处仙山。
海市蜃楼，绰约暮帆，只可惜又在彼岸！

梦雨说：“照你如此说，即使到了彼岸，也很难找到无忧乡。那该怎么办？”

有个仙女说：“你这个人，老问有何益处？与其坐在这里空想，不如赶紧行动。我给你撩开一面，你看看海上那个行客，看人家在做什么。”

黎明初露阳光，朦胧天上。
一朵红霞那边，还伴月亮。
彩衣女郎，牵大舸扶摇而上。
天河宽又广，霓花芳又香。
仙乐悠悠扬扬，龙凤双双呈祥。

万里船浩浩荡荡，一叶舟摇摇晃晃。
那壁厢，一行客，慌慌张张。
匆匆忙忙解缆，急急忙忙划桨。
昨夜好梦太长，紫霞船早已起航。
舟里客那时贪睡，差一点儿没追上：太阳。

梦雨问：“他追太阳干什么？他是夸父吗？”

那仙女道：“你这个人，怎么老是歪着问问题？”

另一个仙女笑道：“说到夸父，我就知道一个现代夸父。”她顿了顿，又道：“这个世界上，绝大多数人都很现实，只有极少数人，他们是一些空想主义者。他就是其中的一个，名字叫做乌托邦。”

梦雨说：“我听说过这个人，他在干吗？”

那仙女笑道：“他在干什么？那你听好！”

怀着希望，望着远方，走遍千村万乡。
一路风光，鸟语花香。却不是，乌托邦。
背着行囊，步履踉跄，一路跌跌撞撞。
许多创伤，犹豫彷徨。放不下，乌托邦。

梦雨说：“我想跟他做个旅伴，不知能在哪里见到他。”

仙女们哈哈大笑，梦雨又问：“可以吗？”

仙女们笑而不答，她们一起唱了一曲《秋月梦》，又唱了一曲《梦好香》：

南柯梦好香！醒时却残阳。
蓦然回头看，依稀无忧乡。

梦雨还要追问无忧乡之事，一个仙女却猛地敲了他脑门一下，喝道：“天色已晚，你还不回家！”

梦雨猛然惊醒，睁开眼睛，只见一个放牛的老人站在他的面前，旁边几头水牛正在湖边喝水。那放牛老人对他道：“天快黑了，回家去吧，孩子。”

原来竟是一梦！云畔湖边一梦。

第二十五回

1

高中毕业典礼会后，从来不作诗的大强忽然念念有词，说了几句顺口溜：

同学几年同窗，雀燕拥飞屋梁。
秋风忽然吹散，热晴渐渐转凉。

高中毕业后的一天，梦雨偶然出门，看见马路上围着一群人。他过去一看，原来是一个疯子，只见疯子在路上挡住人群，不许车辆从此通行。人们停住脚步在一旁看热闹，疯子拿起竹竿大发雷霆。无论他怎样呼喊，人们都不听，并且围着他笑个不停。疯子忽然丢下竹竿对着天哭喊呻吟："天啊！大家是不是都有毛病?"

2

一年之后，梦雨在一个知青队当知青。

有一天，他挑着一担粪肥，正往田间过去，迎面却碰见一名醉汉。只见这个醉汉歪歪扭扭地走着，口中嘟嘟囔囔、念念有词，豪言壮语。梦雨觉得他十分可笑，就把他刚才见到的醉汉描述给正在地里干活的芳芳等人听：

一个醉汉提酒瓶，满嘴豪言踉跄行。
快哉痛饮大笑去，握剑要做大将军。

芳芳听后笑个不停，指着梦雨说："鸭子，那像你。"

3

过了若干年后，梦雨已是大学的一名老师。

这一年，他和芳芳回家探亲。

第二天，他们去看狗儿。狗儿此时已是一个大款。

狗儿请他们吃饭，酒席桌旁，免不了谈到少年朋友。人生命运各不相同，有的大富大贵，有的穷困潦倒，这也不必细说。狗儿说："道儿现在可不得了！走南闯北。他琢磨了一套什么功夫，弟子成千上万，听说在海外都有信众，财源滚滚不断。江小勇和娇娇去年离婚之后，去了深圳，目前和易翠花生活在一起，只是他那个儿子始终不认他。刘华子本来官运亨通，但后来却因经济问题栽了跟头，现在还在蹲大狱。大强自己办了企业，开了公司，还找了个能干的老婆。圣姓同学他们修配厂垮了，他下了岗，在街上摆了个小摊子，修理自行车。美娜最坎坷，嫁了农村一个粗汉，那家伙又赌博又酗酒。"

梦雨说："科学家岳姓同学现在在国外一所大学做客座教授，他虽然没有造出永动机，却发现了一种新型材料，听说很有发展前景。去年他还给我打过一个电话。"

狗儿问芳芳："苏琴跟你还有联系吗？"

芳芳微笑着回答说："前天我们还通过电话，她苦尽甘来，终于找到了一个好老公。"

狗儿笑道："你的老公不好吗？郎才女貌。"

芳芳幸福地拉着梦雨的手道："他呀，一辈子穷秀才一个。"

狗儿说："人心不足蛇吞象。"

芳芳笑盈盈地说："可人家还念念不忘自己的梦中情人呢。"

狗儿笑道："萍萍和红儿真是奇怪，走了以后就如同从人间蒸发了，跟我们老同学一个都不联系。"

两人对干了几杯酒，狗儿忽然对梦雨说："鸭子，你还记得我们那次到云畔湖边钓鱼捡到一个陶罐的事吗？"

梦雨微笑道："记得，记得。我还专门研究过那两个篆体字'訾枝'，原来这两个字是'訾枝'，'訾'念 zī，'訾枝'是我们这个地方的古地名。"

狗儿正色道："我得向你承认一件事情。"

梦雨说："是什么？"

狗儿说："那个陶罐是我把它给藏起来了，后来我又把它给卖了。"

梦雨笑道："我早知道了。"

狗儿疑惑地问："你早就知道？为什么？"

梦雨道："因为那个人后来找到我，他要收购那两只耳坠。他告诉我说，你当时不肯出售给他，说要把它们留给一个朋友。"

狗儿笑道："你真鬼。"过了一会儿，他又解释道："鸭子，我告诉你，我可不是要独吞，我是怕你要学雷锋，拾金不昧，阻挠我卖那只罐子。你这个人太死心眼啦。"

梦雨哈哈大笑，过了一会儿，他道："狗儿，那陶片上的小小的篆体字我终于全考据出来了。"

狗儿问："写的什么东西？"

梦雨道："是两句话和两首诗。"

狗儿问："是什么话和什么诗？"

梦雨说其中一块陶片正面写的一句话是"燕子呢喃杨柳风"，反面是一首题为《桃花溪水》的小诗。他背诵道：

淡泊爱野青，流水更留馨。
只在山涧走，不跟浪潮吟。

"那另一块呢？"狗儿问。

"另一块正面写的是'梦语那时春正浓'。"梦雨答道。

"那后面写的是什么诗？"狗儿问道。

梦雨答道："是古代一首《惊蛰歌》。"

狗儿抿了口酒，问道："怎么写的？"

梦雨缓缓背诵道：

好大雨点好大风，好大雷声惊蛰虫！
一场好梦好甜蜜，不觉眠了一个冬。

4

有一年春天，正是家乡桃花盛开时节，梦雨出差，顺道回家探望年事已高的父母。睡在儿时的床上，他忽然做了个梦。梦中他看见了一个女孩，长得好像萍萍，也好像红儿，又好像苏琴，那女孩絮絮叨叨地跟他说了一夜的话，还让他去水府庙的黄龙坡上去探望那一片桃花林。

梦雨醒来后若有所失，十分怅然，真的去那里走了走，结果一无所获。后来，回到他工作的大城市，他写了一首《又见桃花》：

那一天，看着她，消逝在天涯。
她说她，要去那，寻一朵奇葩。
春风里，她的梦，美丽得像童话。

临别时，春江岸，留下一幅画。
她说我，从此后，不必挂记她。

岁月去，江水流，我真的已淡忘她。
在异城，在远乡，有许多美丽花。
偶尔时，我也会，赏赏路边花。

有一次，我探亲，回到儿时家。
那一夜，她忽然，来和我说话。
我问道，这些年，你都去了哪？
是否你，已找到，梦寐的奇葩？

望着我，指着画，她笑而不回答。
只说你，去村头，看看那树花。
梦醒后，我看见，墙上的那幅画。

第二天，急忙忙，我走到那山崖。
看见村，看见树，却不见那桃花。

结　语

平铺直叙，没有什么跌宕起伏，只是很直白地讲了一个非常普通的青春故事。也许令您大失所望，实在很抱歉，请您原谅。

这也不能全怪我，因为梦雨当初给我讲述他少年的故事经历，大致就是如此，我不能无中生有。因为我觉得，那样做会对不起我那位不知所终的朋友。

说到梦雨其人，也就是本书中描述的主人公，在我眼中是一位比较虚幻的理想主义者，他的少年朋友说他年轻时好似活在过去或者未来，我看他现在也没有改变多少。我与之交往，对他的印象是：他生活上是一个简单的人，物质上比较容易满足。但从精神层面来说，他却比较不现实、不满足，我常常能够从他表面平静的脸上读到他内心的激荡。我好像很难说清他，有时候，我隐隐觉得他是一个带着诧异的目光来到我们现代社会的古人，或者是一个面带着微笑来观看我们世界的未来人。在属于我们的这个世界里，我看着他总觉得有点儿别扭。他有点儿游离主流社会，我常常笑说他是个乌托邦分子。

我有兴趣写他，一方面是因为他是我的朋友，另一方面还因为我认为现实中真的存在着这样极少极少数人。虽然这些人没有代表性，更谈不上普遍性，但既然他们存在于我们的视野，在我们的周围晃悠，我们也不妨去认识一下他们，了解一下他们的世界。对于我这位朋友，直到他消逝远去之后，我才意识到，能够与他相识、相处、相伴，不仅是我们之间的一种缘分，而且应该是我的一种幸运。可惜那时，我还没有意识到这点，否则我不会对我们之间的交往那么漫不经心。回想起来，在我们的交往过程中，他给了我许许多多的人生启迪。没有他，我也许早已老气横秋，变得过于世故。他起码让我偶尔会稍稍反思自己。梦雨这人对理想世界常常有许多畅想，幻想一个美妙的世界。我有时候甚至会觉得他好像来自那里，或者他曾经去过，他好像是一个捎信者，他好像是来告诉我们的。

一般情况下，他很快乐，或者说他自得其乐。我想，那是因为他喜欢看天。

但有时候，他也显得些许忧郁。我感受到，他稍稍有点儿担心，对我们。

当然，他并非一个局外人，只要有机会参与，他会努力。从他的日记和诗歌中我了解到，他甚至在青年时代曾经真的做过尝试，想要在他力所能及的范围内创造一个美好的无忧乐园。关于这一段故事，我打算在第二本书中详细叙述。在与我交往的日子里，他偶尔也会快乐地提及他的这段有趣的经历，但他讲的都比较支离破碎，而且我也不太相信。直到他走后我看了他的日记、诗歌以及探寻过他的生活轨迹之后，我才相信了他过去偶尔跟我讲述的那些故事。但我总的看法是，像梦雨这样的理想主义者的幻想不可能是现实或会成为现实，他们只是生活在自己编织的梦中而已。虽然如此，我却又认为，梦雨的无忧乐园虽然不是现实抑或暂时或者永远不可能成为现实，却并不会妨碍现实中极少数的梦雨们去梦想之、追逐之、践行之。

之所以写梦雨，还因为我觉得自己有愧对于我这位朋友之处。

如前所说，本书讲述的这位小名“鸭子”的人，应该说是一个不切实际的浪漫的理想主义分子，我虽然不赞成他许多的不切实际的思想和行为，却非常欣赏他丰富多彩的精神世界。直到他人过中年之后，他还是那么爱眺望远空，这在他的日记、诗歌和日常言行中都有所反映。

但说实在话，对于他虚幻的无忧之乡，我骨子里其实是不屑一顾的，因为我觉得那太不靠谱。有一次，我请他吃饭的时候，不知怎么回事，大概是他的某句话触动了我的某根神经，或者大约是我那段时间生活和工作不太顺心，老觉得心里窝火，正好我们一言不合，所以我突然就冷嘲热讽起他种种不现实的东西来。记得在争论中我曾粗鲁地给他戴帽子说：“鸭子！你这人就是太冥顽不化了！”他当时愣了愣，说：“我有吗?”我说：“你太乌托邦了！”本来也有点儿愠色的他突然平静下来，对我笑了笑，点头道：“老郭，你说得不错，我这人确实有点儿乌托邦。但我始终认为，对于无忧之乡，我们也许不能完全停止寻找。因为，对那个遥远乡村的窥探，或者会让我们从另一个角度去思索生活和生命呢?”

回想起来，我如今真有点儿后悔：我不该那样粗鲁地对待他，不该让他觉得他自己其实很孤独。要知道，虽然他很随和，大家也喜欢他，但在广州他有限的朋友圈子中，能够真正理解他的人并不多，我是唯一偶尔愿意倾听他的人。大多数情况下，在朋友圈子中，他只是一个听众，因为我们主要热谈热议的是房子、车子与股市，或者游山玩水。自从相识之后，他一直把我当做可以倾心的朋友，虽然其实我并没有真正把他当作知交。在那些与他交往的日子里，我其实也没有把我们的友谊十分当真。那时候，我只是觉得有这样一个朋友来点缀我的生活也不错。

我虽然喜欢他，但偶尔也会烦他，尤其是在我夸夸其谈、怨天尤人或是自鸣得意于某些我热衷的话题而被他突然某句我以为不合时宜的提问打住时，更是如此。

对于他畅想的无忧家园，我心情好时一般也会敷衍敷衍他。但那一次，我真的有点儿火他，因为他当时有句什么话（其实也没什么），在当时的心境下，让我听起来很不顺耳。所以我按捺不住把自己平常潜藏在骨子里对他幼稚言行的不屑与轻蔑，并混合早已累积在我身体里的世俗陈水，一股脑地向他泼洒而去。我对他说了许多难听的话。现在想来，我那些粗鲁的话语让我汗颜。我以为，他离我飘然而去，应该跟我那次讥讽嘲弄他有一定的关系，虽然他是一个大度宽容之人。

他给我讲了那个云畔少年，他的梦，那是在我们发生争吵之后不久，而后他就出国去了。自从他离开我远行之后，就再也没有跟我联系过。我想，他是对我失望了。在我的印象中，他一直把我当做他可以交流恳谈的知音。我十分后悔，因为我身边失去了这位理想主义的朋友。我起码应该倾听他。至少，我应该让他觉得，他可以有那么一点点在我身边存在的空间和价值。

幸亏他留下一包东西给我，使我能够好好地读一读我这位朋友。写这本书，是我对自己当初粗鲁对待朋友的一种精神补偿或者说是对我们之间友谊裂痕的一种内在修补。写完这本书，我终于舒了口气，在对朋友愧疚的时候我至少感到了一点儿慰藉，因为我至少没有将他留给我的东西付之一炬或者扫地出门，虽然我可以这样做。我的行为多多少少证明我还是愿意倾听他的。

这本书是我计划中的第一本，只讲了梦雨其人的少年故事。梦雨走后给我留下了一大堆东西，如果条件允许的话，我很想根据他的日记讲完他的全部故事。

我在写梦雨的故事的时候，引用了不少他的诗歌。

因为，梦雨是个诗人，尽管他一生中没有公开发表过一首诗。

我却一直这样看他。

后　记

关于此书，我还想再说几句，作为后记。

主要是想表达谢意：

感谢我的朋友梦雨，是他给我留下了那么多美好的回忆。我在写他的故事的过程中，感觉到自己又慢慢回到了曾经有过的那种充实的生活状态。此前相当一段时间，我老是觉得有一种莫名的空虚感萦绕在我的脑际。那时候，我觉得请它离开，真的好难！

感谢出版社的诸多编辑尤其是崔军亚女士，你们严谨的工作态度和许多建议，使拙书不至于显得太丑。

更要感谢这本书的读者，您的慷慨、宽容和大度，或许会使我常怀的忐忑之心稍稍平复一点。您知道，我这个人从来就没有写过小说，我也很不了解当今的中国文坛。而且我这个人天生就不太自信。

此外，还想简单地谈一谈本书的成书过程。

初稿其实在几年前就已完成。如书中开头所说：一位偶尔结识的朋友曾经给我讲过他的少年故事，后来他离我远去，因为翻看他留给我的一些日记、诗歌等，使我萌生了写他的人生故事的念头。

后来就真的开始“动笔”，准确地说是“动脑”，在电脑上敲敲打打。当然也要真的动脑。

而首先碰到的难题是书名。刚开始构思本书时，因我那位朋友曾讲，他在少年时曾经自己取名叫梦雨，故而决定书名中一定要有“梦雨”二字。既然本书想要讲一个特定时期的青春故事，故初步拟名为《梦雨当时春正浓》。

后来在初稿完成后又更名为《那时云梦》。当时有如下几个考虑：其一，诚如读者所知，“云梦”是一个真实的古地理概念，本书主人公正好生活在古云梦泽残留的一个名为“云盘湖”的小湖之滨，书名中含有“云梦”二字那是自然不过。其二，在我的理念里，“云梦”亦可以理解为“云之梦”，既然是云之梦，那一定有点儿虚无缥缈，不那么真实。正值少年朦胧时代的书中主人公们偶尔会有一些怪梦以及种种不符合常理的幻想和怪异行为，故我当时认为选用“云梦”二字可以传达书中的部分内容。其三，“云梦”中的“云”字，在古汉语中也可表达“说”的意义，“云梦”也就可以理解为“说梦”。又窃想，书中故事的发生，是在一个学校时而停课又时而复课的“文革”时期，书中人物的故事和他们的梦想离现代社会早已久远，许多年轻读者可能会难于理解。如果用一个“那时”，不正好可以表达“那时候谈青春梦想”的意思吗？

但等到书稿真的要交付暨大出版社出版之时，我忽然觉得，本书主人公的青春之梦和种种行为，不要说跟现代人可能极不相同，就算跟他同时代的人相比也有很大差异，可以说是一个极个别的现象，那时候的主流思潮根本就不是本书中所云，起名“那时云梦”有以偏概全之嫌。考虑再三，我觉得应该放弃此名。但到底应该用什么书名呢？我颇为踟蹰，后来猛然想起，我的朋友梦雨给我讲他少年故事的时候不是经常提及他家乡小镇后面那个名为“云盘湖”的小湖吗？他对那个湖那么难以忘怀，何不干脆就以那个湖来为本书命名呢！我又思忖，梦雨这人给人一种远湖鸣鸥、野空行雁的感觉，为了人物的缘故，不如将那个湖名改一个字罢了，故而就取了《云畔少年》这个书名。我似乎觉得，这个名字有那么一点儿暗合主人公浪漫的诗人特征和飘然的内心世界之处。

写此书之前，我曾经借一次到武汉开会的机会匆匆到梦雨故乡的县城一趟，因为时间紧迫，我只走访了他住在县城的朋友狗儿和少数几个还记得“鸭子”的中小学同学，没有到他曾经生活过的小镇去看一看。因为一来时间有限，我要赶回广州上课，二来我当时主要想了解的是梦雨本人的生活故事。

初稿完成之后，我专程到梦雨生活的那个被我改名的“云畔镇”去走了一趟，发现它跟梦雨记忆里的小镇已经大不相同。石板街不见了，金盆山早已无影无踪，连河畔的杨柳林也变成了一大片堆放沙石的地方，而那片曾经的湖泊大部分也早已变成了良田，只有残阳下一条破损的老街让我能够依稀想象出梦雨儿时在那些木楼下走动的影子。我站在梦雨那时曾经钓过鱼的一小片残存的细湖旁，看着前面不远处好像被人随随便便、满不在乎、轻易抛弃的那早已破败不堪的小镇和稍远处那高楼林立、越来越膨胀、似乎充满蓬勃豪情的新城，不知是应该高兴还是叹息。虽然梦雨在跟我讲述他少年故事的时候，早已预示了这种变化，我还是觉得有些惊讶和遗憾。我想，这种感觉应该跟我写这本书有关，因为我想看到梦雨原汁原味的故乡。我平常不是这样的，我喜欢新式的、干净的、大气的城市。见到那些旧式的、破烂的房屋街道，我就皱眉头。

而梦雨曾经住过的那个房子，如今早已换了主人。旧式的白墙青瓦建筑早已拆掉重建，那个梦雨儿时葡萄垂挂的前院目前是一块菜地，屋后梦雨称之为紫霞梦园的菜园地已建起一间不大不小的平房，菜园四周曾经有桃树倒影的池塘则早已干涸，那里一部分被一个围墙圈起，里面长满了蒿草，另一部分则变成了另一户居民的瓦屋。

总之，物是人非，一切皆成记忆。

那天下午，奔波了大半天的我，坐在堤外江边，看着碧波荡漾的长江和江面远处矗立在水波烟花之央的一片墨色绿洲以及那片绿洲上空影影绰绰飞翔的江鸥，朦胧之中似乎也做了一个梦。

在梦中，我隐约看到了那些少年。

他们像一群鸟儿，在杨柳叶丛里飞舞穿梭，啾啾鸣唱。

那一刻，我的大脑似乎已浑然不清：究竟那个梦，是梦雨的，还是我的？

郭明雄

2010 年 9 月于广州